UMA OUTRA VIDA

JOHN UPDIKE

UMA OUTRA VIDA

Contos

Tradução:
JOSÉ ANTONIO ARANTES

COMPANHIA DAS LETRAS

Título original:
The afterlife

Capa:
João Baptista da Costa Aguiar

Preparação:
Sandra Cristina Fernandez

Revisão:
Ana Paula Castellani
Carmen S. da Costa
Isabel Cury

Dados Internacionais de Catalogação na Publicação (CIP)
(Câmara Brasileira do Livro, SP, Brasil)

Updike, John, 1932-
Uma outra vida : contos / John Updike ; tradução José Antonio Arantes. — São Paulo : Companhia das Letras, 1996.

Título original: The afterlife.
ISBN 85-7164-589-2

1. Contos norte-americanos I. Título.

96-3389 CDD-813.5

Índices para catálogo sistemático:
1. Contos : Século 20 : Literatura norte-americana 813.5
2. Século 20 : Contos : Literatura norte-americana 813.5

1996

EDITORA SCHWARCZ LTDA.
Rua Bandeira Paulista, 702, cj. 72
04532-002 — São Paulo — SP
Telefone: (011) 866-0801
Fax: (011) 866-0814

Para Trevor Leonard Updike
e Kai Daniels Freyleue

recém-chegados a esta vida

SUMÁRIO

Uma outra vida 9
Animais selvagens 27
Irmão cigarra 37
Conjunção 55
A viagem aos mortos 63
O homem que se tornou soprano 85
Páscoa curta 103
Uma casa de fazenda de arenito 115
O outro lado da rua 149
Tristão e Isolda 161
George e Vivian 167
    I. Aperto, chiuso 167
    II. Barba-azul na Irlanda 185
O carregador de tacos de Farrell 205
O boato 215
Cair no sono no Norte 229
O baú marrom 239
A mãe dentro dele 247
O primeiro passo do bebê 255
Brincando com dinamite 265
O quarto preto 277
Cruzeiro 297
Avós 311

UMA OUTRA VIDA

O casal Billing, de hábitos bastante regulares, descobriu aos cinqüenta anos que os amigos andavam fazendo coisas inesperadas e surpreendentes. Mitch Lothrop, de quem Carter e Jane sempre caçoaram muito chamando-o de tacanho, fugiu com uma jovem fisioterapeuta jamaicana, e Augustina, que durante todos aqueles anos parecera muito retraída — obcecada com o jardim e a educação dos filhos —, não encontrou dificuldade em destoar com estridência, comprando um novo guarda-roupa de vestidos de ombros largos, colocando um novo telhado de ardósia monstruosamente caro na casa de Weston e acolhendo como nova companhia uma outra mulher, uma pessoa de baixa estatura, olhos azuis e toda enfeitada com babados, que trabalhava em Boston como psicóloga no Departamento de Serviços Sociais. Ken McEvoy, por sua vez, um dia foi exposto nos jornais como um defraudador que ao longo de vinte anos roubara entre dois e cinco milhões de dólares da firma corretora em que trabalhava; ninguém, nem mesmo o Imposto de Renda, sabia quanto. A investigação se arrastou, claro, por muito tempo, durante o qual Ken e Molly compareceram a coquetéis, jantares e audiências em diferentes zonas sem nenhum fio de cabelo fora de lugar, sorridentes e com o mesmo ar de casal elegante de sempre. Mesmo agora, com a indiciação no papel e o estágio de contestação em curso, eles continuavam a ir a reuniões, Ken bastante alegre e franco a respeito de tudo e muito à vontade no centro das atenções; antes sempre parecera reservado e tímido. O que fizera com aquela dinheirama? Era verdade que o casal tinha dois carros importados e uma casa no Cabo, e que fizera viagens à Europa nos anos em que não fora para a Flórida; mas quanto a isso todo mundo estava mais ou menos na mesma.

E em seguida os amigos mais queridos dos Billing, Frank e Lucy Eggleston, pegaram e se mudaram para a Inglaterra. Era uma coisa, Frank confidenciou, em que vinham pensando havia anos; detestavam os Estados Unidos, o jeito que o país estava indo — a vulgaridade, a mendicância, a violência. Ambos, Frank e Lucy, eram extremamente afáveis e abstêmios em essência, com regimes alimentares saudáveis e passatempos pacatos; Frank pintava aquarelas, Lucy observava o comportamento dos pássaros. Houve um momento crítico na carreira dele quando a empresa pediu que se transferisse para o Texas. Em vez disso, optou por antecipar a aposentadoria, e com as economias e uma pequena herança da mulher, mais a ridícula quantia obtida com a venda da casa — dez vezes o que pagaram por ela no início dos anos sessenta —, mudaram-se para a Inglaterra, numa época em que a libra esterlina estava desvalorizada em relação ao dólar. Por que adiar um sonho, perguntaram aos Billing, até a gente estar velho demais para desfrutá-lo? Acharam uma casa adequada, não em um dos encantadores condados do sul de Londres, mas lá para o norte, em Norfolk, onde, como uma das primeiras cartas de Lucy expressava, "O céu é tão grande quanto dizem que é no Texas".

As cartas foram menos freqüentes do que os Billing esperavam, e estes, por sua vez, acabaram demorando mais do que prometeram para planejar uma visita aos amigos transplantados. Três anos se passaram até que finalmente, depois de uns dias em Londres para se adaptarem à mudança de fuso horário, do sistema monetário e à confusão esquerda-direita, tomaram um trem para o norte, desceram em uma estação depois de Cambridge e foram recebidos no úmido e ventoso crepúsculo primaveril por uma sombra saltitante com chapéu de campônio, enfim identificada como Frank Eggleston. Ele engordara e adquirira aquela rósea tez inglesa e um jeito nada norte-americano de pigarrear várias vezes em rápida sucessão. Enquanto seguiam de carro pela rodovia A-11, e depois passavam com esforço pelas estradinhas tortuosas das áreas rurais, Carter teve a impressão de ouvir o sotaque de Frank se derreter, tornando-se menos apocopado e contraído enquanto os passageiros e ele conversavam e aqueciam o interior do carro com o engrolado e o arrasto da fala norte-americana.

Chegaram, depois de muitas curvas na escuridão que se adensava, a "Flinty Dell" — um nome que, sem dúvida, nativo algum teria dado à casa de tijolos cor de mostarda e um pouco desolada, com inúmeras empenas e janelas de tamanhos irregulares distribuídas aqui e ali, atrás do muro alto e das cerdas da alfena. Lucy estava com o aspecto de sempre. Mulher de cabelo ruivo-amarelado e rosto largo, sempre usara suéter, saia plissada de lã escocesa xadrez e sapatos de salto baixo para os passeios de observação dos pássaros, e ali aquela mesma roupa parecia um pouquinho mais chique e menos arrogantemente "sensata" do que nos Estados Unidos. Seu agradável aspecto simples, um tanto perdido no antigo círculo de esposas de classe média arrumadas com rigidez, vicejara naquele clima; seus modos, enquanto lhes mostrava a casa e o quarto de hóspedes no andar de cima, pareceram a Carter, por alguma razão, acanhados, nupciais. Ela os acompanhou, através de um labirinto de cômodos forrados com papéis de parede vívidos e de pequenos corredores canhestros, um lance de escada para cima e outro para baixo, e através da cozinha até um barracão, onde ela e Frank se equipavam com cachecóis, botas de borracha Wellington de cano alto, luvas de couro grossas, bengalas, rebenques, ancinhos e pás para se entregarem às atividades do campo invariavelmente revigorantes. Um celeiro, onde eles alojavam os cavalos, fazia parte da casa. A igreja do povoado ficava bem do outro lado do pasto, e a ela se chegava por um atalho no bosque. A vasta propriedade de um obscuro duque se estendia por toda aquela área, com quilômetros e quilômetros de cavalgadas maravilhosas. E mais além havia pântanos, as ruínas de um mosteiro e vilas onde se podiam comprar antiguidades por uma ninharia. Era muita coisa para ser assimilada, ou muita coisa para falar, tão tarde assim da noite, disse Lucy, principalmente quando os Billing deviam estar exaustos e ainda estranhando a diferença horária.

— Ah, não — disse Jane. — Carter estava decidido a se adaptar ao horário de vocês e não me deixou nem sequer tirar uma soneca naquele péssimo primeiro dia. Andamos o caminho todo debaixo de chuva, da National Gallery até a Tate, onde estão mostrando uma enorme retrospectiva dessa escola horrível, a *kitchen sink*, que aborda situações sórdidas da vida real.

— Do jeito que você fala, parece divertido — disse Lucy, dobrando as panturrilhas gorduchas e sardentas sob as coxas no sofá de aparência surrada. A sala de estar era bem pequena, mas de pé-direito alto. Os móveis, que eles deviam ter comprado ali, aglomeravam-se como uma platéia andrajosa e expectante em volta da minúscula lareira engradada, enquanto o fogo consumia com vivacidade pedaços grossos de madeira curtos demais para serem chamados de lenha. — Achávamos que desceríamos até Londres dia sim, dia não, mas há tanta coisa para fazer aqui.

Estudar o comportamento dos pássaros se tornou uma atividade extraordinária, e Lucy tinha se envolvido bastante, para surpresa dela mesma, com a igreja local e as obras de caridade do povoado. Frank estava levando a sério a pintura, entrara para uma sociedade de artistas de Norfolk e expusera várias aquarelas nas mostras bienais por ela promovidas. Havia pouco tempo, trocara as aquarelas pela pintura a óleo. Algumas das recentes obras estavam penduradas na sala de estar: céus úmidos e cinzentos e casinhas escuras sob o abrigo de bosquetes sombrios pincelados com púrpuras e verdes. Depois de atiçar o fogo, e de pôr mais achas (cuja fumaça tinha um cheiro narcoticamente doce), Frank insistiu que os Billing tomassem um drinque, embora, como todos concordavam, já fosse tarde e o dia seguinte devesse ser cheio. Lucy os levaria de carro até o mar, enquanto Frank participaria de uma caçada na região. Uísque escocês, conhaque, vinho do Porto, Madeira e vários tipos de xerez foram oferecidos; Carter se lembrava dos Eggleston como abstêmios, mas o aconchego inglês parecia ter incitado o abandono da sobriedade. Carter tomou vinho do Porto e Jane xerez cremoso enquanto davam as notícias norte-americanas: Mitch Lothrop e a halterofilista jamaicana moravam em Bay Village e tinham um filho, e Augustina transformara aquela casa enorme de Weston em uma espécie de comunidade, com um total de cinco mulheres morando lá agora. Ken McEvoy estava em liberdade, depois de ter cumprido uma pena de menos de dois anos, e conseguira emprego em um dos grandes bancos de Boston, porque agora era supostamente especialista em contabilidade paralela. Embora ele e Molly ainda dirigissem o velho Jaguar e uma perua Volvo, era óbvio que ele devia ter guardado milhões em um lugar bem seguro, porque os dois estavam sempre pegando um avião e indo, mesmo que só aos fins de semana, para uma casa nas Bahamas, da qual pareciam ser proprietários. E assim por diante.

Frank e Lucy silenciaram sorridentes embaixo daquela barragem de mexerico importado, e quando Carter se levantou e anunciou: "Estamos chateando vocês" nenhum dos dois o contestou. Ele tinha perdido a conta das vezes que Frank enchera o copo de vinho do Porto, ou se servira de outro conhaque, e as sardas das canelas de Lucy começavam a formigar; sentia, porém, que estava abreviando alguma coisa ao se pôr enfim de pé. Tudo parecia produzir aquela sensação — aquele malogro, apesar da boa vontade de todos em reconstruir a antiga relação —, e em uma atmosfera de relutância os hóspedes foram então, sensatamente, levados para dormir, Lucy lhes mostrando de novo o banheiro e se certificando de que havia toalhas.

Durante a noite, Carter acordou e precisou ir ao banheiro. Todo aquele vinho do Porto. Um vento soprava lá fora. Vagas sombras de árvores, negro sobre azul, se debatiam. Sem acender a luz, para não acordar Jane, achou a porta do quarto, abriu-a de mansinho na escuridão e deu dois passos firmes no corredor na direção de onde ele se lembrava ficar o banheiro. No segundo passo, nada havia sob os pés exceto o ar. O cérebro sonolento despertou com um solavanco; deu-se conta de que estava caindo escada abaixo. Enquanto pairava no espaço negro, teve tempo de pensar que o corpo faria um estrondo terrível ao se espatifar, que os Eggleston seriam acordados e que seria bastante embaraçoso e incômodo para eles lidar com seu corpo quebrado. Teve até mesmo tempo de ponderar o quanto era bizarramente altruísta este último pensamento. Então algo — *alguém*, ele sentiu — desferiu-lhe um sólido golpe no centro exato do peito, bem no esterno, e Carter estava de pé, em posição vertical, no que parecia ser o patamar intermediário da escada. Apurou os ouvidos por um momento, ouviu apenas o vento gemer em volta da estranha casa de tijolos, e subiu os seis degraus, mais ou menos, de volta ao segundo andar.

Lembrou-se então de que se chegava ao banheiro virando imediatamente para a esquerda ao sair do quarto, depois para a direita no corrimão que resguardava a caixa da escada, e depois de novo para a esquerda, na segunda porta. Continuou tateando e abriu essa porta. O banheiro e o vaso sanitário de porcelana brancos tinham um brilho próprio na noite sem luar, de modo que, de novo, ele dispensou a luz. As pernas tremiam e o peito doía um pouco, mas se sentiu melhor por ter esvaziado a bexiga. No entanto, ao sair mais uma vez no corredor escuro, não encontrou o caminho de volta ao quarto. Paredes como que de uma sala de espelhos o rodeavam. Uma grande superfície lisa sustentava um homem espectral que na realidade o tocou, com um toque abrupto e gorduroso, e ele se deu conta de que era ele mesmo, refletido no espelho. Nos outros três lados havia superfícies opacas apaineladas como portas. Uma das portas desenvolveu então uma fissura de luz azul pálida que pareceu se deslocar em um movimento diagonal; os olhos de Carter estavam suficientemente adaptados à escuridão para registrar o papel de parede — levemente abrasivo e quente ao tato — e a luz cintilante e reta, como a de um trilho de trem, do corrimão. Tomou a direção oposta. Parecia haver inúmeras portas ao longo do corredor, mas a que ele empurrou para abrir de fato revelou o quarto. O vento resmungava, remexendo nervosamente no firme caixilho da janela de guilhotina inglesa, e Carter, ao se aproximar da cama, pôde ouvir a respiração de Jane. Insinuou-se debaixo da coberta, ao lado dela, e nisso adormeceu.

Na manhã seguinte, ao examinar o local da aventura, admirou-se de não ter morrido. A protuberância oval do balaústre principal na curva da escada é que devia ter-lhe golpeado o peito; se tivesse caído de um jeito ligeiramente diferente, teria dado com o rosto contra ela — quebrando os dentes da frente ou tendo um olho arrancado — ou então teria passado direto e quebrado o pescoço contra a parede do patamar. Não se lembrava de ter se agarrado ao que quer que fosse, ou de ter se reerguido. Mas como se pôs em pé de novo? Ou a memória falhava ou fora posto a prumo por um golpe. Se isso aconteceu, então foi um milagre; mas Jane, quando ele lhe confidenciou o ocorrido, valeu-se da oportunidade não para se espantar, mas para lhe mostrar, como se mostraria a uma criança tolinha, de que modo se acendia a luz do corredor, com um daqueles interruptores ingleses de balancim que se assemelham a uma espada troncuda com um botão na ponta.

Carter sentiu-se repreendido; contara-lhe a aventura noturna, enquanto ainda estavam deitados na cama, com uma voz sussurrada, tal como ela lhe confidenciara, havia trinta anos, a suspeita de que estava grávida. Os Eggleston, lá embaixo, no café da manhã, reagiram de maneira mais apropriada; expressaram espanto e alívio por ele não ter se machucado.

— Podia ter *morrido*! — exclamou Lucy, com uma inflexão crescente que nos Estados Unidos jamais fora tão viva, tão nitidamente semelhante ao trino de um pássaro.

— Pois é — disse Carter. — E naquele momento, mesmo em pleno vôo, pensei: "Que amolação para os coitados dos Eggleston!".

— Mas que bondade a sua... — disse Frank, levando a xícara de chá ao rosto. Estava com pressa para ir caçar; estava de pé havia horas, pintando um quadro que exigia a luz da alvorada, as unhas dos dedos manchadas de azul e amarelo. — ...não esticar entre nós tão de repente — completou.

— Pois acontece — Carter falou. — Cada vez mais a gente vê pessoas da nossa idade nos necrológios do *Globe*. O Todo-Poderoso está levando nosso pessoal. — Esse acesso de teologia foi tão inesperado que os outros três ficaram olhando para ele com um silêncio tal que se podiam ouvir os queixumes das chaminés e os estalos da louça na mesa. Carter, porém, sentia-se desconstrangido e sobrenaturalmente sereno. O mundo para o qual despertara, o dos detalhes ingleses do desjejum sem suco de laranja, mas sobrecarregado de geléia, servido diante dele, até a paisagem verde, lamacenta e ventosa enquadrada nas janelas de vidraças impenetráveis e divertidamente variadas, lembrava-lhe os livros infantis que tivera de ler até o fim havia cinqüenta anos, e que tinham o encanto do intemporal.

Espremeu os pés calçando as Wellington de Lucy e saiu com Frank para admirar os cavalos. Naquela terra de Norfolk abundavam as pederneiras — gredosos seixos de arestas aguçadas. Pegou uma pedra e a segurou na mão. Cálida ao tato. Uma camada de calcário, porosa como osso, embrulhara-se em volta de um cerne azulado e reluzente. Tentou imaginar o evento geológico — algum imenso oceano desaparecido — que precipitara aquela saraiva de fragmentos semelhantes a ossos. As pederneiras abundantes, a pastagem empenachada que explodia em verdes, o radiante céu cinzento, os fortes odores de cavalo, couro, ração e feno, tudo isso desabava sobre os sentidos revitalizados de Carter com uma força inusitada; era como se houvesse uma anedota cósmica sob as aparências terrenas, e no ar um afrouxamento de pressão que permitia às árvores, as faias e os carvalhos alcançar a dimensão de cúmulos de trovoada. Fazia muito frio — mais do que ele esperava em abril na Inglaterra.

— Sempre venta assim? — perguntou para o outro homem.

— Sempre. A primavera chegou com atraso. — Frank, vestindo capote e culote de caçador, tinha selado um cavalo na baia e estava prendendo as rédeas, fazendo a longa cabeça castanha do animal, com as emborrachadas focinheiras cinzentas e os globos oculares gelatinosos e giratórios, contrair-se ressentida. A realidade física de um cavalo — a imensidão pungente e agressiva do animal e a sensação de uma pequena centelha, um vislumbre de arisca e limitada inteligência, dentro do crânio longo e descomunal — não era uma realidade com a qual Carter tivesse se confrontado com freqüência em sua outra vida.

— Não te dá nos nervos?

— Se dá — Frank disse, com a vivaz franqueza que adquirira. — É purificador.

— Sei — disse Carter. — Estou percebendo. — Sentia-se delicado, alerta, excitado. O centro do peito estava ligeiramente dolorido. Os dedos dos pés estavam dormentes e triturados dentro das botas de Lucy. Com um arrastar de cascos e um agitar de massa lustrosa tremendos, o cavalo foi conduzido para fora do celeiro e de repente Frank estava montado nele, transformado, majestoso, o rosto róseo coroado com o chapéu preto redondo, ele e o cavalo uma única e nova criatura. As duas mulheres saíram da casa de tijolos cor de mostarda para ver o mestre partir, em uma andadura imponente, descendo pela entrada pedregosa da casa e pela trilha que atravessava o bosque. As árvores, ainda não cobertas de folhas, estavam pontilhadas de folhinhas e amentilhos, como uma faixa de musselina. Frank, desse modo velado, desapareceu lentamente. — Uma visão estimulante — disse Carter. Ocorreu-lhe que tal entretenimento, espantoso mas inofensivo, seria sua dieta regular. Estava sem peso, como se, naquele momento de vôo de cabeça escada abaixo, tivesse ganhado asas.

Lucy perguntou-lhes o que gostariam de fazer primeiro, caminhar até o rio ou ir de carro até o mar. Ela decidiu então combinar as duas opções, e um suprimento de botas e galochas foi lançado dentro do carro. Carter sentou-se no banco de trás do pequeno Austin — vermelho, embora tivesse parecido preto na estação de trem na noite anterior — e deixou as duas mulheres se sentarem na frente. Jane ocupou o que nos Estados Unidos seria o banco do motorista, de modo que Carter se sobressaltava ou se sentia em perigo quando ela virava a cabeça para o lado ou gesticulava com as duas mãos. Lucy parecia bastante acostumada com o lado invertido da estrada e dirigia com um ímpeto imprudente.

— Este é o povoado, estas poucas casas — ela disse. — E a igreja fica mais adiante. Não dá para ver muito bem por causa daquele enorme castanheiro velho. Dizem que a árvore é inacreditavelmente velha. A igreja não é tão velha.

Do outro lado da estrada havia carneiros, polvilhados de cores e misturados a cordeiros saltitantes. O rio não ficava longe dali, e Lucy estacionou o carro junto de uma ponte de ferro onde a água escorria em franzidos uniformes e gélidos pela superfície inclinada de uma barragem de concreto. Diques foram construídos com o empilhamento de sacos de cimento, que os processos naturais umedeceram e endureceram. Lucy seguiu na frente ao longo de uma trilha lamacenta entre a margem do rio e um campo recém-arado; o solo pálido, forrado até o horizonte de lascas de pederneira semelhantes a ossos, erguia-se visivelmente no céu prateado e agitado. O vento varria no ar rastros escuros de terra, ao longo dos quilômetros de terreno lavrado.

— Quase houve uma seca — disse Lucy, a voz elevada, a echarpe achatada contra a face sardenta. Seus olhos, semicerrados, eram de uma cor pálida entre o azul e o verde, e aquele berilo, sob aquele céu turbulento, adquiria um brilho sinistro. — Ah, olhem! — exclamou, apontando. — Um pequeno chapim fazendo acrobacias! Na semana passada, bem perto do bosque, vi um par de âmpelis. Em geral eles voltam para o continente nesta época do ano. Estou aborrecendo vocês dois? É, realmente, este vento está assustador, mas gostaria que vissem minha garça cinzenta. O ninho dela *tem que estar* em algum lugar no bosque, mas Frank e eu jamais conseguimos localizá-lo. Perguntamos a Sedgewick, que é o couteiro do duque, onde devíamos procurar o ninho, e ele falou que se seguíssemos na direção que o vento sopra iríamos *sentir o cheiro*. É que elas comem carne, sabe, roedores e cobras.

— Minha nossa! — exclamou Jane, para dizer alguma coisa. Carter não conseguia tirar os olhos das distantes linhas escuras de terra que se erguiam, uma tempestade de poeira como a do Texas. Enquanto os três caminhavam ao longo do rio, o pequeno chapim de topete preto cabriolava no ar acima deles, e quando se aproximaram do bosque houve uma debandada de estorninhos, sarapintados, pretos e estridentes.

— Olhem, o martim-pescador! — Lucy gritou. Era um pássaro brilhante, de peito vermelho e cabeça verde, com uma cauda azul-de-aço. Ele sacudiu a cauda de um lado para o outro e depois zuniu voando ao longo da superfície cintilante do rio. Mas não havia sinal da garça cinzenta, embora eles tivessem caminhado pela orla do bosque por quase um quilômetro. Ouviam troncos de árvores gemerem quando o vento torcia as copas sobrepostas em camadas; as árvores mais altas e mais frondosas pareciam não só arfar como também produzir várias pequenas explosões simultâneas, as quais branqueavam em retalhos os ramos agitados. Os olhos de Carter se encheram de água, e Jane segurou na frente do rosto as mãos enfiadas nas espessas luvas tomadas emprestado.

Finalmente a anfitriã se deteve. Anunciou:

— Acho melhor a gente ir indo... que decepção. — E os levou de volta para o carro.

Quando se aproximaram da ruidosa barragem cintilante e franzida, Carter teve a nítida sensação de que devia olhar para trás. E lá estava a garça, saindo do bosque e voando na direção deles, contra o vento, contida, na verdade, imóvel dentro do vento, parada no meio do ar com a envergadura de dois metros das asas — um anjo.

O vento foi ficando mais forte enquanto dirigiam rumo ao mar. Pelo mapa, ainda havia um longo caminho a percorrer, mas Lucy lhes garantiu que fizera aquele trajeto várias vezes e retornara na hora do chá. Enquanto Lucy ia vencendo com dificuldade as estradas estreitas, Carter, no banco de trás, não conseguia distinguir entre os puxões que ela dava no volante e os puxões do vento que fustigava o Austin. No rádio, uma voz comedida e afetada falou de um vendaval que vinha do mar da Irlanda e de condições que eram "quase ciclônicas", e Jane e Carter riram. Lucy apenas sorriu e disse que eles costumavam usar essa expressão. Em um povoado de que ela particularmente gostava muito, particularmente histórico e pitoresco, um grupo de pessoas se concentrava na calçada no cimo de uma colina, junto ao muro do cemitério de uma igreja. Era uma igreja normanda, com arcos ornamentais e remates de pedras vermelhas encaixadas na alvenaria. Lucy passou bem devagar com o carro, para verificar se havia acontecido um acidente.

— Acho — Carter sugeriu — que estão olhando a árvore.

— A árvore alta que se inclinava de dentro do cemitério sobre a calçada balançava ao vento.

— Droga! — Lucy exclamou. — Vim longe demais... O que eu queria mostrar para vocês ficou lá atrás, no centro do povoado. — Fez a volta e, quando passaram de novo, várias pessoas daquele pequeno agrupamento, reconhecendo o carro, pareceram achar graça. Um policial, de capa de chuva, subia a colina de bicicleta, pedalando energicamente, a cabeça abaixada.

O que Lucy queria que os Billing vissem no povoado era uma rua lateral com casas do século dezesseis, todas elas de argamassa com estruturas de madeira visíveis e cada uma delas com o prumo inclinado em um ângulo diferente.

— Quem mora nelas? — Carter quis saber.

— Ah, gente... Mas acho que, cada vez mais, gente muito jovem e moderninha, que abre lojas no andar térreo. — Lucy recuou de novo e desta vez, subindo a colina, deparou com uma barreira da polícia e a árvore alta caída atravessada na estrada. Apenas metade da árvore, na verdade; a forquilha baixara até o solo e a outra metade, com um ferimento de lasca branca na lateral, permanecera enraizada.

Os três norte-americanos, lacrados no carro, exclamaram com estridência tomados de emoção, entendendo agora por que os moradores do lugar acharam tanta graça ao vê-los passar de novo debaixo da árvore.

— Imagino que *alguém* — Jane disse — poderia ter gritado alguma coisa, para nos alertar.

— Bom, acho que pensaram — disse Lucy — que nós tínhamos olhos para ver assim como eles têm. Eles são assim. Não revelam nada; a gente é que tem que chegar neles. — E ela descreveu, enquanto ricocheteavam entre sebes espinhosas e muros de pedras, seu trabalho com a igreja, o trabalho de caridade na área. Era espantosa a quantidade de casos de incesto, de alcoolismo, de desespero. — Essas pessoas simplesmente não conseguem imaginar um futuro melhor para si mesmas. Jamais *sonhariam*, por exemplo, em ir para Londres, nem mesmo por um dia. Estão simplesmente fechadas por completo no mundinho delas.

— E a televisão? — Jane perguntou.

— Ah, elas vêem televisão, mas não percebem que tem alguma coisa a ver com elas. Sentem que estão protegidas, entende, e, em comparação com os pais e os avós, não estão tão mal assim. A crueldade do velho sistema de trabalho agrícola assalariado está quase além da imaginação; fizeram as pessoas trabalhar até a morte. Colhendo pederneiras, por exemplo. Toda a primavera iam para os campos colher pederneiras.

Isso não parecia, a Carter, tão cruel assim. Ele mesmo tinha colhido lascas de pederneira, espontaneamente. Eram porosas, pálidas, intricadas, perenes. Sua mente vagueou enquanto Lucy continuava a falar dos moradores de Norfolk e Jane fazia coro com suas próprias preocupações — a vontade, agora que os filhos tinham saído de casa, de ela própria sair e fazer alguma coisa, não exatamente se meter no gueto com desvairadas boas intenções, mas fazer alguma coisa *útil*, alguma coisa com *gente*....

Carter cochilara e as palavras enfatizadas penetraram em seu sono. Achava que tinha sido bastante útil, na vida dele, e tinha visto bastante gente. No escritório, agora — ele era advogado — estava consciente de uma curiosa defasagem, como a defasagem introduzida nos programas de bate-papo das rádios para que as obscenidades não sejam transmitidas. Só uns dois ou três segundos, entre o desafio e a resposta, entre a realização e a satisfação, mas o suficiente para lhe dizer que algo estava fora de sincronia. Ele simulava, e todas as pessoas mais jovens à volta sabiam disso. Quando falava, a voz soava como que dublada, não a dele propriamente. Havia, dera-se conta disso recentemente, vastas áreas do mundo que não o interessavam mais — Henry James, por exemplo, o hóquei profissional sobre gelo e o desarmamento nuclear. Não tinha dúvidas de que, nessas áreas, muitas emoções podiam ser geradas, mas não para ele, nunca mais. As duas mulheres a sua frente — as tranças ruivo-amareladas de Lucy se contorcendo quando enfatizava um aspecto e os cachos morenos cinza-pimenta de Jane tremulando de leve quando inclinava a cabeça em ávida empatia — pareciam criaturas alienígenas, como o cavalo ou o chapim com a cabeça miúda de topete preto. As duas esposas soavam tão comovidas e alvoroçadas como se a vida delas tivesse apenas começado — como se galanteio, maridos e parto fossem um preâmbulo para algum triunfante sacerdócio da menopausa entre os privados de direitos e os incestuosos. Elas se adoravam, Carter refletiu tediosamente. As mulheres têm a paixão dos conspiradores, a energia de algum movimento secreto, suprida pela esperança de se agarrarem ao poder. Lucy parecia não notar, enquanto falava e aconselhava Jane, que tinha passado mais de uma vez ao redor dos destroços dos galhos da árvore espalhados pela estrada. Pelas janelas do carro, Carter observou árvores se sacudirem com estranha lentidão e fios elétricos balançarem no alto como se a terra mesma tivesse perdido as amarras.

Nisso, do céu oprimido e revolto, a chuva desabou com tal fúria que os limpadores não eram capazes de manter o pára-brisa desobstruído; ficou como vidro coberto de geada, e o teto do carro tamborilava. Lucy ergueu a voz:

— Há uma estalagem antiga encantadora no próximo povoado. Não seria uma boa oportunidade para a gente parar e comer alguma coisa?

Só de correr os poucos metros do estacionamento até o abrigo da estalagem, os três ficaram encharcados. Lá dentro, tudo era idílico: uma enorme lareira velha e enegrecida, crepitando, chiando e porejando aquele doce odor de fumaça da lenha local, vigas entalhadas vergadas quase tocando a cabeça de Carter, um bufê de musse de salmão, ovos empanados com massa de carne de porco e pastelão de carne com batata servidos por um moço atencioso e uma moça acanhada, atrás de quem a chuva batia com efeito teatral nas janelas de vidro espesso como fundo de garrafa. O trio de meia-idade comeu e tomou cerveja e chá; sob os protestos de Lucy, Carter pagou.

Ao lado, uma loja de antiguidades seduzia turistas através de uma passagem de comunicação em arco e, enquanto a tempestade continuava, Lucy e os hóspedes deram uma espiada nas superfícies polidas, a prataria e os espelhos, nas estampas emolduradas e nas mesas de marchetaria. Carter ficou impressionado com uma enorme e lustrosa escrivaninha, folheada com uma madeira que parecia marcada por inúmeras pegadas indistintas deixadas por um bando de gatos de ouro. "Nós de olmo, início do século dezoito", informava a etiqueta junto com o preço, milhares de libras esterlinas. Perguntou a Jane se ela gostaria de tê-la — como se mais uma peça de móvel pudesse segurá-la em casa, longe do trabalho humanitário.

— Querido, ela é maravilhosa — disse Jane —, mas tão cara, e tão grande.

Nós de olmo: talvez esse fosse o charme, o toque de fantasia sedutora. Nos Estados Unidos, os olmos estavam mortos, tão mortos quanto o artesão anônimo que aplicara aquele folheado ainda fascinante.

— Despacham — respondeu ele, depois de um atraso de alguns segundos. — E se não couber em parte alguma de nossa casa, poderemos vendê-la em Charles Street e ter lucro. — A voz não soava como propriamente dele, mas só ele parecia notar. A conversa das mulheres no carro o obrigara a fazer uma demonstração de poder, de poder masculino.

Lucy, intensificando a insinuação de um sotaque britânico, regateou cortesmente com a gerente — uma mulher hirsuta e gorda com um nariz vermelho que escorria o tempo todo e um xale meio que de cigana que ela mantinha firmemente apertado em volta da garganta — e conseguiu um abatimento de quatrocentas libras esterlinas no preço. Carter ficou por um momento apavorado por se ver envolvido na aquisição, ao se dar conta de quão grande devia ser a margem de lucro, para que tal desconto fosse absorvido tão fortuitamente.

Havia formulários a assinar e cartões de crédito a autenticar pelo telefone; enquanto essas transações prosseguiam, a tempestade no telhado amainou. Os três compradores saíram em um ensolarado intervalo de tempo. Gotas de chuva reluziam por toda parte como camada de gelo, e as ardósias do passeio ecoavam o violeta do céu quase ciclônico.

— Meu bem, foi muito cortês, arrojado e surpreendente de sua parte — disse Jane.

— Sempre tão travesso — concordou Lucy.

— Uma espécie de jogo — ele admitiu. — Quais são as chances de vermos aquele baú de novo?

Lucy ficou um pouco ofendida, como se os compatriotas adotivos estivessem sendo desafiados.

— Ah, não, eles são muito honestos e respeitáveis. Frank e eu lidamos com essas pessoas algumas vezes.

Um verniz milagroso cobria tudo, ornando de contas cada galho de beira de estrada, cada colmo nos telhados de sapê das casas de campo, cada minúscula margarida tremulando na relva junto aos muros de pedra manchados de líquen. As nuvens se precipitaram de novo, e a paisagem mergulhara em sombras. Muitas árvores estavam caídas ou partidas ao meio. Pequenos grupos de trabalhadores, de capas de chuva cor abóbora-moranga e não, como nos Estados Unidos, amarelo ou laranja fosforescentes, zuniam serras e puxavam com cordas os galhos que obstruíam a estrada. Era longa a espera pelo sinal para passar por aqueles grupos de trabalho, enquanto o pequeno Austin oscilava levemente ao vento, como que embalado por uma mão gigante. Carter acariciou o centro sensível do peito, debaixo da gravata: seu segredo, o selo de seu pacto noturno, seu passaporte para aquele dia diferente de qualquer outro. A sensação, no escuro, fora a de um golpe ríspido, impaciente e salvador desferido por um pai.

— Quanto falta para chegarmos ao mar? — perguntou.

— Boa pergunta — disse Lucy. — Em um dia normal, a esta altura já teríamos chegado. — Os carros na frente diminuíram a velocidade e depois pararam completamente. Um policial de rosto redondo e jovem explicou que fios telefônicos tinham caído na estrada. — Isso realmente atrapalha tudo — Lucy reconheceu. O desvio acrescentaria pelo menos uns vinte quilômetros à viagem. A paisagem parecia tingida, agora, com uma tinta que escorria pelos pálidos campos salpicados em ondas de variada intensidade. Ao longo de um espinhaço distante, torres esqueléticas de linhas de força marchavam em procissão, as treliças gravadas com espectral delicadeza no céu negro. Um bando de anjos.

Jane consolou Lucy:

— Honestamente, minha querida, acho que eu ia estourar se visse muitos povoados graciosos mais.

— E vemos o mar o tempo todo quando estamos no Cabo — Carter acrescentou.

— Mas não o *nosso* mar — disse Lucy. — O mar do *Norte*.

— Não é feio, frio e cheio de petróleo, é? — Jane perguntou.

— Não por muito tempo mais, dizem. Cheio de petróleo, quero dizer. Bom, se vocês dois realmente não se importam, acho que não há nada a fazer a não ser voltar. Frank gosta *mesmo* de antecipar o jantar depois de uma caçada.

Escurecia quando chegaram a Flinty Dell. Expondo à vista uma pequena e pardacenta igreja vitoriana, o velho castanheiro fora derrubado pelo vento — um gigantesco cadáver desgrenhado com um toco alto lacerado como um guincho, apontando para o firmamento. A árvore caíra de través sobre um muro do cemitério da igreja e o esmagara, as carreiras externas dos tijolos de aparência robusta entornando um interior informe de cascalho e areia.

Frank saiu para recebê-los na entrada da casa; no lusco-fusco, seu rosto parecia branco e sua voz não expressava alegria.

— Meu Deus, onde é que vocês três *andaram*? Não acreditei que tivessem saído de carro por aí debaixo deste tempo! A caçada foi cancelada, a rádio anunciou o cancelamento de tudo e pediu pelo amor de Deus para as pessoas *ficarem longe das estradas*! — Ele apoiou uma mão trêmula no peitoril da janela do carro baixada; as pequenas unhas dos dedos ainda exibindo uma mancha de azul-celeste da alvorada do dia.

— Debaixo desta brisa de nada? — arrulhou Lucy.

Jane disse:

— Ora, Frank, meu bem, bondade sua se preocupar.

E também Carter se surpreendeu e achou graça no fato de Frank não saber que agora eles estavam além de tudo aquilo.

ANIMAIS SELVAGENS

A cidade era sensual, ou assim sempre parecera a Ferris. Vivera nela durante anos, e a ex-mulher ainda vivia lá. Era uma cidade à beira-mar, com brejos e uma praia extensa; o verão fora uma festa de bronzeados, saias curtas, refeições ao ar livre e picadas de insetos. Não apenas mosquitos, maruins e borrachudos, mas também uma curiosa abundância de carrapatos e moscas de cabeça verde e sedentas de sangue se reproduziam nos brejos e nos sinuosos canais de água salgada. Um clima de assédio persistia ao longo das outras estações — o outono se infiltrando com uma escuridão que baixava cada vez mais cedo, o inverno quando nas estradas lisas e tortuosas os carros deslizavam uns atrás dos outros em um movimento vagaroso e onírico, a primavera com seu vento frio do leste, ondas de gripe e uma grande irritabilidade humana.

A cidade não era para todos; não havia clubes campestres, as diretrizes políticas não eram edificantes, as escolas eram apenas satisfatórias, a base para tributação precisava ser ampliada. Jovens que viajavam diariamente para Boston para o trabalho, ou engenheiros *hi-tech* que tinham ocupação ao longo da Rota 128, mudaram-se para outro lugar, para cidades mais adequadas — uma com uma bela baía azul com alinhamento de granito e ornamentada com o belvedere abobadado do clube de regatas, outra que provia cavalos, estábulos e caças à raposa semanais, uma terceira que se orgulhava de um intato bairro histórico de casas do início do governo federal, uma quarta repleta de propriedades grandiosas aguardando ser subdivididas. Todas essas cidades eram mais apropriadas e investimento mais seguro para os que tinham aspiração do que o lugarejo miserável e ordinário em que Ferris vivera na plenitude física.

A beleza natural da cidade beirava o estado selvagem e podia transbordar para a violência. Escândalos conjugais de repente estremeciam o conselho administrativo da escola pública ou o coro metodista. Suicídios-assassínios ocorridos de madrugada lançavam uma aura de maldição sobre uma casa verde-clara até então inofensiva na carreira de casas. As intempéries castigavam com uma força extraordinária, de modo que faltava energia elétrica por uma semana depois de uma nordestia atingir fortemente o resto da costa, ou então uma estiagem secava os poços de água particulares e expunha o fundo de cascalho do reservatório da cidade. Incêndios eram comuns naquela antiga cidade construída quase inteiramente com madeira. Nos anos posteriores à partida de Ferris, primeiro uma igreja congregacional branca foi destruída pelo fogo — um modelo insubstituível de carpintaria gótica — e depois uma outra, um nobre edifício do renascimento grego erigido durante um cisma paroquial em 1842. O cinema, com a exótica decoração das Mil e Uma Noites da década de trinta, também desapareceu em um outro holocausto, junto com a casa de tintas adjacente, as latas de terebintina e de cores Williamsburg explodindo como artilharia rápida. Os filhos em fase de crescimento de Ferris lhe fizeram um relato desses desastres, juntamente com os desastres pessoais. Ele se casara de novo e vivia em Boston.

Retornando à cidade, para levar um filho para jantar ou consultar o dentista, que estava envelhecendo junto com ele, Ferris nunca deixara de ser elevado pelo ambiente a um estado mais sensual e mais alegre. Mesmo seu modo de andar se tornava mais juvenil, e a fricção da camisa contra a pele adquiria uma sugestiva tensão nervosa. Quase ninguém, passados dez anos, conhecia Ferris — até as drogarias de esquina, antes administradas por membros rivais do conselho municipal, mudaram de mãos —, mas era saudado pela familiar proporção dos prédios, pelo traçado caprichoso das ruas e pelas inesperadas recordações do passado: uma loja de antiguidades ainda oferecia, aparentemente, os mesmos móveis cozidos pelo sol na vitrine, um carteiro de cabelo grisalho continuava fazendo a mesma rota, um gracioso e velho elmo ainda não tinha morrido, um desgarrado trecho de passeio de areia ainda não tinha sido calçado. A cidade era desigual, informal, com suturas através das quais o verdadeiro conteúdo da vida — sujeira, sexo, água salgada, morte — não parava de vazar. Até as crianças e os cães da cidade, como Ferris os via, eram mais acabados e matreiros do que os das comunidades mais bem organizadas e mais antissépticas.

Nos dez anos desde que partira, uma outra praga assolara a cidade — uma praga de cervos. Mesmo enquanto fora um residente, donas-de-casa ao longo da rua da praia se queixavam de que durante a noite cervos tinham devorado todas as tulipas e de que os cornisos e as macieiras silvestres recém-plantados tinham sido irremediavelmente danificados por cervos que mordiscaram a casca. Mas os saqueadores eram furtivos e tímidos, e as crianças os consideravam uma diversão, melhor do que uma visita ao zoológico, quando um passeio de outubro pela praia propiciava um vislumbre dos cervos, as caudas brancas se agitando, sumindo saltitantes, dunas adentro.

Ferris ainda se lembrava de um momento, carregado de culpa e enlevo, logo depois de ter se separado da mulher, no qual a propriedade em que vivera ainda suscitava sua prudente administração da casa. Chegara de Boston e ele e o filho, Jamie, então ainda adolescente, trabalhavam na quadra de tênis, preparavam-na para o inverno colocando tabuinhas na corda e tornando-as mais pesadas com pedras. Do contrário, o movimento de gelo e degelo do barro levantava os pregos de alumínio durante o inverno. Ferris por acaso olhou para cima. No canto extremo do campo coberto de grenhas, uma família de cervos surgira da mata. Era um dia nevoento de novembro de um calor excessivo para a estação, e naquela névoa os vultos dos três cervos — o macho, a fêmea e o menor deles, que já não era novo — hesitavam como se posassem em uma velha e suave fotografia, elegantes criaturas pardas saídas do enobrecido mundo pré-humano.

— Olhe! — Ferris disse com serenidade para o filho, mas

mesmo essa palavra emitida em um sussurro espantou os vultos espectrais, que corriam aos saltos pelo campo molhado de gramas não ceifadas, na direção da mata, no outro canto da propriedade, onde o rio de maré virava. Ferris não se sentiu no direito, aquele pálido dia de culpa à beira do inverno, de vislumbrar visão tão mágica, e produziu forte impressão no filho, como que para compensar os anos seguintes em que ficaria ausente.

Agora o filho, com vinte e cinco anos e chamado James ou Jim, acostumara-se com a ausência dele, e os cervos se tornaram um famoso problema urbano, sobre o qual Ferris lera nos jornais de Boston. Eles se multiplicavam enquanto diminuíam as terras em estado natural ao redor deles; famintos, depredavam a vegetação das dunas e arrebatavam a paisagem das caras casas com vista para o mar que estavam sendo construídas acima dos brejos. Uma árvore de Natal jogada na neve foi despojada das folhas pelos animais desvairados, mesmo à luz do dia; à noite, casais do colégio que paravam o carro no estacionamento da praia viram-se cercados por um bando de cervos imóveis, em silêncio e mendicantes em volta do carro. Os cervos, com sua delicada beleza heráldica, tornaram-se tão perniciosos quanto os ratos, e a cidade, com seu curioso faro para escândalo, debatia a questão em uma tempestade de publicidade, enquanto outras cidades teriam encontrado uma solução mais discreta. Amantes da natureza da outra extremidade da federação vieram protestar contra a proposta dos membros do conselho municipal de importar atiradores de escol contratados do Exército para reduzir as hordas. Mulheres iradas ameaçaram se misturar, vestidas com pele de cervo, com os animais no dia marcado, sacrificando assim as próprias vidas pelo ideal do processo natural puro. Vários vegetarianos vieram testemunhar que a morte pela fome é relativamente indolor e elimina o fraco; outros contrapuseram que isso é agonia e destrói seletivamente o animal novo. Houve reuniões, piquetes, entrevistas na televisão. Enquanto isso, em várias partes da cidade — as mais elegantes e caras —, latas de lixo eram reviradas, azaléias devoradas até ficarem peladas e corpos de cervos mortos encontrados congelados por alimentadores de pássaros.

Além disso, ainda pior, ocorreu que a população de cervos estava fervilhando de minúsculos carrapatos *Ixodes dammini*, que por seu turno alojavam os espiroquetas da doença de Lyme, batizada com o nome da cidade de Connecticut, onde foi identificada pela primeira vez. Lesões vermelhas redondas, mal-estar e fadiga, calafrios, febre e torcicolo, são estes os sintomas. Os resultados finais podem ser problemas cardíacos e artrite para o resto da vida. Vivemos em tempos de praga. Enquanto nossa espécie cobre a Terra como um escumalho, as bactérias, os vírus e os parasitas inventivamente se desenvolvem. Quando Ferris viveu na cidade, nem se pensava, por exemplo, em doença venérea. De herpes, AIDS e clamídia nunca se ouvira falar; questões sexuais envolviam apenas um perigo espiritual e econômico. Homens e mulheres saboreavam uns aos outros como se estivessem em um serviço de bufê com pratos não contaminados — uma variedade de refeições, algumas fumegantes, outras frias, algumas nutritivas, outras não, mas todas limpas.

Os amigos dos cervos foram neutralizados, e nos dias marcados os atiradores de elite desceram até as dunas. Mas casos de doença de Lyme continuaram a pingar no hospital local vindos de toda a extensão da rua da praia, onde o valor das propriedades, sempre alto, elevara-se e agora despencava.

A velha propriedade de Ferris não ficava na rua da praia, mas em uma travessa dela, que não levava a parte alguma. A rua continuava sobre uma pequena ponte de arcos que transpunha um rio de maré, passava por umas outras poucas casas e então se transformava em um amontoado de lixo em meio ao invasor capim do brejo, com suas desbotadas pilhas de latas de cerveja e conchas de límulos. A rua era pavimentada até a ponte, e Ferris conhecia cada curva, inclinação e solavanco do percurso; também isso parecia sensual, e lhe trazia de volta dias da juventude. Fora uma cidade de mulheres, dominada pela energia feminina. Encontrar-se, em uma tarde de dia de semana, na cama com a mulher de outro homem era como entrar para um quadro de associados — uma autorização em moeda primeva, um valor básico dentro de uma tribo amazônica. Em festas, havia quatro tipos de pessoas: mulheres que conheciam vários dos homens, homens que conheciam várias das mulheres, e homens e mulheres que eram inocentes. Às vezes estes eram casados com os não-inocentes, o que gerava tristeza e divórcio. Ferris estava de volta para visitar Jamie, que estava tomando conta da casa enquanto a ex-senhora Ferris passava uma semana em Nova Scotia com o mais recente de uma série de amantes e acompanhantes que por dez anos não conseguiram render outro marido. Ferris, apesar de todos os fracassos, demonstrara ser insubstituível.

O rapaz recebeu o pai com queixas, e parecia exausto. Andava curvado e fazia uns dois dias que não se barbeava, de modo que fios pretos de uma virilidade espantosa se sobressaíam no queixo e no maxilar.

— Tenho tentado impor alguma ordem nos arbustos — ele explicou. — Mamãe deixa tudo crescer. Ela tem essa filosofia de que cada planta tem o direito de viver.

Sim, lembrou-se Ferris, essa era a filosofia da localidade; enquanto as mulheres das respeitáveis cidades circunjacentes cuidavam de jardins e se associavam a clubes de jardinagem, as donas-de-casa dali iam para a praia a fim de intensificar o bronzeado já de aspecto selvagem. O cultivo pessoal era o estilo, a negligência hortícola um sinal de liberação. Certa vez Ferris tentou podar uma gigantesca glicínia que estava arrancando ripas do revestimento exterior da casa e a mulher o acusou de açougueiro, de assassino. Tudo o que ele queria era um pouco de ordem. Ela achava que os dentes-de-leão e a bardana eram bastante graciosos e deixava o arbusto de forsítia engolir a sebe de teixo. O gramado fora aparado em primeiro lugar para os jogos de croqué e emanava um aroma diferente em cada mês de verão — de salada de folhas temperada em junho, de profundas paredes de poço em julho e de palha seca em agosto —, com trechos de terra revolvida em volta das traves de futebol improvisadas e manchas de óleo nos lugares em que as crianças consertavam as bicicletas.

Agosto era o mês predileto de Ferris. Era agosto agora.

— Jimmy, não se meta no meio do sumagre — alertou o filho, que, quando pequeno, pegou da planta uma terrível intoxicação, os olhos inchados fechados sobre as bochechas escarlates e cobertas de suor. — Folhas lustrosas, sempre em grupos de três. Não serreadas e sem penugem, como a trepadeira da Virgínia. Lustrosa, com uma haste rósea.

— Isso me lembra, pai, que tenho uma coisa para lhe mostrar.

— O quê? — O coração de Ferris bateu em descompasso.

— Mostro lá dentro.

Ferris entendeu que isso era um convite para vistoriar primeiro o exterior da casa. Ele e aquele menino que o substituíra como o homem da casa caminharam entre os restos do que antes fora um pomar até a descuidada quadra de tênis. A cerca de arame que uma vez fora virgem e livre de ferrugem, grampeada em estacas eretas que cheiravam a creosoto, agora arqueavam sob o peso de madressilvas emaranhadas. Panos de vela, velhos e apodrecidos, foram colocados ao longo das bordas, para conter as invasoras ervas silvestres do campo. Ferris ergueu o olhar em direção ao lugar no campo onde uma vez vira um cervo, mas viu apenas mato, mais alto e mais próximo. Fotografias antigas daquela região mostravam curvas nítidas de terrenos, pelados para a obtenção de lenha ou tosados por carneiros, e uma clara vista de colinas baixas que levavam ao mar. Agora arvoredos desgrenhados cobriam o terreno elevado e a água salgada do canal apenas faiscava através deles, com o barulho de barcos a motor e de adolescentes gritando alegremente.

— Um belo trabalho — falou suspirando para o filho. Em agosto havia um rangido no ar, uma inlocalizável subcorrente murmurante que as pessoas chamavam de grilo ou cigarra mas que Ferris associava ao som que um relógio elétrico no criado-mudo faz ao lado da cabeça de um insone à noite.

— E a boba da pereira — o filho continuou, com aquela voz atrevida própria das crianças — não pára de dar todas essas peras para caírem no gramado e obstruírem o cortador. — O tom era o de uma criança, mas o timbre o de um adulto, um barítono melindrado que combinava com os fios de barba pretos, as pernas grossas e vigorosas, os punhos e as mãos de ossos grandes. Ferris tinha dificuldade de entender a vida sexual dos filhos adultos. Conhecera algumas das namoradas do filho; eram moças apresentáveis, de contornos bem delineados, anéis de cabelo oleosos e descoloridos, olhos vivos, modos displicentes e complacentes e bocas curvas à espera de alguma graça. Mas nem bem Ferris guardava o nome de uma e aprendia os rudimentos dos antecedentes geográficos e educacionais, e ela sumia. Nenhuma delas durava, nenhuma delas aparentemente estimulava aquele desejo romântico tão comum aos homens da geração de Ferris, o desejo de casar — reivindicar perante a Igreja e o Estado aquele corpo feminino, entrar na intimidade formalizada como se entra em um terreno a ser conquistado, cultivado, semeado e ceifado. A mulher lavando louça, a mulher em um coquetel de recepção ou no bufê de entreato, a mulher tomando um banho de chuveiro para sair ou voltando das compras com os pés doloridos, a mulher dócil nos braços do marido ou emocionantemente briguenta no banco de trás de um táxi: o romantismo que, para Ferris, tinha se associado a essas imagens e que o fizera querer casar não uma, mas várias vezes, desaparecera por completo da cultura norte-americana — uma vítima, talvez, dos dormitórios de escolas mistas ou dos preços exorbitantes das moradias à venda. O filho de voz grave, por exemplo, morou ali durante meses certa feita, com a mãe solitária e os canteiros de peônias crescidas em excesso.

Cães pulavam ao redor dos dois homens enquanto eles atravessavam o gramado castanho e ralo na direção da porta da cozinha. Lá dentro os animais latiam e se entrechocavam ruidosamente no linóleo na esperança de serem alimentados. Eram três cães, vira-latas díspares adquiridos pela ex-família de Ferris em vários momentos impulsivos e agora reunidos ali, junto com um cachorro do vizinho que se agregara ao bando. Havia pêlos por toda parte, nos tapetes e sofás e em bolinhas acumuladas ao longo dos rodapés como amarilhos ao longo de uma cerca de arame farpado. Os móveis, a maioria deles no passado propriedade mútua, pareciam flutuar em um arranjo temporário, não enraizados no lugar, mas em repouso — o moderno dos anos cinqüenta fora de moda e gasto. Os braços de teca das cadeiras dinamarquesas estavam rachados; os tampos de vidro da mesa pareciam permanentemente engordurados. A ex-mulher de Ferris espalhara almofadas de cor vibrante e quadrados de panos indianos como que para distrair os olhos, e esses muitos e festivos retalhos intensificavam a atmosfera de desalinho, de improvisação despreocupada, uma atmosfera que fazia a camisa no peito de Ferris e as próprias calças nas pernas lhe acariciarem a pele com um excitado coleio.

Ao lado dele, o filho soltou um suspiro de cansaço.

— Eu tinha pensado em pintar o madeiramento, mas só para deixar meio arrumado aqui, mais a cozinha, todo o meu tempo vai embora.

— O que você queria me mostrar? — Ferris perguntou.

— Ah, é. Eu, hã... eu tenho que baixar as calças.

— Mesmo? Bom, então baixe. Não se envergonhe. Eu costumava trocar as suas fraldas. — O sangue de Ferris disparou com aquele mistério.

Sob as calças cáqui, o filho usava cuecas samba-canção, como as que Ferris associava a velhos. O pai usara aquele tipo de cuecas folgadas. Ferris usava sungas, quanto mais confortáveis, melhor.

— Atrás da coxa direita, pai. Mais em cima. Está vendo?

— Uma enorme mancha vermelha arredondada. Desde quando você tem isso?

— Faz algum tempo. Eu me lembro de que, há umas duas semanas, um bichinho me mordeu. Um carrapato minúsculo... menor do que um carrapato de cachorro. Não dei muita atenção para isso, mas agora estou com uma coceira terrível e com esta sensação de *calor*, aí onde não dá para eu ver nem com o espelho.

Ferris perguntou, mesmo sabendo a resposta:

— Andou cortando o matagal?

— Tive que cortar — o filho lamentou. — Estava invadindo o jardim. Praticamente não tinha sobrado mais jardim. E nos últimos dias também tenho me sentido esgotado.

— Calafrios e febre?

— Calafrios de vez em quando. Febre, eu não sei. O termômetro quebrou.

— Está com torcicolo?

— Só de manhã, um pouco às vezes.

— Jamie, seu azarado. Temos que consultar um médico. — Enquanto se abaixava mais para examinar de novo o sintoma, Ferris tentou sufocar o feliz pensamento de que tinha chegado bem a tempo.

IRMÃO CIGARRA

Fred Emmet — moreno e atarracado, de sobrancelhas retas e sisudas que quase se encontravam no alto do nariz — era filho único. Se alguma vez fantasiou um parente para si mesmo, era uma irmã, não um irmão. O pai tivera um irmão, um irmão mais velho, que, contara-lhe, dominara-o cruelmente. No entanto, mesmo suas reminiscências mais ressentidas eram permeadas por uma cordialidade que Fred invejava, ao tentar imaginar os jogos de apanhar bola, décadas atrás, nos terrenos baldios de uma cidade que já não tinha terrenos baldios e a rota de entrega de jornais que faziam juntos na neve mais profunda e mais dramática do que qualquer neve hoje em dia, com um cheiro diferente — o cheiro de couro molhado e de calções de algodão úmidos. Embora o irmão do pai jogasse a bola com muita força de propósito, e terminasse primeiro a entrega dos jornais do lado dele da rua e nunca voltasse para ajudar, esperando, em vez disso, dentro da confeitaria aquecida, irmão era uma coisa que o pai *tinha tido*, engrandecendo-lhe a existência, dando-lhe uma dimensão adicional à qual ele teve acesso a vida toda. "Meu irmão que mora na praia de Deerfield", mencionava ele em uma conversa, ou "Se você expressasse este ponto de vista para o meu irmão, ele lhe diria na cara que você é doido". E apesar de os irmãos viverem quase dois mil quilômetros longe um do outro, um na Flórida e o outro em Nova Jérsei, e de se verem menos de uma vez por ano, os dois morreram em um espaço de meses um do outro, o pai de Fred seguindo o irmão mais velho como se fosse para mais um terreno baldio buscar para ele bolas rebatidas.

Mas isso aconteceu anos mais tarde, quando os próprios filhos de Fred estavam crescidos, ou quase. Ele tinha se casado cedo, logo depois de Harvard, proporcionando-se uma outra colega de quarto, por assim dizer, em vez de se lançar sozinho na vida. Em irmãos ou irmãs ele invejava o poder imaginado de consultas mútuas, de conspirações contra pais, que de outro modo seriam demasiado poderosos. Não menos importante, dos encantos que a futura esposa guardava para ele, era a irmã dela — uma irmã caçula que também estudava na Radcliffe, com um círculo de amigos dela mesma. Germaine era mais animada, mais gregária e de uma beleza mais óbvia do que a sensata Betsy de Fred. Entre os inúmeros pretendentes, o mais evidente era Carlyle Saughterfield, um rapaz alto e esquelético da Nova Inglaterra com um jeito persuasivo e negligente.

Fred tinha sido um menino doente e bastante protegido, e mesmo o tardio e súbito crescimento o deixara com uma estatura bem abaixo de um metro e oitenta. Achava Carlyle, que era dois anos mais velho do que ele e estudava na Escola de Comércio do outro lado do rio, exótico e intimidador — um homem grandalhão com carro próprio, um conversível Studebaker verde, e com acesso seguro às habilidades e aos equipamentos de esportes caros, como navegação à vela, esqui, alpinismo e caçada. Carlyle e os amigos da Escola de Comércio carregavam o vistoso conversível verde com esquis, botas, cerveja e sacos de dormir e rumavam para o norte do país, região de neve adentro, com a capota baixada. Os detalhes das aventuras nas montanhas faziam Fred estremecer — puro gelo, nevoeiro de cegar, carne de veado contaminada que os fez vomitar, trilhas de esqui ostentando nomes terríveis como Cabeça do Diabo e Ravina do Suicídio. Escalando as Montanhas Brancas em um verão, Carlyle vira um amigo cair, girando no ar a uns poucos metros de distância enquanto Carlyle se espremia contra o rochedo e se agarrava aos pitões.

— Qual era a expressão no rosto dele? — Fred perguntou.

Os olhos um tanto saltados de Carlyle pareceram umedecer, enquanto visualizava o momento fatal.

— De impassividade — disse.

A voz, rouca e difícil de se ouvir, como se filtrada por algo como uma barbatana, era a única coisa fraca em Carlyle; mas mesmo isso impressionava Fred. Lá em Nova Jérsei os homens poderosos, bandidos, chefes de polícia e cavaleiros de Colombo falavam macio, forçando os outros a escutar.

Enquanto prosseguiam paralelamente com os galanteios às irmãs Terwilliger, Fred e Carlyle passavam juntos um número de horas cada vez maior. Na primavera, esperando as moças saírem dos dormitórios, jogavam na quadra com uma bola de *squash*; os arremessos de Carlyle faziam as mãos de Fred arderem e lhe renovavam o medo da infância de ser atingido no rosto e ter um olho ou um dente arrancado. Era espantosa a força acumulada nos braços longos e nos ombros largos e oblíquos daquele homem — uma força excessiva e fustigante, quase difícil, Fred imaginava, de suportar. Carlyle fora jóquei na escola preparatória, mas na faculdade desdenhara esportes organizados; uma tendência a evitar o previsível talvez fosse outra fraqueza dele. Atrás da Escola de Comércio, no lado oposto do estádio de Harvard, havia um campo de futebol onde os futuros financistas jogavam *touch football*. Carlyle lançava a bola a grandes distâncias, às vezes ao alcance das ansiosas mãos estendidas de Fred, e protetoramente dava um jeito de que em geral o irmão em galanteio, tímido e pequeno, jogasse no time dele.

Em março do ano em que Fred e Betsy se formaram, os dois casais foram esquiar, e Carlyle se mostrou tão paciente quanto um instrutor profissional, ensinando a Fred o limpa-neve e a parada rápida dos esquis, e levando-o com todo o cuidado para baixo, no final do dia, pelas sombras do declive intermediário. Todas essas habilidades requintadas envolviam perigo, Fred notou. Naquele verão, depois de Fred e Betsy terem se casado, Carlyle levou o casal e Germaine para velejar na baía de Buzzards e, enquanto as duas irmãs tomavam banho de sol na proa só com as roupas de baixo, mandou com a voz esganiçada que Fred assumisse a barra do leme e controlasse a escota da vela mestra — colocar toda aquela responsabilidade nas mãos dele!

— Pegue. Gire para a esquerda para fazer a proa se mover para a direita. A proa é aquela coisa na frente.

— Prefiro não. Estou muito satisfeito como passageiro.

— Pegue, Freddy.

O enorme barco se inclinava de maneira apavorante sob as lufadas de uma pressão invisível, a vela descomunal se ondulando, o mastro empalando o sol e a quilha batendo cegamente nas águas traiçoeiras, nada firme debaixo deles, nem mesmo o horizonte com as ilhas deslizantes e evasivas. O barco no entanto não soçobrou. Fred pouco a pouco sentiu um leve gosto pela experiência — e também pelo sol, pelo ar salgado e pelo horizonte que oscilava. Os peitos de Germaine dentro do sutiã eram maiores do que os de Betsy, o tufo de pêlos púbicos formava um acolchoado umbroso sob as calcinhas enquanto as irmãs papeavam, preguiçosa e confiantemente. O rosto de Carlyle, voltado para o sol com as bojudas pálpebras fechadas, tinha uma expressão de êxtase; o cabelo loiro descolorido, já rareando, e mais longo do que o aconselhável para um homem de negócios, desfraldava-se ao vento. Este danado, Fred pensou, enquanto o barco adernava a ponto de dar náusea, está tentando fazer de mim um homem.

Quando, no verão seguinte, Germaine se formou e se casou com Carlyle, o noivo escolheu Fred, dentre todos os velhos companheiros de esqui e caçada, para ser o padrinho, talvez em uma cortês simetria com Betsy, a madrinha. Comprou para Fred um terno bege para combinar com o dele; o paletó caía folgado nos ombros estreitos de Fred, e as mangas eram longas demais, mas mesmo assim ele se sentiu lisonjeado. Betsy estava grávida de cinco meses, de modo que o vestido de cerimônia, de seda azul vivo, apertava demais. Entre eles, brincavam, havia um equilíbrio. Tão jovens e já tinham se lançado à criação de outra geração.

Um estranho incidente toldou aquele casamento, prenunciando um infortúnio futuro. Carlyle e Germaine se casaram em Nova Hampshire, em uma casa de veraneio adiante de Franconia que pertencia à família de Carlyle, e com associações sentimentais para ele. Os pais das Terwilliger tinham entrado com pedido de divórcio na época e estavam por demais desorganizados para insistir que o evento ocorresse em território deles, no noroeste de Connecticut. A cerimônia fora marcada para o meio-dia, e quando a hora se aproximava Carlyle desapareceu; dizia-se que ele estava tomando um banho na represa — uma lagoa pequena e gelada no bosque, formada todo verão pela contenção de um curso d'água de montanha. A senhora Terwilliger, transtornada com mais uma aparente deserção — o próprio marido não estava presente, tendo sido proibido de ir caso levasse a jovem amante —, pediu a intercessão de Fred para ir até a represa buscar o noivo. Fred pressupôs que, no papel de padrinho, não podia recusar esse embaraçoso dever. Com os sapatos pretos e o terno novo desajeitado — trespassado, com aquelas lapelas largas dos anos cinqüenta e um botão de rosa branca preso em uma delas —, desceu a estrada de terra até a represa. Seus dedos não paravam de examinar o bolso direito do paletó, para se certificarem de que o anel de casamento ainda estava lá — o pequeno peso adamantino, a fria borda curva. A estrada era na verdade dois atalhos poeirentos ladeando uma cabeleira central de ervas silvestres e capim, obscurecida mesmo perto do meio-dia por cicutas e bétulas. Ursos viviam supostamente naquele bosque, que se estendia interminável e sombriamente por todas as direções, claustrofóbico como uma caverna. Suponha que Carlyle tenha fugido! Suponha que ele tenha endoidado e que, com sua força excessiva e imprudente, nocauteasse o padrinho de casamento!

Carlyle vinha subindo a estrada, com o terno bege idêntico, o longo cabelo molhado penteado liso para trás, as abluções rituais de solteiro enfim concluídas. Fred sentiu alívio; receara, entre outras coisas, ver nu quem dali a instantes seria cunhado. A estrada se inclinava na direção do riacho, de modo que por um momento as cabeças deles estavam no mesmo nível, e nesse momento Carlyle deu a Fred, ou Fred calhou de flagrar, um olhar, um olhar terno e lacrimoso. O que significava o olhar? *Livre-me disso*? Ou era apenas um fulgor, uma gotícula, da silenciosa sabedoria pagã que irmãos de algum modo partilhavam?

— Mandaram-me buscá-lo.

— Estou vendo, Freddy.

Os olhos de Carlyle eram de um verde-claro incomum, com

pálpebras róseas finas, e proeminentes, de modo que o rosto alongado dava a impressão de ser uma única superfície, lisa e macia, o nariz tão pequenino a ponto de ser insignificante. Quando ele olhava com firmeza, como agora, os olhos se estagnavam no alto, a pálpebra superior engolindo as próprias pestanas.

Nos anos seguintes, os cunhados se olharam nos olhos muito raramente. Não que lhes faltasse oportunidade: embora vivessem, com as mulheres e os filhos, em cidades separadas, e enfim em diferentes costas do continente, Carlyle providenciava que passassem pelo menos algumas semanas do ano como uma só família. Houve primeiro a casa de Franconia, e quando a mãe de Carlyle, enviuvada cedo por um ataque cardíaco que lhe levou o pai — os Saughterfield tinham corações fracos —, vendeu a casa, casas de veraneio foram alugadas em conjunto, ou duas alugadas lado a lado, ou então eles passavam os Natais ora na casa de um, ora na do outro, o chão sob o pinheiro suportando uma pilha constrangedoramente alta de presentes para os filhos deles. Havia nove filhos ao todo: três de Fred e Betsy, seis de Carlyle e Germaine. Seis! Mesmo naqueles anos que antecederam a consciência ecológica, era filho demais para não-católicos. Fred e Betsy especulavam que, o pai dele mesmo morrendo tão cedo e a mãe se casando de novo e se mudando para Paris (o novo marido dela trabalhava para o American Express), Carlyle tinha receio de que a família acabasse; os primos de Nova Hampshire o deprimiam e o único parente era uma irmã bem mais velha a quem ele nunca mencionara e a qual vivia no Havaí com o estúpido do marido alcoólatra.

Os Emmet às vezes achavam as férias conjuntas um tanto cansativas. Os filhos deles eram superados em número em dois para um, cada qual generosamente forçado a fazer expedições — à praia, a um parque de diversão, a alguma trilha de montanha — cujo propósito último parecia ser criar oportunidades fotográficas para Carlyle. Ele se tornara um fotógrafo ardoroso, primeiro com as Nikon e depois com as Leica, até descobrir que uma câmera ainda mais cara podia ser comprada — uma

Hasselblad. O som do obturador parrudo da câmera sugava todos, selava-os lá dentro, capturava-os sob o sol e sob a chuva, de parca ou de maiô ou calção, os meninos com boné de beisebol e as meninas com fitas e trancinhas. Uma fotografia favorita, transformada no cartão de Natal dos Saughterfield, mostrava todas as nove crianças espremidas no burro de carga que era a perua Fairlane dos Emmet, cada carinha afogueada e sorridente lambuzada com um sorvete de casquinha. O que a fotografia não mostrava era o trajeto de volta da barraca de sorvete: os sorvetes derretiam depressa demais no calor de agosto e tiveram que ser atirados pela janela quando ficaram, na massa física da carne, impossivelmente líquidos. "Pro lado!", Carlyle gritou atrás do volante, e uma voz em resposta ressoou estridente: "Pro lado!", e uma outra porção de sorvete se espatifava na estrada que ia se distanciando, para explosões de alegria infantil. Desperdício óbvio mortificava Fred, mas parecia divertir Carlyle.

Como veio a resultar, Carlyle estava sempre dirigindo os carros de Fred, e se apoderando da cozinha de Betsy para ele mesmo cozinhar as refeições, sujando todas as panelas. Fazia os Emmet se sentirem oprimidos, sobretudo com os atos de *largesse* — caixas de plástico contendo bifes congelados que chegavam antes de uma visita, enviadas de Omaha pelo correio, e pesados pacotes de impressos pós-visita, processados em papel lustroso por um laboratório fotográfico na Alemanha Ocidental que Carlyle usava. Todos esses gestos carinhosos e patenteados, Fred sentia, significavam poder e direito. Mesmo o ato de tirar as fotografias situava Carlyle em um nível acima deles, como um apropriador onividente de suas vidas efêmeras.

Certa vez, em Martha's Vineyard, quando Fred precisou do carro para ir a um jogo de tênis combinado em Chilmark, e Carlyle o tinha pegado para ir a Oak Bluffs comprar braceletes de pêlo de elefante para as filhas e as sobrinhas, e depois a Vineyard Haven para a matinê de um filme de Jerry Lewis, mais o jogo de golfinho a caminho de casa, Fred deixou escapar o mau humor. Sentiu o rosto enrubescer; ouviu a própria voz estridente estralar e falhar. Carlyle, que tinha voltado da longa viagem com sacolas de verduras frescas, quilos de peixes inteiros e uma caixa de cerveja importada, encarou Fred com os olhos verdes incomuns por alguns segundos e então caiu em uma alegre gargalhada. Era uma gargalhada tão genuinamente divertida, espontânea e bem-humorada, que Fred só pôde gargalhar também. Por meio dos olhos do cunhado, viu-se com clareza, como algo pequeno, estridente e defensivo. Era, imaginou, aquele tipo de iluminação honesta — aquele tipo de restauração brusca à verdadeira medida de uma pessoa — que irmãos oferecem uns aos outros. Como filho único, Fred jamais tivera que confrontar os próprios limites.

Na cama, perguntou a Betsy:

— Por que ele tem que fazer isso, essa coisa de se passar por Papai Noel?

— Porque — ela respondeu — não tem muito o que fazer.

O que Carlyle fazia profissionalmente foi se tornando cada vez mais vago com os anos. Depois da Escola de Comércio houve negócios — vestir um terno de manhã, trabalhar para os outros, viajar de avião para se reunir com outros homens de terno. Uma empresa para a qual ele trabalhara fabricava produtos de couro — carteiras, cintos, jaquetas no estilo aviador como artigos de alta moda — e outra, um tipo de máquina que estampava folheados dourados e prateados em objetos, em livros, álbuns de fotografia e pastas para documentos, coisas assim. Nenhum desses empregos durou muito tempo. A fraqueza de Carlyle era, talvez, o lado artístico. Sua nota máxima em Harvard tinha sido não em economia, mas em belas-artes; tirava fotografias e comprava livros de arte caros e tão grandes que estante alguma os comportava; não conseguia estar na casa dele, ou na dos Emmet, um minuto sequer sem encher o ar com música no último volume, em geral ópera. Quando a súbita morte da mãe — ela foi atropelada por um táxi em Paris, no Boulevard St.-Germain — trouxe-lhe algum dinheiro adicional, ficou sócio de uma loja de móveis de vanguarda em Back Bay: cadeiras e mesas de plástico moldado, sofás na forma de arcos de círculo, camas d'água. A loja foi bem — eram os anos sessenta, havia muito dinheiro circulando e muita busca de novos estilos de vida —, mas Carlyle se cansou e ficou sócio de uma firma de Los Angeles que fabricava engenhocas cinéticas de plexiglas e fluidos químicos. A firma faliu, mas não antes de Carlyle ter caído fatalmente de amores pela Califórnia — o emaranhado de rodovias de fluxo ininterrupto, a extensão rósea e abundante em palmas, o sol incessante e o perigoso senso de vida vivida à beira. Carlyle se mudou para lá em 1965 com a família que aumentava. À medida que os filhos cresciam e seu cabelo rareava, Carlyle mesmo parecia cada vez mais à beira — à beira do mercado de ações, à beira da indústria cinematográfica, à beira de algum avanço não especificado. Suas roupas se tornaram divertidamente bizarras — calças boca-de-sino, paletós com orlas de couro de gamo, uma boina. Seu nome apareceu como co-produtor em um filme de baixo orçamento sobre adolescentes fugitivos (vistos romanticamente perambulando contra as luzes da noite de Hollywood e dormindo em acolchoados coloridos no alto dos cânions), que recebeu resenhas críticas favoráveis no Leste do país e até foi exibido no complexo de cinemas de Coolidge Corner, não longe de onde Fred e Betsy viviam em Brookline.

Fred, sem qualquer romantismo, trabalhava com bens imobiliários. Depois de romper com a firma administrativa que o treinara, apostou a vida no futuro dos pardacentos e arruinados bairros pobres centrais, que, pelas simples regras da demografia e do transporte, tinham que florescer no mundo. Sua aposta estava dando certo, mas devagar, e enquanto isso a Emmet Royal Corporation absorvia seus dias com manutenções ingratas, querelas com inquilinos e o jogo meticuloso, que Fred apreciava bastante, de aumentar o investimento do banco e assim ampliar seu próprio poder de modificar o rendimento financeiro. Ou seja, vinte mil de seu próprio patrimônio líquido, mais uma hipoteca de cem mil dólares, significavam um lucro de duzentos por cento caso o valor do imóvel subisse um terço. Ele era, como muitos filhos únicos, naturalmente meticuloso e reservado, e o excitava pensar que a crescente riqueza pessoal estava astutamente conservada em segredo, a cada ano expandida por amortizações de desvalorização, perfeitamente legais, daquelas propriedades arruinadas — em Dorchester, um prédio de três andares, em South End, casas com fachadas convexas de tijolos, na asfaltada Somerville, dúplices e, em Allston, prédios de apartamentos tão anônimos e simples que pareciam não ter dono. Fred era a formiga paciente, ele sentia, e Carlyle mais e mais a cigarra insensata.

No entanto, quando, depois de dez anos de casamento, Fred se viu tragado por um romance inconseqüente, foi para o cunhado que ele confessou. O fervilhar da enrascada — a inocência de Betsy, dos filhos e da outra mulher; vívidos e desprendidos detalhes dela, olhos e boca, voz e lágrimas, seios e cabelo — espumava nele como champanhe transbordando de uma taça. Era delicioso, terrível; Fred jamais se sentira tão vivo. Em uma tarde mormacenta de julho viu-se sozinho com Carlyle na casa desmantelada de Chatham, que os Saughterfield e os Emmet estavam alugando em conjunto. As mulheres e os filhos tinham ido para a praia. Carlyle entrou na sala de estar, onde Fred fazia alguns cálculos, e se sentou impassível em frente da escrivaninha, no sofá-cama verde, areento e salgado que viera junto com a casa. Carlyle tinha colocado mais gordura sobre os ossos grandes e agora se movimentava com a vagarosidade de alguém muito mais velho do que o cunhado. Tênis e preocupação tinham equilibrado Fred, dando-lhe uma vantagem — pela primeira vez na vida, parecia bonito. Carlyle estava usando um tipo de terno safári do Sul da Califórnia, um paletó de algodão folgado com calças da mesma cor, lembrando um pijama ou a roupa anti-séptica que médico veste quando opera. Ficou sentado ali, afavelmente, imovelmente. Para atenuar o silêncio opressivo, Fred começou a falar.

Enquanto Carlyle ouvia, seus olhos umedeceram-se com a gravidade da crise; no entanto, suas observações eram oportunamente delicadas, até ocasionais.

— Bom, Freddy... se eu o visse com a mulher, poderia dizer: "Ora, vá em frente" — proferiu em determinado momento com a voz esganiçada, e em outro comparou o apetite sexual a um automóvel, incluindo-se espontaneamente: — Sei que ele está lá, na garagem, esperando que a rotação do motor seja acelerada.

Embora Carlyle parecesse, antes de mais nada, aconselhar Fred a ouvir a voz do coração ("Meu médico não se cansa de me dizer que só vivemos uma vez"), e com uma calma neutra de fato aliviou a inquietação e a culpa do cunhado, Fred ficou com a impressão de que seria absurdo deixar os filhos e Betsy e a participação da Emmet Corporation que os advogados dela exigiriam. Será que Carlyle, se algum dia o *visse* com a outra mulher, ficaria bastante impressionado? Não era a paixão erótica na verdade tão mecânica quanto um motor de combustão interna? Talvez, ao lhe dar motivo para falar dela com Carlyle, para se gabar, por assim dizer, de sua conquista com aquele homem mais velho, mais alto e mais forte, a outra mulher tivesse atendido a grande parte do propósito dela. Relembrando, anos mais tarde, Fred se perguntou se as irmãs não sabiam mais do que deixaram transparecer e se não tinham instigado Carlyle a procurá-lo e fazer aquela consulta fraterna, lá na casa vazia de Chatham, úmida de ar salgado.

Os casamentos, e as famílias, prosseguiram. Muitos passeios, para edificar a infância dos filhos — praias, montanhas, ruas de comércio, Disneylândia. Muito sol partilhado. Por que, então, as dispersas lembranças que Fred tinha de Carlyle tendiam a ser sombrias? Um Natal em Brookline, Fred, reagindo a um implacável som de martelar que vinha de baixo, desceu ao porão e descobriu o cunhado, sinistramente semi-iluminado pelos tubos fluorescentes acima da bancada de trabalho, martelando um objeto brilhante preso no torno. Os olhos do outro homem, elevando-se semicerrados com a mudança de foco, tinham aquele lacrimoso e afetuoso — envergonhado? — olhar exibido por eles no dia do casamento de Carlyle, ao subir a estrada à sombra das cicutas e das bétulas.

— Oficina do Papai Noel — explicou com a voz rouca. Escondeu com o corpo o que estava fazendo. Tinha um aspecto demoníaco, ou de danado, sob a luz trêmula do porão. Fred subiu de volta a escada, tão desconcertado quanto se tivesse surpreendido o outro homem despido.

Betsy explicou-lhe depois, na cama. Para economizar dinheiro, Carlyle estava fazendo alguns dos presentes de Natal daquele ano — moedas de um centavo de dólar perfuradas, trabalhadas em anéis para os meninos e enfiadas em colares para as meninas. Era o tipo de coisa que ele costumava fazer quando menino; fora criativo, artístico. Um gesto bonito, Betsy pensou.

Para Fred, mesmo aquele exercício de economia sugeria extravagância — moedas de um centavo!

— Estão tão duros assim? — perguntou. — Que aconteceu com todo o dinheiro de Carlyle? — Jamais se conformara que Carlyle simplesmente *tinha* dinheiro, enquanto ele tinha que *ganhá-lo*, de migalha em migalha.

Bom, de acordo com o que Betsy soube por Germaine, que por lealdade evidentemente não gostava de contar muito, seis filhos em colégios e faculdades particulares não sai barato, o mercado de ações andava em baixa na administração de Nixon e era difícil para Carlyle cortar os gostos dispendiosos — o conversível M. G., os ternos ingleses feitos sob medida em Londres embora raramente usasse terno, a casa de praia em Malibu, além da casa de sete cômodos no estilo da antiga missão espanhola em Bel Air. As pessoas com quem ele lidava esperavam dele possuir tais coisas.

— Com quem é que ele lida? — Fred perguntou.

— Você sabe — disse Betsy, com o tom de voz de quem também não sabia muito bem. — Gente de cinema. Ele está envolvido num filme agora, Germaine acabou contando, que simplesmente está *sugando* o dinheiro dele. Associou-se com um sujeito, Lanny não-sei-das-quantas, que deveria fazer um filme pornô de baixo orçamento com um tema de aventura também, para não ficar restrito só aos cinemas especializados e poder ser mostrado nos *drive-ins* de pornô não explícito, mas que, sem perguntar ou contar para Carlyle, alugou um desses estúdios que custam vinte e cinco mil por dia ou uma fábula assim para as seqüências que ainda não se encaixam muito bem, já que ele não tem um roteiro pronto, está tudo na cabeça dele. Ele até comprou uma velha casa de madeira e pôs fogo nela para uma cena. Germaine acha que Carlyle está sendo ludibriado, mas que é orgulhoso demais para dizer qualquer coisa. Lembra-se do esqui e das caçadas que ele costumava fazer com os amigos? Pois aqueles camaradas também costumavam se aproveitar dele. Ele tem esse antiquado sentimento de honra e é incapaz de se proteger. Vê-se metido nessa coisa de macho. Além do mais, gosta de estar no meio dessa gente de cinema, principalmente as estrelas menos importantes do pornô. Ela gostaria que *você* falasse com ele.

— Eu? Que é que eu poderia dizer? — O estômago de Fred esfriou, ali no escuro. Ainda temia Carlyle, um pouco; aqueles olhos de pálpebras chatas, o jeito de jogar uma bola que fazia as mãos arderem.

— Só comece o assunto. Deixe que ele conte como é.

— O papo terapêutico do sei-como-é — disse ele com rancor. Passada uma década, ainda sentia a falta da mulher de quem desistira; sonhava com ela, com espantosos detalhes quase de todo esquecidos. Jamais amaria de novo uma mulher com tanta intensidade. Aprendera que o coração, como uma bola de borracha, perde o impulso, e finalmente se imobiliza. Sentiu de fato um pouco de pena, farejando a dor do cunhado na casa. Havia uma deterioração física também, não só financeira. O médico de Carlyle recomendara-lhe dormir um pouco todas as tardes, e ele parecia estar sempre no quarto, em uma espécie de hibernação, da qual saía com os olhos vermelhos, usando mocassins macios. Às roupas da contracultura seus problemas de saúde adicionaram uma dieta macrobiótica, e elas agora caíam folgadas no corpo magro e ossudo.

Um dia, entre o Natal e o Ano Novo, quando todos tinham ido patinar sobre o gelo no reservatório de Brookline, Fred foi até a cozinha, onde Carlyle estava esquentando água para uma xícara de chá de ervas, e perguntou:

— Como vão as coisas?

O outro homem usava uma *dashiki* bordada que caía folgada por cima de um velho e sujo macacão de pintor. O cabelo sumira no alto da cabeça, e ele o deixara crescer atrás; com os longos e grisalhos fios se dispersando na nuca, parecia uma velhota aturdida cuidando do consomê. Os braços expostos eram brancos e pareciam frios. Anos na Califórnia tinham afinado seu sangue. Fred disse:

— Na verdade, acabei de aumentar o termostato.

Carlyle olhou para ele com malícia, sabendo que o parcimonioso Fred se melindraria com isso, e continuou com a tática agressiva.

— As coisas vão indo muito bem — disse. — A vida é toda *samsara*, Freddy. As garotas Terwilliger talvez tenham alarmado você com este tal projeto de filme em andamento, mas, como elas dizem, não é preciso se preocupar. É dinheiro no banco. Quando você trouxer o seu pessoal neste verão, teremos um copião para mostrar.

— Seria interessante — disse Fred. Para ser fraternal, estava usando o anel que Carlyle lhe dera; as bordas grosseiramente marteladas lhe machucavam a pele, e uma vistoria no porão revelou que várias brocas da furadeira, para serem usadas em madeira e não em liga de metais, tinham ficado irrecuperavelmente cegas.

O filme, quando o viram naquele mês de junho em Los Angeles, também parecia feito toscamente. A carne jovem, fotografada com uma iluminação demasiado crua, em quartos alugados por hora, tinha um brilho repulsivo, uma irrealidade acetinada como que de velas coloridas e perfumadas. As partes de aventura do filme não se integravam. A casa incendiada aparecia na tela apenas alguns berrantes segundos alaranjados. Fred ficou impressionado com as vozes dos atores e das atrizes, gravadas com um curioso eco monótono que o fez se dar conta de quão filtradas, quão treinadas eram as vozes nos filmes de verdade. O perfil de Carlyle era fascinante no escuro, os momentos luminosos da tela faiscando no canto dos olhos dele. Quando as luzes se acenderam, seu rosto de pele macia estava corado. Ele disse todo envergonhado à parentada:

— Espero que não tenha sido pornográfico demais para vocês.

— Talvez não o suficiente — Fred opinou. Era o mais próximo de uma palavra negativa que ele se atrevera a dizer desde aquela ocasião em Vineyard, quando Carlyle rira de sua indignação insignificante.

Agora chegara sua vez de se divertir — no jantar que seguiu, com drinques havaianos e comida chinesa, enquanto as esposas permaneciam tensamente caladas, Carlyle manifestou em alto e bom som a esperança de que Fred estudasse a possibilidade de investir no filme, com vistas aos gastos com distribuição e publicidade, que era tudo o que restava para fazer o produto decolar. Mais um empurrão e o filme renderia um bom dinheiro para todos. Ele ofereceria dezoito por cento de juros anuais, exatamente como o MasterCard ao contrário, ou até um quarto do lucro líquido, dependendo de quantas centenas de milhares Fred pudesse investir. Além disso, prometeu, reembolsaria o principal de Fred imediatamente, antes até de pagar a si mesmo. Ele sabia que os bens imobiliários de Boston tinham subido a serra nos últimos tempos e Fred devia estar desesperado para diversificar um pouco.

Não era fácil ler a fisionomia de Carlyle, no restaurante umbroso com lampiões que respingavam e pseudo-ídolos polinésios; sua voz cansada, quase inaudível, chiava obstinadamente, e uma fixação aquosa embaciou o antigo brilho — o olhar culposo vindo do fundo de alguma coisa — que Fred flagrara, ou imaginara, na estrada sombreada pela cicuta havia vinte e cinco anos.

Fred não riu. Disse que ia pensar a respeito e conversar com Betsy. Naturalmente, ela participava de todas as suas decisões de negócio e era sempre consultada. Quando a sós, perguntou a ela:

— Que importância tem para você como irmã, se isso ajudasse Germaine financeiramente?

— Nenhuma — ela respondeu —, e de qualquer modo não acho que vá.

Fred sentiu-se contaminado pelo pedido franco daquele homem, e não via a hora de ir embora, a salvo de volta para a costa onde vivia. Era covarde demais para rejeitar Carlyle. Deixou que as irmãs Terwilliger, Betsy para Germaine mediante interurbano, lhe dessem a resposta: de modo algum. Fred Emmet também era capaz de lhe dar uma lição fraterna sobre limites.

* * *

Quando Carlyle Saughterfield, menos de uma década depois de o fracassado filme ter esvaziado seus bolsos, morreu, foi em um cinema. A moça do lado — não uma namorada; tinham acabado de ser apresentados um ao outro — notou que ele, em um determinado momento, bateu de leve no peito, e quando as luzes se acenderam o homem alto estava curvado, como se adormecido. Impassível. De *dashiki* verde, e não muito mais velho do que fora o pai.

Germaine e ele, alguns anos antes, tinham se divorciado, e Fred e Betsy também, enquanto as irmãs Terwilliger continuavam as vidas em paralelo. Betsy jamais chegara a perdoá-lo pelo insulto daquele antigo caso. Germaine, uma semana depois de Betsy ter telefonado para Fred para dar aquela notícia chocante, ligou ela mesma para convidá-lo para uma cerimônia pagã, a dispersão das cinzas de Carlyle em um rio de maré no norte de Boston, onde o falecido costumava velejar e nadar quando menino.

Espargir as cinzas tinha sido idéia dele, assim como convidar Fred. Germaine disse: "Ele te amava", o que parecia certo, uma vez que as famílias nos ensinam que o amor existe em um reino acima do afeto e do desafeto, coexistindo com indiferença, rivalidade e mesmo antipatia. Quanto aos problemas de saúde de Carlyle, à sinistra história da família, à falta do que fazer, ele tinha refletido bastante acerca de sua própria morte: parecia que, de além-túmulo, estava tentando organizar mais uma fotografia de grupo. Os filhos estavam crescidos e dispersos, a maioria deles morando nas costas, mas um em Chicago e outro no Novo México. Um grupo desigual se reuniu em uma designada ponte de madeira, em um dia de fevereiro tão claro que nem parecia frio.

Fred mergulhou a mão na caixa de fragmentos de cálcio que foram os ossos grandes de Carlyle e, imitando os outros, com cuidado os soltou acima do anteparo tosco e pintado de verde. Imaginara que a maré carregaria aqueles fragmentos chamados cinzas na direção do mar, mas na verdade eles afundaram, como lascas de concha, arrastados, mas sem flutuar, pelas águas translúcidas que subiam. Afundando, fazendo uma dança lenta e rodopiante, refletiam a luz. Duas sobrinhas de Fred — mocinhas em desafiante desabrochar, de rosto corado, cabelo loiro e olhos claros estagnados no alto — sorriram para ele com clemência, com sabedoria. A luz do sol parecia uma lição que ia sendo administrada, uma moral universal; ela dardejava da proteína dos fios de cabelo de cada um, dos chapéus de lã, dos suéteres, das frias mãos descobertas, das tábuas verdes e lascadas da ponte, e dos minúsculos fragmentos aglomerados que eram carregados, em volteios, na maré glacial azul-celeste. Naquele instante de iluminação, todas aquelas velhas fotografias e aqueles velhos tempos conglomerados nos quais Carlyle insistira se revelavam a Fred como inestimáveis — um tesouro, guardado contra o inverno que chegara.

CONJUNÇÃO

Geoffrey Parrish, já perto dos sessenta anos, desde muito tempo desfrutava de um inquieto relacionamento com as estrelas. Na infância, quando supomos que o mundo foi minuciosamente ordenado para nosso próprio benefício, com uma eternidade virtual levada em conta para a inspeção de suas inúmeras partes vastas e misteriosas, ele deu as estrelas, como as nuvens no alto, como certas. A mãe conhecia a Ursa Maior e Órion, e em uma noite de verão era capaz de mostrar, com uma voz de inexplicável excitação, Vênus — uma luminosa perfuração branca no azul que se aprofundava acima do sangrento pôr-do-sol. Por um momento ou outro, ele se dava conta, assim como um esquiador de repente se dá conta das águas escuras contra as quais desliza, de um firmamento pontilhado, uma partícula de mundos distantes, entre as silhuetas maciças das copas das árvores. Mas no quintal, onde tais revelações o surpreendiam, ele geralmente se concentrava em pegar vaga-lumes ou em sentir o pulsar da respiração ou do coração enquanto corria, atrasado para a hora de dormir, na direção das altas janelas iluminadas da casa.

Wynken, Blynken, and Nod, ilustrado por Vernon Grant, fora um dos grandes livros fininhos, cheirando como o oleado na mesa da cozinha, que a mãe lia para ele na hora de dormir, e de certo modo parecia ganhar um lugar entre as estrelas:

As estrelinhas eram os arenques
Que viviam naquele belo mar. [...]

A imagem o perturbava, transmitindo um fervilhar de atividades que prosseguia sem ele, a noite inteira:

A noite inteira eles jogavam redes
Às estrelas nas espumas cintilantes. [...]

Wynken e Blynken acabaram sendo os dois olhinhos dele, os do ouvinte, e Nod a cabecinha dele. Era um pensamento hediondo, como dois ovos e um repolho girando à tona naquela sopa tremeluzente, e em uma misericordiosa fuga do impensável ele se deixava embalar pela envolvente voz da mãe, enquanto ela lia alto, com uma voz grave suavizada pela aproximação do final:

Fecha então os olhinhos e ouve as
Maravilhosas vistas que a mãe vai cantar,
E verás as mais belas coisas
Enquanto te embalares no nevoento mar.

Colégio e faculdade deram-lhe notícia do que as estrelas realmente eram, quão insensatamente vastas, distantes e numerosas, mas esses impactos intelectuais foram amortizados pelas distrações da educação paralela — os corpos femininos com seus pesos maleáveis, suas auras empoadas e perfumadas, seus suéteres felpudos e suas blusas sedosas, e os vislumbres, nos lados, de roupas de baixo elásticas. Por que as moças usam saias, com suas abertura e vulnerabilidade estranhas e ínferas, enquanto moços têm que usar calças? E por que moças gostam de falar tanto, e o que dizem elas umas às outras o tempo todo? Tais perguntas, e galanteio, e casamento, eclipsaram as estrelas, que ainda assim pareciam pender lá no céu esperando que Geoffrey as conhecesse. Em um verão, quando alugara uma casa à beira-mar com um longo deque, ele comprou um guia de bolso da abóbada celeste e (com dificuldade, porque os pontos resplandescentes espalhados na cúpula negra no alto mal correspondiam aos pequenos diagramas distinguidos pela fraca luz da lanterna) aprendeu a localizar o triângulo de verão das estrelas luminosas, Denébola, Altair e Vega, e algumas constelações proeminentes — o "V" voador de Andrômeda, o Cisne cruciforme, a pequena Lira retangular, e Cefeu, com o formato de uma casa em um desenho de criança.

Naquelas decifrações — as pranchas do deque rugosas sob

os pés descalços dele, a casa de telhado de madeira toda iluminada e as vozes da mulher e dos filhos conversando — Parrish se sentiu unido a antigas gerações. O homem mal alcançara a postura ereta e já começara a tentar explicar as estrelas, dar-lhes nomes a partir de deuses e animais, e depois construir enormes círculos e pirâmides de pedras, como que para demonstrar uma harmonia aplacadora com os ciclos da máquina celeste. Quem foi o primeiro homem — uma criatura dificilmente mais do que um macaco — que compreendeu que o borrifo congelado no alto atravessava a noite como um disco fora de centro? E quem foram aqueles vigilantes homens sábios que notaram os planetas pela primeira vez, os nômades que mantinham as próprias trajetórias lentas e arcadas ao longo da superfície desse disco? As estrelas eram os pais da especulação, da filosofia. Sob o olhar fixo dele, como se ele estivesse suspenso pelos calcanhares acima de uma tigela abismal, as estrelas pareciam cantar, gritar em coro. Na realidade, ele ouviu sons solitários vindos do deque — o mar quebrando em uma praia distante, uma bóia sonora oscilando longe do porto, grilos grisalhando no capim seco. Ele ficava zonzo, olhando para cima. O pescoço começava a doer. Sua paciência e seu senso de relações espaciais eram limitados, e, dando-se por satisfeito com umas poucas identificações notáveis, ou tendo, pelo canto do olho, aparentemente visto a queda de um meteoro, ele deixava o deque e voltava para dentro da casa, para dentro da calidez feminina, a luz elétrica.

E o verão tinha então acabado, a abóbada celeste em grande parte não aprendida e uma nova estação de constelações enviada para aturdir os olhos. Décadas se passaram nas quais sua familiaridade com as estrelas não avançou em nada. Lia sobre elas de vez em quando nos jornais — eclipses, chuvas de meteoro, descobertas astronômicas de vazios gigantescos na teia de galáxias e de um misterioso arco visível de uma extensão de milhões de anos-luz. Correndo os olhos pelas tiras em quadrinhos um dia, enquanto a mulher procurava manter a conversa do café da manhã, ele notou um pequeno artigo, com uma ilustração, em que se afirmava que Júpiter e Marte iriam passar, naquele inverno, por uma rara conjunção.

Naquela noite, apesar do frio, levou a ilustração que arrancara do jornal até o quintal lateral, e lá, acima das copas das árvores que por coincidência correspondiam de perto às copas esquemáticas do desenho, fulgurava a conjunção tal como no diagrama — Júpiter brilhante e azulado, Marte menor e avermelhado, um pouco abaixo e à direita. Estudara as estrelas, mas não tinha olhado com conhecimento para um planeta desde as noites de verão, havia meio século — fazia tanto tempo assim? —, quando a mãe apontava dramaticamente para Vênus. Enquanto ele contemplava, as estrelas em torno dos dois planetas conjugados se aglomeravam em sua visão, muitas e muitas delas enquanto ele olhava, como se ele fosse filme numa cuba de revelação; mas não teve dificuldade de descobrir os dois planetas de novo, o emparelhamento próximo distinto como uma assinatura. A vermelhidão de Marte estava alojada em seu piscar, uma centelha talvez alucinatória, enquanto o fulgor azul de Júpiter parecia frio e estável. A visão de Parrish tinha se deteriorado ao longo dos anos. Sem os óculos, coisas próximas ficavam indistintas e coisas distantes pareciam duplas. Ele precisava de um telescópio. Começou sugerindo à mulher que ela talvez quisesse lhe dar um de presente de Natal.

— Por que não se dá um? — Berenice perguntou. — Vai que compro um do tipo errado!

— Você é tão perita quanto eu — disse ele. — É como com qualquer outra coisa. Vá pelo dinheiro. Quanto mais caro, provavelmente melhor.

— Ia parecer que você estava me testando. Eu teria medo de comprar um que não fosse o mais caro, e aí você iria me dizer que gastei muito.

Ele se perguntou se aquilo tinha fundamento. Era verdade que tudo o que ela vinha fazendo lhe parecia ligeiramente excessivo ou insuficiente, um pouco determinado e rígido demais ou então irritantemente casual e imprudente; no entanto ele imaginava que sua irritação era invisível dentro do vasto contexto das décadas que viveram juntos, dos filhos e agora dos netos, de seu compromisso mútuo sempre em expansão e circundante. Tinham se conhecido na faculdade e se casaram em uma onda de paixão; ela ainda era uma caloura e ele um pobre estudante graduado. Uma eternidade depois, acabou vindo à tona que ela se ressentia por ter interrompido os estudos e ter ficado em casa, amarrada em gravidez e maternidade, enquanto ele desfilava com um traje de passeio em um mundo glamouroso de almoços pagos com cartões de crédito e de mocinhas bajuladoras vestidas de acordo com a moda. Bom, ele não podia evitar ter uma reação, não tinha feito o mundo, e não tinha pedido para nascer homem, com responsabilidades e prerrogativas de homem. Os filhos deles cresceram e partiram, os automóveis deles se tornaram estrangeiros e caros, as casas deles aumentaram em preço e em mudanças de subúrbio, e no centro desse movimento centrífugo a brasa do ressentimento dela permaneceu, emparelhado com o ressentimento dele com o ressentimento dela. Ele colocara sua vida aos pés dela, e ela só se preocupava com política de gênero.

Ela prosseguiu:

— Todo mundo fala que as mulheres são financeiramente tímidas, as que não são extravagantes, mas veja os dados: sua firma cobra duzentos dólares por hora por seu tempo, e o meu é absolutamente sem valor; tenho que dispor dele com trabalho voluntário.

— Ou então ficar na cama — ele disse — enquanto me divirto à beça enfrentando o trânsito dentro do túnel.

Parrish mesmo comprou o telescópio, embrulhando-o e colocando-o ao pé da árvore de Natal com um cartão em que estava escrito: "Com amor, Berenice". Os filhos e os netos ficaram impressionados, e avidamente faziam turnos para espiar as janelas dos vizinhos e trazer para mais perto os distantes arranha-céus de Boston. Mas na verdade não era um telescópio caro; as incertezas da mulher quanto ao preço apropriado a pagar o contagiaram e o tornaram prudente. Além disso, os mais caros pareciam demasiado complicados. O que ele queria era um tubo através do qual pudesse olhar por uma extremidade e que lhe refletisse realidade, ampliada, pela outra extremidade.

Isso não foi tão fácil quanto ele esperava. O próprio tremor dele sacudia a imagem, e a ocular de plástico estalava contra os óculos. Um navio longe da praia, um mero hífen na água cinzenta, revelava, em um foco súbito, detalhes surpreendentes — parapeitos, uma casa do leme que precisava ser pintada, um homem com um gorro de malha azul e uma capa impermeável de pé no convés dianteiro imerso em um sinistro silêncio calmo, um sinistro desconhecimento de estar sendo observado. Havia um borbulhar em torno de coisas assim capturadas, um arfar hermético e uma pressão que achatava a perspectiva.

Em uma noite clara no início do ano-novo, Parrish levou para fora o tripé e o telescópio, montou-o no chão coberto de neve na entrada do carro e o apontou para a conjunção. Mesmo através daquele telescópio sem potência as estrelas se multiplicaram confusamente; Marte e Júpiter, embora óbvios a olho nu, exigiram muito tateio calibrado para centrar a lente. Tremores, não apenas os dele mesmo mas os de eventos invisíveis no interior da atmosfera transparente, bloqueavam os planetas. Marte, no aumento máximo, continuou decepcionante — nada de canais, nada de desertos vermelhos, nada de calotas glaciais polares, nem mesmo a impressão de uma atmosfera. Apenas um obstinado buraco diminuto, expelindo vermelho, no espaço. Mas Júpiter, aquela enorme nódoa de palidez ao lado, de fato se reduzia, inequivocamente, emocionantemente, a um disco, um mundo a bradar com sua solene redondez branca nas profundezas do espaço. Parrish não era capaz de distinguir as faixas agitadas ou a enorme mancha oblonga tão vívidas nas fotografias do Voyager, mas *havia* algo inesperado — perto da borda, quatro pontos brilhantes em uma linha curva, uma espécie de pluma erguida para o alto, à esquerda. Seriam eles as famosas luas, cuja observação por Galileu marcou o fim da astronomia ptolomaica? Parrish não esperava que eles se estendessem para tão longe do corpo do globo-mãe, ou que fossem tão distintos e organizados em um arco tão regular. Quando ergueu a cabeça e observou a olho nu, Júpiter ainda estava lá, mas eles tinham desaparecido; quando espiou de novo pelo telescópio, tinham reaparecido, com sua configuração e vividez inesperadas — um pequeno cardume dos arenques que viviam naquele belo oceano.

O rosto, os dedos das mãos e os pés doíam de frio; lágrimas nos olhos agora se somavam às dificuldades de visão. Ele levou o equipamento para dentro de casa, ansioso por partilhar o triunfo da descoberta; mas a mulher já estava imersa no sono. Embora não tivesse se dado de novo o trabalho de montar o telescópio fora de casa, todo o inverno ele punha os olhos naquela parte do céu que explorara e observava o bruxuleante e vermelho Marte se alinhar lentamente com o frio e fulgurante Júpiter, e depois, imperceptivelmente, inexoravelmente, afastar-se, como se seguisse o curso de algum movimento de engrenagens titânicas. O espaço entre eles, antes menor do que a largura de uma lua, abria-se à medida que o planeta menor ascendia, e no entanto Parrish não se dava ao trabalho de acompanhar essas partículas de luz. Conformara-se a um pequeno e confortável lugar no reluzente vazio onde o olhar podia pousar ao sair do carro, de casa rumo a uma festa, um encontro, uma viagem.

Ele e Berenice tinham o hábito, à medida que a primavera se aproximava, de viajar para uma ilha quente durante semanas, recompensando-se por terem suportado mais um inverno da Nova Inglaterra; embora agora ela tivesse receio de pegar câncer de pele e ficasse na cabana enquanto ele ia para a praia, ainda assim faziam a viagem, com seu sabor de lua-de-mel. As estrelas tropicais eram diferentes — as poucas constelações que ele conhecia se esparramavam doidamente em um lado do céu, expandidas pela nova relação com o horizonte. Contudo, o ar era familiar, o úmido e carregado ar de verão. Sentados depois do jantar no terraço do hotel, enquanto uma banda de percussão tocava sob as estrelas, Parrish de repente viu de novo, como se um telescópio interior tivesse feito um *close-up*, a mulher e ele mesmo, antes de se casarem, no telhado plano e granulado da casa de Cambridge onde ele vivera quando era um graduando. Eram inúmeras as normas naquela idade média, e ela chegara até ele ilegalmente, mentindo para a encarregada de dormitório de modo a poder passar a noite lá. O repentino calor de maio era tão grande no abafado quarto dele que eles levaram os lençóis para o telhado, perto das estrelas, às quais seus corpos luminosos pareciam se unir; a espinha dorsal da galáxia se curvava acima deles como um enorme e pálido arco-íris. Toda vez que os olhos dele passeavam sobre o corpo dela, o esplendor vislumbrava.

Ele convidou Berenice para dançar.

— Esta música? Não sabemos dançar esta música.

— Basta arrastar os pés, pelo jeito que ela é.

— Deixe os moços dançarem, Geoff. Não me ponha à prova.

À prova? O rosto dela, branco no terraço palidamente iluminado pelas estrelas, enquanto o grupo de negros entornava o júbilo treinado, não lhe parecia envelhecido, mas de algum modo fechado, franzido demais, como se a vida dela, a vida dela com ele, fosse uma ferida que estivesse quase curada enfim. Atrás dela, o quente mar negro, atingido pela luz de uma lua cheia, parecia se erguer de inchaço na direção do brilho frio do outro corpo celeste.

De volta a casa, onde a neve tinha derretido por completo, Parrish desceu do carro e olhou para o céu, e não viu nem Marte nem Júpiter. Separaram-se e perderam-se entre as estrelas menos peregrinas. Sem conseguir acreditar nisso, ele procurou durante minutos. A mulher pegara as chaves e entrara na casa, ligando os interruptores, enchendo janela após janela com uma luz artificial. Consciente da respiração, consciente do pulsar do coração, ele se juntou a ela, dentro da casa.

A VIAGEM AOS MORTOS

Vivendo sozinho depois de quase trinta anos de casamento, Martin Fredericks se via assediado por importunações ocasionais. Uma amiga de faculdade da ex-mulher — uma elegante e robusta especialista em literatura comparada de nome Arlene Quint — telefonou-lhe um dia no início da primavera e pediu-lhe que a levasse de carro até o hospital. Ele não estava certo se tinha entendido.

— Agora?

— O quanto antes, sim, se puder. — O apelo na voz dela foi reforçado por algo firme e cerimonioso de que ele se lembrava dos tempos de faculdade. — É que me ocorreu que você tem aquele carrinho estacionado atrás do seu prédio, e nesta cidade quando a gente chama um táxi demora horas, e depois eles dirigem feito loucos. Eu preciso ser transportada com cuidado.

— Precisa?

— Preciso, Marty — ela disse. — Sem as suas paradas e arrancadas.

Tinham se reencontrado havia pouco tempo, depois de muitos anos, em uma festa na água-furtada de um artista a alguns quarteirões dali, na cidade; ela ficou menos surpresa ao vê-lo do que ele a ela, uma vez que mantivera contato com a ex-mulher dele, Harriet, e sabia que ele tinha mudado dos arredores. Também morava na cidade agora. Ela e Sherman Quint — um especialista em química — estavam divorciados havia anos. Adorava estar na cidade, e livre, Arlene disse para Fredericks. Estava pálida, e o cabelo preto penteado para trás ficara grisalho em estranhas faixas distintas, mas o aspecto geral era o mesmo do qual ele se lembrava, sólido e enérgico, com um certo ar de rebeldia saudável. Assim como sua ex-mulher, ela fora uma universitária com pretensões artísticas, usando rabo-de-cavalo e saia de camponesa. Agora, ainda com rabo-de-cavalo, sentava-se em uma mesa balançando as pernas roliças com uma absoluta felicidade, parecia, por estar viva, solteira e ali.

A mesa era de uma pesada madeira rústica trabalhada pelo artista, um homem baixo de cavanhaque; fora crivada de furos de percevejos e coberta com manchas aleatórias de tinta e pintura. Na parede atrás de Arlene, presos com tachas, havia esboços de nus masculinos idealizados feitos com carvão. Ao lado dela, o espaço desaparecia através de uma enorme janela industrial com mainéis de aço na direção das luzes da cidade, âmbar, prata e borrões indistintos de vermelho de néon, que se perdiam na distância; a cidade não era Nova York, mas Boston, e nada naquela área parecia mais alto do que as próprias janelas, as ruas e as fileiras de casas de tijolos vertendo abaixo deles como as luzes de um aeroporto durante uma decolagem. A felicidade de Arlene reluzia através da pele não exatamente sadia, e as pernas não paravam de balançar aos saltos — as panturrilhas em forma de coxa de galinha, as sapatilhas Capezio arredondadas na biqueira. Aqueles sapatos a datavam; a ex-mulher de Fredericks também usava sapatilhas de bailarina em qualquer tempo, chuva ou neve, como se a vida a qualquer momento fosse se transformar em uma dança.

As pessoas naquela festa pareciam jovens — jovens com pretensões a artistas, com cabelos punk horrendos, raspados acima das orelhas e tingidos em tufos de tom pastel, rapazes e moças com a mesma aparência, usando suéteres folgados, falando cada vez mais alto e ficando estridentes à medida que iam bebendo vinho em copos de plástico baratos. Um rapaz pegou um pacote flexível desses copos e fingia que estava tocando acordeão. A voz do anfitrião, nasal e jubilosa, ressoava cortando a bulha. Apenas o anfitrião, com o namorado japonês, parecia ter mais ou menos a idade de Fredericks e, embora isso o perturbasse, a juventude dos presentes parecia aumentar a felicidade de Arlene, a felicidade despropositada e saltitante como a de uma menininha empoleirada no alto de um muro.

— Ei. Acho que vou, como eles dizem, me mandar — falou enfim para ela, em uma leve paródia da própria ávida assimilação que Arlene fazia daquela cena jovial. — Quer que a acompanhe até a casa?

Os olhos dela se concentraram abruptamente nele. Sombras embaixo deles denunciavam fadiga.

— Ah, não, Marty, está muito cedo! — A voz soou alta, como se viesse de longe. Os lábios demoraram a se fechar sobre os dentes, que se projetavam um pouco e estavam manchados como os de um fumante, embora ela tivesse deixado de fumar. — Você está sendo gentil, mas posso ir sozinha. Esta parte da cidade é bastante segura.

Ficou satisfeito por ser rejeitado; estava envolvido com outra mulher e se oferecera por causa de um verdadeiro espírito protetor e de um obscuro gesto para com a ex-mulher. Como as duas moças tinham sido muito amigas, um tabu, como o de incesto, se interpusera entre ele e Arlene na faculdade; era estranho sentir aquele tabu ressurgido e uma desagradável liberdade pairando sobre todos eles relativamente tarde na vida. Liberdade — era isso o que expressavam as pernas roliças e balouçantes dela. Mas os norte-americanos têm excesso de liberdade, Fredericks pensou, e disponibilidade não se iguala a atratividade. Havia uma fina camada de enfermidade em Arlene, e ela criara uma casca grossa em torno do cerne.

Quando relatou o encontro para Harriet pelo telefone, ela lhe disse que Arlene tivera um princípio de câncer, mas que a quimioterapia aparentemente dera resultado. A doença lhe vinha à cabeça como uma outra razão para deixar Arlene sozinha. Ela estava tomada. Aos poucos sumia da cabeça dele o fato de que ela vivia a menos de um quilômetro dali, trabalhando meio período em um depósito de fornecedores de material artístico perto da universidade local, até vir aquele telefonema inesperado.

Era final da tarde, quase noite. Os arranha-céus do centro da cidade visíveis de sua janela quebravam-se em blocos de sombra e brilho alaranjado à medida que o sol baixava sobre o

Fens. Quando ele se encaminhou para o automóvel — um decrépito Karmann-Ghia conversível, o pára-lama da esquerda amassado, a capota de lona retalhada uma noite por um ladrão em busca de drogas ou de um rádio caro —, estava escuro o suficiente para ligar os faróis dianteiros. Irritado e lisonjeado, avançou à velocidade de tartaruga pelo trânsito da hora do pico até o endereço que Arlene lhe tinha dado.

Ela estava esperando no vestíbulo do prédio e saiu carregando uma pequena mala de mão, caminhando com muito cuidado, a passos curtos e lentos. Quando ele saltou todo desajeitado do carro e deu a volta para pegar a mala, ela ergueu uma mão em sinal de alerta, como temendo que ele se chocasse contra ela. Ela vestia um pesado casaco de lã folgado, mas, mesmo assim, ele viu que havia algo de errado na configuração do corpo dela — o centro não só estava espesso como também protuberante. As lâmpadas dos postes não melhoravam sua cor; o rosto parecia esverdeado, ceráceo, com cavidades embaixo dos olhos semelhantes a marcas deixadas em cera pelo polegar. Ela sorriu à intensidade da inspeção dele. Arlene, cujos avós maternos tinham emigrado da Macedônia, possuía uma certa polidez reservada do Velho Mundo, e Fredericks percebeu que ela estava determinada a fazer prevalecer essa polidez. Embora o carro dele, estacionado em fila dupla, forçasse as duas pistas de tráfego a se espremerem em uma só, com algumas buzinadas de indignação, ele fez movimentos tão vagarosos quanto os dela e colocou a mala de mão no banco de trás muito delicadamente, como se nela estivesse contida a dor de Arlene.

Ela bateu a porta do lado dela, mas permaneceu um pouco curvada para a frente, o perfil em silhueta contra a janela lateral, sob a capota de lona retalhada e remendada com fita adesiva: o afilado nariz de cavalete alto, os lábios austeros sobre os dentes ligeiramente salientes.

Ele perguntou, antes de soltar a embreagem:

— Tudo bem?

— Tudo bem — ela respondeu, com uma normalidade surpreendente na voz. — É muita gentileza sua fazer isso por mim, Marty.

— Imagine! Qual hospital?

Ela falou o nome de um que ficava a um quilômetro e meio dali. O trânsito se tornava mais congestionado à medida que escurecia, e havia muitas paradas e arrancadas. Em determinado momento, ela apoiou a mão no painel, como que para se refazer, e depois abandonou a posição, talvez mais desconfortável do que de ajuda. O carro estava enferrujado, era velho, e ia aos trancos por mais que Fredericks mudasse as marchas com delicadeza.

— Desculpe — disse ele, mais de uma vez.

— Você está indo bem — disse ela, quase com condescendência.

Ele não acreditava que um táxi não teria sido melhor. Era como se ela tivesse decidido aceitar, agora, a rejeitada oferta dele de acompanhá-la até a casa.

— Desculpe o frio aqui no carro. O aquecedor deve começar a funcionar daqui a pouco.

— Não sinto o frio.

— O seu... isso, hã, que aconteceu, foi de repente?

— Já vinha vindo.

— No hospital eles sabem que você está indo?

— Ah, sim. Sabem.

— Vai ter que ficar lá muito tempo?

— Eles é que decidem. Meu dever é entregar o corpo.

O corpo.

— Sinto muito — ele disse.

— Sente por quê, Marty? — Livraram-se do tráfego por um quarteirão e estavam deslizando suavemente, entre fachadas de prédios de quatro andares, sob árvores que dali a um mês dariam folhas.

— Por seu corpo estar, hã, reagindo.

O deslizar acabou; uma transversal, uma artéria principal, estava totalmente congestionada.

— Acho que tudo vai correr bem — disse Arlene, depois de um segundo de silêncio tenso no qual percebeu que a parada não causaria irritação. Sua voz tinha o falso e leve ritmo de alguém procurando tranqüilizar uma criança.

— Espero que sim — disse Fredericks, sentindo-se tolo e insignificante em relação aos imensos movimentos, às revoluções da mortalidade, que ocorriam dentro dela, ao lado dele naquela trêmula, fria e dilacerada cova do carro.

Ela disse, mais informalmente:

— A gente se adapta. Acaba se conformando.

— Mesmo?

— Ah, sim — disse Arlene, simplesmente, como se ele partilhasse o segredo agora; como se ele e ela estivessem agora no mesmo lado do mistério que se avolumava dentro dela. Mas ele não era capaz de imaginar que a morte tivesse uma proporção humana, finita o suficiente para se conformar a ela. O aquecedor do carro estava enfim gerando aquecimento, quando as luzes do hospital se tornaram visíveis. Ela lhe disse que tomasse uma rua lateral curva que se transformou em ladeira. Enquanto estacionava lentamente diante da entrada, Fredericks recebeu o impacto da alvoroçada luminosidade ininterrupta de um aeroporto, ou de uma estação terminal de trem dos velhos tempos — uma constante e grandiosa vivacidade de vaivéns.

Ele disse, debatendo-se para se desembaraçar do volante:

— Deixe que abro a porta para você.

— Eu me viro. — Ela girou a maçaneta e estava de pé ao lado do carro quando ele deu a volta para pegar a maleta. Tinha o corpo compacto e sem cintura das mulheres dos Bálcãs, com suas roupas de camponesas. Estava recuando. O rosto se voltou para a luz que entornava pelas portas de vidro do saguão do hospital.

— Devo entrar com você?

— Não. — A resposta foi tão abrupta que ela tentou atenuá-la. — Você não pode estacionar aqui. Eu me viro. — Ouvindo a repetição, insistiu nela: — Quero me virar. Escolhi viver sozinha. — Lançou-lhe um olhar rápido, com um suspeito girar dos olhos, e deu-lhe o gracioso, saliente e trivial sorriso. — Obrigada, Marty. Foi uma ótima carona.

— Quer visitas?

— Vou ter muitas, obrigada. Todos aqueles filhos que tivemos por alguma razão.

— Me telefone quando for sair que eu venho te apanhar.

Os lábios dela se fecharam devagar sobre os dentes.

— Vou chamar um táxi quando sair.

Não houve oferta de um beijinho de despedida, apesar de que ele tomaria o cuidado de não trombar com ela. Mas se o próprio corpo dela a estava traindo, Fredericks pensou, por que ela confiaria nele? Ela passou pelas portas de vidro e não olhou para trás. De costas, parecia, com a maleta e o casaco volumoso, uma imigrante, recém-chegada.

Arlene não era a primeira mulher agonizante da idade dele que Fredericks conhecera. Na comunidade residencial onde ele e Harriet viveram juntos, uma amiga comum, a mais feliz esposa do círculo deles, tivera os seios removidos quando entrara na casa dos quarenta. Durante anos, isso pareceu ter resolvido o problema; mais tarde, com uma voz rouca, ela lhes confidenciou, diante da entrada do supermercado local: "A desgraçada da coisa está voltando!". A última vez que a viram foi em uma pequena churrascada que todos os convidados tacitamente sabiam ser, embora nenhum deles o admitisse em voz alta, uma despedida à anfitriã.

Naquele domingo de verão, enquanto Fredericks e a mulher entravam de carro na propriedade, uma nova mangueira verde, esticada para alcançar um canteiro de flores, estendia-se de través no asfalto da entrada de carros, e ele freou. A anfitriã, com um chapéu de sol e uma bata berrante, estava parada no gramado e acenando vigorosamente para que ele avançasse até uma área do relvado reservada para estacionamento. Com hesitação, ele conduziu devagar o carro — uma perua Volvo tão dura para dirigir quanto um caminhão — até o local que ela estava indicando, receoso de que o pé escorregasse e o pára-choque atingisse aquela mulher já atingida pela doença.

Ele desceu da perua e beijou a mulher no rosto voltado para cima, o qual, com a enfermidade, se tornara redondo e reluzente, e explicou que não quis atropelar a mangueira.

— *Ach*, a mangueira! — ela exclamou com uma surpreendente força gutural e um gesto impetuoso e cômico. — Dane-se a mangueira!

Contudo, Fredericks voltou e removeu a mangueira para que o carro seguinte não a atropelasse, ao mesmo tempo tentando imaginar como esses acessórios de nossa vida cotidiana, pacientemente conservados, guardados, enrolados e consertados como se sua utilidade fosse eterna, deviam parecer a alguém cuja morte era iminente. A mangueira. As flores. A colher de jardineiro abandonada cujo cabo amarelo-canário cintila entre as ervas silvestres ao lado dos flox. O gramado mesmo, e o sol, o céu, as árvores semelhantes a maciços cenários bidimensionais desgastados — eles que se danem. O valor deles estava para ser submetido a uma revisão tão vasta e tão implacável que Fredericks não era capaz de imaginá-la. Decerto não era capaz de imaginá-la em relação à alegre presença que os recebia, sentada com os convidados na varanda resguardada enquanto o marido cozinhava na grelha lá fora, em uma nuvem de mosquitos. Como concessão à debilidade, ela se sentara em uma espreguiçadeira de alumínio, os pés metidos em meias grossas de lã embora o dia estivesse quente, e ainda usando o chapéu de sol, talvez para esconder o cabelo destruído pela quimioterapia. A reunião, à medida que os convidados tomavam vinho, foi se tornando cada vez mais relaxada e divertida, a anfitriã puxando a conversa para canais mundanos — problemas de zoneamento local e filmes que eles tinham visto. Ela descreveu em pormenores e com tal expressividade os horrores de uma planejada expansão do condomínio que eles se esqueceram de que ela não estaria lá para vê-la ou para discutir os problemas de estacionamento decorrentes. Quando uma outra mulher objetou que todos os filmes pareciam tratar de — com ênfase — *fragilidade*, a mulher agonizante imediatamente brincou:

— *Gesundheit*! — E então, alegremente, acrescentou: — Adoro a fragilidade. A fragilidade — disse ela — é a verdade. A fragilidade — continuou, excitada em crescendo pelos risos à volta — haverá de nos libertar!

No verão do ano seguinte, comparecendo ao funeral dela,

tentando imaginá-la em movimento em algum lugar e cada vez mais forte como afirmava o culto, Fredericks se surpreendeu com o fato de que nenhum deles naquela tarde fora capaz de encontrar um assunto mais elevado, uma palavra de despedida mais afetuosa, do que condomínios e filmes sobre fragilidade, e se perguntou onde poderia estar agora enrolada aquela mangueira de jardim com a qual fora tão cuidadoso.

O moribundo, espantava-se, não parece habitar um mundo muito diferente do nosso. Seus vizinhos idosos naquela comunidade residencial colhiam com ancinhos as folhas do gramado, levavam para passear os cães velhos e coxos e conversavam sobre a viagem à Flórida marcada para aquele inverno como se no próprio pórtico da morte não houvesse nada a fazer exceto continuar vivendo, vivendo na mesma velha rotina. Eles mexericavam, matavam o tempo, assistiam à televisão. Nenhuma percepção radical elevava a conversa deles, embora Fredericks escutasse em expectativa. Na faculdade, ele se especializara nos clássicos, e se lembrava vagamente da passagem da *Odisséia* em que os mortos fitam silenciosamente Odisseu, incapazes de falar até beberem do sangue da ovelha com o qual o herói enchera, seguindo o preceito de Circe, uma cova com um côvado quadrado e um côvado de profundidade. A própria mãe do herói, Anticléia, curva-se atormentada e sem palavras até que ele lhe permite beber "o sangue negro de tormenta". Os mortos em Homero se sentem inferiores, até mesmo — na tradução de T. E. Lawrence — tolos. O morto Aquiles pergunta com mordacidade a Odisseu: "Como encontrarás aventura mais insensata que suplante este descer vivo ao Hades entre os mortos tolos, os simulacros desgastados de homens?". E Enéias, no Averno de Virgílio, não consegue arrancar uma palavra da furiosa Dido, que escuta suas súplicas e escusas com olhos fixos e um semblante de pedra, e que foge ainda odiando-o — *inimica* — de volta aos bosquetes obscuros onde Siqueu, o antigo marido, mostra-se sensível a suas ansiedades e retribui seu amor — *inimica refugit/ in nemus umbriferum coniunx ubi pristinus illi/ respondet curis aequatque Sychaeus amorem.* A versão de inferno de Virgílio torna-se implausivelmente detalhada, com o futuro de Roma relatado longamente por Anquises e vários círculos e compartimentos dispostos como que em uma antecipação do mapeamento definitivo de Dante. Ao passo que Gilgamesh, um viajante ainda mais velho, encontrou apenas, até onde as tábuas fragmentadas desta história podem ser decifradas, confusão e subterfúgio ao final de sua apaixonada demanda: "A dor penetrou meu âmago. Temo a morte; percorro a esmo as colinas. Tomarei a estrada; rapidamente irei à casa de Utnapishtim, filho de Ubaratutu [...]".

Utnapishtim responde a Gilgamesh em argila fragmentada: "Uma vez que não há [...] Não há palavra de conselho [...] Desde o início não há permanência. [...] Quanto à morte, seu tempo está oculto. O tempo da vida está à mostra, manifesto".

Fredericks relutava em telefonar para Arlene, temendo que parecesse uma espécie de galanteio. No entanto, por decoro, tinha que perguntar-lhe, depois da perigosa viagem de carro juntos, como estava passando. Durante várias semanas, o telefone dela só tocava; então, um dia, ela atendeu.

— Oh — respondeu ela, com uma cadência ponderada, monótona e indolente na voz, que parecia nova —, nada mal. Há dias bons e dias ruins. Eles me submeteram a uma mistura de coisas, e por um tempo lá a mistura deu toda errada. Mas agora passou. Estou me sentindo muito bem, Marty.

— Agora você está em casa — disse ele, como para estabelecer um fato naquele fluxo de terapia inimaginável. O som migratório e drogado da voz dela despertou firmeza na dele. — Está indo trabalhar também?

— Ontem, que estava bastante ensolarado, dei uma passada no depósito de material artístico e eles ficaram felizes por me ver, mas eu realmente não estou em condições de ficar de pé o dia inteiro. Uma tarde na semana que vem é o meu objetivo. A gente aprende a ter objetivos.

— É. — A firmeza dele pareceu falhar; um soco no ar vazio. — Bom, faça uma coisa de cada vez.

Houve uma pausa.

— Não me importo de receber visitas — ela disse.

Ele pensou na água-furtada do artista, naquelas pessoas barulhentas e no quanto Arlene estava feliz entre elas, e sentiu rancor. Se eram tão sensacionais, por onde andavam agora?

— Bom, posso passar aí um dia — ele disse. — Se não for cansativo para você.

— Ah, não, Marty — ela disse. — Poderá ser animador.

Fredericks se viu desconfortavelmente obrigado a marcar uma hora, final de uma tarde, depois do trabalho. Não se sentia, naquele singular ínterim da vida, totalmente livre — a mulher com quem estava envolvido controlava seu tempo, em constante vigilância. Sua vida parecia destinada a jamais ser completamente dele. Por escolha dele, claro. Arlene lhe dissera: *Escolhi viver sozinha.*

Na hora em que dirigia para a casa de Arlene, os carros deixavam as ruas para retornar aos subúrbios, e ele não teve problemas para encontrar uma vaga livre em um parquímetro. Todos os dias a luz do sol se apegava à cidade por alguns minutos mais. A casa dela tinha uma fachada convexa de arenito pardo, mais vistosa do que o prédio de tijolos em que ele morava, e estava voltada não para o pequeno agrupamento de arranha-céus do centro da cidade, mas para uma faixa de parque antiquado, parte do Fens, com postes de luz de ferro e uma passarela de pedras que se arqueava sobre um córrego pantanoso juncado de latas de cerveja e alvas embalagens de Styrofoam de comida para viagem. Uma faia toda desfraldada, cujas raízes bebiam à beira do córrego, estava a ponto de florescer. *O tempo da vida está à mostra, manifesto.*

Arlene recebeu-o no elevador, inesperadamente, de modo que quase deu um encontrão nela. Enquanto a beijava no rosto, ela permaneceu curvada, de modo que ele assentou os lábios todo desajeitado. A face dela parecia seca e um tanto quente demais.

Ela estava usando uma espécie de conjunto de *jogging* azul-marinho e parecia bem mais magra. A pele descorada do rosto se retesara, e os olhos — um surpreendente castanho claro, uma cor branco-mosqueada — espiavam com suspeição de dentro das órbitas aprofundadas, vindos de um canto espectral. Curvada e arrastando os pés, ela o conduziu até a sala de estar com vista para o parque. Das janelas, ele podia ver através da faia florescente uma trilha diagonal e, a meia distância, um coreto de ferro. O apartamento ficava um andar acima do dele, embora não tão alto quanto a água-furtada do artista, e era abundantemente mobiliado com móveis surpreendentemente caros: espólio do casamento, ele pensou. Ela deixou o próprio Fredericks preparar um drinque para ele enquanto se deitava em um sofá de tecido brocado, os pés para o alto, e bebericava água Perrier.

— Um apartamento *belíssimo* — observou ele, e em seguida receou que a ênfase revelasse sua suposição de que ela vivia pobremente, em um estilo não convencional.

— Senti saudade dele nas semanas em que passei fora. Minhas plantas ficaram felicíssimas ao me ver. Uma cíclame morreu, apesar de eu ter pedido para a mulher do zelador vir regá-la duas vezes por semana.

— Harriet veio aqui alguma vez?

— Ah, sim, várias vezes. Ela gosta daqui. Diz que detesta ficar enfiada naquele apartamento enorme e tumultuado de vocês. Quer dizer, que vocês dois tinham.

— Os filhos ainda não estão exatamente na idade de bater asas. E se ela vier para a cidade, também, teremos um problema de superpopulação.

— Ora, Marty, você sabe que ela nunca virá. Harriet precisa de todo aquele ostentoso espaço campestre. Ela precisa de animais.

A conversa começou a estimulá-lo. Ele se sentou em uma poltrona tão inesperadamente macia que quase derramou a bebida. Dali daquele ângulo baixo, as janelas da frente de Arlene estavam cheias de céu, só de céu, com nuvens brancas primaveris próximas como lajes e se apressando tão aglutinadas em uma direção que faziam a própria sala parecer estar viajando, suavemente puxando as paredes, os móveis e as sombras da tardinha para trás, para o passado, para o tempo em que eles todos estavam na faculdade, jovens, recém-conhecidos, e os elmos não estavam empestados, os carros eram enormes, e as audiências Exército-McCarthy zumbiam com fascínio do rádio para dentro das tardes de primavera quando eles deviam estar estudando Chaucer. E depois, passado um tempo, ainda se mantendo em contato, Arlene, Sherman, Harriet e Martin partilhavam a estupefaciente proeza de fazer filhos — criando nova gente, cidadãos, a partir de nada a não ser de seus próprios corpos — e as dificilmente menos espantosas façanhas de possuírem casa, ir cuidar dela, de ter amigos que eram às vezes perversos, e de oferecer coquetéis. Embora vivessem em cidades diferentes, em círculos diferentes, ocasionalmente recebiam uns aos outros. Os Quint tinham instalado uma piscina, e Fredericks se lembrava de refeições domingueiras ao ar livre no gramado irregular onde a recente escavação deixara cicatrizes, sob um céu desfigurado pela fumaça do carvão e o preguiçoso *bop-pop* do tênis que vinha da quadra de argila do vizinho. O sol da juventude mosqueava as reminiscências dele, enquanto Arlene acomodava rijamente as pernas no sofá de vez em quando e Fredericks se afundava ainda mais na poltrona e na benignidade alcoólica, e o céu com suas nuvens viajantes se afundava no azul da noite. A voz de Arlene tinha uma qualidade de longa distância, como se ela estivesse lendo palavras em um cartão-postal que estivesse quase fora do alcance da vista.

— Harriet tinha uma queda pelo nosso pastor — ela disse, tendo Fredericks recordado os almoços domingueiros.

— Tinha? — Embora tivesse se tornado perito em receber os sinais emitidos por mulheres, ele nunca pensou que Harriet tivesse emitido qualquer sinal.

Arlene riu, com uma nota alta, aguda e prolongada, e depois os lábios se fecharam devagar sobre os dentes proeminentes. Ela disse:

— O reverendo Propper. Não que ele *fosse* tão venerando, como se constatou. Era um unitário, naturalmente. Mesmo na faculdade Harriet gostava daquele tipo de rapaz... um rapaz *sério*. Você não era bastante *sério* para ela, Marty.

— Ela gostava? Eu não era? — Responsabilizara-se pela separação deles, e estava agradavelmente surpreso ao ouvir que a rejeição não fora apenas da parte dele.

— Não realmente. Ela adorava idealistas. Líderes sindicais, padres renegados e Erik Erikson, esses tipos curandeiros. Foi isso que a atraiu para Sherm, antes de descobrir que ele era apenas mais um químico careta. Acho que a palavra "careta" ainda não existia, existia?

— Tinha me esquecido de que ela saiu com ele algumas vezes.

— *Algumas vezes*! O segundo ano de universidade inteiro. Foi assim que eu o conheci, por intermédio dela.

— Eu sabia disso?

— Devia saber, Marty. Ela costumava dizer que adorava o jeito que o cabelo dele ia rareando mesmo na faculdade. Achava que era um sinal de seriedade. Mostrava que o cérebro dele estava trabalhando para salvar a humanidade. Todos aqueles especialistas em relações sociais queriam salvar o mundo.

Ele tinha até se esquecido de que Harriet se especializara em relações sociais — não esquecido, exatamente, mas não tinha trazido o fato de volta à vida. Houve uma época, naqueles anos cinqüenta, em que sociologia, associando psicologia, antropologia, história e estatística, parecia capaz de salvar o mundo daquelas velhas bestas peludas — tribalismo e religião. Harriet fora, com seu sorriso tímido e perolado, com seu rabo-de-cavalo e seus tênis puídos, um apóstolo da luz, naqueles desfocados dias pré-protesto.

— Não percebi que ela e Sherm tiveram um caso assim tão sério.

— *Sério*. Você falou tudo. Ele nunca sorria, a não ser que a gente dissesse que alguma coisa era uma piada. Nossa, foi bom sair daquela finalmente. Foi uma felicidade *tão* grande, Marty... e no entanto não havia praticamente nada nele de que me queixar.

Ele não queria falar de Sherman.

— Alguma vez você notou — ele perguntou — como eram brancos os dentes de Harriet?

— *Notei*. Ela sabia disso também. Vivia me dizendo que os cigarros estavam amarelando os meus dentes. Acho que devia ter escutado. Ninguém acreditava em câncer naquela época.

Vinda dela, a palavra era particularmente chocante. Ele disse:

— Mas não são os seus pulmões...

— Ora, está tudo relacionado, não acha? — disse Arlene com despreocupação. — E, provavelmente, é basicamente psicossomático. Eu estava feliz demais por ter me livrado do domínio de Sherm. Meu corpo não soube como lidar com a minha felicidade. Pirou.

Fredericks riu, tentando se levantar da mole, irresistente poltrona.

— Lembra-se de que costumavam nos dizer que fumar tolhia o nosso crescimento? Escute, Arlene, preciso correr. Alguém está me esperando bater o ponto. Mas foi muito agradável. Talvez eu pudesse dar outra passada aqui.

— Por favor — disse a mulher, apertando os olhos como que para ler uma anotação particularmente distante. — Estarei aqui.

Mas às vezes quando ligava ela não estava — no depósito de material artístico, talvez, ou visitando os filhos, que eram adultos e moravam em um raio de setenta e cinco quilômetros. Ou então estava doente demais para atender o telefone. Tinha altos e baixos, mas a tendência parecia ser de baixos. Talvez ele a tenha visto seis ou sete vezes ao longo do verão; em cada visita, havia algo do encanto inicial — os matizes mutantes do dia através das janelas enormes, a voz fraca e distante mas ágil de Arlene evocando os velhos tempos, aqueles anos cinqüenta e princípios dos sessenta quando a gente ia de encontro à vida com uma liberdade não acentuada que só pode ser compreendida hoje por quem foi jovem então. Havia menos exterioridade naquele mundo — menos dinheiro, menos carros, pessoas e edifícios — e mais interioridade, mais sangue e esperança. Nada, de fato, custara tanto, comparado com hoje, e nada, nem amor nem política, tinha a metade da promoção artificial de hoje. Havia uma aparência, de Capezios na neve suja e derretida, que resumia para Fredericks algo desleixado e espontâneo, uma graça delicada, daqueles tempos. Havia nomes dos quais se esquecera completamente, até que Arlene por acaso os mencionava.

— E depois Brett Helmerich, o homem especializado em Chaucer, ele era outro em quem Harriet estava de olho...

— Estava? Brett... Helmerich. Espere. Lembro-me dele, *sim*. Tira de couro no cotovelo do paletó, sempre usou um longo cachecol vermelho enrolado umas duas vezes em volta do pescoço, e um nariz vermelho como o de Punch, algo assim.

Com uma suave inclinação de cabeça ela confirmava, olhando com aquele olhar distante, o rosto amarelado semi-iluminado pela luz da janela. Os pés, calçados em meias grossas listradas, descansavam em um travesseiro, os joelhos dobrados. Os tornozelos, os pulsos e o rosto incharam em uma fase da luta do corpo contra o invasor, e depois a compleição se precipitou em definhamento. Ela se movimentava cada vez mais com rigidez, recurvada. Enquanto ele bebia uísque ou gim, ela bebericava uma xícara de chá tão fraco que mais parecia água pura morna. Mas a menção que fizera a Brett Helmerich invocava as desaparecidas multidões que outrora corriam para assistir, e corriam em debandada, às palestras sobre Chaucer, dadas por um professor estrábico que ao longo de décadas de ensino naquele curso se tornara mais e mais medieval, mais ríspido, escatológico e visionário.

— Acha mesmo que ela estava de olho em Brett? Mas ele era dez anos mais velho do que nós, com mulher e filhos.

— Os filhos dos outros não são muito reais para a gente, até a gente ter os nossos próprios filhos. Nem as esposas, mesmo, até a gente ser uma. Mesmo aí... As ex-mulheres são as piores, o jeito com que elas se aferram à cabeça dos homens.

Arlene fascinava Fredericks com respeito a Harriet, como se a ex-mulher pudesse lhe ser mostrada sob uma luz inteiramente nova — exumada, por assim dizer, por uma perspectiva diferente. Ela, que a ele parecera tão tímida e sexualmente inábil, na verdade tinha logrado vários relacionamentos e flertes naqueles anos de faculdade, e nos anos do jovem casamento deles não tinha se mantido inteiramente ocupada com ele e com os queridos filhos. Fredericks perguntou:

— Houve realmente alguma coisa entre ela e o reverendo Propper?

A boca de Arlene escancarou-se, mas a gargalhada era inaudível, como o berro de um morcego.

— Ah, eu não sei se alguma vez chegou ao estágio físico, mas você nunca se perguntou por que ela dirigia cinqüenta quilômetros para vir e cinqüenta para voltar para cantar em nosso corinho desafinado?

— Eu achava que era por causa da amizade com você; era uma oportunidade de ela manter contato com você.

— Mantinha contato comigo quando lhe convinha — disse Arlene e, depois de beber um gole do fraco e frio chá, impeliu os lábios para a frente num leve movimento, como que para registrar uma inextinguível secura da boca. — E ainda mantém.

— Harriet entrou em contato?

— Ela telefona. Com freqüência suficiente.

— Com freqüência suficiente para quê?

— Para saber de você.

— De mim? Não!

— Sim.

— Mas está muito feliz com o casamento.

— Imagino que sim. Mas uma mulher é como uma aranha, Marty. Tem a teia dela. Gosta de sentir os diferentes fios vibrarem.

O telefone tocou, em uma mesa a poucos centímetros da cabeça dela, mas Arlene o deixou tocar até, finalmente, o tilintar parar. Fredericks se perguntou quantas vezes ele tinha sido a pessoa do outro lado da linha, supondo que ela estava fora ou doente demais para alcançar o telefone. Inúmeras vezes, quando ela atendeu, a voz resmungava e se arrastava, e ele sabia que a tinha arrancado de um sono narcótico. Desculpava-se e prometia ligar de novo, mas ela dizia que era *animador* saber dele, e a voz ia aos poucos clareando com vivacidade.

Pouco antes do Dia do Trabalho, no entanto, ela atendeu quando ele já estava para desligar, e pôde ouvi-la buscar fôlego depois de cada frase ofegante. Os remédios que estava tomando tinham "enlouquecido". Dois dias antes a filha tinha vindo de carro de um subúrbio distante e a levara ao hospital a tempo de socorrê-la. "Assustador." Arlene nunca antes mencionara medo a Fredericks. Ele lhe perguntou se ela gostaria que ele passasse para uma rápida visita.

Ela disse, quase repreensivamente:

— Marty, eu simplesmente não posso fazer o papel de Harriet para você hoje. Estou muito cansada e entupida de pílulas. Estou exausta.

Fazer o papel de Harriet? Depois de desligar, ele se espantou de que era isso o que ele a fez fazer. Harriet quando jovem, e aquele inteiro e vasto reino dos mortos, inclusive ele quando jovem. O rosto dele ardeu de constrangimento e de uma certa raiva pela repreensão de Arlene e pelo tom da repreensão. Não era como se ele não tivesse nada mais a fazer a não ser visitar doentes.

Foi Harriet quem lhe disse, pelo telefone, que Arlene tivera um derrame e estava hospitalizada.

— Para sempre?

— Parece que para sempre.

— Você a visitou?

— Uma vez. Devia ir mais, mas... — Não era preciso explicar; ele entendia. Ela morava longe demais, os seres viventes eram mais ocupados do que os moribundos, era assustador.

Ele também não quis visitar Arlene no hospital; o apartamento dela — a atmosfera de sombrio luxo expectante, como um teatro onde a representação fosse preparada para ele — tinha sido um dos atrativos. Mas Harriet insistiu em que ele fosse, "por nós dois", e assim ele se viu rumo à saída de um enorme e úmido edifício de concreto cheio de rampas íngremes e carros estacionados. Desceu com o carro em um elevador cujo interior era pintado de vermelho, e seguiu setas amarelas ao longo de corredores escuros de cimento e ladrilho. Emergindo brevemente à superfície, ele reconheceu aquele trecho curvo de rua lateral para a qual, havia seis meses, Arlene orientara o Kharmann-Ghia. Nesse período, o carro caíra aos pedaços, a carroçaria tão enferrujada que dava para ver o asfalto passar deslizando abaixo dos pés, mas o cavernoso saguão do hospital ainda radiava o aspecto de furor sanitário, de vaivéns bem iluminados, de imigrantes chegando a uma praia movimentada.

Fredericks atravessou as portas de vidro, pediu informações e tentou seguir a orientação. Seguiu em ziguezague por corredores que remoinhavam com pálidos espectros — enfermeiros de branco com sapatos de sola grossa, médicos com aventais de laboratório de algodão adejando, pacientes inconscientes empurrados em carrinhos como barcos, com suportes de soro intravenoso fazendo as vezes de mastros, visitantes em desespero se abraçando em grupos de família e parecendo perdidos e lívidos na berrante luz fluorescente. *Assediam-me dez mil espectros desventurados, pranteando inumanamente.* Embora o hospital tivesse doze andares, era como se todo ele fosse subterrâneo, labiríntico. Ele passou por floriculturas, lojas que vendiam revistas, doces e cartões cômicos de boas-melhoras, a entrada de um restaurante *self-service*, intermináveis portas numeradas, e várias fileiras de elevadores lamentosos e rangentes. Entrou em um elevador e foi imprensado contra os passageiros com a entrada, no andar seguinte, de uma pessoa em uma cadeira de rodas, um homem encarquilhado com um tubo no nariz, empurrado por um servente obeso. No décimo primeiro andar, dando de cara com uma atordoante confusão de mesas, Fredericks perguntou por Arlene. Disseram-lhe um número e apontaram-lhe uma direção.

A porta estava entreaberta. Ele a abriu empurrando de leve, e viu primeiro uma cama vazia e uma grande janela com marcos de metal que dava vista para a cidade de uma altura ainda maior do que a da água-furtada do artista meses atrás. Mas a perspectiva era dominada por uma enorme e feia ponte de ferro manchada de tinta vermelha à prova de ferrugem e fervilhando com automóveis.

Ela estava perto da porta, sentada em uma cadeira junto à cama. O cabelo cortado curto parecia quase todo branco, e uma catástrofe se abatera sobre o rosto: um lado, pálpebra e canto da boca, arriara acentuadamente. Os olhos macedônios arderam na direção dele de dentro de uma fúria pétrea, alarmante. Não podia falar. O derrame lhe tirara o sagaz poder da fala. No colo, e espalhados na cama, havia vários livros infantis e alguns cartões feitos à mão, cada um com uma letra do alfabeto.

Fredericks entendeu. Ela estava tentando aprender a ler, a se expressar. Os filhos — pais, agora, eles mesmos com filhos — tinham carinhosamente feito os cartões do alfabeto e fornecido os livros. Ele entendeu tudo isso, mas também não podia falar. A língua paralisou depois de umas poucas palavras, um tanto altas demais, de saudação, e quando ela segurou algumas das letras, como que a indicar palavras, ele não conseguiu compreender o que ela estava soletrando.

Freneticamente, tentou travar uma conversa a dois.

— Harriet me disse que você estava aqui. Sinto muitíssimo. Deve ser... deve ser difícil. Quando é que você vai ser dispensada? Você tem uma bela vista daqui.

Em uma tentativa de responder à pergunta dele — ele enrubesceu com a própria estupidez de fazer uma pergunta que ela devia se esforçar para responder —, ela apontou para o relógio em cima da mesa de cabeceira e então embaralhou os cartões no colo, procurando um que não encontrava. Pegou um de ponta-cabeça e, com um esgar no lado da boca que não estava morto, atirou-o para o ar. Ele se lembrou do gesto. *Dane-se.*

Em pânico virtual, enrubescendo e gaguejando, ele falou por falar, encontrando, quando buscou dentro de si mesmo um assunto que ele e Arlene tivessem em comum, apenas o próprio hospital, a complexidade e a estranheza do hospital para ele mesmo, e a comédia cruel de ser imprensado no elevador pela cadeira de rodas e pelo homem gordo que a empurrava.

— Nós todos podíamos ter morrido espremidos. Uma garota carregava uma bandeja de papelão cheia de xícaras de café e teve que segurá-la assim, no alto, na direção do teto. — Ele imitou a pose heróica, tipo Estátua da Liberdade, e em seguida baixou o braço, envergonhado pela cintilante e impassível fúria dos olhos de Arlene, um olho semifechado. Os mortos nos odeiam, e odiamos os mortos. *Empalideci de medo, temendo que a terrível Perséfone me mandasse do Hades a cabeça da Górgona, aquele horror fabuloso.* De pé, ele sentiu algum elemento líquido de além-túmulo se derramar de dentro dele rapidamente, refrescando a pele das pernas. — Acho que preciso, como dizem, me mandar. — Fredericks se perguntou se ela ia se lembrar de que ele dissera isso havia muito tempo, com leve sarcasmo, e tentar sorrir. Arlene olhava para diante sisudamente. *Nada de paradas e arrancos.* Ele prometeu, insinceramente, voltar, e, como heróis antes dele, fugiu.

O HOMEM QUE SE TORNOU SOPRANO

Tudo tem um começo e um fim. O grupo de flauta doce começou no calor doméstico do casamento dos Weiss, um casamento modelar de escuridão e claridade, firmeza e delicadeza, brilhando no topo de sua pequena colina como que para a cidade inteira ver. Andrea era uma loira ligeiramente magra, com cabelo longo e liso, alisado a ferro antes e depois de esse tipo de cabelo entrar na moda, e olhos azul-claros que revelavam pálpebras róseas quando ela estava cansada ou emocionalmente estimulada. Fritz era um homem moreno quase pesado, de mãos grandes e peludas que, assim como sua obstinada mente de cientista, agarravam tudo com a força do aço. De uma família de físicos conhecedores de música, ele tocava flauta doce baixo desde a infância, tendo sido treinado nesse instrumento para completar um quarteto que consistia no pai (tenor), na mãe (soprano) e na irmã (alto). Mas o baixo era um instrumento triste e lamuriante tocado isoladamente, e para o sétimo aniversário de casamento ele comprou para Andrea uma flauta doce soprano de qualidade, de madeira de pereira clara com listras escuras — uma Moeck. Lentamente, obedientemente, ela aprendeu a tocá-la, o hesitante som agudo ecoando pelos cômodos quadrados e mal mobiliados da casa branca com exterior revestido de sarrafos — cômodos com poucos móveis, achavam os amigos, com uma austera mistura de mesas de vidro e moderno dinamarquês (gosto de Fritz), imitações de poltronas Shaker e tapetes de lã tecidos à mão (gosto de Andrea). Ela possuía um tear do tamanho de um cubículo, e passava tardes trabalhando nele, antes de os três filhos (menina, menino, menina) voltarem da escola. Havia uma destreza tímida e teimosa em tudo o que ela fazia, embora com a flauta doce soprano tendesse a ser tomada de pânico com qualquer nota mais alta do que a sol no topo da pauta, e, quando um trinado implicava movimentar mais de um dedo sobre os orifícios estremecia interrompendo-se em um silêncio ruborizado. Quando ruborizava, as bochechas de repente ficavam do mesmo matiz das pálpebras e dos lábios, e a cor rosa descia até a garganta e o decote da blusa rústica.

Há poucas músicas com arranjo para dueto de baixo e soprano, embora algumas das fugas de Bach desenvolvam uma certa paixão sem as vozes médias. Os três filhos dos Weiss, algumas noites, ficavam acordados enquanto o casal movimentava o tema para trás e para frente, do baixo para o alto e para o baixo, e a intervalos marcava o tempo em silêncio, ou sustentava notas harmônicas inteiras, enquanto os instrumentos ausentes conduziam a melodia. Os sons atravessavam os limites da casa. Outro casal, os Bridgeton, tinha se mudado para a cidade e morava na rua da praia, no sopé da colina dos Weiss, perto o bastante para ouvi-los naquelas noites de verão, agora que as janelas de proteção contra o inverno haviam sido removidas. No apinhado corredor da escola secundária, enquanto esperavam ser registrados para a reunião de maio dos munícipes, Terry Bridgeton mencionou a música para Fritz (conheciam-se de vista, da plataforma da estação de trem e dos jogos do Little League) e disse que ela soava agradável a distância. Terry admitiu que era um ignorante em música, mas que a mulher, Jessie, era uma espécie de prodígio: tocava qualquer coisa — piano, violão, órgão de igreja, até clarineta quando era menina.

Fritz lhe disse:

— A flauta doce é o instrumento mais fácil do mundo para aprender, junto com o triângulo e o pandeiro. E acho que as maracas. — Fritz tinha um pedantismo alemão.

— Bom — fez Terry, corando com a própria desfaçatez, ou com o calor do saguão da escola —, nós dois poderíamos tentar aprender, se você nos dissesse qual instrumento devemos escolher.

— Alto e tenor — disse Fritz, com firmeza, e em seguida, desconfiando de que se deixara ir fundo demais, acrescentou: — Claro, você e sua esposa talvez não se adaptem aos instrumentos.

Jessie, uma mulher com mecha de cabelo caída na testa, pele cor de oliva, baixa, gorducha e que sorria com avidez, de algum modo alarmantemente vestida com um xale de franjas e um emaranhado de pendentes dourados e azul-turquesa, falou atrás deles:

— Ah, vamos nos adaptar, sim. Estamos doidos para fazer alguma coisa e conhecer gente.

Já era pleno verão quando os Bridgeton, depois de terem se entregado ao estudo com o *Método para flauta doce*, de Mario Duschene, e o *Primeiro livro de flauta doce*, de Marguerite Dubbé, ousaram se apresentar aos Weiss em uma noite combinada; Andrea sugerira que eles fossem para uma sobremesa e um café e então "experimentassem". O quarteto recém-nascido foi capaz de avançar, com muitas interrupções e retomadas, por uma fuga de Bach sem bemóis e sustenidos, por várias gigas de Corelli, e pela primeira página de uma fantasia de Byrd antes de o relógio marcar as dez, hora para cigarros, cerveja e socialização. Depois da imersão na música, permaneceu uma cordialidade. Os dois casais tinham mais em comum além das roupas informais — Terry era artista em uma agência publicitária, e depois do trabalho vestia jeans roçados e camisetas com logotipos. Mas, embora tivessem combinado novos e repetidos encontros, era desconfortável — de certo modo era demasiado exposto. Cada músico, sozinho em seu desempenho, sentia-se embaraçado toda vez que se perdia e o quarteto todo titubeava em uma parada. A Jessie musical, confiantemente trinando com seu alto, raramente errava e procurava sustentar o ritmo, e Fritz, com seu jeito duro, perseverava no baixo, que fazia um ruído tão fraco e indistinto que quase não importava se ele estava ou não no compasso dos outros. Mas Terry, como ele admitira, era um iniciante em música, e às vezes prosseguia atentamente compasso após compasso com seu tenor sem se dar conta de que estava uma marcação atrás, gerando dissonância em cada acorde. Andrea, embora bem mais experiente do que ele, era quase sensível demais para tocar a soprano, a qual, em virtude da altura de seu diapasão, tinha que conduzir a melodia, e cujas notas altas, no entanto, ela ouvia como penosamente agudas, uma úmida e forcejada chiadeira cuja aflição ela preferia eliminar, depositando a flauta doce sobre o colo e envolvendo-a com as longas, pálidas mãos de nós rosados. Terry a adorava nesses momentos, agradecido por uma outra pessoa levar o quarteto ao fracasso. Eles se tornaram as crianças desajeitadas, e seus cônjuges os terríveis progenitores.

O grupo precisava de outros músicos; e, magicamente, outros apareceram, como gotas de orvalho sobre uma teia de aranha. Carolyn Homer, uma mulher alta e de cabelo castanho-avermelhado que dava aulas de aeróbica no salão da paróquia da igreja congregacionista, aprendera, como se veio a saber, a tocar flauta doce quando anos atrás freqüentara um curso de música renascentista no Conservatório da Nova Inglaterra; ela levou para o grupo um instrumento alto bem exercitado, a cor da embocadura e dos orifícios bastante desbotada. Dick McHoagland, o parrudo e carrancudo líder da banda da escola secundária local (e também professor de datilografia), levou um instrumento tenor; ele e Fritz, ambos aferrados à disciplina, davam-se bem e tocavam lado a lado, deixando Terry perto do setor dos altos. Tanto Dick quanto Carolyn eram casados, com cônjuges não musicais, mas a cidade abundava em divorciados e homens descomprometidos, e agora estes começavam a aderir. Alice Arsenault, uma nervosinha roliça que, por alguma razão, fora casada com Skip Arsenault, um espalhafatoso bombeiro da cidade, ex-atleta e beberrão, apareceu uma noite a reboque de Carolyn com uma flauta doce soprano e um exemplar diligentemente anotado do manual de instruções dos Trapp Family Singers. Maury Sutherland, um cavalheiro do campo curvado e sexualmente indeciso (o qual Terry sempre supôs ser, pelo jeito como inclinava a cabeça e falava fragmentando cautelosamente as frases, difícil de ouvir), apresentara, tirado de seus tesouros herdados, uma flauta doce alto adquirida pela tia-avó Esther — por parte dos Jekyll — quando visitara como turista a Áustria e o Norte da Itália antes da Primeira Guerra Mundial. “Nem diga”, dizia ele em resposta a um longo interrogatório, com expressão de amável desconcerto. “Não faço idéia.”

Esta última completava três altos, e logo havia três sopranos, já que de algum modo na órbita de Maury apareceu, em uma noite implacavelmente fria pouco antes do Natal, uma mulher vivaz recém-fugida de Boston, impelida para aquele distante subúrbio pela força repulsiva da ruptura de um longo relacionamento com um âncora de telejornal cuja fisionomia ocre era conhecida de Provincetown a Pittsfield, de Salisbury a Dartmouth do Sul. Toula Jaxon, como presentemente ela se chamava, emergira com um brilho de raio catódio do relacionamento terminado — uma luminosidade que fazia os homens do grupo arregalarem os olhos e as mulheres olharem de soslaio. Ela era um objeto de estudo em alto contraste; sua fronte branca faiscava entre as pálpebras e o contorno do couro cabeludo, os olhos eram luzes negras circundadas por tinta, mesmo a risca do cabelo negro-azulado parecia incandescente. Os lábios e as unhas eram pintados com incisões de púrpura. As roupas, embora ela procurasse suavizar os tons quando as sessões atravessavam o opaco inverno, eram sofisticadas — saias justas bem acima dos joelhos, blusas de seda crespa e cachecol Hermès enrolado no pescoço. Como se tivesse sido colorizada, ela destoava dos tons terra das mulheres da comunidade residencial, e, embora houvesse algo refinado e tímido propenso a agradar em seu comportamento social, tocava a flauta doce tal como sua aparência — ruidosa e demasiado expressiva. Muito mais hábil do que se pensava ser possível, a julgar pelo comprimento das unhas, Toula não temia as notas altas e rápidas; seu talento, situado entre o comedimento perfeccionista de Andrea e a falta de jeito de aprendiz de Alice, parecia *exposto* demais. Sua flauta doce, um elegante artefato de plástico de alta densidade produzido no Japão, não soava como os outros instrumentos e cintilava acima da ressoante fusão deles como óleo criando arco-íris na água.

No setor dos altos, Maury Sutherland de tweed *mostrou-se* comprovadamente ruim de ouvido, ou desajeitadamente insensível, porque o alto dele, alimentado pelos enormes pulmões de homem, arritmicamente soprepujava os instrumentos das duas mulheres; Jessie teve que se sentar do lado dele, uma vez que Carolyn, desde o início, se instalara na posição de prioridade, junto dos sopranos. Terry, lançando o olhar para além de Maury, viu uma expressão de estremecimento reprimido no rosto em geral alegre da esposa, com suas longas mechas de cabelo e tez de cigana. Na privacidade da casa deles, Jessie quase chorou.

— Ele simplesmente *sopra* — queixou-se ela — cada nota, o mais alto que pode. Esta noite, no breve Purcell, eu mostrei para ele com *muito* tato os pianíssimos e os diminuendos, e ele inclinou a cabeça num sim, aquele obtuso e simpático jeito de ele inclinar a cabeça, e então, quando chegou o momento, explodiu, como se despejasse chumbo grosso no corpo de uma coitada de uma codorna se estrebuchando. E, como se isso já não bastasse, ele é um nojento de um fascista racista!

Naquela noite, durante a cerveja e os cigarros eles tinham discutido política; à medida que iam conhecendo uns aos outros, aquelas reuniões após as sessões estavam ficando cada vez mais longas, de modo que às vezes eles se despediam pouco antes da meia-noite, apesar de o exercício com as flautas doces sempre terminar às dez da noite em ponto, assinaladas pelo carrilhão do relógio no vestíbulo, um alto relógio de caixa de nogueira e pinho, com uma face de peltre, que Terry associava com a metade da mobília de Andrea, e que ele adorava por ter a calma elegância e a suave severidade dela.

— Meu bem — ele disse para Jessie, acerca de Maury —, ele é apenas um conservador provinciano; um bom garotão, no estilo ianque.

Ela o encarou com desconfiança; desde que se conheceram em uma greve de braços cruzados em Seabrook, sempre estiveram em perfeito acordo político. Agora Terry a achava, ele estava insinuando, presumidamente liberal. E ele notara que, quando todos tocavam juntos, era capaz de distinguir os três sopranos — a iridescentemente gorjeante Toula, a hesitante Alice e Andrea, diminuindo aos poucos nas notas altas, recuando e desaparecendo em sua distância sedutora — e mesmo ouvir Carolyn mantendo resoluta o ritmo do alto em meio ao distraído vaguear de Maury, mas jamais conseguia ouvir de fato Jessie, a própria esposa, tocando. Via os lábios preênseis no bocal, os olhos cor de chocolate ligeiramente saltados presos na pauta, as sobrancelhas ligeiramente grossas e brutas arqueadas em concentração, os dedos práticos de unhas arredondadas se contraindo nos orifícios, e não a ouvia. O efeito era misterioso, mas não desagradável. Pego entre o alto de Maury e o tenor gorjeado de Dick McHoagland, Terry se sentia ele mesmo inaudível. Contudo, era reconfortante saber que ele poderia perder o lugar e que Dick o ocuparia; e quando um terceiro tenor se juntou a eles, um contador divorciado de nome Jim Keel, com uma mancha cor de vinho do Porto em um lado do rosto que não conseguia ver, Terry sentiu suas próprias notas se misturando em um todo extático, uma espécie de abençoada inexistência como a de que falam os budistas.

Pois que ventura, quando tudo foi dito e feito, e depois de as insuficiências musicais terem sido todas confessadas, era o grupo de flauta doce! A chegada era ventura, em particular nas noites de inverno quando fora uma batalha escorregadia subir com o carro até a entrada coberta de neve dos Weiss, e uma excitante incerteza generalizada sobre se seria ou não possível descer com segurança à meia-noite. Cachecóis, mitenes, roupas empilhadas no sofá Shaker do vestíbulo; botas acumuladas embaixo dele. Dedos frios desdobravam as estantes de música e montavam as flautas de madeira. Pedaços de cortiça eram esfregados com um ungüento refinado conservado em latinhas menores do que caixinhas para pílulas; bocais gélidos eram carinhosamente aquecidos, colocados nas axilas ou contra lábios abertos. Num estado de feliz antecipação, os músicos se acomodavam no arco ordenado de cadeiras da sala de jantar, enquanto a lareira dos Weiss digeria crepitando outra lenha na pança, a noite negra pressionava contra as vidraças revestidas de geada e as correrias dos três filhos dos Weiss estrepitavam acima da cabeça, no outro lado do teto. Inicialmente, havia escalas e breves refrões abortivos, ousados fragmentos de melodia de jazz e hinos pegos de ouvido; depois, quando tudo estava no lugar, uma tosse impaciente, o apagar de um último cigarro, um risinho nervoso e um toque prematuro. Finalmente, ao firmemente sussurrado "*Um*, dois, três, quatro" de Fritz, havia uma unificada tomada de fôlego e a espantosa manifestação, o brotar combinado, harmonioso e exclamativo, da primeira nota. Tinham decolado, tropeçando, serpeando, relanceando os olhos, soprando, marcando o tempo com os pés, o que nem dois faziam de maneira semelhante.

Quando se olhava (e Terry, quase sempre perdido e desligado, olhava), alguns pés marcavam o tempo apenas flexionando o dedão (Carolyn, que usava sandálias para reduzir a altura, preferia esse método), outros batendo o tornozelo de lado (o enturmado Jim Keel, bem debaixo do olho esquerdo de Terry) e outros balançando o calcanhar forte e latejantemente (Maury e também, com toda a insegurança, Alice). Durante as pausas gerais que ocorriam em algumas codas dramáticas, era possível ouvir pés batendo como no tropel de soldados se evadindo por uma ponte.

Raramente chegavam ao fim de uma peça sem se desagregarem e se prostrarem, enquanto Toula, Carolyn, Fritz e Dick, o último a entregar os pontos, prosseguiam vibrando por alguns outros poucos compassos obstinados e exibidos. Com a chegada de Jim Keel naquele segundo inverno, eles já eram dez, e difíceis de manejar; no entanto, ninguém parecia predisposto a largar ou a deixar de comparecer uma só noite. Reuniam-se até mesmo quando o noticiário do dia falava de desastres (um massacre em Beirute, a explosão do ônibus espacial Challenger); reuniram-se durante o sétimo jogo de um torneio mundial do Red Sox, cujo andamento os homens periodicamente conferiam em um aparelho de TV que falava sozinho na cozinha. Certa vez, juntaram-se não muito longe da orla do furacão chamado Gayle; seus ventos arrancavam folhas das árvores e arrastavam casas de cachorro enquanto o grupo produzia sua própria brisa, no lado de cá das janelas trêmulas. Andrea, ao fazer a limpeza depois da sessão, queixou-se a Fritz da intrusão quinzenal:

— Virou uma bagunça, e a cerveja e as batatas fritas nos custam vinte dólares cada vez.

— Talvez pudéssemos sugerir que outras pessoas fossem os anfitriões. O grupo deveria se revezar.

— Fariam disso uma bagunça social ainda maior. Sei *direitinho* quando a música deixou de ser o motivo. Foi quando Maury trouxe Toula, sem nem sequer consultar primeiro qualquer um de nós!

— Mas Toula é a única de vocês sopranos disposta a atacar as notas altas. Se ao menos ela se livrasse daquele pedaço de plástico futurista japonês...

— Não. Não é isso. Ela toca tudo como um solo. Eu não sinto que posso *crescer*, enquanto ela está lá, fazendo tudo com estardalhaço. E você a adora. Todos os homens a adoram.

— *Liebchen.* Não chore. Tocar flauta doce devia ser *curtição.*

— *Não é* curtição e nunca foi. É uma tentativa sua de fazer de mim o que eu não sou. Nunca fui uma pessoa auditiva, sempre fui visual. Você sabe disso.

Ele ficou desconcertado, por uma emoção que parecia menos uma questão de causa e efeito do que de uma onda e uma partícula simultâneas, um único fóton passando por duas fissuras ao mesmo tempo.

— Você não era obrigada a aprender a tocar — ele disse.

— Como *não?* — gritou ela. — Foi um presente de aniversário tão lindo. Tão lindo *visualmente.* O pequeno e gracioso formato fálico, e as listras da fibra de pereira.

Concluindo que a curva das lágrimas dela havia aumentado, a mente de Fritz passou para um plano de ação prático.

— Estive pensando — disse ele — e acho que as sessões ficariam melhores se alguém regesse. O ritmo tende a se arrastar. Às vezes, no final de uma peça, parece que nem o efeito de Doppler-Fizeau, todos nós diminuímos de velocidade.

— Você *não pode* reger. Você é o único baixo.

— Talvez conseguíssemos converter outro músico ao baixo.

Andrea fitou o marido com olhos azuis estreitados; as pálpebras estavam róseas.

— Quem?

Fritz encolheu os ombros.

— Toula talvez gostasse do desafio.

As pálpebras dela se abriram flamejantes.

— Querido! — ela exclamou. — Você é brilhante! Tire aquela mulher do meu caminho!

No terceiro inverno, eles estavam revezando casas e tinham arranjado um maestro — uma solteirona pequena e cilíndrica, senhorita Eleanor Hart, que Carolyn conhecia da igreja congregacionista. Além disso, Toula adquiriu uma flauta doce baixo. Ela disse, com o magnífico esplendor: "Ela me será mais apropriada, neste período grave de minha vida", e permaneceu impávida fosse com a mudança da clave, de sol para fá, fosse com a mudança do sistema de dedilhação, de dó para fá. Ela se sentou na cadeira perto de Fritz, deixando-o no fim na tradicional posição de liderança, e separando Fritz de Dick. A senhorita Hart, que mal passava do um metro e meio de altura e quase não tinha cintura, e que se enfeitava toda com camadas rendadas de veludo, levantava os braços curtos e grossos e a fileira de músicos tagarelas ia ficando quieta; uma mão curta e cerrada — ela regia com as mãos fechadas — baixava, e aquela primeira nota maravilhosa e ascendente nascia, seguida de outra, e depois de inúmeras outras que se sobrepunham. Sustentava uma marcação clara e parecia curiosamente envolvida, como uma mãe com planos secretos para os filhos. Ensinara piano durante décadas e por um misterioso período, havia muito tempo, vivera no Cairo — talvez, Terry especulou uma noite bebendo cerveja depois de ela ter ido embora, como uma integrante do harém do rei Farouk.

— O que é que ela vê em nós? — ele perguntou em voz alta.

— Uma noite de programa — disse Andrea, depois de um silêncio. Terry percebera que ela em geral parecia ser a única no grupo a prestar atenção nele. — Qualquer coisa é melhor do que ficar em casa — acrescentou, ela que sempre pareceu tão idealmente caseira. — Muitas pessoas, pensando bem, são solitárias.

A senhorita Hart sempre ia embora depois de tomar uma Cherry Coke diet, uma única e esquecida lata que os Weiss encontraram no fundo da geladeira quando ela recusou cerveja, na primeira vez que apareceu para regê-los. Esta se tornou, depois, a bebida dela, e, como o grupo se revezava de casa em casa, cada anfitrião, ou anfitriã, se via com o problema de ter que comprar uma caixa com seis latas de Cherry Coke diet, das quais apenas uma lata era aberta até a senhorita Hart tornar a voltar, dali a quatro meses, e beber uma outra.

O brilho de Toula foi adequadamente ofuscado na seção dos baixos, embora ela tivesse encontrado um excêntrico instrumento de mogno branqueado com encaixes de alumínio. Ela e Fritz tinham se tornado um par musical; as mãos em sincronia percorriam a extensão dos instrumentos românticos, e com gestos vigorosos idênticos, entre execuções, eles sacudiam a saliva das embocaduras tubulares curvas. Sem Toula, porém, Andrea e Alice não floresciam de fato; a timidez delas para atacar truncava, por assim dizer, os clímax ascendentes que Bach ou Pachelbel tinham arranjado tão metodicamente, e tiravam um pouco da cadência e da vivacidade das danças renascentistas. E agora que tinham uma regente — uma figura de autoridade, um foco para o arco de cadeiras — uma inquieta química se apossava do grupo. Como este se formava em uma casa após outra (mesmo Jim Keel fez o papel de anfitrião quando chegou sua vez, na casa de solteiro à beira do rio, com o tapete felpudo púrpura, kitchenette triangular, e um quarto que a cama surpreendentemente ambiciosa, de quatro colunas, ocupava inteirinho), a antiga disposição das cadeiras já não parecia sagrada. Dick McHoagland, a relação de macho e de solidariedade com Fritz interrompida pela aparição de Toula na extremidade do arco, deslocou Terry e Jim na seção dos tenores (deixando Jim perto de Toula, ao lado com sua mancha vinho-do-Porto) para se sentar perto de Carolyn, que, em um gesto de reação, pulara para o lado de Jessie e Maury, tornando Jessie ainda menos audível para Terry e a expressão magoada dela ainda mais intensa com o acúmulo de ressentimento contra a inspiração masculina.

— Não vou *suportar* mais uma noite — ela disse para Terry na privacidade do lar. — Toda vez que ele explode no meu ouvido penso na posição dele nos contraltos e me dá vontade de berrar.

— Ele não é capaz de ferir uma mosca, na verdade — disse Terry, aparentemente para confortá-la, mas de fato para irritá-la, provocá-la até uma fúria maior e mais descontrolada.

— *Puuf* — fez ela, expelindo fumaça; tinha voltado a fumar, alegando que estava engordando demais sem o cigarro. — Ele tem essa imagem complacente de si mesmo, de cavalheiro da Nova Inglaterra, mas na verdade é um idiota ignaro que, se não tivesse nascido com dinheiro, não saberia como ganhá-lo. Não é nem capaz de falar com frases completas. "Ah é?", ele diz, e "Não diga?". O grupo de flauta doce inteiro me irrita, para falar a verdade. Todo mundo ficou pateta e cheio de segredos, sei lá como.

— Qual é o *seu* segredo? — Terry perguntou com inocência.

— Acabei de dizer para você. Não gosto de ninguém.

— Nem mesmo de mim?

— Cada vez menos — Jessie confessou muito surpreendentemente, trazendo lágrimas aos olhos dela e um brilho de satisfação aos dele.

Ele a puxou para mais perto de si no sofá onde estavam conversando.

— Vou lhe dizer uma coisa — falou ele, deixando a voz, *largo*, se aprofundar e ressoar. — Vou lhe dar a minha tenor. Junte-se aos rapazes.

— Troca pela minha alto? — ela perguntou. — Já há altos demais, com Maury tocando tão forte que vale por dois.

— Carolyn controla a parte alto dela, e, de qualquer maneira, não sou tão conhecedor de música assim para ir de um instrumento dó para um fá. Estava pensando em me tornar um soprano. Eles precisam de socorro.

Envolta nos braços acomodados dele, Jessie ergueu o olhar de soslaio com os olhos cor de chocolate ligeiramente saltados, debaixo das mechas longas e das sobrancelhas grossas, e perguntou, talvez com inocência:

— Tem certeza de que está a fim?

Terry comprou para si não uma Moeck, mas, menos cara, uma Adler, um instrumento pequeno e liso que ao tato parecia uma tenor transposta para uma escala mais delicada. Ela respondia muito mais prontamente ao sopro dele, com o que parecia um certo arrebatamento, principalmente quando ele colocava a unha no orifício para o polegar e atacava uma nota acima de sol, ponto em que Andrea tendia a desistir e ao qual a tímida Alice nunca aspirara. Ele se tornou um especialista em notas altas. O segredo era apertar bem apertado o orifício para o polegar, como fechando-o com a parte superior da unha, e soprar no bocal rápida e vigorosamente, como quando se fazem ranhuras para patinar no gelo. Atinja-as e continue patinando. Não entre em pânico ou olhe muito à frente. Isso também ajudou a pronunciar *tu* em vez de *du* na embocadura, e a pensar na boca como pequena e seca. A alta nota lá era fácil, envolvendo apenas dois orifícios fechados, e a si, nada mal, já que a estas a mão direita simplesmente acrescentava duas mais, e a dó possível, subtraindo somente uma, mas a alta ré, exigindo quatro dedos espacejados, era uma nota que ele jamais tocara de maneira satisfatória. Nem sequer a vira requerida em uma peça de música para flauta doce.

Alice ou Andrea se voltavam para ele no final e diziam: "Você é maravilhoso". "Maravilhoso" não estava no vocabulário da regente do grupo, mas quando a parte aguda começava a se movimentar acima da batuta atarracada da senhorita Hart, várias cabeças flexionadas se viravam com comovedora expectativa na direção da extremidade do arco onde Terry se sentava, na ponta à direita, e na parte inferior do canto esquerdo da visão ele podia ver as indistintas mãos brancas de Andrea docilmente baixando sobre o colo. Apenas um mestre poderia alcançar as notas altas com suavidade, de modo que só o instrumento de Terry tinha volume suficiente para aqueles estonteantes momentos quando ele forcejava sozinho no topo da escala. Apesar do nome andrógino e da hesitante postura descaída, havia nele uma aguçada paixão, que as notas altas agora expressavam. Enquanto elas soavam no tímpano de seu crânio, os sentidos dele eram assediados pelo brilho do cabelo loiro de Andrea no canto da visão, o cheiro do xampu e do gel de banho no nariz, o farfalhar das pautas e o tumulto dos pés nos ouvidos. No verão, naquele terceiro verão depois daquele em que o grupo começou, ele conhecia o odor da loção de bronzear que ela usava, o sal e o cloro seco no cabelo, uma essência como que de sorvete, algodão e pólen de verão que dela emanava, até mesmo o almíscar de entre suas pernas. Talvez o almíscar estivesse nos dedos dele, quando tremulavam sobre os orifícios; ao chegar agosto ele e ela já tinham se tornado amantes, e às vezes, no dia de uma sessão de flauta doce, encontravam-se em uma praia ou em um motel a meio caminho de Boston, em uma tempestade de fluidos dos corpos, dentre eles lágrimas. Mas muito antes da entrega de Andrea ele sentira o corpo dela ao lado dele como uma imensa palavra prestes a ser dita, enquanto tocavam em uníssono ou aos sussurros comparavam dedilhações de trinados. Quando foram para a cama juntos pela primeira vez, ela instintivamente se deitou à esquerda dele, e ele à direita dela. Desde que começara a tocar a flauta soprano, ele sentia a presença periférica dela puxá-lo como um aspirador. Homens e mulheres carentes distorcem o espaço em torno deles, e Terry perto de Andrea em qualquer circunstância, mesmo em uma reunião de munícipes de maio ou em um encontro casual na seção de vinhos do supermercado no sábado com os filhos a reboque, sentia-se maravilhosamente avolumado — a voz ressonante, a aura alongada como que em um espelho ondulado.

A distorção deles não era a única dentro do grupo. A espetacular e capaz Toula, fulgurando entre eles como um espectro eletrônico, tinha imperceptivelmente se voltado de Fritz, cuja natureza peluda e metálica possuía de fato algo de repulsivo, para o rosto intensamente manchado no outro lado; tanto ela quanto Jim Keel eram intensos em excesso, fora de sincronia, à parte. E Jessie, o culpado Terry observou, agora que Carolyn a tinha abandonado para ficar perto de Dick McHoagland (ambos casados e destinados à respeitabilidade, mas apesar disso tocando cotovelos e permeados pelas harmonias de suas flautas alto e tenor), tentava, com uma certa tolerância maternal, suportar as rudimentares opiniões políticas de Maury durante a hora de cerveja e bate-papo da noite, quando os guinchos musicais dele tinham amainado; ela parecia fitá-lo um tanto ternamente, os olhos negros feridos cintilando, como num animal selvagem que no entanto *estava lá*, assim como Terry não estava mais lá para ela. Mas Maury, surdo àquela mudança de tom emocional, dava pancadinhas leves na cabeleira grande e toda penteada com um galanteio antiquado para captar o que a miúda Alice Arsenault de fala mansa, lograda e abandonada por um dos agentes da ordem protetora da cidade, estava timidamente se prontificando a dizer. "Ah é? Não diga?" Estavam todos tentando ouvir uns aos outros. A Terry — inflamada pelo amor e pela aflição como estava sua psique — parecia que eles faziam música mesmo sem as flautas doces e, nessa interação, apreendiam algo esplêndido, assim como notas individuais, isentas de nuanças, em combinação ganham sentido e se elevam a uma expressão, de outro modo inexprimível, de inteireza e resolução. Ele detestava ir para casa e encarar a exausta ama-seca contratada, as pobres crianças deitadas esparramadas na desordem do sono, e Jessie com o ressentido e lívido silêncio.

Qualquer que fosse a casa na qual agora tocavam, as árvores nas janelas eram sangue e bronze; o clímax outonal da Nova Inglaterra chegou ao ápice e aos poucos desapareceu. A senhorita Hart estava comovida e orgulhosa; os Golden Agers de sua igreja haviam convidado o grupo para dar um concerto de Natal. Eles têm que dar, concordaram todos em furtivas conversas telefônicas; ela tinha sido tão gentil! Andrea e Jessie, Terry e Fritz tinham deixado de se falar mas se comunicavam por intermédio de outros. O caso, que se tornara de conhecimento geral, lançava sobre os ensaios uma nuvem que só a resoluta regente não percebia; seus braços curtos e grossos se erguiam várias vezes em uma polvorosa de rendas amarelas enquanto o grupo repetidamente atamancava a difícil mudança de tempo para 9/8 e então 6/4 ao final de "The leaves be green". O "Courtly masquing ayres", de Adson, tinha duas partes para soprano, e Alice ficou em pânico ao controlar ela mesma a segunda linha de contraponto enquanto os amantes se aferravam à mesma parte. O ex-marido dela, o bombeiro e atleta, estava lhe fazendo ardorosa corte novamente e nada expressara a não ser flamejante escárnio pelo grupo de flautas doces e esnobes como Maury Sutherland; embriagado, Skip Arsenault certa vez atirou com uma risada de desdém o instrumento dela dentro da lareira, e o gosto acre de queimado ficou para sempre no bocal. Toda vez que o colocava na boca, Alice sentia um tremor sexual de ambivalência.

Toula estava se mudando novamente para a cidade, onde Jim estava também pensando em alugar um apartamento, e eles começaram a faltar aos ensaios. Maury, velejando nas Bermudas, se ausentou por duas semanas, e Dick se ocupou com a temporada dos jogos de futebol e com as necessidades da fanfarra. Os Weiss se consideraram um casal perfeito e permaneceram fiéis a seu perfeccionismo até o fim. A idéia de que agora eram imperfeitos e tinham que se divorciar fora agarrada pela mente de Fritz com a força do aço. Nenhuma medida legal seria tomada antes do concerto. Uma vez que os outros músicos estavam nervosamente se esquivando, os Weiss resolutamente organizaram os encontros, assim como o fizeram no começo. Naquelas noites finais, antes de os outros músicos chegarem, Andrea tentava, no casto espaço da sala de estar mal mobiliada, enquanto Fritz pegava as cadeiras da sala de jantar, punir a si mesma sentindo uma certa ternura pelo marido; mas o próprio rigor com o qual ele ordenava as cadeiras em um arco matemático, e a implacável e irônica cortesia que ele lhe mostrara desde a noite em que ela revelara o segredo com uma torrente de lágrimas, simplesmente corroborava sua desolada frieza.

— Pare de agir com tanta correção — ela foi capaz de falar abruptamente, irritada pela calma dele. — Você começou isso, seduzindo Toula para a seção dos baixos. Eu me senti tão insultada e fiquei tão contrariada, mas você nunca notou.

— Foi uma decisão acertada — Fritz insistia. — Deu-nos um equilíbrio bem maior.

— Significava que Terry tinha que se tornar um soprano, para o bem de todo mundo.

— De modo algum. Você poderia ter integrado a seção se tivesse tentado.

— Mas eu tentei — disse ela —, eu *tentei* — feliz de sentir as lágrimas vindo de novo, as pálpebras sempre róseas naqueles dias, pois a cegante ação das lágrimas parecia absolvê-la. Nas noites de execução das flautas doces, Fritz sempre trocava as roupas professorais por calças de veludo cotelê, o mesmo suéter de cardigã com protetores nos cotovelos e um par de *espadrilles* verdes iguais aos que os europeus velhos usam; a visão daqueles *espadrilles* se embaralhando senilmente no tapete de listras que os jovens dedos dela uma vez teceram parecia absolvê-la ainda mais.

O concerto consistia do batido Byrd; duas infalíveis fugas de Bach; "My robin is to the greenwood gone" e "And will he not come again?" do contemporâneo conjunto das canções de Ofélia de Kenneth Meek; "Patourelles Joliettes" e "Je l'Ay, je l'Ay la gente fleur", de Claude Le Jeune (1528-1601); três das "ayres" de John Adson (n.?, m. 1640); um pouco de Bartók e Hindemith para acordar a platéia; e, talvez imprudentemente, um pouco de "Music to Dioclesian", de Purcell, abarrotado de bemóis e semicolcheias pontilhadas. O programa era ambíguo demais; a senhorita Hart trabalhou com afinco nos ensaios a que poucos compareciam, sentindo que ao grupo faltava união, mas sem saber por quê. Jessie, flagrando um vislumbre, bem além de Alice, do perfil róseo e branco de Andrea ao lado do perfil do marido animadamente saltitante, percebia os lábios trêmulos e o fôlego úmido na garganta como vômito. O implacável Fritz apertava com severidade as chaves e soprava vento na embocadura de metal como se arrancasse imprecações pelo canto da boca. Por acordo tácito, os Bridgeton iam embora mais cedo da casa dos Weiss, antes da cerveja, mesmo antes de a senhorita Hart ter tragado a Cherry Coke diet.

Contudo, o concerto foi um sucesso. A platéia de idosos no auditório da paróquia da igreja congregacionista não sabia de que modo deviam soar as flautas doces, e entenderam a dissonância e o impróprio contraponto como mais uma prova de que a música, assim como tudo o mais neste mundo, tinha progredido. O que eles ouviram foi o que o grupo mesmo tinha ouvido em todas aquelas noites de reunião: a súbita e assombrosa beleza da primeira nota, soprada através de uma pequena floresta de flautas de madeira. E os músicos, os homens de ternos cinza e as mulheres de vestidos de baile, pareciam tão relativamente jovens, tão vistosos, vitais e bonitos, e se sentiam tão gratos por estarem lá, sob a orientação da pobre e querida Eleanor, que os aplausos retumbaram. O grupo tocou todos os bis que tinha preparado — "Drink to me only with thine eyes", uma graciosa *bourrée* de Handel, e, finalmente, "Silent night".

Contagiados pelo calor da audiência, os dez membros do grupo juntaram as mãos suadas e se curvaram. Diante daqueles rostos idosos, e depois em meio à multidão, sentiram-se acarinhados como as crianças são acarinhadas, só por serem eles mesmos. Jessie deu em Andrea, por cima do vaso de ponche rosado, um curioso e histérico beijo; nenhuma das duas tinha dormido muito na noite anterior. Na crise deles, Andrea tinha ficado mais magra e Jessie mais gorda. Terry se sentia quente, exausto e exaltado, na véspera de uma vida nova. Ninguém que espreitasse os músicos das janelas altas do auditório da paróquia e ouvintes se misturando em uma vaporosa atmosfera de congratulações e alívio sob o visco, e as bandeirolas vermelhas e verdes, adivinhavam que o grupo de flautas doces estava morto.

PÁSCOA CURTA

Fogel não conseguia se lembrar se acontecera alguma vez antes — o advento do horário de verão encurtando uma hora da Páscoa. Sinos de igreja repicavam na escuridão; os devotos de sobretudo e chapéu se juntavam confusamente adiantando os relógios. Durante o dia todo, a terra relutantemente camarada ostentava a coroa de firmamento nublado um pouco de viés. A Páscoa sempre parecera a Fogel um feriado sem energia verdadeira, embora houvesse, dentre as lembranças mais vivas de sua infância, uma espiadela mágica dentro de um enorme ovo de açúcar-cande; acontecera na casa da tia, em Connecticut, onde as casas pareciam mais limpas do que em Nova Jersey, as pessoas mais ricas, os narcisos de um amarelo mais intenso. Dentro do ovo, silhuetas de papel compunham uma espécie de paisagem — um chalé com telhado de sapê, um coelho de colete, uma franja de flores púrpuras, um atalho que recuava e montanhas de papel —, tudo banhado em uma luz inesperadamente brilhante. De onde viera a luz? Devia ter havido um buraco no ovo além daquele pelo qual ele espiara, uma espécie de clarabóia, dando passagem a esse mundo em miniatura a uma iluminação celestial.

Mas, geralmente, a festividade que devia acompanhar o dia fracassava por completo: comparecimentos à igreja de famílias rixentas e atrapalhadas, ninguém exatamente confortável nas impecáveis roupas de Páscoa; melancólicas buscas de ovos em algum quintal lamacento, a criança mais miúda confusa e vitimada; problemáticas primeiras refeições reforçadas quando o ponche de champanhe tinha sabor amargo e a conversa se arrastava. Talvez se Fogel não tivesse se deixado levar a morar no Norte de Boston, onde na época da Páscoa açafrão e narcisos surgiam em gramados mortos como pensamentos conscientemente corajosos e nos quais mesmo a forsítia não chegava a florescer, a natureza teria encorajado o ostensivo espírito de esperança e o recomeço. Mas o dia era quase sempre úmido, e hoje não era exceção — um dia de garoa e friagem, só que uma hora mais curto.

Fogel tinha 62 anos de idade, e sentia chegar a hora da aposentadoria. Nos tropeços diários, descobria todo tipo de novos motivos para ficar irritado. A fila no correio empacava por causa das pessoas que compravam vales postais, e a fila na mercearia, por causa das pessoas que compravam bilhetes de loteria do governo. A ele parecia puro obstrucionismo intencional. Por que aquelas pessoas não tinham contas correntes e não especulavam no mercado de ações como ele fazia? Dirigindo para o trabalho, nos dias em que não tomava o trem, Fogel ficava fulo da vida quando colavam na traseira de seu carro, especialmente se eram motoristas jovens, e em especial se eram garotões de óculos escuros, a identidade deles ainda mais protegida por pára-brisas de vidro esfumaçado e janelas laterais opacas, como era a moda. Certa manhã, o carro atrás dele, um modelo esporte baixo e escarlate, tinha uma espécie de máscara ou focinheira de vinil preto sobre a grade, e esse toque ultrachique e ultraprotetor o enfureceu, assim como o enfureciam protetores de sol de papelão em carros estacionados, luvas para dirigir com tiras de couro e sem as pontas dos dedos, amplificadores ruidosos instalados sobre o painel e adesivos de pára-choques declarando MERDA É VIDA ou ironicamente exigindo APÓIE A VIDA ANIMAL — DÊ UMA FESTA. O carro de fachada de vinil estava desesperado para ultrapassar, e meteu o focinho para a direita, mas, encontrando lá uma jamanta de dezoito rodas à toda, focinhou para trás e deu uma guinada para a esquerda, entrando por uma pista que em poucas centenas de metros terminava em uma seta amarela pisca-pisca. Fogel pressionou o acelerador, para se manter na dianteira do rapaz e ficar de fora da pista condenada. Fogel sorriu atrás do volante, imaginando o instigante choque do outro carro contra a enorme seta — o estridente raspar de metal, a nebulosa explosão de vidro e ele próprio seguindo serenamente na pista do meio. Mas o rapaz, sacando o lance, entrou na frente com uma cortada tão brusca que Fogel tinha que ou brecar ou bater contra o carro; ele preferiu ir de breque, e o jovem motorista, controlando o volante com uma mão, ergueu a outra, juntou o polegar com o indicador e fez um *o* para Fogel ver, enquanto o carro vermelho, cantando, arrancava.

Se o imponente Mercedes de Fogel fosse equipado com um botão que exterminasse outros veículos, ele o teria usado três ou quatro vezes ao longo de cada quilômetro mais ou menos. Quase todos os outros automóveis na estrada — os que o ultrapassavam, os que eram tão lentos que ele tinha que ultrapassar, os que iam na velocidade dele e que permaneciam emparelhados com seus espelhos laterais como fúrias no encalço — pareciam uma afronta deliberada, restringindo sua liberdade e sendo de algum modo *pretensiosos* nesse propósito. Qual era a finalidade daquela sinistra máscara de Darth Vader sobre a grade? Nenhuma finalidade, só pura intimidação. Que era, e ele precisou viver sessenta anos para constatar, o objetivo de oitenta e cinco por cento de todo o comportamento humano.

As deficiências do corpo, que se multiplicavam, também o irritavam. Os cílios viviam caindo dentro dos olhos, e a presbiopia da velhice o impedia de enxergar bem, no espelho, os próprios olhos para poder tirar os cílios. Uma torturante recusa de foco, como a pressão da água que não nos deixa apanhar uma tentadora concha no fundo arenoso de menos de dois metros de mar cristalino, frustrava-o, e quando colocava os óculos de leitura, via o escuro e curvo corpo estranho, mas não conseguia pôr os dedos e a beiradinha de um lenço atrás das lentes para removê-lo. Então piscava, fazia caretas, xingava e desejava ter uma esposa jovem; a visão da esposa não era melhor do que a dele, e para não ter que admitir isso ela dizia coisas como "Sai sozinho" ou "Vai ver você só *acha* que é um cílio". A mãe dele, não podia deixar de se lembrar disso, tirava habilmente, com um pedaço de lenço de papel dobrado, um cisco que lhe atormentava a córnea sensível. Mas a mãe, agora ele compreendia, na época tinha metade da idade atual dele, embora parecesse imutável, enorme e onipotente.

Em um vôo de volta de Nova York a Boston, em uma tardezinha do inverno passado, ele se sentara do outro lado do corredor paralelo a uma moça e um rapaz, ambos em torno dos trinta anos, que claramente não se conheciam antes de se sentarem um ao lado do outro. O homem era um tanto carnudo, com um bigode meio ruivo e cabelo claro rareando; a mulher, totalmente oculta do ângulo de Fogel, segurava uma pasta de papelão grande e parecia estar de algum modo excitada. Suas mãos, gesticulantes e trêmulas em frente da janela oval do avião, aparentemente não tinham aliança e estavam agitadas. A voz, enquanto ela se explicava — a agência de publicidade para a qual levava a pasta, as dúvidas quanto a viver em Nova York, os relatos da colega de apartamento e a atitude cômica para com a vida —, executava uma dança penetrante, incansável e insistente, embora fosse alta e suave. Talvez ela tivesse menos de trinta — apenas começando, testando os poderes. Falava incessantemente, mas, por assim dizer, envergonhadamente, jogando fora as palavras como se jogasse plumas, como que para atenuar o impacto delas. "Sabe?", ela acrescentava, tolamente, a uma frase, e soltava uma rápida e leve risadinha, um riso abafado cativante, uma espécie de vislumbre de acanhamento no qual ela envolvia o implacável assalto verbal ao companheiro do lado, que respondia — como não responder? — com réplicas cada vez mais murmurantes e peremptórias, com relação a cidades, a trabalho e a todas as áreas em que ele achava que podia brandir a perícia de macho. As mãos brancas e parrudas daquele homem começaram a gesticular, a cortar o ar; ele pomposamente cruzava e recruzava as pernas e caprichosamente erguia o sapato, girando o bico; sua voz se tornava mais grave e confiante, enquanto a voz da outra, emplumada, inquiridora, ridente e excitada, assaltava seu ouvido e, involuntariamente, o de Fogel.

Uma mulher falara com Fogel, em um momento de sua vida, com uma voz exatamente igual àquela. Fora um banho, a voz dela, na qual ele foi ficando sem peso, uma iridescente ascensão borbulhante na qual sempre flutuava uma pergunta, a cadenciada e provocante pergunta feminina, para a qual a virilidade dele, embora fosse desajeitado e lento para compreender, era a única resposta. Ele e aquela mulher, Fogel foi se lembrando, chegaram, uns vinte anos atrás, a um final infeliz, que na época parecera trágico e difícil de digerir, mas que agora, para este homem idoso que se sentava acima das nuvens enquanto os motores zumbiam, as aeromoças se esforçavam para distribuir bebidas e a garota do outro lado do corredor tagarelava deliciosamente com as mãos nuas tremulando contra a escuridão mais e mais profunda da janela do avião, parecia simplesmente inevitável, já que todas as coisas têm um fim. Um pequeno efeito colateral ainda amargurava: o caso terminara na primavera, e a ex-amante se recusara a convidar a ele e à família para uma busca do ovo de Páscoa que ela e o marido promoviam todo ano. Os sentimentos dos filhos ficaram feridos e, como consolo, foram levados, depois da igreja, para comer na Casa Internacional das Panquecas da região. Pilhas de panquecas, Fogel se lembrava — de trigo-sarraceno, leitelho, vacínio —, que pareciam, encharcadas de melaço, quase intragavelmente doces.

E no entanto, quando o avião aterrissou e a disputa para se tirarem as coisas dos compartimentos no alto começou, Fogel se esqueceu de olhar, como pretendera, para a moça, a fim de conferir a altura, os lábios, o rosto de frente, as belas, longas e lépidas mãos, a fim de ver se de fato não tinham aliança. Enquanto a atenção dele estava em outra parte, ou em parte alguma, ela devia ter se levantado e raspado as nádegas nas dele ao passar e sumir de sua vida para sempre. Ela permaneceu com ele apenas como uma voz, a voz perpétua do flerte.

A distração de Fogel estava ficando inquietante. Nesta Páscoa estranhamente curta, enquanto os sinos estocavam o ar na cidade abaixo da colina onde Fogel morava, ele desceu até a caixa de correio para buscar a edição matinal do *Globe*, e o velho cão de focinho cinzento, um cão de busca labrador, fez voar as mais ou menos seis pombas selvagens que se agrupavam em um aquecido declive aberto, no meio de escovões de esfregar, acima da entrada curva para veículos. Toda manhã de fim de semana, no sábado e no domingo, isso acontecia, o cão fazendo pesadamente a investida e as pombas se debatendo no ar com um zunido abrupto e um bater de asas em uníssono, e no entanto Fogel sempre se esquecia de que aquilo ia acontecer e se sobressaltava, de modo que o coração disparava, o sangue disparando como outra pomba. O coração continuava palpitando enquanto ele subia de volta a colina levando nos braços o intimidante e pretensioso jornal de domingo cheio de cadernos. O palpitar pareceu perigoso, e ele se sentiu em perigo quando a mulher, no café da manhã, propôs que a ajudasse a revolver o terreno com o ancinho, preparando-o para a primavera.

— Fomos imperdoavelmente desleixados no outono passado — ela disse. — Deixamos folhas debaixo de todos os arbustos e em cima das pedras, e agora elas vão abafar a vegetação nova se a gente não as arrancar. — Ela nascera naquelas regiões do Norte e sabia das manhas do clima. — Você não pode esperar que os jardineiros limpem; foi o estúpido e inútil soprador deles que colocou as folhas lá para começar. Não existia soprador de folhas quando eu era menina; os jardineiros do meu pai limpavam com o ancinho.

Ao contrário da moça no avião, os poderes desta mulher estavam estabelecidos havia muito tempo, e ela não sentia necessidade de testá-los. Ela se movimentava de um lado para outro entre a bancada e a pia da cozinha, entre a pia, a geladeira e o fogão, com uma insaciável energia grisalha. Enquanto Fogel ficou sentado à mesa do café da manhã com o jornal, tentando se lembrar que cadernos já tinha lido, ele se sentiu empurrado por trás, como se houvesse um carro colado na rabeira. Como a mulher sabia que ele não tinha, sentimentalmente, decidido ir à igreja?

— Nunca vou me esquecer — ela continuou — do ano em que fomos para o Marrocos e só tiramos as folhas dos canteiros da frente em maio, e as coitadas das tulipas todas cresceram *centímetros* debaixo da palha; horríveis, aqueles patéticos caules brancos entortados crescendo de lado! Quando o sol bateu eles se endireitaram, mas o verão inteiro, até morrerem, ficaram com aquela forma da letra L. Todas com cotovelos!

Esse monólogo, ele reconhecia, era uma versão madura, endurecida, com arestas chanfradas e pontas que espetavam e feriam, do discurso emplumado e absorvente da moça do outro lado do corredor no avião — uma versão da insistência feminina em atrair a atenção masculina, uma força tão irresistível quanto a capacidade da água congelada de partir pedras.

— Estou tentando ler o jornal — Fogel chamou a atenção.

— Acho grotesco, absolutamente *decrépito* — ela disse —, esse seu jeito de fazer cera com o jornal, até a seção de imóveis, até as dicas de culinária! É um mau hábito que você adquiriu matando tempo no trem. Ninguém espera que você leia *tudo*, só que você passe os olhos nos anúncios.

— Não está mesmo frio e sombrio lá fora? — ele perguntou.

— Não mais do que costuma ser nesta época do ano. Quanto mais a gente trabalha, mais quente a gente fica. Pensando bem, meu querido, o sol nesta época do ano é tão forte quanto o sol de agosto, apesar de não parecer. Não seja um vadio decrépito; vamos... uma hora de um bom trabalho árduo no jardim, depois o almoço com os Allison, e você poderá assistir aos desempates dos jogos de futebol.

— Já acabaram.

— Já mesmo? Pensei que não acabavam nunca.

— Você está confundindo com o Hula Bowl. Agora é hóquei e basquetebol.

— Como é possível distinguir um do outro? Tudo se resume a brutamontes briguentos dando pancadas uns nos outros. É horrível como a televisão transformou a violência numa piada. — Ela repentinamente saíra da cozinha.

Docilmente, pesadamente, Fogel a seguiu. Tirando folhas de carvalho úmidas e compactas debaixo das forsítias e lilases, cauteloso para que um galho em flor não lhe espetasse o olho, Fogel se recordou de uma busca de ovo de Páscoa, e em seu devaneio, enquanto a mulher se ocupava para lá e para cá com camadas de folhas do ano anterior e montes de diretrizes enérgicas, a mente ruminante alentou a velha indignação por não ter sido convidado para a festa oferecida pela então recentemente abandonada namorada. Ela podia ter confiado nele. Ele teria ficado de lado e se mantido distante e discreto, enquanto os filhos fossem atrás dos ovos e a mulher se misturasse socialmente. Insulto se somou a mágoa quando, meses mais tarde, em uma terceira casa de família, exibiram-lhe as filmagens do dia — os filhos correndo, as caras deles em close-up lambuzadas de chocolate e de ansiedade por não terem conseguido a parte deles; os homens com trajes de passeio e camisas em tom pastel, de pé no gramado castanho em pequenos grupos de três ou quatro, segurando taças de vinho e biscoitos carregados de patê; e as mulheres, todas de minissaia naquela época, zanzando atrás dos filhos com sacolas de papel pardo e agasalhos de lã herdados. Era uma cena familiar, ano após ano, exceto que naquele ano ele não participava dela; não importava de que modo a câmera fizesse o movimento panorâmico e deslizasse de grupo para grupo, Fogel era invisível. A ex-amante usava um vestido vermelho cintilante, ele parecia se lembrar, que mal lhe cobria o traseiro agitado, e fez palhaçada para a câmera quando esta se voltou para ela, os lábios se mexendo para enquadrar uma alegre voz emplumada que era inaudível.

Quão tenazes, de fato, são as folhas da forsítia do último outono! E a hera pior ainda, mais aderente e cheia de raízes. Os dentes do pequeno ancinho de bambu de Fogel se quebravam na luta com a vegetacão hostil. Uma de suas fantasias era uma espécie de arma de raio de luz que, direcionada para uma planta ou árvore, não só a mataria como em um instante a vaporizaria em cinzas finas e fertilizantes. O trabalho agrícola, este interminável arrancar ervas silvestres e arar campos de novo, sempre lhe parecera a essência da futilidade; depois de sessenta anos ele começava a compreender que todo trabalho, jurídico ou médico, ou, como o dele mesmo, financeiro, era também uma questão sisífica de reciclagem, de empurrar a matéria inerte e ingrata para diante e para trás, de revirar (no caso dele) o adubo composto profundamente valioso de dívida empresarial.

Todo trabalho estava atado à vida humana, vida tão sem sentido quanto a de qualquer erva miúda verde-jade já brotando alegremente debaixo das folhas úmidas e enegrecidas.

O café da manhã reforçado com os Allison também foi sem sentido — a mesma meia dúzia de casais idosos, com três viúvas e um solteiro, que eles viam todo fim de semana. Durante a reunião toda, Fogel ficou tentando olhar de relance, pelo canto dos olhos, os ombros de seu blazer azul-marinho, e remover os cabelos brancos que não paravam de aparecer ali; estava perdendo o cabelo. Para poder ir até o fim de uma insistente conversa sobre o futuro do iatismo depois do desastre deste inverno em San Diego, ele aceitou um segundo bloody mary. Depois prudentemente passou para o ponche de champanhe, levemente azedo e de cor platina. Uma viúva lhe disse que ele devia levar muito a sério a contagem de colesterol; se o marido tivesse, ela não estaria viúva agora. Lágrimas de repente incomodaram os olhos dela, com as lentes de contato azul-cobalto. Outra mulher, de vestido violáceo, aproximou-se de Fogel e estendeu o rosto enrugado para cima, na direção dele, como se se esforçasse para ver através de uma clarabóia embaçada, e soltou a voz em uma doce e insistente salmodia. Ele lamentou que nenhuma câmera de cinema — uma câmera de vídeo era o que se usava agora, com a trilha sonora embutida — estivesse em ação registrando o fato de que ele estava ali, naquela reunião: de que ele tinha sido convidado. Ele e a mulher foram embora às duas e meia, hora que parecia mais perto do meio-dia. Como os relógios tinham sido adiantados, o dia dava a impressão de estar antes de onde realmente estava. Era mais tarde do que Fogel pensava. A fria garoa se intensificava, desencorajando o retorno ao trabalho no jardim; a bursite nos ombros doía de tanto ter estendido os braços com o ancinho. Ele encontrou um pouco de golfe na televisão. O circuito se deslocara para o leste, indo, dos eventos do deserto, com montanhas de lavanda ao fundo e canais de rios esmeralda entre areais e cactos, e com velhos comediantes de Hollywood como promotores do certame, para campos do Sul norte-americano, com árvores com as primeiras folhas tenras e azaléias de vívidas florescências. Rapazes loiros davam tacadas, uma atrás da outra, para atingir o buraco. Uma terrível sonolência tomou conta de Fogel enquanto assistia do fundo da espreguiçadeira. O ar fresco e o trabalho no jardim, o gim e o suco de tomate, o champanhe e o esforço de ser sociável, tudo contribuía para um acúmulo esmagador.

Sorrateiramente, evitando o próprio quarto de dormir, onde podia ouvir a mulher conversando ao telefone com uma das inúmeras amigas, pegou um caderno do jornal que talvez ainda não tivesse lido e se deitou na cama do quarto do filho caçula. Cartazes de carros europeus e de astros do rock norte-americanos continuavam nas paredes, embora o rapaz tivesse saído de casa para a faculdade havia dez anos. A mãe gostava de conservar o quarto tal como ele deixara, assim como algumas seitas religiosas fanáticas conservam um quarto arrumado caso Jesus retorne e peça hospedagem. Um cano crepitou — vapor novo chegando à condensação em um ângulo de ferro. Fogel se tornara sensível à casa, identificando-se com estalos, cantos em desintegração, os irreversíveis gastos de energia. Tentou estudar a seção, a seção financeira. "O PROBLEMA DO DÉFICIT — SÓ NA NOSSA CABEÇA?", dizia uma manchete. Taxas de juros, renegociação, mercado calmo, dívida, dívida...

Depositou o jornal no chão ao lado da cama estreita do filho e mergulhou no sono, enquanto a garoa salpicava as vidraças da janela e o vapor tiquetaqueava nos radiadores. Sonhou, com as cores fortes de verdadeiro cansaço. Eletricidade percorria o cérebro, ativando ora um grupo de células da memória, ora outro. Uma agitação de emoção enterrada rondava aqueles fantasmas na luz e nas sombras, e evocou lágrimas e clamores de indignação do ser espectral de Fogel; ele reinava sobre o movimentado palco iluminado do subconsciente como ponto e dramaturgo, platéia e *deus ex machina*, além de herói. Os pais se tornaram visíveis — o pai, um homem grosseiro, que trabalhava com as mãos, e a mãe, uma virgem em seu modo simples de pensar, a paixão estrita de defender, como se fosse sagrado, o pequeno espaço que a família tomara emprestado do mundo. Ele abraçou o ursinho de estimação, Bruno. Bruno tinha um olho de vidro, em um longo aro de arame, como uma flor artificial. Os pais falavam um com o outro por cima dele, com urgência, em uma língua que ele não conhecia. Perto deles, Fogel se tornou pesado em cada célula, tão denso que acabou entrando em estado de vigília, embora o mundo do sonho tentasse se agarrar a seu corpo quente, em meio àquela dor antinatural da ressurreição — o peso, o peso atroz, de voltar de novo à vida!

A boca parecia seca, e uma gota que escorrera do canto dos lábios molhara o travesseiro. A atmosfera do quarto estava sombria. Ele a princípio não sabia que quarto era aquele, dentre os muitos que sua longa vida ocupara. Uma crosta de sombra cobria cada superfície, mesmo a dos cartazes lisos. A hora era indefinida; no entanto Fogel soube sem demora que o dia ainda era de Páscoa. Quanto tempo dormira, tão profundamente? Cochilo não era coisa que ele gostasse de dar. Melhor guardar o sono, na idade dele, para a noite. Apurou os ouvidos para a voz da mulher de lá do quarto deles, mas nada ouviu. Estava assustado. Deitava-se encolhido na cama estreita como um feto que tivesse perdido a flexibilidade. Uma curva de terror esfriou-lhe o estômago, metálico e dolorido; se fosse o ser espectral dos sonhos, ele teria gritado com a sensação. Os olhos conferiram os objetos no quarto — cartazes lustrosos, lareira vazia, interruptor de luz, estante de livros didáticos abandonados, prateleira de cassetes obsoletos, uma placa roubada de PROIBIDO ESTACIONAR, coelho empalhado de colete — um por um. Tudo parecia ainda estar no lugar, mas alguma coisa faltava, imensamente.

UMA CASA DE FAZENDA DE ARENITO

Joey tinha uma lembrança nebulosa da primeira vez que vira a casa, como uma fotografia antiga manchada de mofo. Durante a Segunda Guerra Mundial, a família não tinha carro e, ao alugar um, para as esporádicas viagens de passeio fora da compacta cidade de tijolos onde o pai trabalhava, constrangeu tanto o menino de doze anos que ele não enxergava com clareza através das janelas e não percebia muita coisa além do esforço interior para não ficar nauseado. Ele lutava contra o movimento oscilante e gingado, que se misturava aos cheiros quentes e convergentes dos capachos de borracha e da combustão de petróleo e ao aspecto paciente, pálido e venoso da mão do pai na alavanca de marcha. Terrenos de plantação, quilômetros deles, passavam jorrando. Campos deprimentes e monótonos subiam e desciam sob os fardos enevoados de colheitas. Uma sinuosa rodovia de asfalto subia uma colina, passava por uma maciça igreja de pedra e depois assentava em um trecho plano, onde eles reduziram a marcha para virar à esquerda e pegar uma estradinha de terra corrugada que sacolejava o carro a ponto de dar náuseas. Nenhuma casa à vista. Nenhum sinal de civilização, a não ser postes telefônicos que transportavam um único fio. Um outro desvio, à direita desta vez, por uma estrada de terra ainda mais estreita, e eles pararam, e no repentino fluxo de ar fresco quando Joey abriu a porta do carro, o verde do capim ascendeu pegajoso e reluzente para saudar sua vertigem, sua náusea. Em sua lembrança nebulosa, eles subiram até a casa, e havia gente nela, lavradores, de roupas de trabalho e sapatos enlameados, procurando acanhados sair do caminho deles, como animais. Havia uma varanda na frente, ele se lembrava bem disso. Com uma balaustrada sustentada por tábuas recortadas em formas ornamentais e um espaço secreto embaixo, de ervas silvestres e refugo pedregoso. Um espaço onde galinhas podiam cavoucar, cães podiam se deitar e resfolegar em época de calor, o tipo de espaço acolhedor e convidativo para um menino da idade que ele estava prestes a superar.

Quando compraram a casa com o terreno de oitenta acres e se mudaram, ele estava com treze anos, e a varanda tinha desaparecido, deixando um espaço entre a frente da casa e o passeio de cimento, onde posteriormente plantaram crocos e tulipas e construíram um caramanchão para a videira. O Joey adulto não conseguia se lembrar de como ou quando isso acontecera — a derrubada da velha varanda apodrecida. Pedaços continuavam no celeiro — fragmentos da balaustrada, e os balaústres ornamentais de pinho de dois centímetros de espessura. Um dia ele até levou um balaústre para casa, na cidade de Nova York, como uma espécie de recordação, ou amostra de arte popular. O desenho se constituía de um círculo no centro, um círculo com um orifício, um como uma seta e outro como um peixe. Escamas de cores diferentes caíam secas, camadas quebradiças de pintura aplicadas havia muito tempo. O objeto, não exatamente de arte, repousou por um período apoiado de viés contra o manto de mármore preto da lareira do apartamento, depois foi guardado no fundo de um armário, junto com raquetes de squash quebradas, livros didáticos da faculdade e abajures que algum dia poderiam voltar a brilhar. Assim como a mãe, ele tinha dificuldade de jogar coisas fora.

Se Joey, o pai e o avô tivessem eles mesmos demolido a varanda, ele teria se lembrado de um trabalho tão heróico, tal como quando pusera abaixo a divisória de sarrafo e estuque que separava as duas saletas no térreo, fazendo uma sala de estar espaçosa, ou arrancara a enorme lareira de pedra da cozinha e a chaminé, até em cima no sótão. Ele se lembrava de ter suspendido as pedras enormes até o lado de fora da janela do sótão, ele e o avô empurrando, procurando não prensar os dedos, enquanto o pai, o rosto branco de tanto esforço, segurava a corda de uma roldana improvisada armada sobre um caibro do telhado. Assim que eram puxadas do parapeito da janela, as pesadas pedras, vistas de cima, caíam com uma estranha lentidão, e se amontoavam em uma espécie de montanha cuja remoção se tornara a tarefa de verão de Joey. Ele aprendera uma lição valiosa naquele primeiro verão na fazenda, quando completou catorze anos: mesmo quando se consegue em um corpo-a-corpo colocar apenas uma pedra no carrinho de mão e empurrá-lo, penando e cambaleando, até a área pantanosa no lado de cá da despensa sobre o riacho, no fim a montanha inteira terá sido removida. Segundo o mesmo princípio, um gigante invisível, removendo apenas um dia por vez, irá no fim se desfazer de uma vida inteira.

Quando, quarenta anos depois daquele verão de 1946, a mãe morreu, e a casa enfim desocupada cedera seus tesouros havia muito enterrados, ele encontrou uma fotografia dela aos dez anos de idade, posando na frente da varanda. Alguém com lápis, com uma letra fluente que não era a da mãe — a dela era miúda, espremida e deitada para a esquerda —, assinalara no verso: *Tirada em agosto de 1914. Ampliada em agosto de 1917.* Alguém adorara aquele instantâneo a ponto de ampliá-lo e montá-lo em um cartão cinza grosso: quem?

A mãe, de vestido de cintura baixa, meias escuras e sapatos pretos com saltos grandes e grossos, o cabelo penteado para trás em um longo trançado que caía sobre um ombro, está segurando a coleira de um cão novo de tamanho médio, mestiço de *collie.* Tanto a menina quanto o cão olham para a câmera com um meio sorriso e olhos arregalados confiantes parecidos. Estão em pé em um passeio de cimento que ainda existe, sem rachaduras; atrás deles os balaústres da varanda repetem o desenho simples e artístico e uma pequena roseira viceja. O cão há muito morto e o ser humano recentemente falecido parecem igualmente felizes. Joey mal teria reconhecido a mãe não fosse pela densa abundância de cabelo — uma menininha alegre, de peito liso, com sapatos de mulher adulta. Mais adiante da quina do celeiro, à direita dela, espectrais na ampliação, estão cercas e árvores das quais não restam vestígios e, mal visível, uma construção inteira que já desapareceu — um depósito de tabaco, talvez. O gramado se estende até o passeio de cimento, e as cercas parecem em boas condições. Este era o paraíso particular, na época, ao qual ela tentou retornar, readquirindo a velha casa de arenito que os pais, julgando-se satisfeitos com os lucros do tabaco, o suficiente para se aposentarem, venderam enquanto ela estava fora, inocentemente, em uma escola normal. Precoce, ela pulara de ano nas escolas locais e fora enviada para longe aos doze anos de idade, mas detestava, detestava tudo, inclusive a viagem de bonde de uma hora a Kutztown. O balanço, o ar puro, os bêbados que se sentavam ao lado lhe davam náuseas.

Ela adorava a velha casa; adorava a *idéia* da casa. Durante a maior parte da vida, fora os vinte anos de exílio em sua jovem feminilidade, quando foi para a escola normal, depois para a faculdade e se casou com um homem que lá conhecera e com quem viajara até a Depressão acarretar a perda do trabalho de caixeiro viajante dele, e que lhe dera um filho, no auge da Depressão, enquanto moravam com os pais dela na casa de tijolos da cidade — fora esses vinte anos, habitou com alegria uma idéia. A casa de arenito fora construída, sua dedicada pesquisa descobriu, em 1812. Naquele período, grupos de pedreiros e canteiros perambulavam pelas áreas rurais, erigindo essas casas de fazenda da Pensilvânia segundo o preceito da simplicidade elegante. A planta baixa era quadrada, projetada quadrada no compasso. A face sul era exposta ao máximo ao sol; as janelas do leste enquadravam o nascer do sol, e as do oeste, o pôr-do-sol. As pedras angulares eram cortadas em um ângulo ligeiramente agudo, para enfatizarem a quina. A firme armação de andaimes era fixada em buracos nas paredes de sessenta centímetros de espessura à medida que estas se erguiam, e esses buracos eram tapados com pedras de oito centímetros quadrados quando a alvenaria era refechada e a armação de andaimes desmontada, de cima para baixo. Na argamassa, cal da caieira era misturada com a areia do leito de córregos, para combinar com as pedras. Embora o tamanho das pedras erguidas e encaixadas fosse monstruoso, as verdadeiras façanhas para alçá-las ocorriam na extração da pedreira. O arenito exposto em um afloramento era inutilizado pelas intempéries, mas sob o solo jazia a pedra perfeita, a ser arduamente partida por brocas em estrela, cunhas e "plumas" de aço, e em seguida arrastada por juntas de cavalos, em carretas ou trenós. Às vezes uma carreta desmoronava sob a carga de uma única pedra grande. Mas o imenso arrastar e içar continuava, um movimento de maré semelhante ao das geleiras que aqui e ali, naquela área de avanço mais para o sul da última era glacial, depositaram morenas gigantescas — acres aterrorizantes de pura rocha; profundezas de pedras acumuladas nas quais árvore alguma deitou raízes, embora florestas as circundassem; lagos de aridez fascinantes e atordoantes para mentes do século dezenove, ansiosas por verem a mão de Deus em toda parte.

Para o sensível e asmático Joey, tirado de uma casa geminada urbana onde se sentia confortável — onde podia ouvir através das paredes do quarto os vizinhos se movimentarem quando ele acordava, o leite sendo entregue na varanda e os bondes retinindo na esquina à distância de um quarteirão —, a silenciosa espessura das pedras atrás do velho estuque e do papel de parede e as fornalhas e lareiras rústicas visíveis no interior da casa de campo pareciam acolher a umidade e o frio da natureza. Uma respiração soturna e contida habitava as paredes. O calor do verão trazia enxames de vespas, centopéias, formigas-de-cupim e traças que entravam pelas frestas. Naquele primeiro inverno na casa, antes de um forno de óleo ter sido instalado no porão, um fogão de querosene na sala de estar era a única fonte de calor. Joey se lembrava muito bem do fogão; fora pintado de marrom-chocolate, tinha pés curtos e curvos e ficava em cima de uma chapa de amianto forrada com um papel que imitava veios de madeira. Ele passava dias embrulhado em cobertores ao lado daquele fogão, em um sofá manchado de gordura puxado para perto dele. Com seu frio crônico, faltava dias na escola, e detestava isso, porque a escola era quente, e nela havia água corrente e banheiros com descarga. E meninas de saias plissadas compridas, suéteres felpudos e meias soquete que pertenciam à era moderna, à civilização. Ele se aferrava à civilização pela leitura; envolto na aromática aura de querosene do fogão marrom, lia qualquer coisa — P. G. Wodehouse, Ellery Queen, John Dickson Carr, Thorne Smith — que sugerisse cidades e o arrancasse daquela casinha de pedra úmida e fria.

A mãe se recordava daquele primeiro inverno com prazer pesaroso, como uma série de adversidades jubilosamente superadas.

— Era realmente doloroso, imagino, para todos: você estava muito doente, seu pai com muito custo chegava ao trabalho naquele velho Chevrolet, que era só o que ele tinha condições de comprar, e para os meus pais era uma derrota terrível, voltarem para a fazenda depois de terem ido embora; escondiam-se juntos num cantinho como se fossem crianças, mas eu me sentia tão feliz de estar lá que mal reparava. Os homens da mudança quebraram uma enorme folha de vidro da porta da frente, e por algum motivo durante todo aquele primeiro inverno nunca pusemos outra no lugar; vivíamos tapando o buraco com uma folha de papelão. É inacreditável que tenhamos sobrevivido. — E ria, ao recordar. — Tentamos acender fogueiras na lareira da sala de estar, mas toda a lenha que os Schellenbarger deixaram para nós no porão era olmo embolorado, e aquela lareira nunca teve boa tiragem, mesmo quando os ninhos de taperuçus não bloqueavam a chaminé. A fumaça se espalhava na sala, nunca entendi bem por quê. Se olhar o cano da chaminé com uma lanterna, vai ver que há uma deformação na alvenaria.

Mas Joey parecia que se lembrava de acordar no andar de cima e assentar os pés descalços no desguarnecido assoalho de madeira, apanhar o uniforme da escola e correr de pijama escada estreita abaixo — os pisos dos degraus com duas marcas de desgaste pelo atrito de gerações de pés, as cabeças de pregos se projetando, brilhantes e perigosas — para se vestir em frente da lareira, onde a lenha crepitava. O ar gélido do andar de cima da casa lhe tocava a pele como chama, como as intermináveis conversas entre a mãe e os pais dela, trocas de palavras incessantes e derramadas que se encrespavam em desavenças e voltavam de novo à calma, entre risinhos, enquanto ele se concentrava, quando estava em casa, nas páginas de um livro. O avô tinha uma voz bonita, paciente e eloqüente; a avó falava pouco, em respostas guturais. A mãe, ao contrário da maioria dos adultos, não se separara dos pais, e se agarrava a eles com velhas histórias e queixas, como quem soma o mesmo conjunto de números dia após dia e sempre espera um resultado diferente. Enquanto isso, Joey, doente, encolhia-se junto do fogão e conversas acaloradas entravam em seus ouvidos como o cheiro de querosene entrava em suas narinas, mas sempre, naqueles cinco anos (apenas cinco!) em que vivera na casa de arenito com quatro adultos, sua atenção estivera voltada para outro lugar — para a lição de casa, para o futuro. Tentara ignorar o que estava ao redor. A casa, mesmo quando encanamento, aquecimento central e telefone foram instalados, e um novo papel de parede tornou os cômodos repintados mais bonitos, constrangia-o.

Nunca se constrangera tanto quanto naquele verão anterior à mudança, antes mesmo de possuírem o caprichoso e velho Chevrolet. A guerra ainda continuava, a parte do Pacífico da guerra. Várias vezes, a mãe o obrigou a viajar de ônibus com ela até o terreno que já era propriedade deles. Ela alimentava a fantasia de um quebra-vento de pinheiros cercando o campo grande, ao longo da estrada, e ela e Joey carregaram mudas de árvores em caixas, pás, podadeiras e um regador — toda essa aparelhagem humilhante arrastada para dentro de um ônibus urbano por uma mulher de meia-idade de bochechas rosadas e um menino magricelo de orelhas de abano e calças de brim curtas demais. A mãe vestia camisa xadrez como a de um homem, chapéu de sol de palha e um macacão azul-claro com peitilho; parecia uma lavradora em uma comédia musical de Hollywood. Não havia espaço dentro do ônibus para as pás; o motorista teve que colocá-las no bagageiro e depois parar e sair no meio do nada para devolver as ferramentas. Foi um alívio quando o ônibus, rumo ao sul com destino a Washington, Distrito de Colúmbia, desapareceu na dobra de uma curva na rodovia.

Joey e a mãe desceram pela estrada de terra corrugada no calor intenso, carregando o equipamento. Ele nunca fora tão humilhado, e jurou que nunca mais o seria. Não podia culpar a mãe, ainda precisava muito dela, e então culpou o lugar — os campos enevoados e infestados de bichos, as nuvens de pólen que o vento carregava, fazendo-o espirrar e os olhos lacrimejarem, a casinha de arenito como um cubo de açúcar marrom derretendo ao sol, na depressão de uma encosta abaixo de um pomar de macieiras crescidas demais e quase mortas. Desde o meio-dia e pela tarde adentro limparam pequenas áreas na borda do campo, onde a última plantação de milho dos Schellenbarger avançava em vacilantes fileiras verdes, cortaram bardanas, sumagres e madressilvas, cavaram buracos, colocaram em cada buraco uma muda de pinheiro de quinze centímetros de altura, e regaram a terra arenosa e vermelha. Dando uns passos adiante para plantar a árvore seguinte, Joey já não podia ver a última delas entre as ervas silvestres e o capim. O trabalho parecia inútil. No entanto, quando bateu a brisa da tarde, ele ouviu uma pureza de silêncio que não existia em sua querida rua de casas geminadas. Talvez passasse um carro por hora, as pessoas olhando para aquela mulher e aquele garoto vestidos com roupas inadequadas tanto para o campo quanto para a cidade. E ele sentiu uma espécie de heroísmo em seu estirão periódico, com o regador vazio, pelo meio quilômetro ao longo da borda dos milharais até a casa vazia, com a bomba de água enferrujada no terraço dos fundos, e em seguida o longo trajeto de volta, o regador esparrinhando água, tão pesado agora quanto uma pedra.

Ele se sentia heróico para si mesmo. Espaço para heroísmo existia naquele lugar; seu ser fora transposto para uma nova escala. Estava decidido a impressionar a mãe — a conquistá-la de volta, uma vez que ali, naquela fazenda, pela primeira vez deparara com algo que ela manifestamente amava tanto quanto amava a ele.

Finalmente, as ervas silvestres lançaram longas sombras emplumadas sobre os dois, os pequeninos pinheiros estavam todos plantados na inóspita selva de beira de estrada e chegara a hora de voltar, subindo a estradinha corrugada e empoeirada, para esperar o ônibus que vinha de Washington dobrar a curva. Tendo de ir e voltar em tal distância, o ônibus devia estar uma hora atrasado, e os olhos deles arderam, pregados na rodovia cinzenta na esperança de vê-lo, e o estômago de Joey esfriou ao pensar que o tinham perdido e estavam abandonados. Mas nem essa possibilidade o esmoreceu, porque ele forjara um espírito de conluio desafiador com o qual estava insensível ao constrangimento e desempenhava o papel tanto de estóico como de comediante, co-estrelando com a mãe de chapéu de sol de palha e as companheiras inseparáveis, desengonçadas e de aspecto aguçado, as podadeiras e as pás. Anos mais tarde, até riu com ela a respeito, à lembrança daquelas excursões quentes e desconfortáveis para plantar uma fileira de árvores, muitas das quais nunca medraram, obstruídas por cardos e bons-dias ou cortadas dali a um ou dois anos por um incauto movimento de foice.

No entanto, alguns dos pinheiros, talvez seis ou sete, viveram e se elevaram ao longo do leito de estrada — aparições de copas desgrenhadas mais altas do que um mastro de navio, oscilando ao vento. Naquela época, a estrada de terra estava asfaltada e zumbia com o tráfego, e a rota do ônibus para Washington havia muito fora abandonada, por não ser lucrativa.

Cinco anos depois do mês de setembro em que eles se mudaram, Joey foi para a faculdade. Em essência, nunca voltou. Casou-se no último ano do curso e, depois da graduação, mudou-se para a cidade de Nova York. Outra das fantasias da mãe, junto com a da fazenda como paraíso, era que o filho fosse poeta; ele realizou essa heróica tarefa o melhor que pôde, indo trabalhar em uma agência de propaganda e se dedicando à pesquisa da frase e da imagem que prendem a atenção, no limite da indecência, que incitam as pessoas a comprar — que lhes dão permissão, a partir do mundo mítico dos símbolos fabricados, para gastar. A atividade era igual à poesia no sentido de que era preciso apenas alguns sucessos felizes, e ele teve sua parcela, e não podia se queixar. Nunca mais teve que subir em um ônibus com uma pá.

Os números associados aos anos e às décadas se modificaram, e com eles os números da conta corrente e do prédio de apartamentos de Joey. Seu primeiro casamento se desenrolou em três apartamentos diferentes, o turbulento segundo, em quatro, o efêmero terceiro, em apenas um, e agora ele se perguntava se mulher não era de fato a coisa dele desde o início. Sempre se sentira mais à vontade, pensando bem, na companhia de homens, principalmente os que lhe lembravam o quieto e conformado pai. Mas já era a década de oitenta consciente da AIDS, seu cabelo passara do grisalho ao branco virtual, e estava satisfeito de partilhar a vida com os livros, os CDS (*compact discs*, cadernetas de depósitos) e a modesta e pequena coleção de arte, um misto de comercialismo aguado e minimalismo glacial. No outro lado das paredes brancas do apartamento ele podia ouvir os murmúrios e as pisadas dos vizinhos, e gostava disso. Acostumara-se, nos anos cinqüenta, à vida geminada.

A três horas dali, a mãe viúva morava sozinha na casa de fazenda de arenito. Joey fora o primeiro a partir. Alguns anos mais tarde, o avô morreu, de repente, de um infarto potente como trovão, e em seguida; depois de um ano de cama, a avó. Isso criou um quarto a mais no andar de cima, de modo que Joey, a primeira mulher e os filhos pequenos, quando vinham de visita na década de sessenta, não precisavam mais acampar no térreo, em catres e no sofá manchado pelas bolachas com manteiga de amendoim que ele costumava comer quando condenado a passar os dias lendo. No andar de cima havia dois quartos de dormir de verdade, cujas portas podiam ser fechadas, e uma espécie de corredor do lado do topo da escada onde ele dormira durante cinco anos, ouvindo os quatro adultos sussurrarem, ressonarem e rangerem enquanto garotas, orações e primeiros versos de poemas passavam todos juntos pela cabeça dele. O avô, antes de descer para o térreo de manhãzinha, desmanchava em um afago o cabelo do menino adormecido, e os sons do café da manhã da família reunida, uma vez que a avó e os pais de Joey se juntavam a eles em seguida, subiam até ele com o cheiro de torrada, um pastoso calor de vida subindo de debaixo do frio e desguarnecido assoalho de tábuas de pinho velho e macio.

Havia um quarto aposento, um pequeno aposento no canto noroeste da casa, onde a mãe nascera, em um parto de prolongada agonia — um calvário rural, como Joey o imaginava, com lanternas bruxuleantes, chaleiras fumegantes e primos chegando a cavalo e de charrete para ajudar — que moldou as relações dela com a própria mãe em uma, parecia, justificativa feroz, uma adesão fútil e imorredoura em uma tentativa de compensar. Ela cuidou da mãe durante a longa e agonizante paralisia da velha, mas nem sempre com paciência, ou com ternura, e quando a provação por fim terminou a ela restou um motivo a mais para se culpar.

— Passei a vida inteira — ela concluía — tentando agradar a minha mãe, e nunca o consegui.

Joey perguntava, irritado com aquelas ondas recorrentes de dramatização da própria vida:

— Alguma vez ela disse isso?

— Não, mas você sabe como ela era. Nunca dizia nada.

— Ao contrário da *minha* mãe — ele falou, com uma irônica pretensão de galanteio.

Ela percebeu a ironia.

— Sim, eu herdei de papai o dom de convencer — reconheceu. — Tem sido uma maldição, na verdade. Quando a gente fala bastante, não pensa que tem que *fazer* alguma coisa.

Aquele quarto aposento fora convertido em banheiro, com banheira, mas sem chuveiro, bacia, mas sem armário. Pasta de dente, loção de bronzear, creme para mãos, navalha de barba, fio dental, sobras de sabonete grudadas com parcimônia, tudo se acumulava em cima do peitoril largo da janela com vista para as tabuinhas enegrecidas do telhado do terraço dos fundos. Depois que o pai morreu, no início da década de setenta, a casa perdeu pouco a pouco o poder de se purgar das acumulações. A ocupação da família, que começara com a remoção da varanda, da parede interna e das pedras da chaminé, agora obstruía o sótão, o porão e os peitoris das janelas com as lembranças da prolongada presença da mãe.

Com base na hipótese de que impediria que os pássaros silvestres fossem devorados, ela alimentou um gato perdido que apareceu no terraço dos fundos; o gato se transformou então em vários, e os vários se transformaram em quarenta. A casa ficou entupida de caixas empilhadas de comida de gato, e um local no bosque, no fim de um atalho coberto de framboeseiras, converteu-se em uma montanha de latas vazias de comida de gato. Montanha de Lata, chamavam-na os filhos de Joey. Revistas, correspondência publicitária não solicitada e panfletos religiosos ficavam largados em cima de mesas e cadeiras, esperando ser empacotados e levados ao celeiro, para lá esperarem pelo próximo coletor de papéis dos escoteiros. Fotografias de Joey, dos filhos e das mulheres, cartões de Natal e do Dia dos Namorados enviados, estes jocosamente, por parentes e vizinhos se amontoavam em espaços aproveitáveis como uma espécie de musgo. Mesmo a mesa onde a mãe comia tinha no fim espaço apenas para um prato, uma xícara e um pires, os dela mesma. A casa estava ficando obstruída, Joey sentia, tanto quanto o coração dela — uma angiografia coronária revelara — estava ficando obstruído pela arteriosclerose, e os pulmões, de fracos movimentos respiratórios, estavam se enchendo de água.

As chegadas dele, à medida que os anos passavam, pareciam se acumular, uma em cima da outra. Estacionava o carro junto ao celeiro e andava com cautela, de um lado a outro, pelo caminho de pedras que ao longo das décadas, desde que foram assentadas (até vovó, rija e curvada, ajudou com o pé-de-cabra), foram obstruídas pelo solo arenoso e seus milhãs. No terraço dos fundos havia uma confusão de gatos e filhotes miando para ser alimentados. Entrando pela porta dos fundos, ele procurava evitar torcer a cara ao fedor de comida de gato e de papelão úmido. A mãe juntara, em diferentes setores do assoalho, as latas vazias, os sacos de plástico em que o supermercado ensacava os artigos comprados, as pilhas escorregadiças de catálogos pedidos por reembolso postal e barbantes e retroses emaranhados em um balde galvanizado. Joey viu naquele acúmulo uma superstição que tivera de combater dentro de si mesmo — a crença de que tudo tem um valor. Os pássaros nas árvores, o girassol na borda do pomar, o cartão do Dia dos Namorados enviado havia anos por um neto distante colado desajeitadamente em uma folha — tudo tinha um valor que podia, a qualquer momento, ser levado em conta. Era uma forma de anunciar que a vida de uma pessoa era infinitamente preciosa.

Trocavam beijinhos à porta, e ele levava a mala para cima, passando pelo cão; o último de uma série de cães era uma cadela vira-lata, dada a saltar e rodear, que vibrou por ter um homem na casa. O quarto de hóspedes fora o quarto dos pais. Quando enviuvou, a mãe se transferiu para o antigo quarto dos pais dela, perto do aposento onde nascera. A transferência fazia parte, Joey sentia, de um obscuro sistema religioso que nada tinha a ver com o cristianismo. Lembrava-se de que, em um surpreendente ritual daquele sistema, seus pais, um dia depois da morte da avó, levaram para fora o colchão manchado e encharcado de urina e o queimaram, perto das pedras que ele depositara, a fumaça escurecendo o céu a manhã inteira.

Ali, naquele quarto de hóspedes, sem uma mulher para distraí-lo e confortá-lo, ele começou a lutar para respirar. A cama afundava fazendo as costas doerem. O travesseiro parecia pesado e denso. O bojo de arenito da lareira do quarto, nunca usada, emitia uma umidade que vinha de fora. Pássaros, morcegos e camundongos se agitavam nas paredes porosas, e os movimentos da mãe faziam ranger a cama do outro lado da parede fina. Estava acordada ou dormindo? E ele estava o quê? Só conseguia relaxar de fato com a luz da manhã, quando a cachorra acordava a mãe, raspando as tábuas nuas do assoalho com as patas, e as duas fêmeas se dirigiam lenta e ruidosamente para o andar térreo, e o abridor de latas começava, cadenciadamente, a mastigar o primeiro lote de latas de comida de gato.

No quarto de hóspedes por algum motivo não havia cortinas; na escuridão da noite a lua ardia nos peitoris das janelas como se o chamasse, chamando-o de volta à fase que na vida adulta inteira fizera um esforço para apagar. A asma, a sensação de aperto e complicação interiores, não era tão penosa, em geral, nas primeiras duas noites; ele conseguia cinco ou seis horas de sono em cada uma delas, se depois pudesse partir, de volta para a aconchegante e salubre Nova York. Mas nos longos fins de semana de feriado se debatia a terceira noite inteira com o pó da casa e o pólen acumulados nos pulmões, com o travesseiro úmido e duro, e com o luar obstinado, de silêncio branco tão acusatório.

Percebia a mãe e ele próprio, cada um deitado em sua cama, como sobreviventes de um grupo maior de pessoas que outrora ocuparam aquela casa. Era como se, em um desfiladeiro nevoso, tivessem matado e devorado os outros, e agora um dos dois remanescentes tinha que perecer. Ela também, aos oitenta anos, tinha problemas respiratórios, e dormia com a cabeça apoiada sobre dois travesseiros. Certa noite o acordou, com palavras brandas:

— Joey. Não estou me sentindo muito bem. Vista o velho sobretudo do seu pai e venha comigo até lá embaixo.

Ele acordou, a cabeça clara como luar, em um instante.

— Telefonamos para o hospital?

— Não, só preciso ficar desperta. Você sabe qual sobretudo, está pendurado no pé da escada.

Havia anos estava pendurado lá, um dos curiosos e confortantes andrajos que o pai adquirira em lojas barateiras ou armazéns distribuidores. Joey com freqüência o vira com ele, no último ano da vida do velho, quando as pernas dele ficaram brancas e tomadas pela flebite, o nariz ficou azul por causa da circulação deficiente, os olhos descaíram mais e mais sobre o rosto e a surdez piorou. Mas até o fim o pai manteve a cabeça erguida, e desenvolveu um interesse acadêmico pelo mundo. Ex-professor de ciências sociais, continuou a ler livros copiosos de história contemporânea, e escreveu para Joey, em uma de suas raras cartas, com a caligrafia paciente e legível de mestre, dizendo que a surdez lhe facilitara a concentração.

Joey perguntou a si mesmo por que a mãe estava sendo tão insistente em relação ao casaco, mas obedientemente o vestiu. Havia nele uma flocosidade incomum em sobretudos pretos, e era grande demais para ele, uma vez que o pai fora maior do que ele. A mãe estava certa; uma vez vestido, sobre o pijama, ele voltou a ser uma criança, calma e confiante. Desceram para o andar térreo, ligaram o termostato e se sentaram juntos na penumbra da sala de estar, ele no sofá e ela na cadeira de onde assistia à televisão, e ele a observou se esforçando para respirar, em breves e trêmulos arquejos, como o desesperado bater de asas de um pássaro pego na chaminé.

— Sente dor? — ele perguntou.

Como lhe faltava fôlego para falar, ela fez um "não" com a cabeça, e a cabeça de novo se submeteu à convulsão, como se tentasse permanecer à tona da água.

— É como — ela ofegou — se apertasse.

— Não quer mesmo ir para o hospital?

De novo um balanço vigoroso de cabeça.

— O que podem fazer, a não ser me torturar?

Então ali ficou ele sentado, com o sobretudo do pai, combatendo o sono, perguntando-se se a mãe morreria diante de seus olhos. A cadela, agitada a princípio por estarem de pé de madrugada, resfolegou e se deitou no chão. O luar batia com menos intensidade nos peitoris das janelas no outro lado da sala de estar, com seus gerânios e violetas em vasos e uma dama-da-noite que cresceu grotescamente comprida demais, de modo que o caule ocupava a janela. Os tremores da mãe diminuíram, e por fim ela lhe disse que subisse, que ficaria mais um pouco. Com a velhice, tornara-se quase enxertada naquela sua cadeira. Em uma visita anterior, ela o escandalizara por se recusar de todo jeito, quando terminara a programação de comédias da televisão às quais assistia assiduamente, a ir para o quarto; clareou o dia e lá estava ela ainda sentada, toda vestida. Isso o irritava, junto com o hábito de ver televisão.

— Por que fica vendo esse bando de idiotas? — uma vez ele lhe perguntou. — Para você eles parecem mais reais do que eu.

Ela não o negou.

— Bom — respondera —, eles estão sempre aqui.

Agora, passada a crise dela, ele aceitou a preterição agradecido, mas com relutância. Subiu sentindo que aquela fora a hora amistosa de maior pureza que jamais passara com a mãe naquela casa. Para Joey, dentro do casaco flocoso e largo do pai, enquanto observava em silêncio a mãe se debater, a cachorra se agitar e cochilar, e a dama-da-noite lançar acanhada sombra no recesso fundo da janela, adiante da lâmpada de pedestal ornada com borlas e do piano de armário, fora como uma daquelas cenas que testemunhamos na infância, debaixo da mesa e por cima da grade do berço, nada entendendo exceto que forças dilatadas estão em movimento a nossa volta — que há um dinamismo indiferente e impetuoso do qual estamos, quando crianças, momentaneamente protegidos.

Quando a mãe teve outro acesso de falta de ar, ele não estava em casa, e ela chamou os vizinhos, e estes chamaram a ambulância do distrito, que chegou às cinco horas da manhã. Apesar de toda a conversa de "tortura", ela pareceu se entregar agradecida aos socorros do hospital. "Disseram que eu estava azulzinha, o oxigênio do sangue tinha se reduzido a zero." Muito alegremente, contou que os médicos da sala de emergência introduziram um violento instrumento de sucção pela garganta e dentro dos pulmões.

Seu roupão de banho era turquesa com uma bainha castanho-avermelhada; ela agora encomendava as roupas por catálogos e se sentia atraída por cores vivas. Com o cabelo branco espalhado ao redor da cabeça no travesseiro, os tubos de oxigênio azul-claros formando um bigode e a pulseira de identificação presa no pulso, parecia festiva, febril e feminizada. O dia inteiro, moços de uniformes anti-sépticos apareciam para atendê-la, cortando as unhas dos pés, examinando os intestinos. Os intestinos, para o constrangimento de Joey, tornaram-se um assunto de supremo fascínio para ela. Suas entranhas, de um modo geral, ficaram incomodamente próximas da superfície com a erosão de seu corpo. O método do pai para lidar com o que a Joey pareciam ser caprichos inexplicáveis, entre eles fazer a família toda se mudar para a fazenda, era dizer: "Ela é mulher. Sua mãe é uma mulher de verdade. Que é que se pode fazer?". Encolhia os ombros, e às vezes acrescentava: "Eu devia tê-la colocado no estágio de cura do tabaco".

Aquela era, parecia, uma das elevadas e desgostosas piadas do homem; mas agora a feminilidade dela, da qual o pai de Joey e depois a sucessão de esposas o protegeram, estava ali diante dele. Com as camisolas um pouco amarrotadas e reveladoras, com o desamparo e a fragilidade aceitos com dignidade, naquela atmosfera de eventualidade física e franca, a mãe tinha o sexo na cabeça. Ela lhe disse, recordando os primeiros anos de casamento, em Pittsburgh:

— Havia um jovem médico, o doutor Langhorne em Sixth Street, que, quando fui vê-lo por causa dessas dores no peito que eu não sabia o que eram, me pediu para eu tirar a roupa. Bom, como confiava nele, tirei, e, depois de me examinar muito demoradamente, ele me falou: "A senhora não é obesa". Foi tudo o que disse.

A convicção, antes do nascimento de Joey, de que não estava capacitada a fazer uma coisa normal como engravidar e dar à luz um filho era recorrente na explicação de si mesma; o velho doutor Mull, que vivia desabridamente tranqüilizando seus temores, que a tratava como uma mulher normal e não como um produto monstruoso da agonia de sua própria mãe, apareceu como uma espécie de herói erótico, que lhe deixou uma impressão profunda.

— Ele me disse que parasse de falar tolices e confiasse na natureza, e foi o que eu fiz, e o resultado foi este belo rapaz!

Joey de repente compreendeu que seu próprio ser, que ele imaginara que ela acalentava pelas qualidades pertencentes apenas a ele, era adorado acima de tudo como um pedaço do corpo dela, como uma prova viva da feminilidade dela.

E a mãe relembrou, daquela época de dificuldades da Depressão, quando ele era um bebê, que o deixava aos cuidados dos avós e ia de bonde para o trabalho no departamento de cortinas do magazine do centro da cidade. Perdera um dente, um pré-molar, e a chapa parcial superior que continha a reposição incomodava, e um dia em que não a usou no trabalho foi punida pelo gerente do departamento, o senhor Wertheimer, por não a usar. A imagem do dente ausente, aquele vão negro regular saltando dentro do sorriso de moça, pareceu erótica também, junto com a idéia do charme da mãe, então esbelta, como vendedora.

— Quando estava num bom dia — ela afirmou — eu vendia qualquer coisa. Mas aí as pessoas traziam tudo de volta para trocar na segunda-feira. Como se eu as tivesse enfeitiçado. O senhor Wertheimer falava que existia isso de a gente ser boa *demais*.

Mas nem todos os seus dias eram bons dias, contou para Joey. Sofria com os períodos menstruais, que a deixavam imprestável por trinta e seis, quarenta e oito horas; e isso levou a conversa de volta para o corpo dela, o corpo que se curvava sobre o dele como um firmamento, e ele saiu do prédio do hospital e encontrou alívio no corpo da cidade, a Alton de arredores apinhados, uma cidade que ele amava como a mãe amava a fazenda, porque formara as primeiras impressões nele, quando a cera estava mole. Comeu nos carros-restaurantes de alumínio onde cada cabina tinha ainda uma vitrola automática, visitou as lojas de ferragens atrás de acessórios e ferramentas que a casa de fazenda de arenito em sua decrepitude requeria, e comprou um aspirador de pó novo para substituir o velho Hoover da mãe, na frente do qual havia uma luzinha elétrica igual à de seu trenzinho elétrico quando circulava em volta da árvore de Natal. Cortou o cabelo em uma barbearia que funcionava em uma sala de estar fronteiriça, o tipo de salão, com rádio ligado, um bebê chorando em aposentos que não se viam e uma coluna espiralada na frente, que ele pensou que não existiam, porque tais barbearias não existiam mais em Nova York. Um filho pequeno dele, havia anos, derrubara a tampa de porcelana da caixa de descarga da privada e ela se espatifara. Agora, entre uma visita e outra à mãe, andava pela cidade carregando a caixa de papelão cheia de fragmentos, empoeirados e cobertos de teias de aranha depois de anos no sótão, indo a lojas de peças para encanadores, onde homens obesos, fumantes inveterados e não muito sarcásticos, retornavam das escavações em seus cavernosos almoxarifados e lhe davam, em troca de uns poucos dólares, velhas tampas de reserva que no fim acabavam não se ajustando direito na caixa de descarga. Continuava procurando. Alton havia perdido fábricas e habitantes desde que ele era garoto, e figurava em letras miúdas nos mapas da Pensilvânia, mas ainda era um lugar em que coisas eram feitas e manipuladas, onde a matéria bruta tinha o que lhe era de direito digno. Ele ainda partilhava a fé dos operários da cidade na maquinaria, na indústria e na renovação, uma fé humilde que sobrevivera a todo aquele tráfego estonteante de pura imagem — slogans, gráficos, lay-outs.

No fundo, o que era a vida, senão encanamentos? Passada uma semana, o hospital esvaziara os pulmões da mãe, e agora os cardiologistas queriam operar o coração, que não trabalhava bem, e que ocasionara o edema pulmonar. A angiografia revelara artérias coronárias estenosada quase obstruídas.

— Ah, Joey, um dia desses vou embora — ela deixou escapar depois que lhe descreveram os resultados dos exames. Com o indicador e o polegar, ela lhe mostrou quão pequeno e estreito ficara o lume. — Pior do que pensavam.

Estava sentada na cama com o cabelo desarrumado e um ombro exposto por um laço frouxo da camisola do hospital. Sua expressão facial era de menina, dissolvida toda a adquirida compostura de feminilidade. A vida que eles partilharam com interrupções periódicas estava sendo elevada a novas oitavas, e a mãe e o filho pareciam, naqueles momentos de reunião hospitalar, apenas um homem e uma mulher, ambos com mais cabelos brancos do que pretos, consultando-se porque não havia mais ninguém na face da terra cujos conselhos teriam importância.

Para alívio dele, a mãe não quis que lhe abrissem o coração, poupando-lhe assim o aborrecimento, as despesas, os exames, as viagens à Filadélfia. Tentou reprimir o alívio e apresentar argumentos em favor da ponte de safena que fora recomendada, embora a mãe tivesse passado dos oitenta anos. Ela disse, torcendo de lado a boca tal como o pai quando fazia comentários sobre os políticos do país:

— Claro que *eles* recomendaram. É o que têm para vender.

Estão fazendo negócio, como os pais deles, só que mascateando coisas diferentes. Eles me passam adiante, a um e a outro. Ainda estou para ver um cristão.

Na franqueza permitida pela proximidade com a morte, enquanto a compostura de feminilidade se derretia, anti-semitismo era uma das coisas que surgiam. Ela não via os médicos, na maioria judeus, como salvadores e aliados, mas apenas como oportunistas e exploradores. Chegara mesmo a martelar com um jovem e sério cardiologista uma caçoada que a fazia passar por palestina: "Você me expulsou do meu povoado", dizia. Joey ficou aterrorizado; sua terceira mulher, a mais efêmera, era judia, e ela e a mãe deram a impressão de ser particularmente amigáveis, e agora, ao imaginar os sentimentos não expressos da mãe naqueles anos, era como ver traças saltarem de dentro de livros velhos. Nos dias de menos lucidez, a mãe parecia pensar que os médicos e seus aliados ("Um sujeito grandalhão, a cara de Danny Thomas, veio e cortou as minhas unhas dos pés; agora, quanto é que você acha que *isso* vai acrescentar à conta?") estavam tramando tirá-la por meios desonestos da casa e dos inestimáveis oitenta acres de terreno — que ela era território do qual queriam se apoderar e expandir. Cada dia que passava no hospital, a pequena casa de arenito a assediava com mais intensidade:

— Me leve para casa — implorava a Joey.

— Mas e depois?

— Depois seja o que tiver que ser.

Seus olhos se alargaram, observando os dele, e sua boca, ao se fechar apertada sobre "o que tiver que ser", assemelhava-se à de uma criança, turrona em seu terror. Porque, por mais íntimas que fossem as consultas, por mais ardorosas que fossem as concordâncias, ambos sabiam que ela era a estrela e ele apenas o ponto: embora a vez dele estivesse por vir, o holofote ardia sobre ela. Ela estava no centro do palco, naquele drama cujo clímax todos conhecem.

Quando, seis meses mais tarde, ela morreu — instantaneamente, na opinião do médico-legista — na cozinha, bem embaixo do aposento onde nascera, os vizinhos, que eram pacientes menonistas e luteranos, levaram um dia para descobrir o corpo e outras doze horas para achar o número de telefone de casa de Joey. Ele trabalhara até tarde. Era meia-noite quando conseguiu entrar na velha casa de fazenda. As chaves da porta sumiram havia muito tempo, naquela época distante e lendária depois de se mudarem. Quando a mãe precisava ficar fora mais de um dia, trancava as portas por dentro e saía pela sacada do porão. Os vizinhos sabiam disso e deixaram a casa daquele jeito após a remoção do corpo. Joey não trouxera lanterna; depois de estacionar o carro junto do celeiro, caminhou sob o luar até as portas inclinadas do porão e, no porão escuro, foi guiado pela memória. Uma coluna de Lally aqui, uma pirâmide de latas de tinta ali. O pai e ele assentaram aquele chão de cimento em um dia frenético, quando três metros cúbicos de concreto pré-misturado foram despejados em uma massa gigantesca por um caminhão. Ele devia ter uns quinze anos de idade, o pai já avançado nos quarenta. A porta do porão daquelas velhas casas de fazenda era tipicamente suja, o barro vermelho da região aderia mais ou menos enrijecido, a não ser quando as paredes de alicerce transpiravam na primavera e o transformavam em lama. O pai conversara com construtores, especificara pranchas para travejar a plataforma da fornalha, cravou na terra um cano de cerâmica de escoamento, e esticou linhas aqui e ali para determinar o nível e a altura, mas nenhum daqueles preparativos alcançara as assustadoras dimensões do concreto que endurecia pouco a pouco ao chegar cedinho naquela manhã de sábado. Com ancinhos, pás, pranchas de madeira e trolhas, puxaram e aplainaram com esforço o material molengo, para os cantos afastados, debaixo da escada do porão, e até a boca do cano de escoamento. O rosto do pai ficara branco de tanto esforço, tal como quando ele penara com as pedras da chaminé muitos anos atrás, e a provação continuou sem parar, à luz de umas poucas lâmpadas fracas, aquela apavorada corrida contra o tempo e a matéria, enquanto o concreto ia endurecendo mais e mais e, ao secar, fazia sua água subir à superfície, porejava seus sonoros odores subterrâneos, seu secreto cheiro de pedra.

O chão ficara surpreendentemente bom, resultado daquele fatigante pânico do dia — liso, cinza e suavemente inclinado para que nem uma poça se formasse depois de uma inundação. Às vezes a impressão era de que, na matizada perspectiva de uma percepção posterior, houvera um terceiro homem com eles no porão, alguém profissional, pois parecia improvável que ele e o pai, um pretenso poeta e um professor de ciências sociais, pudessem ter feito um piso de porão tão bem-feito. Mas se houve um terceiro homem, Joey o eliminara mentalmente, ciumento daquele dia árduo ao lado do pai, evitando o desastre, fazendo um trabalho de homem. Começava a ficar homem, e o pai estava se cansando de ser um; aquele foi o último projeto ambicioso que ele empreendeu na casa.

Na treva absoluta do porão, os sapatos urbanos de Joey escorregaram no chão liso, e em seguida ressoaram na escada de madeira; abriu a porta da cozinha iluminada por listras de luar. Um corpo felpudo, quente e lamuriento se atirou contra ele, e ele pensou que a mãe afinal não morrera. Mas era a cachorra, que lhe apanhou a mão com a boca e choramingou e ganiu sem parar, como se lhe contasse uma longa história, a história das horas que passara sozinha com a dona, com o corpo inerte que esfriava, e com sua fome e seu desnorteio caninos.

As coisas se resolvem. Uma das ex-mulheres de Joey, Peggy, que se casara de novo nos arredores de Connecticut, aceitou ficar com a cachorra. Os gatos, um homem da sociedade humanitária do município veio, laçou-os e os levou para sacrificar por asfixia, poucos por dia, lutando desesperados para escapar da jaula. Joey empilhou as revistas, os catálogos e os cartões de Natal, amarrou-os com os barbantes enfardados no balde e os levou para o celeiro, de onde um vizinho menonista os transportaria de caminhão até um aterro. Os escoteiros já não recolhiam papéis e garrafas; nada mais era precioso, havia excesso de tudo. Quando os familiares se reuniram, Joey os impressionou com sua eficiência, repartindo a mobília e os bens móveis entre os filhos, as ex-mulheres, o leiloeiro da região e o sucateiro.

Ele mesmo ficou com pouca coisa, apenas itens pequenos e peculiares do tempo da adolescência na casa de tijolos da qual mudaram para a fazenda — um tigre de bronze que ficava em cima do piano, quando ele ainda tomava aulas de piano, e uma escova curva com dorso de couro que, lembrava-se, o pai usava para lustrar as botas pretas de cano alto antes de ir a pé para a igreja luterana. Ficou com alguns dos cadernos de anotação do pai, conservados no sótão, escritos em uma versão mais arredondada da legível letra de professor. Ficou com os volumes de Shakespeare, encadernados com capas marrons flexíveis, algumas páginas dos quais as traças roeram em rendados.

A mãe quando moça, uma feminina compradora de anáguas, meias e jóias, estava de repente mais próxima dele, depois das décadas em que chegara à velhice. Peças baratas de prata, turquesa e jade, meio arte decô, dos anos vinte e trinta, em quantidade surpreendente, testemunhavam uma certa vaidade, uma voluptuosa necessidade de ornamento. Difícil era jogar fora os muitos chapéus de sol da mãe, embora nenhuma das mulheres reunidas os quisesse. As duas filhas de Joey separaram as roupas para ele. Não suportaria tocar nos vestidos pendurados no guarda-roupa e se desfazer deles, dúzias de trajes comprimidos em uma antologia de modas do passado, remontando a um casaco de primavera ornado com pele de raposa de cuja gola ele se lembrava com estranha vividez, os pêlos acastanhados com extremidades pretas e picantes lhe tocando o rosto: a mãe o carregava, contra o ombro.

No depósito de ferramentas, onde o pai deixara um patético legado de parafusos e pregos enferrujados dispostos em ordem em jarros, e ferramentas lubrificadas, metade delas quebrada, presas com cavilhas em um painel apodrecido, havia também instrumentos obsoletos gastos como artefatos préhistóricos: uma antiga pedra de amolar, oblonga e rósea, pontuda nas duas extremidades e vergada como sabão pelo uso, e uma antiquada enxada quadrada cujo desgaste a tornou um oval de metal assimétrico, tendo as bordas atingido incontáveis pedras. Tal desgaste não podia ter ocorrido nos meros quarenta anos que ali estiveram, mas devia ter sido o trabalho de gerações; aquelas ferramentas viajaram de um lado para outro pelo município, sobrevivendo a inúmeras mudanças, até acabarem nas mãos impacientes dele. Pareciam sagradas — runas que ninguém mais conseguia decifrar. Ele fora o último da linha de parentesco a ter algum dia trabalhado com a enxada uma fileira de couve-rábano ou afiado uma foice metido até os joelhos no capinzal úmido e ondulante de um pomar.

Parentes e vizinhos falavam com ele com uma gravidade branda, como se estivesse fragilizado no luto. Sabia que viam a ele e à mãe como tendo sido próximos de maneira incomum, talvez antinatural; quando na verdade entre eles havia o receio de que não estivessem bastante próximos. Por que se lamentar? Ela estava velha, sofrendo, exaurida. Estava demasiado fraca nos últimos seis meses para andar até a caixa de correio, erguer uma caixa de comida de gato ou arrancar um punhado de bardana: era a hora; morrer é o último favor que fazemos ao mundo, o último imposto que pagamos. Ele chorou sozinho uma vez, durante o funeral, muito inesperadamente, sentado à frente da família expandida de modo desigual, de súbito livre, por aquele momento, de providências e decisões. Ao alcance do braço cintilava o ataúde de cerejeira que três dias antes ele escolhera no mostrador do acetinado porão do agente funerário. A lustrosa e bem ensamblada madeira, que logo seria enterrada — o suntuoso desperdício. Ali estava ela, e em sua mente surgiu uma mãe concebida das mais remotas lembranças que tinha dela, uma jovem esbelta de conjunto azul-marinho, de gola branca, vestida para ir trabalhar no magazine do centro da cidade, correndo para apanhar o bonde. Uma vez ela recordara: “Ah, como eu corria, e quando perdia um por um triz, o outro só vinha depois de vinte minutos, e dava vontade de chorar”. Rira, ao relembrar.

Suas lágrimas afloraram e continuaram a aflorar, em uma espécie de triunfo, uma descoberta, uma torrente de empatia e piedade por aquela desaparecida jovem a correr, passando pelas carreiras de casas da Pensilvânia, debaixo dos sicômoros, correndo para tomar o bonde, o mundo dos anos trinta miserável e sólido ao redor dela, os avarandados, as hortênsias azuis de verão, aquela figura miúda e bem vestida em sua porção de tempo que se reduzia, seu futuro desconhecido, sua morte, sua fazenda, tão longe do pensamento. Aquela era a mãe, evidentemente, que ele amara, a jovem que morava com ele e os outros na casa de tijolos geminada, uma mulher do mundo, vigorosamente buscando seu rumo. Durante a guerra trabalhara em uma fábrica de pára-quedas e usava uma bandana na cabeça tal como as outras mulheres, roliça como elas na época, juntando-se a elas e a suas tagarelices em um intervalo de almoço, quando ele, por qualquer razão, foi de bicicleta até a entrada lateral para vê-la. Não era como as outras, as outras mulheres robustas, ele sabia disso, mas naquele momento se misturara com elas, trabalhando com elas, e isso também lhe renovou as lágrimas, o orgulho ingênuo que sentia por ela então, quando tinha dez ou onze anos. Ela tentara ser uma pessoa, ela vivera. Para ele havia algo espantoso, algo imortal na imagem da mãe correndo. Lembrava-se, dos primeiros anos na fazenda, de uma crise com o telhado; um grupo de homens da seita menonista estava trocando todas as telhas de madeira e deixara o telhado parcialmente descoberto na noite em que desabou uma tempestade. Trovões, relâmpagos. Os pais e os avós de Joey ficaram todos acordados, e esperavam que ele, embora ainda menino, acordasse e ajudasse também; subiam e desciam precipitados a escada do sótão carregando baldes, para proteger o estuque das paredes e do teto embaixo. Havia no celeiro um encerado que poderia ser de ajuda; ele deu consigo fora da casa, debaixo do aguaceiro, e retivera na memória a imagem da mãe atravessando o gramado correndo sob o lampejo de um raio que capturou o branco de suas pernas nuas. Não devia ter muito mais do que quarenta anos, e ainda era atlética; talvez o pai estivesse incluído naquele trêmulo vislumbre; havia uma hilaridade em tudo aquilo, uma sanidade violenta.

Examinando pouco a pouco, após a morte, todas as recordações acumuladas da vida dela, Joey ficou fascinado pelos anuários da faculdade que lhe preservam a imagem de menina. Fotografias de grupo mostravam a mãe como integrante da equipe de hóquei, do clube de excursões. Com uma lente de aumento ele estudou seu rosto sisudo e competitivo, com o cabelo em duas bolas nas orelhas e uma faixa sobre as mechas de cabelo na testa. Seu rosto parecia um pouco maior do que o das outras meninas, um oval próprio de criança, mais largo na fronte, suas defesas relativamente não desenvolvidas. Enquanto estava sentado ao lado do caixão de cerejeira, chorando, as ex-mulheres e os filhos adultos lhe lançando olhares nervosos disfarçados, a jovem corria atrás do bonde, resfolegando, o arquejo mesclado com uma suspirante risada de si mesma, e a imagem era tão potente, tão fértil, quanto um anúncio clássico, que sem cessar canaliza algo profundo e carente dentro de nós. A imagem da mãe correndo pela rua abaixo, para longe dele, arrastava consigo, como uma cauda de cometa, as sanções maternais daqueles anos indistintos quando ele era uma criança — desenhando com ele no chão da sala de estar, costurando para ele fantasias do Dia das Bruxas na forma das criaturas de Disney, fazendo-o suspender o que ela chamava de "fraldas" dos arbustos no gramado enquanto empurrava o velho cortador manual debaixo deles —, mas do ponto de vista dela; parecia sentir de dentro da cabeça da mãe a situação, ela mesma e aquele filho pequeno, aquela indefesa criatura balbuciante saída da casca, e os movimentos tentativos da mente e dos instintos enquanto ela, tão nova no papel de mãe quanto ele no de estar vivo, explorava o terreno entre eles. No sótão encontrara um livro de recortes almofadado e azul-claro, cuidadosamente conservado, contendo suas primeiras palavras, a data de sua primeira engatinhada, e a certidão de nascimento do hospital impressa com seus entintados pés de um dia de idade. Os banhos. As idas ao médico, as assinaturas de revistas infantis, os agasalhos que ela tricotou. Tentando fazer o correto, o normal, correndo para a fazenda, para a morte. Na visão que tinha da mãe a correr ela era radiante, lépida e miúda, como um animal visto pelo binóculo de uma carabina. Aquela era a mãe que Joey amara, a mãe antes de terem mudado, antes de tê-lo traído com a fazenda e a casa de arenito.

Implacavelmente, vingativamente, fim de semana após fim de semana, ele esvaziou a casa — desligando o telefone, dando ao leiloeiro livre acesso ao sótão, providenciando que a geladeira e o fogão fossem levados por uns poucos dólares cada um, transportados por um caminhão que atolou no gramado lamacento de inverno. Com o novo aspirador de pó Joey atacou os aposentos vazios, sugando o pó alérgeno das frestas das tábuas do assoalho, arrancando das paredes e dos tetos os véus de teia de aranha sobre teia de aranha. Que satisfação lhe dava, um aposento após outro que não teria que tornar a limpar. Joey descobriu que a mãe esteve longe de habitar sozinha a casa; enquanto os gatos miavam e rodopiavam lá fora no terraço, um bando de camundongos, ano após ano, ancestrais e descendentes, alimentara-se de sementes de girassol, cujos invólucros armazenados em acúmulo rebentaram aos montes atrás de onde estivera o armário de canto de pinho tingido, e atrás da gaveta de panos de prato da pia da cozinha. Armou ratoeiras para os camundongos. Colocou d-Con e na semana seguinte jogou os pequenos corpos rijos, segurando-os cautelosamente pela cauda, dentro do brejo, onde as pedras da chaminé e as cinzas do colchão da avó se uniram à solene reciclagem da terra.

Na velha casa havia curiosos armários pequenos embutidos na espessura das pedras, e eles expeliam pacotes de fichas de arquivo do pai, crivados de preocupados lembretes para si mesmo, blocos de velhos bilhetes de autorização do curso secundário, estojos de lápis sem ponta e borrachas solidificadas e cartas de baralho dos tempos remotos em que ele e os pais jogavam besigue a três mãos na mesa de jantar. No início, ele mal conseguia segurar as cartas, dezesseis, abertas em leque, em uma mão pequena, e continha as lágrimas quando a combinação era pobre e perdia. Uma vez, na fazenda, estavam ocupados demais para jogar cartas. Havia animais de Play-Doh petrificados feitos pelos filhos de Joey, belos vasos e tigelas inúteis enviados distraidamente como presentes periódicos da loja Bloomingdale, e antiquados álbuns com encadernação luxuosa e minúsculos espelhos mofados nas capas, de ancestrais posando duros que não identificava. A mãe se prontificara, ao longo dos anos, a lhe dizer os nomes deles e o parentesco exato que tinham com ele, mas não se interessara, e agora ela não estava mais ali para lhe dizer, e seus ancestrais flutuavam livres e sem nome, como anjos.

Havia coisas que ela se prontificara a contar e ele não quisera ouvir.

— Do que é que você não gostava nele? — perguntou-lhe uma vez, com uma certa impaciência, cansado da voz dela, acerca do pai.

Sentada na cadeira de onde assistia à televisão, o peso e a energia tão perdidos que apenas a boca e a mente podiam se mover, ela lhe contou acerca da vida romântica da juventude. Fora colocada em uma escola rural de uma sala — depois que ela morreu, ele encontrou uma fotografia do corpo discente e do corpulento professor-assistente de bigode, o largo rostinho da mãe de frente para a câmera com olhos enviesados sob uma pesada coroa de fitas de cabelo enroladas. Dentre as outras crianças havia um garoto de cabelos e olhos pretos de quem ela gostara e que gostara dela. Mas os pais desaprovaram "aquela gente" do garoto, assim como vários outros substitutos de olhos pretos que ao longo dos anos ela lhes apresentara. Só quando surgiu o pai de Joey, aloirado e de olhos claros, ela levou para casa um pretendente que eles puderam aprovar.

— Gostaram dele, e ele gostou deles. A respeito do seu pai, digo que nem todo homem teria vivido com seus cunhados tão cordialmente durante tantos anos. Ele admirava de fato minha mãe, aquela mulherzinha de classe. Mulherzinhas fortes, ele as adorava. Achava que podiam ganhar dinheiro por ele. Verdade, mamãe sabia ganhar dinheiro. Era ela que acordava de madrugada, levava a carreta até Alton e fazia negócio. O tabaco que garantiu a aposentaria deles fora projeto dela. Mas admirar mamãe não era motivo para se casar comigo. Eu era *volumosa.* Foi um erro, e nós dois sabíamos disso. Soubemos no primeiro dia da nossa lua-de-mel.

Joey muitas vezes ouvira as opiniões da mãe sobre mulherzinhas, de que são as que melhor se saem e roubam os homens de mulheres volumosas como ela, mulheres volumosas que torturaram suas mãezinhas na hora do parto. Por trás daquelas formulações havia algo — acerca de sexo, ele pensava — que ele não queria, enquanto garoto e enquanto homem, ouvir. *Uma mulher de verdade.* Mesmo quando muito pequeno estava ciente de um peso de raiva que a mãe suportava; ele com rapidez desenvolvera — a primeira palavra, a primeira engatinhada — uma destreza em não ficar no caminho quando ela estava carregada de raiva, e um desejo de diverti-la, de mantê-la desoprimida. Mas agora, à medida que se aproximavam do fim do tempo de ficarem juntos, a carne dela se dissolvia e o ser interior ascendia à superfície, suas reações se tornaram mais destemidas, menos solícitas, mesmo provocadoras. Seus olhos claros, um azul palidamente leitoso, embora ela nunca tivesse precisado de uma operação de catarata, alargaram-se quando ele fizera a pergunta, como se estivesse vendo fantasmas nas costas dele.

— Ah, Joey — disse —, não me pergunte. Era indizível.

Ele sorriu ao ouvir o conceito obsoleto.

— Indizível? Papai?

Um certo rubor fez as faces pálidas e enrugadas da mãe arderem. Ela estava ficando com raiva, mais uma vez. Pôs-se a fitar, não tanto ele quanto o espaço à volta dele. Sabia, de ver televisão, o que os *talk shows* permitiam às pessoas dizer nos dias que corriam.

— Bom, talvez você seja adulto o suficiente. Talvez eu *deva* descrevê-lo.

— Ah, não, obrigado, não tem importância — ele disse, pulando da cadeira e indo para a cozinha, tal como o pai fazia no meio de uma discussão conjugal. *Coitado do papai,* pensou. *Deixe os mortos em paz.* Agora também ela estava morta, e havia muitas coisas, antes dizíveis, que Joey jamais saberia. Embora tivesse se acostumado com a casa de arenito sem a mãe morando lá, ainda achava estranho, de volta a seu apartamento em Manhattan, que ela nunca lhe telefonasse nas manhãs de sábado como de hábito, com o divertido e debochado relato de sua semana. Os mortos são tão frágeis que nem conseguem dar um telefonema. O silêncio do telefone, mais do que qualquer outro, transmitia a paz dos mortos, sua retirada derradeira e, por assim dizer, hostil.

O avaliador de imóveis, um velho colega de classe da escola secundária, estava de pé com seu terno cinza no porão coberto de teias de aranha, perto da raquítica fornalha de óleo, em meio a latas de tinta e condutores de ar quente, e disse para Joey:

— Dezessete anos aqui sozinha. Teve muita coragem.

Sim, ela fora corajosa, ele agora tinha condições de perceber, todos aqueles anos sozinha, sozinha exceto pelos animais que alimentava e as presenças na televisão. Pelo telefone, mesmo quando relatava uma noite insone de falta de ar e terror, tentava atenuá-la em atenção a ele, e debochava de si mesma, debochava de sua própria vontade, aos oitenta e cinco anos de idade, de viver.

— É estranho — confessou para o filho —, mas eu realmente não quero morrer. Embora uma porção de gente gostasse de me ver morta.

— Mesmo? Quem?

— As construtoras imobiliárias. Os vizinhos. Eles acham que é hora de esta velha senhora partir e vagar um lugar.

— Acham mesmo? — Ficou grato por não o ter incluído entre os muitos que desejavam sua morte.

— Acham — zombou ela. — Mas eu tenho uma responsabilidade aqui. A casa ainda precisa de mim.

— Nós todos precisamos de você — disse Joey, suspirando, sucumbindo. O destino da casa era outra questão indizível. Ela queria que a casa continuasse para sempre, inalterada, tal como a idéia que tinha dela.

Sondara-a em vão em busca de um sinal de renúncia crepuscular. Ela engolira os comprimidos e as vitaminas até o fim, e seu temor do término das sensações da vida parecia genuíno. A última vez que a visitara, em um frio dia de outono, ela saíra da casa para inspecioná-lo na plantação, sob dois arcos junto de uma curva do passeio de cimento, de duas dúzias de bulbos de tulipa que ela pedira por catálogo. No início ele dispusera os bulbos com as pontas para baixo, e depois se deu conta de que as pontas é que cresceriam para cima, na direção do sol. A mãe ficara parada ali com os pés trêmulos, de roupão de banho berrante, com os olhos dominantes; a visão dos pequenos bulbos de um branco cremoso alojados na terra vermelha revolvida arrancou dela uma espécie de grunhido.

— Ai, como são lindos — disse. Para Joey, acrescentou, como mãe encorajadora: — Você faz as coisas muito bem.

Em todos os resíduos dela que vieram à luz, o que mais o enterneceu foram as contas — os formulários de imposto e os talões de cheque usados, meticulosamente controlados, ainda que a miúda letra deitada para a esquerda tivesse se tornado espasmódica e tremida. (Terá aquela caligrafia grande, a lápis, no verso da fotografia ampliada sido dela afinal, aos treze anos de idade?) Ela mantivera, em um bloco grande de papel verde, colunas das despesas mensais, separadas por uma linha vertical feita à mão no início de cada mês. Os últimos registros foram feitos no dia anterior à manhã de sua morte. Essa minuciosidade financeira e matemática era algo bastante imprevisível, como a paixão musical de um banqueiro. Entre as folhas de contas guardadas havia várias minutadas antes da mudança, com listas de despesas lado a lado — impostos, calefação, ações de empresas de utilidade pública, manutenção. Agora pareciam valores absurdamente insignificantes, tendo assomado tão grandes naquele mundo de preços congelados em tempo de guerra. Segundo os cálculos dela, os gastos reduzidos na pequena casa de arenito e os planejados aluguéis dos oitenta acres aos lavradores da vizinhança fariam uma economia de quinhentos dólares — um terço do salário do marido. Jamais ocorrera a Joey que a mudança tivera um aspecto prático. Quando examinou as folhas que mostravam de que modo o dinheiro destinado a sua instrução universitária podia ser tirado de outras despesas, ele não suportou continuar a leitura.

Gradativamente, ao longo dos severos meses de um inverno, de acordo com as previsões, extemporaneamente frio, e em seguida extemporaneamente quente, ele reduziu a casa à essência dela mesma, eliminando todo vestígio, até um enferrujado apontador de lápis parafusado no peitoril de uma janela, de sua vida e das quatro vidas que terminaram. Ali, naquele trecho de assoalho de madeira agora sem tapete, o avô caíra, tendo convulsivamente saltado da cama na qual, um ano mais tarde, a viúva exalara o último suspiro. Ali, no quarto adjacente, o pai, em uma meia-noite, ficara acordado com dores tão fortes no peito que por fim pediu à mulher que chamasse uma ambulância. Morrera na ambulância. Ali naquele mesmo espaço em que Joey permanecera deitado insone, imaginando como revelar para a mãe seu próximo divórcio. Ali, no outro lado da parede, ele se deitara após um encontro amoroso, a cabeça ainda rodopiando com a fumaça do cigarro e o perfume da garota. Ali, no linóleo gasto, a mãe morrera, junto ao pé de uma parede que ela fizera os carpinteiros menonistas forrarem com velhas pranchas de madeira de castanheiro, pranchas largadas no celeiro desde a época anterior à praga das plantas, para cobrir as pedras irregulares expostas quando a enorme chaminé da cozinha fora arrancada. Os aposentos tinham uma beleza delicada, vazios. As tábuas de pinho do assoalho descoberto absorviam a luz do sol. Joey olhou pelas janelas sem cortinas, vendo o que a mãe vira — o velho pomar no declive ao norte, o celeiro, a estrada e os campos ao leste, os arbustos de lilás, o alimentador de pássaros e a campina ao sul, o bosque e os altos e azuis abetos no oeste. Todos os dias o sol baixava atrás do bosque, em um brasão vermelho-sangue de fogo concêntrico.

Na última visita de limpeza geral, Joey encontrou flutuando no vaso sanitário algo de aspecto demoníaco — um corpo pequeno, escuro e rijo, de tamanho entre um camundongo e um rato, as pernas ligadas por tecidos de pele. Um esquilo-voador. Descera do sótão e se afogara, nauseado e sedento por causa do d-Con. Joey se lembrou de que observara no crepúsculo, naquele verão em que removera as pedras, um par de esquilos-voadores deslizarem, como se escorregassem velozmente em um fio, da janela do sótão até os abetos azuis. A casa estivera vazia no verão anterior, antes de a família se mudar, e aquele par se mudara primeiro.

Comprou um cadeado para a porta do porão, e trancou a casa com uma chave, tendo instalado fechaduras novas. A casa estava pronta para a venda na primavera. Mas nesse meio tempo, deitado desperto no apartamento a três horas de distância, o vazio da casa o convocava. Precisava dele. Apenas ele entendia isso. Imagine um incêndio, ou vândalos da região, invejosos do preço que ela alcançaria... A expansão habitacional estava em toda parte, e mesmo os moradores da Filadélfia estavam se mudando para aquela área. A mãe fizera um investimento sensato, readquirindo o paraíso.

Naqueles fins de semana sozinho na casa, pondo as coisas em ordem, fazendo faxina, não retornando ao motel antes de o luar substituir a luz do sol no assoalho, Joey se surpreendera falando em voz alta, como se respondesse a uma presença amiga bem ali atrás do velho e ressequido papel de parede, atrás das espessas paredes de pedra. As noites durante a semana, seus próprios aposentos, suspensos acima do barulho constante de Manhattan, com um pedaço ornamental de balaústre de varanda escondido no fundo de um armário, pareciam voar em alguma parte. Ele se sentia culpado, ansioso, deslocado. Sempre quisera estar onde havia acontecimentos, e os acontecimentos que havia estiveram, afinal, lá atrás.

O OUTRO LADO DA RUA

— Para isso — o advogado disse para Rentschler — o senhor precisa de um tabelião. Neste estado só tabeliães lidam com alterações de documento de carro.

Rentschler não vivia em seu estado natal havia quarenta anos, e só a morte da mãe o trouxera de volta. Estava tomando posse da minguada herança, limpando o triste e atravancado apartamento dela. Rentschler morava longe no Oeste, e o clima, a vegetação e mesmo a característica da luz ali na Pensilvânia pareciam estranhas. A luz da tarde morria nas janelas; as árvores desfolhadas do pátio embaixo afundavam em um poço de escuridão, com um brilho prateado de novembro, como que após uma tempestade de granizo bruxuleando nos galhos mais altos. Procurou na lista telefônica a entrada "Tabeliães" e lhe saltou aos olhos o endereço Chestnut Street, número 262, em Hayesville. Uma mulher, Georgene R. Mueller. Ela atendeu o telefone e pareceu excessivamente cordial e prestativa; mas talvez aquele fosse apenas o costume do lugar, o qual Rentschler perdera pouco a pouco. Ele propôs que, como era tarde, a transação fosse deixada para o dia seguinte. Ela porém lhe disse, indo um pouco além dos limites, tal como os habitantes daquela parte do mundo faziam:

— Não, vou estar trabalhando aqui até às oito. Muita gente, sabe, só tem tempo de vir conversar comigo à noite. O senhor vai precisar do documento do carro, do título do seguro, da sua carteira de motorista, e do que nós chamamos de Atestado Sumário. Vai estar escrito no alto "Atestado Sumário, Carta Testamentária".

— Sim, esse eu tenho. Meu advogado me deu um monte desses formulários.

— Bom, então me deixe explicar como chegar à minha casa. Quando der em Ephrata Pike...

— Sei — Rentschler interrompeu. — Já morei no lado oposto da rua, no número 261.

— Ah, é? Qual é o seu nome mesmo?

Ele disse, mas o nome nada significou para ela.

— Faz muito tempo — ele se explicou. — Pouco depois da guerra. Eu era pequeno. Mudamos quando eu estava com doze anos.

— Está falando sério? Bom, ainda é uma casa de que se pode sentir orgulho. Os Brubaker a venderam, sabe. — O nome nada significava para ele. — Um casal mais jovem a comprou, e vendeu a bom preço a parte dos fundos do terreno do quintal.

— Não diga. Não era um terreno muito grande, para começar. — A horta ficava nos fundos, assim como os renques de peônias da mãe, o galinheiro com telhas de amianto que o avô construíra e o pequeno cercado onde a avó costumava degolar as galinhas com uma machadinha, no topo de um velho cepo manchado de sangue. Dentro do galinheiro havia um cacarejo termitente, um fedor bafiento de titica de galinha, e fascinantes ovos de vidro espalhados sobre a palha para dar às aves estúpidas a idéia de botarem.

— Bom, eu sei — Georgene Mueller suspirou —, mas é assim que fazem hoje em dia. Abarrotam as casas. Este bairro é considerado muito agradável.

— Sempre foi — Rentschler assegurou. — Meus avós compraram a casa na década de vinte. Se de fato não se importar, estarei aí por volta das sete. Preciso fazer uma refeição ligeira primeiro; passei o dia comendo bobagens. — Não havia necessidade de lhe contar tudo isso, mas talvez estivesse recuperando o loquaz costume do lugar.

Conhecia o caminho como a palma das mãos, mas ficou um tanto confuso com os semáforos, que tinham proliferado em

Hayesville desde que estivera lá pela última vez. Uma rua de comércio com calçadão se estendia onde antes existiram campinas. Uma nova escola secundária, horizontal e baixa, lembrou-lhe um aeroporto. Ao longo do lado de baixo de Chestnut Street, as árvores foram derrubadas e o meio-fio das calçadas recuado. Sem as árvores, sua antiga rua exibia uma nudez que fazia as casas — algumas de madeira, outras de tijolos — parecerem desprotegidas e em mau estado. Ao longo do meio-fio do lado de baixo brotavam placas de PROIBIDO ESTACIONAR recém-colocadas; estacionou mesmo assim. Os muros de arrimo de cimento do outro lado da rua revelavam saliências e rachaduras inexistentes quando menino — ou então um menino nunca notara essas coisas — e os compridos lances de escada, com balaustrada de canos de ferro, que levavam às varandas das casas tinham um aspecto desolado e enviesado. Aos olhos de uma criança aqueles degraus pareceram grandiosos. Depois de subi-los encontravam-se prazeres mágicos no alto: um balanço rangente de onde se observavam os carros passarem lá embaixo, uma suntuosa sala de estar principal com as cortinas abertas e um enorme pote de vidro colorido com confeitos de açúcar-cande em cima de uma lustrosa mesa de canto, um quintal com um balanço duplo de jardim debaixo de uma espécie de caramanchão de malvas-rosa e ipoméias, e um passeio de cimento que ia para o fundo, reto como seta, na direção da aléia onde ficava a flor-de-gelo. Adiante da aléia existira um enorme terreno baldio onde, no verão, parques de diversão itinerantes montavam barracas, divertimentos eletrizantes e jogos de aposta, e duas moças de roupas brancas de *cowgirl* cantavam à noite.

Rentschler morara no lado de baixo da rua, e o jardim da família ficava em um terreno íngreme que dava na horta e no galinheiro. As casas altas no lado oposto pareciam mais alegres do que a dele, mais cheias de bênçãos. No número 260, do lado da casa igual com uma placa luminosa TABELIÃO na janela de uma varanda fronteiriça envidraçada, morara a família Emmelfoss. Wilma Anna era uma menina um ano mais velha do que ele; sempre fora para a escola usando vestidos espalhafatosos como os que as outras meninas usavam só para as aulas dominicais. Na época do Natal, a sala de estar de Wilma Anna ganhava um enorme pinheiro de agulhas longas; ele se lembrava do odor aderente e forte de seiva de pinheiro, dos enfeites da árvore tão antiquados que se perguntava se elfos os tinham feito, e do aspecto de magazine caro dos presentes esplendidamente embrulhados. Os móveis da casa de Wilma Anna combinavam uns com os outros e eram cobertos com toalhinhas ornamentais, e estantes com badulaques polidos se agarravam às paredes; os quebra-luzes tinham borlas. Quando a árvore de Natal estava toda enfeitada, a sala parecia uma caverna mágica na qual se entrava muito de mansinho, prendendo a respiração.

Naquela época, uma velha morava na casa do lado, no número 262. Rentschler esquecera o nome dela. Usava vestidos caseiros de algodão abotoados de cima a baixo na frente — uma pessoa que era motivo de divertimento e de pavor, que vivia sozinha. No Dia das Bruxas, apagava todas as luzes da casa e não abria a porta quando as crianças fantasiadas tocavam a campainha. Enquanto Rentschler subia a escada, o coração bateu acelerado; apertou a campainha abaixo de onde brilhava uma fraca luz retangular. Com a mão no trinco da porta de proteção contra o inverno, pôde sentir a casa estremecer à medida que a dona vinha dos fundos, atravessando os cômodos. A velha estava morta, não parou de dizer a si mesmo.

Uma mulher mais jovem do que ele atendeu à porta. As mulheres de Hayesville, depois de uma certa idade, encaixavam-se em apenas dois tipos: obesas ou magras. Georgene Mueller era das magras, e movia com rapidez e inquietação a cabeça de cabelo encaracolado bem preto e usava óculos de armação de várias cores e substâncias. A boca parecia ter um mecanismo que funcionava independentemente da atenção que ela lhe prestasse.

— Não ouvi a campainha por um segundo, estava terminando de guardar os pratos e de ver a primeira parte do telejornal, quase faz a gente sentir pena do senhor Gorbachov, ele deve estar se perguntando o que é que vai acontecer agora, e o senhor Bush parece que não tem como fazer mal, tudo o que ele toca vira ouro.

— Isso pode mudar — disse Rentschler, um tanto perdido em meio às perspectivas que ela apresentara tão prontamente.

— Sim, do jeito que o mundo vai, principalmente com aqueles árabes — ela disse, passando por ele e se dirigindo para a cadeira de trabalho. A escrivaninha e a máquina de escrever ficavam no jardim de inverno, abaixo de vários diplomas emoldurados que lhe conferiam autoridade.

— Sou o homem que lhe telefonou há mais ou menos uma hora...

— Acerca do documento do carro — concluiu por ele. — Reconheci a sua voz. — Uma voz calma, ele supôs que estava agora. Entregou-lhe os documentos que reunira. Não exatamente para provocar, ela disse: — Não teve problema para chegar até aqui, imagino.

— Não, mas há mais semáforos do que me lembrava.

— E ainda assim é uma confusão lá embaixo na esquina às cinco horas. Mesmo aos sábados e domingos agora. É por causa de uma nova rua de comércio na direção de Quarrytown.

— A pedreira ainda existe? Costumávamos nadar lá, e patinar sobre o gelo quando fazia bastante frio. Mas em muitos invernos a água não congelava direito. Era frustrante, quando a gente tinha os patins, porque no ano seguinte já não serviam mais. — Sua própria boca pareceu acelerar bastante. Excitava-o estar naquele lado da rua, o outro lado, olhando através das janelas daquela mulher para sua velha casa, com o telhado escuro e íngreme e os pilares arredondados da varanda. Para o Rentschler criança a frente da casa fora um rosto — as duas janelas do quarto um par de olhos fechados juntos, o telhado da varanda uma espécie de bigode, e a portas e as janelas dentes brilhantes. O toldo listrado no verão se transformava em outro tipo de dentes. Ele agora tinha a visão da casa que a velha senhora ranzinza tivera. Ela muitas vezes devia tê-lo visto sair e entrar pela porta da frente. Velhas que moram sozinhas espiam pelas janelas. A mãe de Rentschler, ocorreu-lhe, devia muitas vezes ter espiado pelas janelas dela, para aquele pátio de pedras lá embaixo.

— O buraco no chão ainda está lá, mas acho que cercaram tudo. Muito perigoso. Um menino se afogou há uns vinte anos.

— E na infância de Rentschler também se dizia que um menino se afogara, uns vinte anos antes. Crianças mortas assombram a terra, para assustar os seres vivos e torná-los obedientes. — Está tudo aqui — a mulher falou —, só que eu preciso do seu cartão de registro. Este é o certificado emitido pelo estado, mas também há um cartãozinho.

— Talvez esteja no carro da minha mãe. Ela não dirigia muito, nos últimos tempos.

Georgene Mueller não sugeriu solidariedade. Morte para ela era uma questão de papelada. Seu conselho, contudo, foi gentil.

— Olhe no porta-luvas de sua mãe — disse, como se para uma criança — e aposto que irá encontrar o cartãozinho de que falo.

— Não sei — disse ele, levantando-se. — Ela praticamente não, hã... tocou no carro no último ano, mais ou menos.

— É assim que elas ficam. Minha mãe também. Elas voltam.

Rentschler entendeu a expressão regional: "voltar" significando regredir, tornar-se senil. Nenhum processo natural escapava a uma denominação em Hayesville. A natureza era o grande espetáculo; as pessoas se sentavam nas varandas para vê-la passar.

Ele saiu à rua, dentro da noite fria e nevoenta, na rua profundamente familiar. Naqueles mesmos quadrados de calçada, Wilma Anna e ele riscaram casas de amarelinha com gizes coloridos e jogaram com um salto de sapato de borracha que, se atirado do jeito errado, ricocheteava e saltava para a sarjeta, onde corria a água das flores-de-gelo. Encontrou o cartão de registro de imediato, na pasta de papéis azul fechada com velcro oferecida pelo fabricante de automóveis. Os mortos procuram cuidar de nós. A mãe ficara deprimida perto do fim, mas não senil. Instruções precisas quanto ao funeral estavam dobradas na primeira gaveta da esquerda da escrivaninha, junto com cadernetas de depósito e formulários de imposto. Seu coração se avolumou no peito com o esforço desacostumado de subir de novo a escada de cimento. Gostaria de saber se as pessoas que moravam naquele lado da rua viviam mais em conseqüência do exercício. Era plano o terreno onde ele morava agora, com montanhas de picos cobertos de neve irreais a distância.

Enquanto a tabeliã datilografava nos longos formulários verde-claros, ele ficou sentado junto da escrivaninha, olhando a rua, e lhe disse:

— Tínhamos uma cerca viva, em volta da casa. Numa espécie de desenho regular, com trechos altos a intervalos; tínhamos um daqueles podadores gozados e pesados com manivela, para fazer os dentes irem e voltarem. Era preciso duas pessoas para fazê-lo funcionar, em geral minha mãe e meu avô. E moitas, havia uma porção delas para podar. O jardim da frente parece bastante vazio agora. — *Pare de falar*, disse para si mesmo.

— Quando alargaram a rua, recuaram as calçadas daquele lado.

— Sim, e derrubaram os castanheiros-da-índia. Costumávamos colecionar as castanhas.

— Crianças fazem isso — disse ela, ainda datilografando.

Rentschler calou a boca, incapaz de lhe transmitir a peculiar riqueza de uma porção de castanhas-da-índia, com seu lustro, seu leve mau cheiro, suas manchas ovais de palidez como uma barriga de ursinho.

— Dava um trabalhão conservar a casa — sentiu-se compelido a dizer espontaneamente. — Mas não foi por isso que mudamos. Meu pai perdeu o emprego em 1945, porque um veterano que retornara da guerra o pegou de volta, e então nos mudamos para Wilmington, onde havia trabalho. Minha mãe voltou para a região quando meu pai morreu, já que tinha uma irmã que ainda morava aqui, para um apartamento na cidade o qual sempre detestara, embora nunca tivesse se queixado. Imagino que teria gostado de morar comigo, mas na época eu estava casado.

— Sofrimento é o que não falta — reconheceu Georgene Mueller, franzindo o senho sob a luz da escrivaninha enquanto esfregava o formulário verde com um apagador de tinta de máquina de escrever. — É uma casa bonita. Mesmo sem as persianas e os toldos. Foram tirados há uns dez anos, meu marido e eu já morávamos aqui.

— Sempre quis morar neste lado da rua — Rentschler confessou. — Parecia, não sei, mais divertido este lado, embora as casas fossem menores.

— Este jardim de inverno é uma dádiva de Deus — a mulher disse. — Sem ele eu não teria onde estabelecer meu negócio. No rigor do inverno, o senhor ficaria surpreso com o aquecimento do sol; tenho um aquecedor elétrico, mas quase nunca preciso ligá-lo. — Com um rápido giro no rolo, ela soltou o papel da máquina de escrever. Separou as duplicatas, imprimiu, com uma careta de esforço, o carimbo de tabeliã no original e nas cópias de carbono, e lhe devolveu os cartões e documentos de que não precisava. Sim, ele se lembrou, era assim que as pessoas faziam as coisas na Pensilvânia: com seriedade, com meticulosidade. A vida tinha valor ali. O total, os honorários dela e os do estado, montava a vinte e nove dólares. Ela grampeou os cheques com os documentos e lhe mostrou o envelope no qual enviaria o requerimento de transferência do documento a Harrisburg de manhã cedo. Ao final das instruções, perguntou:
— Gostaria de ver a casa?

Rentschler olhara com tanta insistência a casa no lado oposto da rua que demorou um segundo para perceber que ela se referia à dela.

— Claro — falou. — Nunca tinha entrado nela. A velha senhora que morou aqui quando eu era criança não gostava de crianças.

O zumbido do tráfego amainava em Chestnut Street, e não havia luzes na frente daquela casa velha, apenas uma fosforescência inconstante no andar de cima indicando a presença de um aparelho de televisão, ou talvez um aquário com uma lâmpada tremeluzente. Daquela casa solitária ele atravessava Chestnut Street para brincar com Wilma Anna. No quintal dela havia um brinquedo encantado e luxuoso, um balanço de madeira branco, dois assentos, um voltado para o outro, suspensos em uma trave na qual ipoméias foram estimuladas a florescer. Ela, de vestidinho engomado, balançava para a frente enquanto ele balançava para trás, e em seguida o contrário enquanto ele balançava na direção dela, o rosto dela, sob a malha de sol, todo solene e em vaga expectativa, do jeito que eram os rostos das meninas, o lábio superior erguido para expor um úmido vislumbre de dentes.

A sala de estar de Georgene Mueller, da extensão da casa menos a largura de um conjunto de escadas não utilizadas, continha o habitual pote de vidro de confeitos em cima de uma mesa de canto, ao lado de um austero sofá de pelúcia marrom. Reparando a direção dos olhos dele, ela falou:

— Pegue um. É para isso que estão aí.

Ele levantou a frágil tampa de vidro, com pegador redondo vermelho. Os confeitos não eram duros, embrulhados em celofane torcido nas extremidades, mas sobras de confeitos do Dia das Bruxas: grãos de milho de três cores, abóboras-morangas sorridentes, e chapéus cônicos de bruxas, mastigáveis, mas não demasiado gomosos para suas pontes. Por vinte e nove dólares, supôs que poderia surrupiar três ou quatro, enquanto a anfitriã se dirigia para o cômodo seguinte.

— Quando Jake se foi — ela dizia, como se Rentschler soubesse quem era Jake —, fiquei tão desnorteada que tirei o pouco dinheiro que tínhamos na poupança e o torrei todo na sala de jantar; as pessoas que moravam aqui antes de nós a conservaram como um cômodo escuro e sem graça demais, e Jake sempre dizia que estava muito bom, mas de qualquer modo comíamos na cozinha.

A sala não era sem graça agora. O tema era o espanholismo, do candelabro de ferro batido com velas violetas aos espelhos de parede com largas molduras barrocas decoradas com incrustações de prata de imitação. Vigas artificiais foram colocadas ao longo do teto, baixando até suportes de carvalho que se projetavam, como que em uma missão da Califórnia, acima de painéis de falsa alvenaria tridimensional; atrás dos espelhos, um papel de parede prateado ostentava ampliações de gravuras vitorianas em aço, como uma colagem de Max Ernst repetida inúmeras vezes. Cavernas mágicas: assim sempre lhe pareceram as casas antigas da região.

— Lindo — disse Rentschler, mastigando a bala de goma do Dia das Bruxas. — Realmente admirável.

Ela avaliou o veredicto dele e as paredes do cômodo, onde algumas estampas de cervos de olhares espantados, em molduras de veludo em forma de caixa, completavam o efeito.

— Foi idéia minha — disse ela. — Esta é uma das vantagens de viver sozinha, a gente faz o que quer.

Sim, a gente se torna os espaços deixados pelo ausente. Rentschler já tinha notado, com a dissipação da distante pressão da existência da mãe, que sua personalidade começara a se expandir, distorcendo-se em uma forma que quase o aterrorizava. Sua recente loquacidade, por exemplo — um sair para fora, quando sempre se orgulhara de confiar em si mesmo, indo para o Oeste como um pioneiro lacônico, tornando-se um estrangeiro.

— Há quantos anos a senhora mora aqui? — perguntou àquele outro ser solitário. O cabelo preto dela era intensamente encaracolado e os movimentos eram vigorosos, convulsivos até, com reservas de energia aguardando serem canalizadas.

— Treze anos, vai completar. Nos últimos sete venho me sustentando sozinha. É difícil — disse —; mas a gente consegue. Sua mãe também conseguiu, não tenho dúvida. Tenho que sublocar o andar de cima, não me arranjaria sem o extra. Este é o meu quarto... importa-se de passar por ele? Acho que gostaria de ver o quintal.

— Gostaria, sim. Eu costumava brincar no quintal da casa do lado.

— Ela a conserva muito bem. Flores até atrás na aléia como os pais sempre mantiveram, e ela acabou de mandar pintar de novo aquele balanço de jardim. Cuida dele como se fosse uma antiguidade autêntica.

Rentschler ficou perplexo.

— Quem cuida?

— Ora, Wilma Anna!

— Quer dizer que ela ainda mora *aqui*?

— Ah, claro. Ainda aqui. Sozinha. Nunca se casou. Embora há pouco tempo ela tenha um namorado que a visita, nunca reparei num antes. Não acho que ela esteja em casa agora, senão o senhor poderia dar um alô.

— Wilma Anna Emmelfoss. Não acredito que ainda more aqui. Faz cinqüenta anos que a gente costumava brincar juntos.

— A mãe dela se foi cedo, mas o pai, ah, ele arrastou a vida de uma maneira espantosa.

— A senhora não ia acreditar que menina bonita ela era, sempre com aqueles vestidos que todo mundo achava elegantes. Éramos filhos únicos, nós dois.

— Ela ainda se veste bem. Pelo trabalho que tem, quero dizer. Vende anúncios para o jornal da cidade. Olhe, o senhor pode ver o balanço pela janela da cozinha.

Inclinando-se sobre a pia de alumínio, Rentschler mal divisou um fragmento de branco na escuridão, e um esqueleto branco indistinto ao redor dele: o caramanchão que os abrigara quando crianças, balançando de um lado para outro, de um lado para outro, uma expressão zombeteira e rabugenta no rosto atento de Wilma Anna, com sua testa larga e seu queixo pronunciado, cintilando nas sombras e no sol com mais rapidez do que os olhos podiam captar.

— Sim, estou vendo — disse cortesmente.

— E aqui está o meu orgulho e a minha alegria — falou a anfitriã. — Meu pedacinho de paraíso. — Ela o levou para fora pela porta dos fundos, e eles contemplaram a elevação do quintal bem arrumado, com um passeio central de cimento que seguia como seta até a aléia no fundo. O coração de Rentschler pareceu de novo se avolumar, batendo com muita força. Aqueles quintais secretos, retos e estreitos, foram a essência da felicidade naquele lado da rua: canteiros de flores viçosas ao longo do passeio, um trecho do gramado com acessórios de jardim, um barracão contendo mangueiras e ancinhos, uma ou duas macieiras para representar um pomar, cercas baixas de estacas ou de treliça de arame, cada quarto de acre em exato paralelo com o do vizinho, e o limite extremo dando lugar a uma garagem e desembocando na liberdade da aléia. Rentschler inalou a liberdade de Hayesville; viu sua vida inteira, a passada e a futura, como um cercado errante de seu centro esquecido. O quintal da infância — o cepo ensangüentado, as tristes e assustadas galinhas estúpidas, os renques de verduras que sempre exigiam extirpar as ervas daninhas — fora relativamente melancólico e desordenado. Sua família não estivera exatamente de posse do segredo de Hayesville. Foi justo que tivessem sido forçados a se mudar.

Inalou de novo a escuridão úmida e ouviu vagamente Georgene Mueller falar com pormenores das flores que cultivava, do marmeleiro de cujos frutos fazia geléia, do barracão que servia como despensa e do banco de pedra que encomendara a uma casa fornecedora — sua vida de solteira obstinadamente exercendo pressão de volta contra a pressão do mundo.

Retornando à cozinha vistosa, com fórmica xadrez em todas as bancadas, Rentschler olhou mais uma vez para o sombreado balanço branco de Wilma Anna, e tentou imaginar a vida dela ali, todos aqueles anos estáticos: era inimaginável, como a vida de uma árvore. Pela solidão da mãe, Rentschler se sentia imensamente responsável, e em meio às correntes subterrâneas daquele encontro estava adquirindo uma responsabilidade alucinatória pela solidão daquela mulher — pelo menos um vestígio de culpa no puxão dos cachos firmes e tingidos, sua energia não descarregada. Mas quanto à vida grandiosamente enraizada de Wilma Anna ele nada sentiu a não ser espanto.

A caminho da saída, ele ia evitar os confeitos tentadores, mas a tabeliã disse:

— Pegue alguns. Senão vão estragar. As crianças não vêm mais como costumavam. Uma porção de pais não as deixa sair, por causa dos maníacos sobre quem a gente lê, que põem veneno e outras coisas nas guloseimas. — Ela de repente ficou lamuriosa, e cansada. Andaram juntos em silêncio pelo jardim de inverno em penumbra; o leve calor da intimidade dos dois, que chegara ao máximo no quintal, abrandara. Rentschler se sentiu dispensado. Saindo na fulgurante friagem de novembro, ficou fascinado ao ver a casa do outro lado da rua toda iluminada; a luz da varanda e as lâmpadas da sala da frente estavam acesas como que para receber uma visita, uma visita, parecia-lhe claro, por muito tempo aguardada e bastante querida.

TRISTÃO E ISOLDA

O aspecto exterior daquelas mulheres não revelava quase nada a ele: algumas das mais bonitas e elegantes acabavam tendo dedos frios e um toque implacável, ao passo que algumas das mais simples, de rostos macilentos e sisudos e de óculos sem aro, envolviam-no com sensações aveludadas. A de hoje (uma total estranha, como sempre acontece; a rotatividade era enorme, sugerindo uma profissão agitada suscetível a tensão, gravidez e ofertas tentadoras de estabelecimentos concorrentes) conduziu o cliente, com uma austeridade de freira, à pequena sala cheia de equipamentos, e lhe ofereceu, enquanto o acomodava deitado de costas, apenas a mais relutante das conversas fiadas. No entanto, assim que lhe tocou a boca, ele soube que estava em casa, que ela era uma das raras em quem podia confiar, que não o machucaria além do necessário. O prenúncio da dor era o condimento místico daquelas ligações, a ameaça enviada pela providência que em ambos os lados do relacionamento concentrava a atenção.

A providência ali era um teto de tijolos acústicos, perfurados irregularmente para entreter olhos encurralados como os dele. A música angelical vinha de uma rádio *easy-listening* — a cada três músicas, pareceu-lhe, aquela canção ridícula falando de Key Largo, Bogie e Bacall, e aqueles vários brindes à saúde...

— Volte o rosto para mim, por favor. — Uma ou outra vez, um de seus braços à mostra lhe esbarrava na orelha ou no nariz, agitando em uma nuvenzinha como que de pólen a fragrância de carne feminina asseada e colossal. Por causa da AIDS, agora usavam máscara cirúrgica, e luvas de borracha descartáveis. A morte sempre fora o possível preço do contato, mas como os contatos se multiplicaram, assim também as possibilidades, formando uma contínua membrana úmida para o auto-aperfeiçoamento do vírus. Ela trabalhou ao longo do limite da gengiva inferior, parando a intervalos regulares para limpar um dos instrumentos oblíquos e de agulha aguçada em uma toalhinha dobrada em uma bandeja de plástico ao lado, perto da cabeça dele. Algumas mulheres pelas quais ele passara antes usaram seu peito como mesa, depositando as ferramentas no babador de papel — fazendo uma brincadeirinha, pouco profissional, ele achava, com sua intimidade física. Aquela jamais cometeria tal transgressão. Embora sua boca aberta, com a fieira de dentes, e a bandeja de plástico redonda, com as bordas dentadas, pudessem se alternar com rigor no campo de atenção dela, ela jamais insinuaria que fossem permutáveis. A bandeja era apenas um objeto, ao passo que sua boca estava ligada a nervos e a uma alma — a um ego no interior de um objeto. Um objeto sensível, ansioso. O toque dela, ao se deslocar metodicamente, ampliava suas minúsculas superfícies dentais, transformando as saliências e as cavidades de esmalte e as imitações de porcelana em um plano contínuo de apreensão ora indistinta, ora nítida e nervosa. A voz dela baixou: — O tecido embaixo destas pontes está um pouco inflamado. Não tenha medo de avançar com o fio dental.

Em silêncio, com uma voz interior de súplica que clamava, ele lhe garantiu que doravante não teria medo, *não teria.* Não falou porque receava deslocar o sugador de saliva que murmurava, que tinha a forma de um ponto de interrogação. Às vezes, seus olhos perambulantes batiam nos dela, e em seguida se desviavam, desarmados pelo esplendor deles, pela — como dizem os desconstrucionistas — *presença* deles. Seu olhar não ousava se deter nem mesmo o suficiente para registrar a cor daqueles olhos; ele recolhia apenas a pós-imagem espiritual e estelar do gel vivificante deles, ao mesmo tempo cristalino e aquoso, atrás da barreira dupla dos óculos e dos óculos de segurança, acima da máscara de papel em forma de escudo que lhe ocultava a boca, o queixo e as narinas. Tanta coisa dela estava encerrada, protegida. Apenas o fundamental emergia, como os apêndices emplumados de um ganso bravo — o toque e o olhar impassível e inexpressivo.

— Agora vire um pouco para lá. Não tanto assim. Perfeito.

Perfeito. Antes fosse. Ela mais do que ninguém sabia o quanto ele era imperfeito. O quanto era podre, em uma palavra. Afundando-se fora do alcance da vergonha, descontraiu-se enquanto ela explorava e sacrificava os molares inferiores, naufrágios pútridos mal salvados da ruína de seus anos de negligente consumo de coisas doces. Sonhos, amendoim japonês, barras de chocolate, bastões de alcaçuz, passas de uva revestidas de chocolate... *Mea culpa, domina.*

Os cuidados dela, ferroando e sondando à beira coceguenta da dor, formavam por assim dizer um berço de curvas entrelaçadas, da carne roliça do globo do polegar tangente sobre seu lábio superior ao arco do rosto mascarado inclinado a mais ou menos um palmo acima de seu nariz. Tecida de suaves e longos fios de toque delicado e de pensamento clínico degradado, ela era uma espécie de cesto invertido acima dele, uma choça trançada, uma tenda circular; as pupilas negras que olhavam fixamente tinham o tamanho das perfurações dos tijolos acústicos do teto. Ela estava vendo, e perdoando mesmo enquanto via, um lado dele que ele nunca precisara encarar — um lado inferior infestado de micróbios, restaurado em excesso. Ela o via por um ângulo do qual ele era poupado. Outras pessoas em geral possuem isso, essa aquisição instantânea dos aspectos específicos de um ser exterior misericordiosamente vago na percepção de si mesmo. Mas o caso deles, dele e dela, parecia extremo, como algo saído de um jornalzinho tablóide de supermercado ou de um romance de arlequim. Com serenidade ela presidia sobre seu aviltamento supino. Tendo acabado os inferiores, ela lhe pediu para se sentar e "dar uma boa bochechada". Ele cuspiu. Sangue, seu sangue, apareceu na cuspideira crua animado pela água centrípeta. Seu sangue era viscoso, fibroso e escuro. Ele estava ainda mais repulsivo do que sonhara em momentos de maior humildade.

E ainda assim ela voltou à peleja, atacando os superiores,

ordenando que ele abrisse mais a boca. Nesse tom ligeiramente mais agressivo, uma sensação de revide invadiu o corpo dele; era como se ele arqueasse para o alto na cadeira, preparando-se com uma clara arremetida contra o desempenho dela. Na carne dela, ao tocar a dele, havia uma resiliência um pouco maior do que a de um maço de cigarro, uma calidez um pouquinho menos intensa do que a de uma lâmpada de lanterna de bolso, uma umidade ainda mais sutil do que a de roupas lavadas tiradas da secadora cinco minutos antes do tempo. Ela fora feita para ele, da mesma substância falível e arriscada, e no entanto também tecida de firmamento, impossuível, atemporal, inviolada, embora concentrada nele átomo por átomo, na verdade inexistente a não ser para ele, como ar tornado azul por nossa própria visão e consumido em vida por nossos pulmões.

— Como está se sentindo? — ela perguntou.

Tinha ele denunciado, por algum gemido ou retesamento, o desconforto? Tinha o estado transfixo de sua alma se traduzido somaticamente em resistência ou espasmo involuntário?

— Bem.

Soara como uma mentira — menos do que a história toda — ou como um juramento, o que era também simples demais. Agora um outro favorito maçante das rádios *easy-listening* entrava sorrateiro na sala, um arranjo de "The girl from Ipanema" despojado da letra bastante ágil e complicada, que, uma vez lhe disseram, era bem mais sugestiva em português.

— Só mais um pouco — ela prometeu tranqüilizando. — E depois vamos polir e limpar com o fio.

— Humm — ele concordou, como um sinal de aspas debaixo de sua mentirosa, porém sincera, confissão monossilábica anterior.

E, na agitação de procurar a última placa potencialmente desastrosa nas fissuras mais remotas dos molares superiores da esquerda, o espírito dela se entrelaçou com o dele. Ela se inclinou mais ainda; ele sentiu os raios paralelos do olhar fixo como os de um laser vaporizando suas imperfeições cariadas; seus corpos se tornaram pura metáfora. Momentos atemporais passaram em raspagens rítmicas. Depois ela recuou e se endireitou, o rosto uma máscara, os olhos evasivos. Ele estava limpo. Estava acabado. Ela acabara com ele.

— Pode bochechar — ela disse.

O polimento, com sua alegre carícia de granulação microscópica, e o uso de fio dental — rápido, brusco, ágil ao redor e embaixo das pontes — tiveram um efeito anticlimático. Sem a ameaça de dor, o embate se tornou trivial, tanto quanto os ingênuos perpetradores de sombras gigantes e agitadas, em um sótão ou em uma casa de colônia de férias, encolhem-se quando a vela se apaga. Ela não usou aquela máquina torturante que algumas mulheres usavam, a Cavijet, um bico de alta pressão com uma lamúria aguda, uma agulha glacial em seus nervos inflamados. Teria sido um recurso barato. A dor, para ter significado, tinha que vir simplesmente dela.

— Excelente — disse ele, apalpando os lábios feridos sobre os dentes, tão ideais quanto poderiam ser. — Como é que está, no geral?

— Hã... o senhor fuma ou toma muito chá?

— Não. Por quê?

Ela estava sem a máscara e os óculos de segurança; corou. Era sensacional ver emoção dar cor àquele rosto afetado e profissional. Ela se preocupava. Tinha que se preocupar, afinal de contas. Como poderia simular e não se preocupar?

— Só pensei — disse, desviando-se dele com, enfim, embaraço. — O senhor tem uma boa porção de manchas.

— Talvez seja da idade. Deterioração normal.

Ela descartou a idéia — era herética, talvez; não existia deterioração normal em seu sistema de convicções —, fez anotações no diagrama do arquivo dele e escreveu em uma papeleta para ele levar até a recepção. Em seguida... em seguida se voltou e o encarou. Seus olhos nos retângulos dos óculos com formato de tela de televisão tinham uma nítida e terrena cor de avelã — verdes pintalgados de ouro e ferrugem acima das bochechas róseas, bochechas cuja tez fina já não podia ocultar o calor do sangue que circulava. Ela hesitou em falar, e então arriscou:

— Há um processo de branqueamento bastante seguro e eficaz — disse, com uma cadência controlada quase perto do ardor.

Havia, mas não seria ela a testemunha dos resultados reluzentes. A mulher era sempre uma estranha. Jamais a mesma duas vezes. O princípio se interpunha entre os dois como uma espada. Do contrário, não seria sublime. Seria higiene.

GEORGE E VIVIAN

I. APERTO, CHIUSO

— Olhe um ali... Está escrito *aperto*!

— Onde? — Allenson perguntou, sabendo muito bem. Aquela jovem esposa tinha um nervo tenso e ingênuo que ele achava divertido tocar.

— Bem ali! Acabamos de passar! Mobil, igualzinho lá! Não me conformo de você ter feito isso, amor!

— Não gostei da aparência dele. Caminhões feios demais.

Vivian explicou-lhe, com a satisfação de uma criança esperta:

— Você está nervoso só porque não sabe como dizer "encha o tanque". Mas se não conseguirmos gasolina logo vamos ficar empacados no acostamento, e aí o que é que você vai dizer?

— Vou dizer "*scusi*"— ele retrucou.

Durante os vários anos de seu caso amoroso secreto, Vivian, a terceira mulher de George Allenson, tivera inúmeras oportunidades de perceber quão pouco, em relação à segunda mulher, ele era confiável; mas ele não supôs que, uma vez *casados*, ela o visse como indigno de confiança. Além disso, era vinte anos mais velho, e não imaginara que aquela superioridade em tempo vivido na terra pudesse ser considerada uma deficiência — em alcance da vista, em tempo de reação, em capacidade de concentração. Durante toda a viagem de férias à Itália, sentada a seu lado no carro, Vivian demonstrara um nervosismo eloqüente, agarrando o mapa enquanto ele, com segurança e verve cada vez maiores, dirigia o subcompacto Fiat alugado no tráfego italiano, de uma antiga e graciosa cidade congestionada a outra. Estava até mesmo dominando o hábito peculiar aos italianos de transformar uma rodovia de duas pistas em uma de três simplesmente ultrapassando, de qualquer jeito, por dentro da engrenagem do tráfego que avançava. Toda vez que fazia isso, ela gritava, e agora se preocupava com a possibilidade de ficarem sem gasolina, insistindo a todo momento que ele entrasse em um posto. Depois de rodarem uma longa distância, de Veneza a Ravena e a Verona, ainda não tinham reabastecido o tanque do carro, que fora entregue cheio.

— Vou me dirigir cortesmente a você — estendeu-se ele, com o barítono melodioso que mesmo um italiano rudimentar ressalta na voz masculina — e dizer "*mi scusi, mia cara*". Na verdade, benzinho, ainda temos gasolina de sobra. Estes Fiatezinhos rodam uma eternidade só com um litro.

Ele estava quase com sessenta anos, e ela quase com quarenta, e, à medida que esses momentos críticos irrevogáveis se aproximavam, ambos, talvez, começavam a ficar com os nervos à flor da pele. Estavam indo para o lago Garda em uma viagem de um dia fora de Verona. O quarto de hotel veronês era não só caro como também primoroso, decorado com antigüidades autênticas e com um balcão que dava vista para os telhados e as *campanili* cujos vários sinos badalavam as horas em uma desigual procissão de dobres. Os Allenson estabeleceram uma rotina diária — dois cafés da manhã continentais no quarto, entregues por garçons com muito espalhafato e algaravia musical, seguidos de um passeio a pé até uma ou duas igrejas, um anfiteatro romano ou um castelo transformado em museu de arte e, depois da volta ao quarto e de uma refeição de frutas frescas compradas no caminho, mais alguns dos pãezinhos do café da manhã guardados com parcimônia, uma economia elementar de refeição que sugeria um entretenimento ainda menos dispendioso, no langor da hora ensolarada, em uma ou outra das camas de solteiro no estilo império. Essa rotina era íntima e rígida, de modo que foi com ansiedade e irritação que eles saíram, naquela manhã, com o carro negligenciado para enfrentar com bravura as ruas estreitas sem sinais e a confusão de veículos italianos que zumbiam e forçavam passagem.

No último passeio, que os trouxera de Vicenza a Verona pela rodovia S-11 — uma inconfundível linha verde no mapa de Vivian —, Allenson quase de imediato fez a proeza de pegar um desvio errado que os conduziu até o alto das colinas, através de bandos de aldeões tranqüilos que iam à missa, entre cercas vivas floridas e campos pontilhados de carneiros, por uma estrada sinuosa e ascendente que não apresentava, assim lhe pareceu, espaço para retorno. A indignação de Vivian por ele não ter seguido o trajeto tão claro e simples bem ali sobre seu colo se tornou estridente, e ele pôs em risco suas vidas ao mergulhar com raiva o carro em uma azinhaga e retomar a estrada em marcha à ré. Ao descerem de volta atravessando a aldeia, que ela em retrospecto identificou, no mapa, como sendo Montecchio Maggiore, Vivian confessou, como uma forma de fazer as pazes, que achava tudo aquilo muito bonito. E era verdade, o erro crasso dele revelara em um minuto um encanto cristalino e cisalpino que nenhum dos passeios orientados pelo mapa descobrira, dentre eles um na hora seguinte mesma, a Soave, no fim de um pequeno ramal ferroviário que cruzava a A-4.

Soave, para eles até aquele ponto um mero nome no rótulo de uma garrafa de vinho branco barato, era uma antiga cidade fortificada. Em frente do bar principal, um grupo de homens se concentrara após a missa, e um deles de repente presenteou Vivian, quando ela passou, com um cravo vermelho. Allenson, um passo atrás dela, ficou surpreso ao ver a mulher aceitar o presente com um sorriso largo e instantâneo e com o gesto gracioso de aproximar a flor a poucos centímetros do peito.

— *Grazie* — ela disse, conseguindo com correção aquele flertado rabinho de *e* que Allenson sempre encontrara dificuldade de pronunciar.

Talvez as mulheres fossem condicionadas biologicamente a aceitar flores, mesmo que oferecidas por um total estranho na rua. Vivian tinha cabelo preto e um corpo um tanto majestoso; não fossem os tênis práticos e parrudos, passaria por italiana. Allenson, em um reflexo, fez menção de enfiar a mão no bolso para pagar a flor, porém nada lhe foi cobrado. O homem, de terno mas de barba por fazer, correspondeu ao sorriso de Vivian com um outro igualmente largo e retrucou, ignorando o marido:

— *Prego, signora.*

Allenson apressou o passo para se postar ao lado dela. Quando deixaram para trás o grupo de homens que batiam papo e matavam o tempo, Vivian lhe perguntou:

— O que é que significa isso? — Apesar de criticá-lo pelo modo de dirigir e de se comportar, supunha que ele soubesse tudo, que fosse sábio.

— Bem que eu gostaria de saber. Olhe... aquelas mocinhas também estão com cravos.

— Significa que sou comunista ou o quê?

Havia cartazes de campanha eleitoral por toda a Itália, e em alguns deles figurava um cravo.

— Centro-esquerda, no pior dos casos, eu diria. O comunismo acabou, mesmo aqui. Talvez seja coisa só para turistas.

— Acho que somos os únicos na cidade.

Verdade. Entrar na cidade fortificada ao meio-dia de domingo fora como invadir uma enorme sala de estar repleta de familiares felizes. Os olhos de Allenson, desviando-se das moças pré-adolescentes que carregavam cravos, receberam o equivalente a uma flor: vistos de costas, um pai e uma filha passeavam cada qual com o braço em volta da cintura do outro, o pai de cabelo grisalho, com seu abraço afetuoso e possessivo, sem dúvida alheio ao fato de que a filha de cabelo comprido crescera e ficara da altura dele, e voluptuosa, as nádegas em forma de bandolim mal cabendo na minissaia de couro. Aquelas saias, tensas amostras de tecido que expunham toda a extensão das coxas, podiam ser vistas em toda a Veneza, subindo e descendo os degraus das pontes que atravessavam os canais. Como uma criança que quer estender as mãos e tocar balões, para verificar sua substância, Allenson mentalmente estendera as dele. Talvez Vivian tivesse razão, ele não era digno de confiança; queria ser para sempre um jovem amante. Deixara em casa os comprimidos para hipertensão, e ela — um tanto quimicamente, ele pensou — atribuiu a isso o rejuvenescimento de sua energia sexual. Mas, liberada das rotinas de trabalho e das velhas amizades, uma pessoa está, na qualidade de turista, imersa na juventude, incapaz de ignorar o quanto a população do mundo vai se renovando. Mesmo Vivian era velha, relativamente.

Allenson de fato não entendia por que, depois dos muitos quilômetros nos quais não batera contra nada, ela ainda parecia não gostar de seu jeito de dirigir. As cinco marchas do carro (seis, com a ré) às vezes ainda se embaralhavam sob suas mãos, por isso ele tentou sair na terceira ou mudar direto da primeira para a quarta, mas depois de um dia se convenceu de que, na Itália, como em qualquer outro lugar, a sutil camaradagem nas estradas atenua a probabilidade de uma colisão. Em meio a um incessante zumbido de motocicletas, e entre muralhas rolantes de caminhões pesados, chegava-se a entendimentos, alcançava-se a tolerância. Mesmo nos congestionamentos mais desvairados, ele percebia uma graça e uma lógica latinas; os motoristas da Itália, embora possuídos por um valoroso desejo de aumentar a capacidade dos motores, eram mais civilizados do que os calvinísticos passageiros dos subúrbios de Winchester e Long Island que viajavam todo dia para o trabalho.

— Relaxe — disse para Vivian, na estrada que levava ao lago Garda. — Aprecie a paisagem.

— Não posso. Você vai pegar um desvio maluco errado como fez ao sair de Vicenza.

— O que é que tem se eu pegar? Tudo é novo para nós. Tudo é Itália.

— Esse é o problema.

— Achei que você gostava daqui.

— Gosto, quando paramos de andar.

— Sabe, Vivian, eu bem que poderia começar a me ofender com toda essa crítica. Homens idosos também têm sentimentos.

— Não é você, você está se saindo bem, apesar dos pesares.

— Apesar de quê?

— Apesar — ela disse — de você dirigir com o tanque vazio.

Sirmione, mesmo no início de maio, estava cheia de outros turistas.

— A criançada está aqui — disse o casal, dando continuidade a uma brincadeira que evoluiu em Veneza e prosseguiu até

Ravena, onde cada basílica e cada batistério pareciam abarrotados, sob os mosaicos bizantinos que tremeluziam fracamente, de hordas de escolares fartos de atrações turísticas e em ruidosa interação. Mesmo a vasta piazza San Marco não era grande o suficiente para conter a impetuosa prole de uma Europa ainda mais próspera e móvel.

A pequena fortaleza de Sirmione oferecia vistas do lago e, o que era mais fascinante, do método de colocar telhas nos telhados. Três homens trabalhavam com todo cuidado em um cume coberto abaixo dos parapeitos da fortificação. O mais velho deles estava em um andaime de dar vertigem e conduzia sobre a plataforma, com um carrinho de mão, cada carga de telhas e cimento içada por um guindaste no pátio; o mais jovem punha argamassa ao longo da borda onde o telhado se juntava com o parapeito; o homem de meia-idade se curvava com dedicação à tarefa principal, a de assentar cada carreira de telhas sobre porções de argamassa e alinhá-las com regularidade, só de olho, com batidas leves.

— Não parece — Allenson perguntou à mulher — um método maçante de fazer um telhado? O que há de errado com as velhas e boas telhas de betume norte-americanas?

— São feias — disse Vivian — e estes telhados são bonitos.

— É, mas há quilômetros deles, onde quer que você olhe. Quanto de beleza você precisa? O cimento seca completamente e depois todas se soltam, deslizam e quebram. Gostaria de saber quando foi a última vez que esse telhado teve que ser refeito assim. Provavelmente no verão passado.

Catulo veraneara ali, informou-lhes um monumento junto do cais. Uma lancha planadora de Riva surgiu no campo de visão espadanando água ao se elevar, e eles comeram dois *panini con salami* tostados em um café ao ar livre. Quando Allenson cerrou os olhos e ergueu o rosto para o sol teve a vertiginosa sensação de estar no andaime do trabalhador mais velho, suspenso em uma altura fatal, a milhares de quilômetros de casa, em um pequeno planeta azul, e logo estaria morto, tão morto quanto Catulo, a consciência cessando, a percepção do sol e da sombra, das vozes das crianças alvoroçadas à volta deles. Sua vida breve não tinha sentido, e a companheira não era consolo. Ela mesma era uma criança. Abriu os olhos e o desgastado encanto pitoresco da beira do lago, malhado pela maré, avançou arrastando, carregando sua apreensão.

— Em que é que você está pensando? — Vivian lhe perguntou, a voz crispada, como se já estivessem de volta ao carro.

— Como é bonito este lugar — ele respondeu. Acrescentou: — E como você é agradável.

— Para que mentir? — ela perguntou.

Ele não achou necessário responder. As pessoas mentem para serem misericordiosas.

Dirigiram no sentido oeste rumo a Decenzano, depois norte rumo a Salo, por uma estrada que serpenteava bem acima do lago.

— Precisa acelerar nas curvas? — ela perguntou.

— Tem um sujeito atrás me pressionando.

— Deixe passar.

— Não tem por onde ele passar.

— Então faça-o diminuir um pouco a velocidade. Ele está vendo que você não é italiano.

— Como?

— Pelo corte de cabelo. Por que é que você tem que fingir que é um motorista italiano?

— *No comprendo* — ele disse. — *Sono italiano. Sono um ragazzo.* — Em um banheiro em Veneza, examinara um grafite que dizia: HO FATTO L'AMORE CON UN RAGAZZO VENEZIANO E STATO BELLISSIMA. — *Con mia cara* — acrescentou. "*Con*", com seus significados obscenos em outras línguas, acabara sendo uma palavra italiana indispensável. *Cappuccino con latte. Acqua minerale con gas. Panini con salami.* O pequeno Fiat emitiu uma satisfatória cantada de pneus, quando Allenson acelerou em uma curva fechada. A grade do Ferrari colado na traseira avançava e recuava no espelho retrovisor como um exasperado animal enjaulado.

— Estou ficando enjoada — Vivian disse.

— Pare de olhar o mapa. Olhe pela janela. Aprecie a paisagem pela qual você ficou doida.

O momento mais belo, para ele, ocorrera em Veneza, quando voltavam a pé para o hotel por uma pontezinha e passaram por um lugar onde as gôndolas, longas e negras como esquifes, aguardavam no canal enquanto seus condutores jogavam cartas melancolicamente. O dólar se desvalorizara tanto que os norte-americanos hesitavam em passear de gôndola, e os Allenson se contentaram em ouvir, enquanto faziam uma caminhada após o jantar, a assombrosa voz de um gondoleiro, tão aberta e plangente quanto a de uma mulher, mas colossal: intensificava-se de longe em um clímax operístico a apenas uns poucos metros de distância, enquanto uma fileira de gôndolas passava deslizando, e em seguida lentamente se aquietava, ainda audível por muito tempo depois de as gôndolas, com sua carga de passageiros atrelada, terem desaparecido por entre as altas e angulosas paredes das casas. A água do canal tremulava calmamente. Os passageiros eram em geral japoneses. Naquela noite, quando os Allenson atravessavam a pracinha e se aproximavam da passagem que levava ao hotel, uma moça japonesa alta chamou: "Não! Espere!". As duas palavras em inglês, que de algum modo soaram como um grito em uma língua que Allenson entendeu apenas parcialmente, transbordaram com uma leve angústia que eletrificou o ar e suspendeu todo movimento, exceto o dela. Alta para sua raça, tremeluzindo com seu traje branco, a jovem, o cabelo liso e escorrido totalmente preto na meia-luz — aquela teatral atmosfera interior-exterior de Veneza —, correu pelo chão de pedras planas da beira do canal enquanto os gondoleiros chamavam um ao outro como pássaros acordados. Ela perdera alguma coisa, Vivian especulou ao lado de Allenson, e de fato o grito contralto fora o de alguém violado, fatalmente penetrado. Mas não, ela queria dar alguma coisa a um jovem gondoleiro de bigode que, para recebê-la, refez corajosamente o caminho de volta pelo canal estreito saltando de gôndola em gôndola. Os dois estenderam os braços para tocarem as mãos, enquanto uma música imaginária se intensificava, e, com a voz apaixonada e estranhamente eletrizante, a moça japonesa disse: "O seu dinheiro". Uma gorjeta. Algum iene disfarçado de lira. Os japoneses estavam inundando o mundo com dinheiro, como outrora fizeram os norte-americanos. Os japoneses ficaram ricos e, com isso, sensuais. Tão bela, tão longe do país, a voz dela ascendendo como a de Madame Butterfly naquele ressoante cenário da cidade. O grito dela ecoou nos ossos de Allenson até ele afinal adormecer na cama do hotel.

— Amor, você *tem* que parar o carro — Vivian disse, com uma voz desprovida de qualquer flerte e tato conjugal. — Estou com ânsia de vômito.

Ele a examinou. De fato estava com uma cor pálida por baixo do bronzeado que conseguira bebendo *cappuccini* nas praças ensolaradas. Dali a algumas centenas de metros encontrou um espaço na beira da estrada, junto de um bosque em uma ribanceira, e parou. Os carros passavam zunindo. Algumas embalagens e garrafas de plástico vazias eram testemunhas de visitantes anteriores. O lago revelava seu azul-esverdeado cintilante através das copas trêmulas dos álamos. Do outro lado da estrada, um muro alto e ocre limitava a encosta. Vivian ficou imóvel, de olhos fechados, como uma criança tentando conter um acesso de raiva. Sentindo-se desprezado, Allenson saiu do carro, bateu a porta e inspecionou aquele trecho não pitoresco de Itália — o lixo, a cerca encadeada, as ervas silvestres em flor. Aquela natureza agreste de beira de estrada o fez lembrar dos Estados Unidos; seu velho e duro coração abriu uma fresta e a paz se instalou, e junto com ela, pela milionésima vez, um desejo de se reconciliar com a mulher, fosse ela quem fosse. Vivian abrira a janela deixando uma fresta, para permitir a comunicação.

— Não quer sair para tomar um pouco de ar fresco? — ele perguntou.

Ela sacudiu a cabeça em um movimento breve.

— Quero voltar. Quero fugir desta droga de estrada tortuosa.

— Mas e Riva? — Pensavam em dirigir até Riva à frente do lago.

— Foda-se Riva.

— Benzinho, olha essa língua — disse ele, um tanto excitado, mais ou menos como a exclamação entoada com arrebatamento da moça japonesa em Veneza. Gostava quando as mulheres *soltavam*. — Quer dirigir?

— Você sabe que tenho medo das marchas.

— Então relaxe e me deixe dirigir.

— Está bem, mas não dê uma de macho. — A voz dela abrandou ao pronunciar "macho". — Peço por favor — acrescentou. — *Prego*.

— Suave como seda — ele prometeu. A tensão entre os dois lhe conferira uma condição de jovem; voltou para dentro do carro todo gabola. — Chega de olhar esse mapa — disse para ela. — Isso é que te dá náuseas.

No caminho de volta para Salo, Vivian exclamou:

— Que igrejinha linda! Amor, dê uma parada, por favor.

Havia um espaço pavimentado com pedras arredondadas ao lado de uma fileira de mesas brancas de metal, e ele estacionou.

— Olhe — disse ela, com um tom calmo para corresponder à nova docilidade dele. — Se você dirigir bem devagar, poderemos ver coisas.

A antiga e pequena igreja tinha uma fachada romanesca irregular. O portal redondo da frente estava aberto e, para entrar, eles empurraram uma pesada cortina vermelha. Dentro, foram envolvidos pelo úmido frio do catolicismo de interior — um odor profundo e pétreo como o de um poço, umas poucas velas se derretendo, alguns afrescos inescrutavelmente sombrios. O casal de turistas em dificuldades acolheu o vazio, o silêncio abobadado entre a entrada e a Virgem lívida que fazia um gesto delicado de renúncia junto do altar. Vivian ficou tão comovida que colocou uma nota de mil liras em uma das caixas de oferendas. Saíram da igreja para se sentarem a uma daquelas mesas brancas. Uma menina mal entrada na adolescência os atendeu com timidez e nervosismo, como se fossem os primeiros clientes de toda a sua carreira. Allenson pediu *cappuccino* para Vivian, *limonata* para ele. Ambos eram bons, como diria Hemingway. O velho e querido Hemingway, Allenson pensou — em busca da boa vida em hotéis e cafés, perambulando pela Europa como um bisão em uma planície levemente ervosa, mordiscando, defecando, distribuindo amor entre garçonetes e condessas.

Das mesas brancas era possível avistar, no plano horizontal do outro lado da rua, os mastros de alguns barcos pesqueiros e, através deles, a água turquesa e cintilante que recuava até as nevoentas montanhas azuladas da margem longínqua. Mais uma vez, o melhor acabara sendo o imprevisto. No mapa, Vivian descobriu que estavam em Maderno. Encontrou a igreja no guia, com as letras mais miúdas.

— "Sant'Andrea" — leu. — "Apresenta vestígios da arquitetura romana e bizantina, particularmente nos capitéis dos pilares, nas portas e nos vitrais. Uma igreja ainda mais antiga", diz aqui, "parece estar incorporada à construção."

— "Ainda mais antiga." — Lendo por cima do ombro dela, Allenson disse: — A gente podia ir ver a casa de D'Annunzio. Fica bem perto daqui.

Ela olhou para ele com desconfiança.

— Quem foi D'Annunzio?

— Minha querida — disse Allenson. — Ele simplesmente foi o escritor mais famoso desde Byron. Quero dizer famoso *mesmo*, não famoso pela excelência literária. Não sei muito bem por quê. Uma espécie de precursor de Hemingway, amigo de grandes gestos. Um tremendo mulherengo. Não leu um artigo sobre a casa dele faz pouco tempo na *Art & Antiques*? Parecia um harém turco.

— Isso vai mesmo agradar você — Vivian disse.

— E há jardins — lembrou-se ele vagamente. — Passamos pela placa indicando a casa bem aqui — deu uma batida no mapa —, em Gardone Riviera. Damos um pulo lá, depois vamos embora, e chegamos ao hotel a tempo de tomar chá no bar. Quem sabe vão nos servir de novo aqueles biscoitinhos ingleses.

— Gasolina — Vivian disse. — *Temos* que pôr gasolina, George.

Con gas.

— Tem um posto no caminho da casa de D'Annunzio — ele prometeu.

Mas não havia. A distância era tão curta que ele passou direto pelo desvio e teve que fazer um recuo, desajeitada e perigosamente, enquanto Vivian gritava e fechava os olhos bem apertados. Depois de estacionarem em segurança, subiram a pé uma colina, seguindo as placas para *Il vittoriale degli italiani.* Eram duas horas, e o sol ficara mais forte.

— O que é "*vittoriale*"? — ela perguntou.

— Não sei. Um tipo de vitória?

— Pensei que os italianos nunca tinham tido esse tipo de vitória. Isso fazia parte do encanto deles.

— Vamos ver — prometeu ele.

Mas, à entrada, com a bilheteria e as confusas barracas de *souvenirs*, um guarda explicava algo para uma grande e insatisfeita família italiana. "*È chiusa*", Allenson o ouviu dizer. A terminação era feminina. — *La casa*? — perguntou, arriscando.

— *La casa, il museo* — disse o guarda, e mais uma torrente de palavras cujo sentido Allenson entendeu ser que o terreno ao redor e os jardins estavam, no entanto, abertos. Era uma segunda-feira, o que, provavelmente, explicava a divisão. *Aperto, chiuso*: a Itália era um tabuleiro de xadrez.

— Você está com sorte — Allenson disse para a mulher. — A casa cheia de travesseiros está fechada. Só a parte de fora está aberta.

— Vale a pena ver?

— Deve valer, senão eles fechavam tudo de uma vez. Quer entrar ou não, benzinho?

Vivian deu o primeiro sinal de pânico provocado por D'Annunzio. Seus olhos negros, invadidos por ressentimentos, fizeram um esforço para interpretar o rosto do marido.

— *Você* quer — disse. — Acha que vai ser sensual.

— Quero fazer o que *mia cara* quer — disse Allenson. Ressaltou: — Não vamos voltar aqui tão cedo. Talvez nunca mais. — Quarta-feira pegavam o avião para os Estados Unidos.

— Quanto custa?

Allenson olhou para a *biglietteria* e disse:

— Cinco mil cada um. Um *cappuccino* em Veneza custa nove. É só dinheiro; estamos criando recordações. — *Seu dinheiro*: iene passado pelas mãos estendidas, as gôndolas feito esquifes se colidindo.

— Vamos ver o que os outros estão fazendo.

A família italiana, com um copioso diálogo irritado entre marido e mulher, enquanto os dois filhos obesos se avermelhavam ao sol, decidiu entrar; mas, do lado de dentro dos portões, nos compridos passeios calçados e nas austeras escadas surreais, onde os Allenson topavam com eles toda hora, ouviu-se mais de uma vez o homem exclamar de incredulidade, à medida que inspecionava o *vittoriale* ensolarado: "*Cinque mila*!".

Para Allenson, valia a pena. A vista do lago, da floresta mergulhando dentro do lago, valia a pena. A grandiosidade apenas um pouco envelhecida valia a pena. Tinha a sensação de estar em um lugar sagrado norte-americano — a casa de Daniel Clester French, por exemplo, ou o Hyde Park de Roosevelt — onde a história mal tivera tempo de esfriar. Os pais de alguém, em embarcações e de roupas de linho branco, deviam ter se hospedado ali, enchendo os terraços com o clamor de sua frivolidade jovial. Um antigo carro barata escarlate estava exposto atrás de um vidro — *L'automobile dell'impresa di Fiume.*

— A imperatriz de Fiume? — Vivian perguntou.

— Não creio que seja bem isso. Algo que aconteceu em Fiume?

Uma escada conduzia para o alto, passando a casa fechada e as portas do museu, até o interior do bosque circundante, onde um curso d'água de montanha fora canalizado para formar um viveiro de peixes dourados. A atmosfera era mimosa, encantada, sinistra. O casal deparou com um abrigo onde um enorme e obsoleto barco a motor estava suspenso em um dique seco de um memorial; nas paredes da casa de barcos mapas e fotografias procuravam explicar a grande *impresa* de Fiume, mas só em italiano. Era um segredo que os italianos guardavam entre si; envolvia vários homens, concentrados em D'Annunzio, baixo, calvo, de olheiras e cavanhaque, vestido com roupas de aviador. Mapas mostravam linhas pontilhadas que cruzavam o mar Adriático e retornavam.

— O que aconteceu? — Vivian inquiriu com a voz impaciente e irritada como se estivesse no carro.

— Não sei, benzinho. Foi uma façanha heróica, no carro e depois no barco.

— Tem algo de maligno.

— Não seja boba. Na Primeira Guerra Mundial, os italianos estiveram do lado dos aliados, não se lembra? Leia Hemingway. Combateram os austríacos.

— Então o que é que estavam fazendo na Iugoslávia?

— Eram os austríacos na época, acho. — A história, o frágil conhecimento que tinha dela, desmoronava a seus pés.

Da casa de barcos um caminho de concreto levava mais para o alto, até uma estrutura bizarra e imponente, um mausoléu de dois andares. A parte inferior, na qual se entrava por arcos abertos, tinha o mesmo odor úmido da igrejinha românica, mas os únicos objetos sacros eram nomes entalhados, nomes dos *Tredici* — os Treze —, e mais informações impressas inescrutáveis relativas a Fiume. No segundo andar, em um círculo, sarcófagos elevados, de um branco reluzente, projetavam suas quinas pontiagudas, como pequenas orelhas de mármore, dentro do céu mediterrâneo azul e limpo. No centro do círculo, sobre colunas quadradas duas vezes mais altas do que as outras, avultava-se o maior sarcófago. Vivian pareceu perplexa — atordoada e desnorteada em meio à resplandecência branca, nos ângulos de mármore uniforme.

— Ele deve estar lá dentro — Allenson lhe disse, apontando para o centro.

— Seu herói? — ela retrucou.

— Não é meu herói. Por favor, relaxe.

— E quem está nestes outros?

— Os companheiros dele na coisa de Fiume. Os Treze.

— Você quer dizer que *homens* estão em todos estes caixões? E onde estão as mulheres deles? Por que não estão enterrados com os familiares?

Allenson encolheu os ombros. As perguntas insaciáveis dela, como as de uma criança, cansavam-no, entorpeciam-lhe o cérebro.

Ela anunciou:

— Este é o lugar mais odioso em que já estive. Não suporto isso. É fascista. É Hitler. Fico pensando em todos aqueles judeus mortos.

— Benzinho, não foi essa guerra. A Itália estava do nosso lado. D'Annunzio morreu em 1938, está dizendo aqui. A grandiosidade disto aqui tudo, não sei... talvez *tenha sido* Mussolini que o financiou. Não se pensava que ele fosse tão mau assim no início... fez os trens circularem dentro do horário. Não me culpe por isso, eu era apenas um menino em Pound Ridge.

— Eu não suporto isto aqui — disse Vivian. — Se tiver que suportar um minuto mais aqui debaixo deste sol de cegar, ouvindo você defender esse nazista, vou berrar. Me dá vontade de explodir tudo isto nos ares. Bem que gostaria de ter comigo uma daquelas latas de tinta spray para poder escrever grafites por toda parte. Estou surpresa que ninguém tenha feito isso.

— Vivian, minha querida, você está sendo de uma estupidez espantosa. Ele não era nazista, ele era um poeta, um dândi *fin-de-siècle*. Você não sabe os detalhes do que foi, e eu também não sei. Quando voltarmos para casa, farei uma pesquisa.

— Se alguma vez você mencionar esse homem hediondo para mim, vou pedir divórcio.

Ele esboçou um sorriso, ali no sol.

— Acha que o juiz vai considerar o motivo justo?

Ela não retribuiu o sorriso.

— Pense bem... homens reais nestes caixões, os ossos deles. União masculina hedionda, por toda a vida, no além.

— Não sei, não há uma espécie de pompa inocente nisso tudo? Acho bastante comovente.

— Tão comovente quanto o que você fez com Claire.

Claire fora a segunda mulher dele. Allenson fechou os olhos por um instante e disse:

— O que *nós* fizemos com Claire, você poderia dizer.

— *Homens*, eu quero dizer — Vivian protestou, gesticulando para o alto com desespero, movida pelas profundezas de uma opressão milenar. — Colocando-se em pomposos caixões de mármore, arruinando todo este bosque, a vista admirável.

Oh, eu *odeio* isso. Não suporto ver você com esse sorriso afetado e adorando tudo isso.

— Não adoro, exatamente... — Mas a mulher, com uma cara fechada de raiva, da qual lágrimas tentavam escapar, passou se esquivando por ele e seguiu através das sombras dos memoriais imóveis — os Treze lagarteando na glória indecifrável —, como se através de um labirinto, e desceu correndo a escadaria, por onde a família corpulenta vinha subindo com dificuldade atrás do equivalente de suas *cinque mila*.

Talvez um filho a tranqüilizasse, Allenson pensou. Ela estava se aproximando da idade do agora ou nunca, no que dizia respeito a gravidez. Mas a idéia de mais um dependente, sua vida frágil se projetando para além da dele futuro adentro como um trampolim, deixava-o aturdido.

Vivian estava esperando por ele em um patamar mais abaixo, debruçada sobre uma balaustrada de pedra.

— Desculpe — ela disse. — Me descontrolei.

Sob a luz do sol que esfriava, notou que ela, como uma autêntica beldade italiana, tinha uma penugem fina e escura no lábio superior. Esse toque de vulnerabilidade o enterneceu.

— Você tem razão, claro. Há alguma coisa de horripilante naquele lugar.

— Ainda há mais. Há toda uma marinha lá embaixo, segundo a placa.

— "*Nave*" — Allenson leu. — Um navio. Como é que pode ter um navio?

Mas havia um, com mastro, cabina e chaminés, aproando à copa das árvores, abaixo deles. Uma espécie de centauro gigantesco, metade da parte de trás uma imitação em pedra de convés, a coberta de proa aparentemente real, com todas as suas toneladas arrastadas para cima da encosta para se assentar absurdamente entre os álamos e os ciprestes retintos. Teria ajudado o casamento, ele sabia, renunciar àquela maravilha, mas o menino dentro dele não resistiu a descer a escada, subir no convés de mármore, depois no convés de madeira, e olhar por cima da amurada o oceano de árvores, as folhas dos álamos tremulando como minúsculas espumas da crista das ondas. Ao subir a escada de volta, resfolegava, com uma sensação de peso nas pernas.

— É um brinquedo — contou para Vivian. — Tudo brinquedo.

— Assim como a guerra — disse ela.

— Ah, por favor — pediu. — Não fui eu quem construiu. Sou apenas um turista norte-americano, como você. — Arremedando um marido zeloso, acompanhou-a até embaixo, passando pela mansão fechada de portas *art déco*, passando pelo barata escarlate usado na misteriosa *impresa*, para fora daquele labirinto com o Minotauro morto. Contudo, na entrada, não resistiu e perguntou: — Não quer comprar um *souvenir*?

— Vá pro inferno! — sugeriu ela, e se afastou dele indo em direção ao carro. Ele comprou cinco cartões-postais, entre eles um que mostrava D'Annunzio *nel suo studio* (*dans son bureau, in his study, in seinem Studierzimmer*), com um felpudo terno cinza de três peças, um lenço no bolso, um alfinete na gravata, as veias da cabeça bastante calva saltando com a concentração, os lábios pequenos enrugados. Tinha aspecto doentio. Uma vida rica o alcançava. Agora seu corpo estava ali de volta, pressionado contra o céu, ressequido como um lagarto achatado.

Vivian estava adiante do passeio estreito que levava ao estacionamento. Humilhantemente, tivera que esperar junto do Fiat, uma vez que ele estava com as chaves.

— Foi divertido — disse ele. — Ainda bem que a casa e o museu estavam fechados, porque talvez tivesse sido demais.

— Prefiro me divertir em Auschwitz — ela retrucou.

— Pare com isso. Está bem, o sujeito tinha uma boa imagem de si mesmo. Isso não é crime. Não quer dizer Auschwitz. A droga do problema da sua geração é que tudo o que vocês sabem de história é Auschwitz e a bomba atômica, e tudo o que sabem de política é que não querem que eles se repitam. Ah, não, tudo menos isso! Falei várias vezes, ele estava do nosso lado. Você confundiu o sujeito com um outro.

— Talvez você tenha confundido a garota com uma outra. Você teve uma mulher igualzinha a você, por que não ficou com ela? Claire teria adorado visitar santuários nazistas.

— Talvez tivesse — ele reconheceu. Claire sempre tivera disposição para tudo, e jamais fora rixenta. O silêncio fora sua arma, e uma serena, inocente ausência interior.

Vivian insistiu, os olhos negros faiscando:

— Você quer uma mulher nova. Claire e eu éramos um par, combinávamos. Mulher, amante. Aposto que já escolheu outra. Alguém que você viu em Veneza. Você começou a agir de modo esquisito em Veneza.

Intuição feminina, ele pensou, que aborrecimento. A possibilidade de mais uma outra mulher o fazia vibrar intimamente, mas os aspectos práticos disso eram assoberbantes.

— Vivian, por favor. Tenho quase sessenta anos. Estou pronto para o meu sarcófago. Na qualidade de minha futura viúva, espero que tenha prestado a devida atenção lá em cima. É justamente o que quero. Só que pode deixar de fora os outros treze camaradas.

Ela riu com relutância, pedindo tempo para que a ferida curasse. De volta à estrada principal, disse:

— Olhe, George, um *aperto*.

Ele reduziu a velocidade e entrou no posto de gasolina.

— Como é que você disse que a gente fala “encha o tanque”?

— *Il pieno, per favore*. É o que diz o guia.

Mas ninguém saiu do pequeno escritório, e não havia outros carros junto das bombas de gasolina. Allenson desceu do carro debaixo do sol e encolheu os ombros para Vivian através da janela.

— *Chiuso* — disse. — Outro carro entrou no posto, uma mulherzinha italiana de preto desceu e olhou ao redor. Allenson capturou o olhar dela. — *Chiuso?* — disse de novo, com uma entonação mais incerta. Ela o agraciou com uma torrente de italiano e não pareceu decepcionada quando o rosto dele revelou total incompreensão.

Allenson notara, fora do escritório vazio, um rapaz de calças de brim cinza e camiseta da Shell lavando um carro, com um jeito de independência daquele estabelecimento. Mas agora o rapaz se aproximou, falou com a mulher e lhe mostrou alguma coisa na bomba de gasolina. Ela deu um sorriso de quem de repente entende com certa ansiedade, fez alguns movimentos que Allenson não pôde ver, agarrou a mangueira da bomba, pôs gasolina e partiu.

O rapaz procurou Allenson.

— É automática — disse. — Nota de dez mil liras, depois mangueira.

— Ah, *comprendo, comprendo. Molto grazie.* — Explicou para Vivian: — A gente mesmo lida com a bomba. É só colocar o dinheiro. — Encontrou uma nota com o valor exato na carteira e, com um ronronar lacônico e mecânico, a fenda da máquina a sugou. A gasolina fluiu então pela pistola da mangueira para dentro do tanque do carro, por um tempo muito curto. Dez mil liras — nove dólares — compravam apenas alguns litros.

— Mais — ela gritou de dentro do Fiat. — Tome mais dinheiro! — Estendeu notas de dez mil liras pela janela entreaberta, e a bomba as sugou avidamente, transformando dinheiro em movimento, em romantismo conjugal.

Quando ele estava de volta atrás do volante, Vivian, momentaneamente satisfeita, disse:

— Estranho o rapaz ter explicado também para a mulher como usar a bomba. Ela era italiana.

— É um país difícil — sentenciou George Allenson, do alto de sua experiência. — Mesmo os nativos não o entendem.

II. BARBA-AZUL NA IRLANDA

— Sim, as pessoas são maravilhosas — George Allenson teve de concordar, ali em Kenmare. A mulher, Vivian, era vinte anos mais jovem do que ele, mas quase da mesma estatura, de cabelo preto e decidida, e concordar com suas afirmações tornava o casamento menos tenso. Se os irlandeses eram tão maravilhosos, por que a Irlanda era um país tão triste e vazio? Vivian, separada dele por uma geração inteira, era feminista instintiva, mas para ele qualquer história de vitimização desamparada parecia suspeita. Não que não fosse extraordinário ver palácios com oitenta aposentos que os senhorios britânicos construíram para si mesmos, e comovente ver as ruínas — paredes de pedra de sustentação ainda de pé, telhados de sapê desmoronados — dos casebres onde os irlandeses moraram, comeram batatas, beberam uísque e morreram. Vivian adorou os casebres, inexplicavelmente; todos pareciam iguais vistos de fora, e, quando era possível entrar por um limiar sem portas ou espiar pelo vão de uma janela sem batente, o interior revelava um chão de terra barrento, um amontoado de pranchas de madeira que outrora talvez tivessem sido um móvel e alguns restos de plástico ou de alumínio deixados por intrusos como eles mesmos.

Vivian percebeu que ele não estava convencido.

— O jeito de usarem a língua — ela insistiu — e deixarem criancinhas trabalhar por eles nas lojas.

— Maravilhoso — ele concordou de novo. Estava sentado com a mulher não muito, esperava, ridiculamente mais jovem no saguão de um hotel, em frente de uma lareira de fogo azul que era ou imitação a gás de fogo de turfa ou a coisa verdadeira mesmo. Allenson não sabia ao certo. Um copo de uísque, cujo cubo de gelo derretera, contribuía para sua sonolência natural. Dirigira pelos arredores da península de Dingle naquele dia debaixo de uma chuva nevoenta, e depois para o sul até Kenmare, por uma estrada estreita de montanha que ligava Killarney, Vivian gritando de preocupação o trajeto todo, e se sentia exausto. Depois das férias na Itália havia dois anos, jurara nunca mais alugar um carro estrangeiro na companhia dela, mas alugara, em uma localidade com estradas ainda mais estreitas e com o volante no lado esquerdo. Naquele dia, ao longo do trecho mais difícil, sobre o admirável Moll's Gap, com um Mercedes cheio de alemães que pressionavam gesticulando colados na traseira, Vivian se contorcera toda no banco e pressionara o rosto contra o encosto de cabeça, para não olhar, e soluçara e o chamara de demônio sádico.

Mais tarde, entregue sã e salva no estacionamento do hotel, ela se queixou de que se contorcera com uma tal violência que o lombo doía. O que mais o deixava ressentido quanto aos acessos de histeria da mulher era que, depois de se recobrar deles, ela supunha que ele também se recobrara. Apesar de todo o feminismo, ainda reivindicava o direito feminino às absurdas tempestades emocionais, seguidas de uma automática bonança de perdão masculino.

Como que percebendo um resíduo de rancor intratável e determinada a eliminá-lo, ela irradiou, perto do indolente fogo da lareira, um sorriso impecável. Seus lábios eram grandes e expressivos, mas finos e bem delineados, como se — a ele parecia no estado de sonolência, perto do fogo gasoso e bruxuleante — as sobrancelhas tivessem sido duplicadas e costuradas nas extremidades para formar uma boca.

— Lembra-se — disse ela, sugerindo trazer à memória o que ocorrera apenas poucas horas antes — da senhora do armazém depois de Dingle, onde implorei para você parar o carro?.

— Onde você *insistiu* para eu parar — ele corrigiu. Ela dissera que, se ele não admitisse que estava perdido, saltaria do carro e voltaria a pé. Como podiam estar perdidos, ele argumentara, com o mar à esquerda e as colinas à direita? Mas o mar estava oculto pela neblina e as colinas pedregosas tinham desaparecido dentro das nuvens de chuva, e ela não se deixara convencer; no fim ele pisou de súbito no breque. Ambos saíram bruscamente do carro. O armazém mal iluminado parecia vazio, e, quando estavam prestes a se afastar da porta, um vulto se corporificou no interior, atrás das cortinas rendadas — a proprietária, surgindo em um aposento onde vivia, aguardando, embalando-se talvez, vendo sabia-se lá qual dos poucos canais de televisão que chegavam àquela região remota. Ele se surpreendera, no Sudoeste da Irlanda, com a pouca quantidade de canais que havia, e com o som do gaélico falado a sua volta, nas lojas, nos bares, tanto pelos jovens como pelos velhos. Fazia parte de seu próprio provincianismo ficar surpreso com o provincianismo alheio; ele supunha que os Estados Unidos, sua língua e todos os seus canais de televisão já estivessem em toda parte.

Era de fato um armazém; as prateleiras umbrosas comportavam produtos em latas e em pacotes de polietileno, e uma caixa nebulosa continha confeitos e jornais do dia. Mas era difícil para os Allenson não ver o armazém apenas como um palco habilmente montado para a entrada e a saída deles. O povoado que os cercava parecia abandonado. A proprietária — o cabelo puxado preso atrás, o corpo ereto trajando roupa cinza-escura — dava a impressão de ser mais jovem do que aparentava, como uma enfeitada atriz de óculos bifocais e uma ratazana cinzenta, e ela descreveu os desvios de estrada da área como se em todos os anos de vida no alto de um paredão de rocha à beira-mar jamais tivesse sido solicitada a orientar um par de turistas. Havia uma circunspecta formalidade na circunstância que disciplinava o irascível casal. Para compensá-la pelo incômodo, compraram um exemplar do jornal local e alguns saquinhos de confeitos. Na Irlanda, voltaram a consumir confeitos, que eles comiam no carro — uma variedade de balas de alcaçuz para ele, para ela bolas de malte com cobertura de chocolate chamadas Maltezers.

Tinham voltado para dentro do carro enlevados pelo encontro inesperado, as correntes de irritação entre os dois mitigadas no momento. No entanto, ainda assim, apesar de todas aquelas orientações teatralmente precisas, Allenson devia ter tomado um desvio errado, porque nunca passaram pelo Oratório de Gallarus, que ele queria visitar. Era a Chartres das capelas abobadadas. Allenson se viu dirigindo sem parar rumo ao lado norte da península de Dingle, precisando atravessar as montanhas de Slieve Mish para evitar Tralee, e com os alemães colados na traseira do veículo em Moll's Gap, enquanto Vivian ficava histérica e ele refletia sobre o abismo entre as pessoas, mesmo as devotadas à intimidade.

Ele tivera três mulheres. Pretendera que Vivian o enterrasse, mas as repentinas reações de resistência dela estavam estimulando, em vez de diminuírem, sua vontade de viver. Em sua simples e inocente virilidade, tivera de engolir um bom número de ofensas sexistas — os homens eram incompetentes (seu modo de dirigir em terras estrangeiras), os homens eram ridículos (seu desejo de ver, *faute de mieux*, as choupanas abobadadas, cinzentas e cobertas de liquens, os dolmens, os menires e as ruínas das abadias da velha Irlanda), os homens eram mortíferos. Dois anos antes, motivada por pura superstição política, aquela mulher jovial enfurecera-se na propriedade de Gabriele d'Annunzio, no alto do lago Garda, porque o poeta e aventureiro de renome mundial encerrara a si mesmo e a seus treze leais seguidores em sarcófagos iguais, alçados ao sol sobre pilares. Os homens eram fascistas, o mausoléu levara Vivian a compreender. Ela se mostrou veementemente alérgica à história, e a seus olhos o marido de cabelo grisalho avultara como um portador da história. Por isso, para a viagem seguinte ao exterior, ele sugerira a Irlanda, um país cuja história estava envolta em lenda e ignomínia. Só a forma no mapa, ao lado da silhueta ereta e pontiaguda da Grã-Bretanha, já sugeria a redondeza comprimida de uma dócil esposa.

— Você insistiu — ele repetiu — e depois, de qualquer modo, nos perdemos, e não vimos sequer uma das vistas. Eu não vi o Oratório de Gallarus.

Vivian afastou a lembrança ressentida do marido ali, junto da lareira do hotel.

— O país inteiro é a vista — disse ela —, e o povo, maravilhoso. Todo o mundo sabe disso. E o dia inteiro, com você maltratando o pobre daquele carro compacto japonês, jogando de um lado para outro como um adolescente marginal maluco, não pude apreciar a paisagem. Se tiro os olhos do mapa por um instante que seja, você se perde. Amanhã eu não entro de novo naquele carro, pode ficar bem certo disso.

Estava ansioso para atiçar o fogo da lareira, mas em vez disso atiçou a mulher.

— Benzinho, achei que íamos descer para o sul, até Bantry e Skibbereen. A casa de Bantry de manhã e os jardins de Creagh de tarde, e um almoço rápido em Ballydehob. — Allenson sorriu.

— Você é um desnaturado — Vivian disse com alegria. — Você realmente me submeteria a um dia inteiro com você na direção nestas estradas horrorosas? Nós vamos mas é *caminhar*.

— Caminhar?

— George, conversei sobre isso com um homem do escritório do hotel, o subgerente, enquanto você punha a camisa e a gravata. Ele foi gentilíssimo, e disse que o que os turistas fazem em Kenmare é caminhar. Ele me deu um mapa.

— Um mapa? — Um outro uísque o submergeria até o fundo do mar. Mas seria isso tão mau? Aquela mulher era um pesadelo falante. Exibira um mapinha, um xerox em papel verde, mostrando um esquema de linhas numeradas em torno da compressão fálica do estuário de Kenmare. — Eu vim até aqui para dar uma caminhada? — Mas não tinha discussão. Vivian era tão irracional que, devido ao fato de a mulher antecessora ter se chamado Claire, se recusara, ao planejar a viagem, a incluir no roteiro o condado de Clare, onde se situavam os penhascos interessantes e as igrejas primitivas, e ao largo de cuja costa parte da armada espanhola naufragara.

Na manhã seguinte, com o diabo no corpo, instigado pelo guia, ele não resistiu e provocou-a.

— Hoje é o dia — anunciou — de irmos de carro até o anel de Beara. Podemos ver a pedra de Ogham em Ballycrovane e, se der tempo, tomar o bondinho a cabo até a ilha de Dursey, a única maravilha do tipo neste país verde e maravilhoso. As afortunadas pistas de rolamento meandram, está escrito aqui, pelas áreas das costas montanhosas, propiciando vistas panorâmicas das baías de Bantry e de Kenmare. Um famoso círculo de pedras está situado lá, e, apenas cerca de três quilômetros adiante, as ruínas da mansão de Puxley! O anel todo tem, afirma-se, apenas cento e quarenta quilômetros; isso constitui quilômetros do mais puro prazer, sem falar do bondinho a cabo.

— Acho que você pirou — disse Vivian, usando uma de suas gírias juvenis que, sabia, ele detestava. — Só entro naquele carro com você na direção quando chegar a hora de irmos para o aeroporto de Shannon. E olhe lá.

Allenson deu de ombros para disfarçar a mágoa.

— Bom, então podemos ir andando até o centro da cidade para ver a população local. Não sei se apreendi todas as nuanças na primeira vez.

Fora encantador, de certa maneira. Deram em um beco sem saída na extremidade mais pobre de Kenmare e uma menina de blusão escolar, empurrada para fora de uma casa, enquanto a mãe e os irmãos espiavam por uma janela, muito timidamente lhes cobrou cinqüenta pence de libra irlandesa pela entrada. Em seguida, através de um portão de vaivém, e subindo uma ruela lamacenta, o casal caminhou, passando por pilhas de telhas e uma vala transbordando de objetos de plástico descartados, chegou a um pequeno platô de grama aparada onde quinze pedras desiguais em um círculo irregular compunham um arranjo silencioso. Ele andara entre elas, tentando desenterrar no coração atávico o significado daquelas pedras pré-celtas. Sacrifício. Aquele devia ter sido, em determinados momentos de alinhamento celeste, um local de sacrifício, ele pensou, voltando-se para deparar com Vivian de pé no centro do anel com a capa de chuva de um azul demasiado vivo.

— Vamos caminhar — ela combinou com ele —, mas não de volta àquelas pedras horríveis que deixaram você tão emocionado, e jamais saberei por quê. É *estúpido* ficar olhando pedras que alguém, a gente sabe, pode ter colocado lá ontem. Há mais desses casebres abobadados tidos como pré-históricos hoje do que houve há cem anos, aquele rapaz amável do escritório estava me contando ontem. Ele diz que o que as pessoas sensíveis que vêm a Kenmare fazem é dar longas caminhadas.

— Quem é esse sujeito que de repente se tornou tão importante na minha vida? Por que é que *ele* não leva você para passear, se é isso que passa pela cabeça dele?

Ela corou.

— George, *faça-me o favor*... ele é tão novo que poderia ser meu filho. — Estava aí uma afirmação desastrada, feita no calor da hora. Ela poderia ser mãe de um rapaz de vinte e um anos de idade, se tivesse engravidado aos dezenove; mas na verdade nunca tivera um filho, e, quando se casaram, já entrada nos trinta, ela esperara ter um filho dele. Mas ele se recusara como se fosse um bicho-papão; tivera bastantes filhos — uma menina com Jeaneanne, dois meninos com Claire. Agora a oportunidade já estava perdida. Via a atual mulher como vigorosamente mais jovem do que ele mesmo, mas o quadragésimo aniversário dela chegara e passara, e, desde a época em que se cortejaram em segredo, à agradável sombra da inocência de Claire, o rosto de Vivian se tornara angular e vincado com rugas de irritações recorrentes.

O rapaz do escritório — uma espécie de toca de coelho logo virando na quina do quadro de chaves, no qual se podiam ouvir os funcionários irlandeses em algazarra e gargalhadas — tinha pelo menos vinte e cinco anos, e podia ter trinta, pai de filhos. Era esguio, de olhos pretos, pele leitosa e impecavelmente cortês. A cortesia, no entanto, possuía uma carga, uma cadência, de malícia.

— Sim, caminhar é a grande atividade nestas paragens... não nos sentimos muito atraídos pelos esportes organizados que são de praxe nos Estados Unidos.

— Passamos por alguns campos de golfe, a caminho daqui — disse Allenson, não estando disposto a argumentar.

— O senhor chamaria o golfe de organizado? — o subgerente retrucou prontamente. — Não do jeito que eu jogo, acho. Como costumamos dizer, é uma maneira ingrata de dar uma caminhada.

— Por falar em caminhada... — Vivian exibiu o mapinha verde. — Qual destas você recomendaria a meu marido e a mim?

Com os olhos pretos brilhantes, ele olhou para um, olhou para outro, e então assentou o olhar sobre ela, empinando a cabeça de cabelo caprichosamente penteado.

— Ele é um homem bastante resistente?

Assumindo em demasia a condição de esposa, Vivian levou a pergunta a sério.

— Bom, ele é extravagante quando dirige, mas, fora isso, se sai muito bem.

Allenson se ofendeu com aquela conversa.

— A última vez que consultei meu médico — anunciou —, ele me disse que eu tinha belas artérias.

— Ah, foi o que imaginei — disse o rapaz, olhando-o no rosto com afabilidade.

— Não queremos que ele comece com um lugar íngreme demais — disse Vivian.

— Então a melhor opção deve ser Currabeg. Fica em grande parte no nível da estrada, com vistas lindas do vale Roughty e da baía. Leve um guarda-chuva para se proteger da névoa, junto com sua bela capa azul, e, se acontecer de ele ficar com cara de indisposto, talvez a senhora vá ter que chamar o primeiro automóvel que passar para trazer o corpo de volta.

— Vamos caminhar no meio do tráfego? — Ela pareceu alarmada. Apesar de toda a assertividade, Vivian tinha irritantes bolsões de timidez. Claire, Allenson se lembrava, andara de lambreta com ele as Bermudas inteiras, agarrada toda confiante a sua cintura, havia vinte anos, e corria de bicicleta com os filhos por todo Nantucket. Jeaneanne e ele tinham um conversível Ford Thunderbird quando moraram no Texas, e era comum alcançarem cento e sessenta quilômetros por hora no trecho entre Lubbock e Abilene, a colina mais elevada e os declives na Rota 84 repletos de miragens aquosas. Lembrava-se de que o cabelo dela, de mechas loiras descoloridas no estilo dos anos cinqüenta, agitava-se nas têmporas suadas, e que puxava a saia até a cintura para ventilar as virilhas, ali sob o volante. Jeaneanne fora insubmissa, mas suas transpirações foram néctar, até que sua imprudência e seu amor pela velocidade a tiraram da vida de Allenson. A perda o endurecera.

O subgerente pareceu refletir seriamente sobre a ansiedade de Vivian; havia, em seu segundo pensamento dissimulado, aquele toque cerimonioso de paródia com o qual os irlandeses trazem harmonia às realizações mais concretas.

— Oh, creio que nesta época do ano, fora de temporada, não vai haver movimento suficiente para atrapalhar o seu sossego. São estradas rurais elevadas. Estacionem no cruzamento, como está indicado no mapa, e peguem as duas direitas para voltarem.

Contudo, Allenson pressentiu, o consultor deles sentia uma reserva polidamente não expressa com relação àquela empresa. No carro alugado, com os espelhos colocados nos lugares mais inesperados e uma recalcitrante mixórdia de marchas no piso, enquanto Vivian tentava visivelmente ficar calada para não criticar, ele dirigiu para fora de Kenmare, passando por um cemitério que continha famosos poços sagrados, sobre a corcova de uma ponte de pedra com pista única, subindo entre sebes que obstruíam o caminho e para o interior de colinas escalvadas cujas silhuetas, da vista que se tinha do quarto do hotel de Allenson, duplicavam-se no lustre espelhado do estuário que parecia um lago. Não viram carro algum, de modo que Vivian teve menos necessidade de ficar tensa do que nos anéis viários.

Com o mapa no colo, ela enfim anunciou:

— Esta deve ser a encruzilhada. — Um modesto cruzamento, com um espaço para estacionar na faixa de terra em que mal cabia um carro. Estacionaram e trancaram o carro. Era o meio de uma manhã de luz de sol fraca e aquosa. Uma brisa gelada lhes disse que estavam em um ponto mais elevado do que em Kenmare.

A pé, seguiram por uma estrada reta e comprida, não tão comprida e tremeluzente quanto os trechos retos de estrada do Texas, mas ainda assim com alguma coisa da mesma potencialidade para produzir miragem. Atravessaram um regato escondido, exceto pelo gorgolejo, entre as folhagens. Uma casa em construção, ou em reconstrução, erguia-se para trás no alto da estrada, sem nenhum sinal de vida. Terrenos e casas deviam ser baratos. A Irlanda se esvaziara havia muito tempo. Cromwell reduzira os irlandeses a meio milhão, mas eles tornaram a se multiplicar obstinadamente para, no fim, serem dizimados pela escassez da batata dois séculos mais tarde.

A princípio, Vivian andou atleticamente com passadas largas, ávida de casebres e vistas intatas. Trouxera na viagem tênis de corrida novos — brancos como a neve, com tiras vermelhas, corpulentos com as mais recentes pregas da tecnologia de calçados. Não eram graciosos, mas, também, comparados com os de Jeaneanne, os tornozelos da mulher eram bastante grossos. Os pés dela pareciam absurdos, sob a bainha da capa de chuva azul vivo, adejando ao longo da superfície da estrada, listrados como pássaros. Onde estavam os pássaros de verdade? Parecia que a Irlanda não tinha muitos deles. Talvez tivessem emigrado junto com as pessoas. Escassez de alimento é calamitoso para os pássaros, mas isso acontecera havia muito tempo.

As sebes se tornaram mais esparsas e, depois do regato invisível, a estrada tinha uma tendência ascendente regular. Allenson se deu conta de que caminhava à frente da mulher jovial, e então afrouxou o passo para se igualar ao dela.

— Sabe — ela lhe disse —, eu *realmente* dei um mau jeito nas costas ontem no carro, e estes tênis novos não são tudo aquilo que dizem nas propagandas. Há tanta armação por dentro que meus pés ficam comprimidos. É como se tirassem meus quadris do alinhamento.

— Bom — disse ele —, você podia ficar descalça. — Jeaneanne teria ficado. Claire talvez tivesse ficado. — Ou então podemos voltar para o carro. Andamos pouco mais de um quilômetro.

— Só isso? Nem *sonharia* contar para o pessoal do hotel que não conseguimos fazer a caminhada sugerida. Aquela ali já deve ser a primeira virada para a direita.

A intersecção em forma de T não estava sinalizada. Ele olhou o mapa verde e desejou que não fosse tão esquemático.

— Deve ser esta — ele concordou, sem certeza, e subiram pela estrada.

Uma estrada menor continuava a tendência ascendente, através de um terreno mais vazio. O vazio irlandês tinha uma característica diferente da do vazio do Texas ou dos planaltos escoceses por onde ele e Claire excursionaram. Ali a desolação era íntima. Cumes arredondados de relva crivada de pedras formavam um horizonte elevado, debaixo de nuvens turvas com centros enegrecidos. As coisas quase não tinham cor; ele esperara relva mais verde, céu mais azul. As paisagens eram monótonas, cores depuradas das pessoas nas cidades. Era uma espécie de desolação tímida e despretensiosa. — Imagino — disse Allenson, para quebrar o silêncio da penosa caminhada — que tudo isto alguma vez esteve cheio de fazendas.

— Não vi um só casebre — disse Vivian, com uma lamúria que ele atribuiu ao mau jeito das costas.

— Alguns desses montes de pedras... é difícil dizer se o homem ou Deus, digamos, os colocaram aqui. — Jeaneanne fora uma batista liberada, Claire uma episcopal praticante.

Vivian era de uma família decididamente irreligiosa de cientistas ex-católicos cujos natais sem árvore e Ações de Graça ingratos Allenson julgava insensíveis. Estranho, pensou ele enquanto continuava a caminhar, nunca tivera uma esposa judia, embora mulheres judias tivessem sido suas melhores amantes — as mais afetuosas, as mais inteligentes.

— Estava escrito no guia que mesmo no topo das colinas a gente podia ver os locais verdes deixados pelas antigas leiras de batatas, mas não vi um sequer — Vivian se queixou.

O tempo passou silenciosamente, uma vez que ele se recusou a responder. Não tinha escrito o guia. As solas dos sapatos resvalavam e rangiam.

Allenson pigarreou e disse:

— Percebe-se por que Beckett escreveu daquele jeito. — Perdera a noção de por quanto tempo o silêncio da difícil caminhada se arrastara; a voz soava esganiçada. — Há uma espantosa porção de nada na paisagem irlandesa. — Na hora certa, uma brecha nas nuvens emitiu uma luz prateada que correu veloz pelos cumes das colinas monótonas que se tornavam lentamente mais próximas.

— Eu *sei* que não é esta estrada — disse Vivian. — Não vimos uma placa, uma casa, um carro, coisa *alguma.* — Parecia prestes a chorar.

— Mas vimos *ovelhas* — ele disse, com um entusiasmo que se tornava impiedoso. — Centenas delas.

Era verdade. Mais pálidas que matacões, mas não menos opacas, ovelhas dispersas povoavam os campos vastos que se desenrolavam dos dois lados da estrada. Com suas pupilas purpúreas e retangulares, os animais fitavam de perfil o casal. Às vezes um carneiro particularmente esperto, o peito polvilhado com uma surpreendente cor turquesa ou magenta, corria de volta para junto das ovelhas à aproximação daqueles intrusos humanos. Fios únicos de arame farpado reforçavam os muros de pedra e cercas apodrecidas de uma atividade pastoril mais antiga. Apenas aqueles arames, e os postes de pinho sustentando fios no alto, testemunhavam que pessoas do século XX tinham estado ali antes deles. O terreno afundava e se encapelava; cada nova elevação revelava mais ovelhas, mais pedras, mais estrada. Uma nuvem com um centro plúmbeo particularmente grande escureceu aquela paisagem lunar e fez chover algumas gotas; quando Vivian abriu o guarda-chuva, o chuvisco passara. Allenson olhou em volta à procura de um arco-íris, mas este se esquivou à sua visão, como os duendes prometeram no dia anterior no desfiladeiro de Moll, na galhofeira placa de beira de estrada: ENCRUZILHADA DO DUENDE.

— *Onde está* aquele segundo desvio? — Vivian perguntou. — Me devolva o mapa.

— O mapa não diz nada — ele falou. — Do jeito que foi desenhado parece que estamos andando em volta de um quarteirão.

— Eu *sabia* que esta era a estrada errada, não sei *por que* me deixo convencer pelo que você fala. Andamos quilômetros. Minhas costas estão me matando, droga. *Odeio* estes tênis ruidosos e grandalhões.

— Foi você quem os escolheu — ele a fez lembrar. — E não eram nada baratos. — Tentando recuperar um pouco de afabilidade, Allenson prosseguiu: — A caminhada tem uns sete quilômetros ao todo. Os norte-americanos perderam completamente a noção de qual é a duração de um quilômetro. Acham que é um minuto sentados num carro. — Ou menos, se Jeaneanne estivesse dirigindo, a saia puxada para cima para arejar as virilhas.

— Não seja tão pedante — Vivian lhe disse. — Detesto os homens. Arrancam o mapa das mãos da gente, nunca pedem orientação e depois se recusam a reconhecer que estão perdidos.

— Para quem, minha querida, pediríamos orientação? Não vimos uma viva alma sequer. A última alma que vimos foi o seu amiguinho de olhos meigos no hotel. Posso ouvi-lo agora, conversando com a polícia. "Ah, o casal de norte-americanos", ele está dizendo. "Ela, apenas uma moçoila de cabelo preto lustroso, e ele, um velhote encanecido. Estavam indo na direção da cerração de McGillycuddy, carregando nas mochilas nem bem um copo de uísque clandestino ou uma pata de porco carnuda."

— Não vejo graça — ela disse, de novo com uma voz crispada. Sem que ele tivesse percebido, ela se enfurecera. Havia uma luz prateada em seus olhos negros, lágrimas. — Não posso dar um passo mais — anunciou. — Não posso e não vou dar.

— Ali — ele falou, apontando para uma conveniente pedra grande no muro da beira da estrada. — Descanse um pouco.

Ela se sentou e repetiu, como com orgulho:

— Não vou dar um passo mais. Não posso, George. Estou nas últimas. — Puxou a bandana para trás com um gesto resoluto, mas o efeito não foi o mesmo do cabelo de listras douradas de Jeaneanne se agitando no conversível. Vivian parecia velha, alquebrada. Incapacitada.

— O que você quer que eu faça? Volte e traga o carro? — A intenção era que a proposta soasse absurda, mas Vivian não a rejeitou, apenas estreitou os lábios e o fitou com ira, desafiadoramente.

— Você fez a gente se perder e não admite. Não vou dar um passo mais.

Ele imaginou a eterna imobilidade dela. O corpo definharia e morreria em uma semana; a pele e os ossos seriam lavados pelas intempéries e se misturariam com a terra como o cadáver de um cordeiro natimorto. Apenas as ovelhas seriam testemunha. Apenas as ovelhas os observavam agora, com um lado da cabeça. Allenson voltou a própria cabeça para a frente, fitando a estrada ascendente, para que Vivian não visse a serena impiedade em seu rosto.

— Benzinho, olhe — disse ele, depois de um momento. — Lá no alto da estrada, está vendo que a linha dos postes de telefone vira? Aposto que é o segundo desvio para a direita. Estamos dentro do mapa!

— Não vejo nada virando — Vivian disse, mas com a voz de quem queria ser persuadida.

— Bem embaixo da silhueta da segunda colina pequena. Siga a estrada com os olhos, benzinho. — Allenson estava se sentindo excepcionalmente alto, como se sua visão de Vivian fincada para sempre na paisagem irlandesa tivesse uma força centrífuga, fazendo-o transbordar para fora, para dentro de um novo futuro, na direção de mais uma outra esposa. Como seria ela, aquela quarta senhora Allenson? Uma judia, de língua afiada e humorada, lábios grossos e braceletes apertados em torno dos doces antebraços peludos? Uma negra, imponente manequim de moda que ele libertaria do vício da cocaína? Uma japonesinha, sedosa e fogosa dentro do quimono? Ou talvez uma de suas antigas amantes, com quem não pudera se casar na época, mas cujo amor jamais diminuíra e que permanecera milagrosamente jovem? Contudo, em uma espécie de inércia social, continuava a implorar a Vivian. — Se lá em cima não houver um desvio para a direita, então você poderá ficar sentada em uma pedra enquanto volto para buscar o carro.

— Como que é que você pode caminhar de volta? — ela perguntou com desespero. — Vai levar uma eternidade.

— Não vou andar, vou correr — ele prometeu. — Vou trotar.

— Vai ter um ataque do coração.

— Para que se preocupar? Um assassino a menos no mundo. Um borrifo de testosterona a menos. — A morte, o pensamento da morte de qualquer um dos dois, parecia enaltecedora, naquela paisagem verde-cinza esvaziada pela fome e pela selvageria inglesa. Soldados britânicos, ele lera, punham abaixo as vigas dos telhados das choupanas dos nativos famélicos e ateavam fogo ao sapê.

— Eu me preocupo — Vivian disse. Soou abrandada. Sentada na pedra, parecia afetada e esperançosa, uma moça sozinha em baile esperando ser convidada para dançar.

Ele perguntou:

— Como estão as costas?

— Vou me levantar para ver — ela respondeu.

O corpo dela, ele notou quando ela se pôs de pé, alargara-se desde que a vira pela primeira vez — mais grosso na cintura e nos tornozelos, atarracado como os tênis exasperantes. E além disso com problema nas costas. Como se estivesse se apressando para alcançá-lo no processo de envelhecimento.

Ela deu alguns passos tentativos, na estrada estreita de asfalto construída, parecia, exclusivamente para a peregrinação dos Allenson.

— Vamos — disse ela, em tom de briga. Acrescentou: — Estou fazendo isso só para provar que você está errado.

Mas ele estava certo. A estrada se bifurcava; o trecho mais estreito continuava reto, sobre a colina pequena, e o mais largo virava para a direita, junto com os postes de eletricidade de madeira. Paralela aos cumes rochosos à esquerda, com uma vista do vale à direita, a estrada subia e descia de uma maneira animada e divertida, e os fez passar de vez em quando por casas e pequenas áreas cultivadas para diversificar as pastagens pedregosas.

— Acha que são leiras de batatas? — ele perguntou. Sentiu-se envergonhado, perguntou-se quantos de seus pensamentos mortíferos ela captara. A visão que teve dela sentada lá, quase como um cadáver, prosseguia ampliando seus círculos na mente, como uma pedra jogada em água negra. O êxtase efêmero de uma pedra habilmente aplicada ao crânio dela, ou um fragmento de pederneira afiada como faca enfiado na garganta dela de lado a lado — foram dele tais visões, naquele ermo bíblico?

Agora, na estrada sinuosa e mais elevada, um carro passou por ele, e depois outro. Era manhã de domingo, e sisudas famílias da área rural se dirigiam para a missa. Seus rostos eram menos afáveis do que os dos comerciantes de Kenmare; nenhum aceno de mão era oferecido, ou convites de carona. Uma vez, em uma curva sem visão, o casal teve de saltar para o acostamento ervoso para não ser atropelado. Vivian parecia bastante ágil nas emergências.

— Como as coitadas das suas costas estão agüentando? — ele perguntou. — Os tênis ainda estão maltratando os seus quadris?

— Eu me sinto melhor — ela respondeu — quando não penso nisso.

— Oh, desculpe.

Devia tê-la deixado ter um filho. Agora era tarde demais. Contudo, não estava arrependido. A vida já era bastante complicada.

No mapa, a estrada se transformou na terceira curva à direita gradualmente, inequivocamente, enquanto vários caminhos de cascalho levavam às colinas. Embora a baía de Kenmare cintilasse à frente deles, uma língua de prata na distância esfumaçada, ainda eram transportados para cima, mergulhando e virando, cada vez mais perto dos cumes rochosos, que começavam a se tornar teatrais. As ovelhas, agora, pareciam estar em terreno aberto; um carneiro de peito carmesim saltou roçando a superfície de uma rocha e cruzou a estrada, espalhando cascalhos com seus cascos. No que poderia ter sido um outro país, tão distante dava agora a impressão de estar, uma linha de minúsculos postes telefônicos marcava a estrada reta onde Vivian anunciara que não daria um passo mais. Acima, um fraco silvo chamava um falcão — um par de falcões, planando imóveis perto da superfície da rocha mais elevada, sustentados por um vento que os Allenson não sentiam. O grasno tênue e hesitante pareceu magnânimo a Allenson, assim como a voz de Vivian anunciando:

— Agora estou com uma vontade terrível de fazer xixi.

— Pois faça.

— E se um carro passar?

— Não passa. Estão todos na igreja agora.

— Não há onde eu possa me esconder atrás — ela se queixou.

— Simplesmente se agache na beira da estrada. Puxa vida, mas que bobagem.

— Vou perder o equilíbrio. — Ele percebera em outras ocasiões, no gelo ou nas alturas, que era bastante precário o senso de equilíbrio que tinha.

— Não, não vai. Venha aqui. Me dê a mão e se apóie na minha perna. É só não urinar no meu sapato.

— Ou no meu mesmo — disse ela, abaixando-se até ficar de cócoras.

— Talvez os amaciasse — ele retrucou.

— Não me faça rir. Vou ter impotência urinária. — Era um conceito de Nabokov, tirado de *Fogo pálido*, que ambos admiravam na época em que o galanteio mútuo prosseguira experimentalmente através da socialmente aceitável troca de livros.

Ela conseguiu. No enorme silêncio de abandono da Irlanda, o suave som de chape soou forte. *Psssbsbsbblipip*. Allenson olhou para cima para ver se os falcões estavam olhando. Falcões eram capazes de ler um jornal, ele lera certa vez, da altura de mais de um quilômetro. Mas o que fariam com aquilo? As manchetes, as meias-tintas? Quem podia saber o que um falcão via? Ou uma ovelha? Viam só o que precisavam ver. Um tufo de relva comestível, ou o pinote de um camundongo em disparada para se proteger.

Vivian se levantou, puxando, por cima do rapidamente entrevisto tufo de pêlos púbicos, a calcinha e a meia-calça. Um forte odor amoniacal se ergueu depois dela, subindo invisível da relva da beira da estrada. *Oh, tenhamos um filho*, ele pensou, mas deixou o brado interior não expresso. Tarde demais, velho demais. O casal prosseguiu, entorpecido pelos quilômetros que passaram sob os pés. Alcançaram o ponto mais alto da estrada e viram lá embaixo, à distância, tão pequeno quanto uma estrela laranja, o Eurodollar Toyota compacto, estacionado em um declive no acostamento do primeiro cruzamento. Enquanto desciam na direção dele, Vivian perguntou:

— Jeaneanne teria gostado da Irlanda?

Que esforço parecia agora puxar a memória para um tempo tão remoto!

— Jeaneanne — ele respondeu — gostava de tudo, nos primeiros sete minutos. Depois ficava enfarada. O que fez você pensar em Jeaneanne?

— Você. O seu rosto, quando a gente começou a caminhar, tinha a expressão de Jeaneanne. Que é diferente da expressão de Claire. A sua expressão de Claire é do tipo acabrunhado. A sua expressão de Jeaneanne é feroz.

— Benzinho — falou ele. — Você está fantasiando.

— Jeaneanne e você eram tão jovens — ela continuou. — Quando eu ainda estava entrando para o curso de pós-graduação, você e ela estavam casados, com um filho.

— Tínhamos aquela ganância dos anos cinqüenta. Achávamos que podíamos ter tudo — ele disse, um tanto distraído, procurando concordar. Seus próprios pés nos sapatos de cordovão batidos começavam a reclamar; caminhar colina abaixo, surpreendentemente, era o mais difícil.

— Você ainda tem. Você não me perguntou se *eu* gosto da Irlanda. O nada beckettiano dela.

— Gosta? — ele perguntou.

— Gosto — ela respondeu.

Estavam de volta aonde tinham começado.

O CARREGADOR DE TACOS DE FARRELL

Quando Farrell se inscreveu, com mais outros sete membros de meia-idade de seu clube local em Long Island, para uma semana de golfe no Royal Caledonian Links, na Escócia, não previu o relacionamento com os carregadores de tacos. Homenzinhos curvados de bonés de tweed bicudos e capas de chuva emborrachadas ajuntavam-se na escuridão enevoada quando as partidas duplas da manhã se organizavam, e se reagrupavam depois do almoço, em resmungos tão ininteligíveis quanto os dos pardais, para a segunda rodada de dezoito do dia.

Farrell nunca caminhara até trinta e seis buracos em um dia nos Estados Unidos, mas ali, na Escócia, o golfe não era um acessório da vida, requerendo a energia de reserva da pessoa; era a *própria* vida, jogado com o cerne da natureza da pessoa. A princípio avançando com as pernas, uma das quais fora quebrada em uma partida de futebol com o time da faculdade havia quarenta anos, e na qual tempo úmido ou uma noite maldormida ainda causavam pontadas reminiscentes, sentiu falta da guinada e do deslizar suaves do carro elétrico a que se acostumara, a suspensão de tapete mágico acima do sussurrante terreno liso de relva; sentiu falta da barulhada das bolas de reserva na prateleira, das aberturas redondas de plástico para prender copos de bebida, alcoólica ou gaseificada, e da afável presença, no banco ao seu lado, de outro grisalho entusiasta de esportes, outro picles verrugoso branqueando na salmoura do tempo, transpirando paciência e a expectativa da paciência, e resignado, assim como Farrell, a uma mediania de jogo de golfe que descia devagar a curva inclinada da decrepitude até o gramado plano da morte.

Ali, porém, nas partes lisas do terreno rodeado de urzes, a relva aparada tão curta quanto as superfícies das áreas de emborcar nos Estados Unidos, contudo sem nenhum traço de trilhas do cortador, e animadamente danificada pelas cavoucadas e tocas de coelhos noturnos que viviam e se reproduziam embaixo dos tojos que batiam na cintura e eram impenetráveis de tão espinhosos, a energia emanava através da relva, como se os calços das solas de Farrell estivessem fazendo contato com espíritos primevos debaixo do solo, e ele sentiu que podia caminhar por toda a vida. O terreno ondulado e desarborizado, a proximidade do mar castigado pelo vento, a chuva que caía e passava com o repente do pensamento — tudo isso compunha a antiga matriz do jogo, e os carregadores de tacos, resmungões e enigmáticos, também faziam parte dessa matriz.

Naquela primeira manhã, no alvoroço do preparo das sacolas de golfe sob a garoa, a sua fora alçada por um vulto curvado que, enquanto caminhavam juntos à procura do primeiro *drive* de Farrell (bom contato, mas impulsionado para a esquerda, na direção de montículos brenhosos), resmungou meio que consigo mesmo, com aqueles soluços ou interrupções glóticas que o sotaque escocês intercala:

— Sandy, assim q'me chamam.

Farrell hesitou, depois confessou:

— Gus. — Seu nome de batismo, Augustus, sempre o constrangera, mas a versão abreviada parecia ter uma dignidade um tanto breve, e, no escritório, ao subir de cargo, os colegas adotaram as iniciais, A. J.

— O q'u sehor q'agora é passar pur cima da segunda moita da'squerda — Sandy disse, entregando a Farrel um *iron*-7. O *green* não era visível, atrás dos montículos brenhosos, cobertos de ervas longas e acastanhadas que branqueavam em ondas quando batia o vento soprado do mar.

— Qual é a distância? — Farrell estava acostumado com marcadores de medidas em jarda, estacas amarelas ou cabeças de aspersores circulares.

O carregador de tacos olhou pensativo para um bunker de areia não muito distante, depois para a luz vermelha que piscava no semáforo de uma linha de trem adiante, e enfim para um pássaro enorme, uma gaivota ou uma gralha, adejando na direção contrária à do vento sob as nuvens azul-escuras, esfiapadas e baixas.

— Cente trinteoito até a borda do *green*, uns cente cinqüenta até a bandeira, onde estão's buracos.

— Não sou capaz de alcançar cento e cinqüenta com um *iron*-7. Não sou capaz nem de alcançar quarenta, contra este vento.

Apesar disso, a mão do carregador, enfiada em uma mitena de lã, não pôs de lado o taco oferecido.

— Sete, o sehor precisa dele.

Enquanto Farrell inclinava a cabeça na direção da bola, o vento úmido vergastou seus olhos e os fez lacrimejar. As lágrimas transformaram uma bola em duas; ele imaginou que a mais luminosa era a real. Concentrou-se em levar a cabeça do taco devagar até um pouco acima da grama, iniciando o movimento oscilante de subir e baixar com uma contorção do quadril esquerdo, e refreando a tendência de afundar o ombro direito. A tacada pareceu leve, a bola se elevando com um impulso suave, precisamente, por cima da segunda moita. Ele olhou para o carregador, esperando parabéns ou pelo menos algum sinal de prazer partilhado. Mas o homem, cujo rosto vincado adquirira o estranho bronzeado uniforme de um ator branco interpretando Otelo, acompanhara o vôo da bola como o da gralha, pensativo.

— A mão direita tá um pouco pra dentru do taco — observou ele, e a bola, viram quando galgaram o *green*, estava de fato jogada para a esquerda, em um bunker de areia profundo. Além do mais, parara a quinze jardas do buraco. O carregador lhe dera um taco com uma cabeça inclinada demais para trás, mas não mostrou sinal de remorso ao entregar para Farrell o taco adequado para tirar a bola da areia, o *wedge*. No rosto de aspecto tingido de Sandy, os olhos cinza-pálidos surgiram como vestígios de luz matinal; chocava a Farrell desconfiar que o outro homem, embora de pele desgastada pelo tempo e curvado sob o peso de uma eterna sacola de golfe, era mais jovem do que ele mesmo — um picto prematuramente encarquilhado, um concentrado do diluído sangue céltico norte-americanizado de Farrell.

A vertente do bunker na direção do buraco era tão alta quanto Farrell, e escarpada, erigida com tijolos de céspede de uma maneira que ele jamais vira antes, nem mesmo nas colinas de Shinnecock. Desconcertado, irritado com o fato de o carregador lhe ter dado, sem arrependimento, um taco de cabeça inclinada demais para trás para atingir aquela distância, Farrell impeliu a bola cinco vezes para dentro do obstáculo de areia úmida e marrom, mais escura e mais densa do que qualquer areia de Long Island; a cada vez, a bola bateu antes do rebordo da armadilha de areia e pingou de volta a seus pés.

— Dê u golpe bem atrais — aconselhou o carregador — e num pare o taco. — A sexta tacada de Farrell lançou a bola ondulando no alto para dentro do *green*, a quase dois metros do buraco.

Os compatriotas norte-americanos esbanjaram elogios irônicos à excelente e morosa tacada, mas o carregador, com a mesma solenidade inexpressiva com que Farrell tinha golpeado a bola repetidas vezes, entregou-lhe o *putter*.

— Uma bola pra'squerda — aconselhou, e Farrell estava tão interessado naquele curioso conceito, o da bola como uma unidade de medida, que o taco mal encostou nela. — O sehor esqueceu de golpear a bola, Guus — Sandy lhe disse.

Farrell inclinou a cabeça em um breve movimento afirmativo. O carregador fê-lo se sentir obrigado a continuar com uma demonstração das virtudes de jogar golfe. Indagado sobre seus pontos, ele respondeu alto, com uma voz teatral:

— Um honrado dez.

— Bom, digamos seis — disse o jogador registrando os pontos, à maneira norte-americana, clemente e deturpada.

Enquanto a rodada prosseguia, através de uma rápida alternância de fortes pancadas de chuva e de sol prateado, com arco-íris emanando ao redor deles e minúsculas margaridas cintilando sob os pés, Farrell e o carregador de tacos começaram a se identificar um com o outro, assim como um pé em tempo úmido se identifica com um sapato. Sandy constantemente entregava a Farrell um taco curto demais para atingir o *green*, mas Farrell acabava atribuindo a responsabilidade do fracasso a si mesmo; o carregador estava entregando o taco ao jogador de golfe mais forte latente em Farrell, e era dever de Farrell soltar esse executor superior, libertá-lo de seu corpo entrevado, indolente, mais do que de meia-idade. No décimo segundo buraco, chamado Dunrobin — uma área de *par* 5 aparentemente interminável, com uma vasta extensão de terreno liso, árido e vagamente inquietante como a superfície da Lua, que recuava até uma borda remota marcada por dois pequenos bunkers de areia, com um galho de tojo grosso e verde-claro se esticando das moitas solapadas por coelhos à esquerda —, seu golpe foi bem-sucedido. Algo no vazio espectral daquele terreno, uma ausência de traços característicos, eliminara as inibições físicas de Farrell; sentiu a barra de metal do *driver* arquear em uma curva sutil a suas costas, e uma flexibilidade análoga despertar nos joelhos, e soube, enquanto o peso do corpo se transferia elasticamente do pé direito para o esquerdo, que acertaria a bola em cheio com a cabeça larga do taco, e de fato acertou, de modo que a bola — a última das Titleists novas, as outras já engolidas por tojos, urzes e seixos das rochas — se dissolveu no meio da garoa bem à frente quase antes de ele olhar para o alto, a cabeça inclinada de um lado, como que apoiada na orelha direita, igualzinho aos profissionais na televisão. Deu uma piscada para Sandy.

— Aprovado? — perguntou, com falsa modéstia mas também com um medo genuíno de algum obstáculo, algum ardil do plano do terreno, que ele deixara de levar em conta.

— Isso é golfe, sim, sehor — disse o carregador, e seu rosto, como que por um toque de vara de condão, amarrotou-se em um sorriso cheio de dentes tortos e pardos, o cigarro constantemente reacendido grudado em um canto da boca. Questão de pouca importância que Farrell, empenhando-se para repetir suas sensações elásticas, tivesse se superado com o seguinte *wood*-3, golpeado um *iron*-5 corpulento e curto, e lançado a bola com o *wedge* até o outro lado do *green* elevado. Por um segundo despertara o gigante do golfe que adormecia entre seus músculos, e se imaginou fazendo uma figura mais digna de nota aos olhos não inteiramente desenxabidos, não inteiramente indiferentes, do outro homem.

O jantar, para aquela semana de excursão estrangeira, foi um repetitivo evento masculino, envolvendo os mesmos oito homens de Long Island, cujos cabelos estavam ficando encaracolados e os rostos rosados longe dos áridos cânions de Manhattan e dos escritórios com ar-condicionado onde acumularam suas pequenas fortunas. Conversaram sobre os carregadores de tacos assim como homens, extremamente desalinhados, conversariam sobre suas patroas. O que é que um carregador de tacos quer? "Vamos, Freddie, bate nela logo!", o bastante ilustre banqueiro Frederic M. Panoply se vangloriou de que o dele exclamara enquanto, no terceiro dia em que demonstrara seu jogo cauteloso, bem-sucedido e mediano, ele tratava esmeradamente a bola.

O carregador de um outro homem, quando indagado sobre o que pensava da senhora Thatcher, respondera com uma piscadela: "Ela deve ser uma boa foda".

Farrell, formal e retraído por natureza, embora não desprovido de paixão, tinha relativamente pouco a dizer a respeito de Sandy. Preocupava-o que o homem fosse morrer de tanto fumar. Perguntava a si mesmo se as gorjetas que lhe dera estavam muito abaixo do que a que um jogador de golfe japonês teria oferecido. Receava que Sandy estivesse se cansando dele. À medida que a semana foi passando, o relacionamento dos dois se tornou mais intuitivo. "Um *iron*-6?", ele passara a dizer, e, sem uma palavra, o taco lhe era entregue. Uma vez ousara rejeitar um seis oferecido, pedira um cinco, e sua tacada insolitamente bem dada impulsionou a bola para dentro do carriço adiante do *green*. Nos *greens*, onde ele a princípio se incomodou com as orientações explícitas do carregador, de modo que se esqueceu de golpear a bola com firmeza, Farrell se tornara dependente dos conselhos de Sandy, e com destreza aprumava o ouvido perto da boca do carregador e procurava prever a curva da bola dentro do centro do buraco a uma distância de "dois centímetros e uma unha pra'squerda".

Começou a fazer *putts*. Começou a conseguir os *pars*, enquanto, em um lado do campo de golfe, as cristas das ondas espumosas irrompiam brilhantes e, no outro, os trens elétricos cor de vinho passavam zunindo na direção de Glasgow e voltavam. Aquilo era felicidade, colocada entre o mar e a linha de trem, e liberdade, de um tipo agreste e tempestuoso. Na manhã de seu último dia, depois de o primeiro *drive* ter lançado a bola de viés até a borda do terreno não tratado, entre um cardo e o que aparentava ser o túmulo dilapidado de uma criança, Farrell curvou a orelha para perto da boca do carregador à espera de um conselho, e ouviu:

— Deix'ela.

— Como disse? — Farrell perguntou, como perguntara a semana inteira quando o sotaque glótico e soluçante se tornava opaco. Hoje, a acústica estava particularmente ruim; uma ventania soprada do mar fazia suas calças de chuva impermeáveis crepitarem como metralhadoras e a pressão do ar deformava seus globos oculares enquanto tentava olhar para o chão. Quando conseguiu parar de ver as coisas duplicadas, sua ilusão pareceu legítima — semi-embutida. O nome no túmulo estava apagado. Talvez fosse apenas uma antiga placa indicando faixa da estrada de ferro.

— A patroa do sehor — Sandy esclareceu, entregando-lhe o *iron*-8. — Antes q'seja tarde demais, camarada. Nunca foi seu tipo. Presunçosa demais.

— Não tem que ser um *wedge*? — Farrell perguntou sem ter certeza.

— Não, a bola tá bem posicionada — disse o carregador, pressionando o pé dentro da urze embaixo da bola, de modo que ela se ergueu como borrifo de barro. — O sehor consegue c'oito — disse. — Almeje seu *par*, camarada. Os erros'tão na sua cabeça; o sehor tend'a jogar um poco na defensiva.

Farrell teria preterido as observações anteriores dele, como uma miragem verbal entre os estalos e os saltos dos escoceses batidos pelo vento, não parecessem elas tão estranhamente verdadeiras. "Presunçosa demais" era exatamente o que seus companheiros falaram de Sylvia, mas ele pensara que sua beleza física fora a coisa significativa, e sua presunção uma pose que ela superaria, ao passo que trinta e cinco anos de casamento revelaram que a presunção era duradoura e a beleza passageira. Quanto a deixá-la, este pensamento jamais lhe teria ocorrido até recentemente; a filial de incorporação e compra recentemente contratara uma certa Irma Finegold, que tinha olhos de pálpebras grandes, lábios carnudos pintados de escarlate e um hábito curioso e atrevido de provocar Farrell nos remoinhos de bate-papo antes e depois de reuniões ou no elevador que os levava à sala da diretoria. Ela se divorciara havia pouco tempo, e, quando conversava com Farrell, manipulava o lábio inferior com uma borracha de lápis e sacudia os ombros debaixo dos enchimentos. Nas noites em que o pessoal do escritório trabalhava até tarde — de vez em quando ele gostava de demonstrar que, embora fosse velho, ainda agüentava esticar a noite com a moçada — acontecera de ele e Irma partilharem refeições chinesas em embalagens de papelão gordurosas para viagem e de dividirem uma limusine na volta à casa com o raiar do dia, pelos arcos duplos e arabescos elevados da ponte de Brooklyn. Em uma ocasião jamais imaginada, houve um convite, que ele não recusou, para que retardasse o retorno a Long Island com um interlúdio no apartamento dela em Park Slope. Embora não fosse moço, não se saíra mal, assim lhe parecera, até mesmo faturando no quociente de adulação de uma subalterna.

O *iron*-8 atingiu a bola em cheio, e a ventania atlântica carregou o impulso ascendente da esquerda para a direita, na direção da bandeirinha.

— Borda'squerda, mas num perca o buraco de vista — Sandy aconselhou a emborcada, e Farrell emborcou, no primeiro lance, com uma tacada a menos em uma semana de golfe.

Agora, de repente, do céu plúmbeo e impetuoso, neve e chuva com sol caíram simultaneamente e, enquanto os dois homens caminhavam pelo mesmo declive até o montículo de areia seguinte, a voz de Sandy se elevou em meio ao vento:

— E caia fora do negócio da MiniCorp. Acabaram co'a empresa.

Farrell examinou o rosto dele. Chuva e neve ricocheteavam na pele morena como se repelidas por uma camada de cera protetora. Lampejos metálicos afloraram enquanto o homem estudava, através das pálpebras estreitadas, o horizonte diluído. Farrell fingiu que não ouvira. No montículo de areia, Sandy lhe entregou um *wood-3*, com o conselho: — O sehor quer evitar o riachinho. O vento tá soprano por trais, trazeno junto o sol.

À medida que a rodada chegava ao fim, o sol custava a brilhar, e um espesso arco-íris se instalou sobre a cidade pardacenta adiante da linha do trem, com os campanários e as chaminés das destilarias enegrecidos. Às dezoito da tarde, havia na verdade um céu azul, e os bolsões de sombra que se alongavam revelavam o velho campo de golfe todo curvilíneo, crista e pântano, como o corpo de uma mulher. Cerca de doze metros fora do *green*, no décimo quarto (Whinny Brae), Farrell docilmente aceitou o *putter* que o carregador lhe ofereceu, rolou-o para cima e por sobre as irregularidades da grama aparada e emborcou no buraco. O velho Farrell teria dado um petardo ou golpeado o chão no tiro curto com o movimento do pulso.

— Bom conselho — disse ele, e, no entusiasmo do triunfo, desafiou o carregador de tacos. — Mas Irma *adora* o negócio da MiniCorp.

— Sim, aproxima ceis dois. Ela tem medo q'u sehor se perca, nos corredores do poder corporativo.

— Mas o que é que ela vê em mim?

— Procura um pai, pode ser. Aquele primeiro marido dela era um tant'imaturo, e também longe da faixa de renda do sehor.

Farrell sentiu o coração enfraquecer com a argúcia redutora da análise. A mente em outro lugar, distraído pela mágoa agridoce, deu um tiro genuíno atrás de outro. Ao olhar para o carregador à espera de elogio, porém, encontrou a mesma fisionomia jovem-velha, abatida, impassível, opaca embaixo daquele boné bicudo de tweed. No dia seguinte estaria carregando tacos para uma outra pessoa, e Farrell estaria preso pelo cinto de segurança a um assento da classe executiva dentro de um 747. Na última etapa dos buracos — um após o outro enfileirados ao lado da faixa da ferrovia, enquanto a sede do clube de tijolos no estilo vitoriano, com seus torreões e janelas neogóticas, aumentava de tamanho —, Farrell solicitou as últimas migalhas de conselho.

— O *wood-5*, ou o *iron-3*? O três controla a ação do vento, mas me sinto mais seguro com o de madeira do jeito que você me faz manejar o taco.

— O cinco vai levar longe; e o sehor vai perder. Peg'o *iron-4*. S'acalme, garotão. Vis'a torrinha.

— Torrinha?

— A fortaleza pequenininha, dos tempos q'a gente tinha nosso próprio rei valente. — Acrescentou: — E o sehor deve's-tar pensano em s'aposentar cedo. Os acordos de separação não vão ser fáceis, não, co'a recessão q'vem aí. O sehor pode s'e-mancipar, e tomar algum conselho em conta, para os trocados.

— Era o que eu estava pensando, se Irma for fogo-fátuo.

— Fogo-fátuo, o sehor disse? Aprende depressa, Guus.

Farrell se sentiu lisonjeado e polido pelo vento, ali naquele encapelado universo de verde e cinza.

— Acha mesmo, Sandy?

— Eu *enxergo*. Sim, a gente pode entender um homem, pe-lo jeito d'ele jogar golfe.

O BOATO

Frank e Sharon Whittier vieram da região de Cincinnati e, com uma herança dela e um dinheiro tomado emprestado do pai dele, abriram uma pequena galeria de arte no quarto andar de um prédio estreito e marrom na rua 57 Oeste. Conheceram-se quando eram crianças; as duas famílias freqüentavam o mesmo clube campestre. Casaram-se em 1970, quando Frank tinha acabado de se formar na Oberlin e estava sujeito a ser convocado para lutar no Vietnã e Sharon estava apenas com dezenove anos de idade, uma segundanista na Antioch que se especializava em dança. Quando, seis anos mais tarde, chegaram a Nova York, tinham dois filhos pequenos; o nascimento de um terceiro os obrigou a desistir do apartamento e da agitação da cidade e a mudar para uma casa em Hastings, uma casa baixa de estuque com um telhado de beirais largos no estilo Wright e uma vista, através de faias compactas no fundo do pátio, do fluido e plúmbeo rio Hudson. Eram felizes, certamente. Tinham o discernimento simples do Meio-Oeste e, restringindo-se aos pintores figurativos e aos escultores abstratos, conseguiram sobreviver aos estilos mais ofensivos da década de oitenta — os falsos *graffiti*, o expressionismo *brut* alemão, o *prole-play* de raios catódicos, a arte do lixo de protesto ecológico — e levar o sóbrio e silencioso conjunto de salas do quarto andar até a calma lagoa do renascimento eclético e o abrandado *chic* recessivo dos anos noventa. Eles prosperaram; o filho caçula completou doze, os mais velhos preenchiam requerimentos para ingressar na faculdade.

Quando Sharon ouviu pela primeira vez o boato de que Frank a deixara por um rapaz homossexual com quem estava tendo um caso amoroso, só pôde rir, porque, longe de tê-la deixado, ali estava ele, com ela no escritório iluminado, arrancando páginas da *Artnews*.

— Acho que não, Avis — ela disse para a artista gráfica no outro lado da linha. — Ele está aqui comigo. Quer dar um alô para ele? — A natural refutação se tornou ainda mais afável pelo fato de que, alguns anos antes, houvera uma breve (Sharon pensava) chama romântica entre o marido e aquela interlocutora, uma ruiva toda espevitada com bochechas e queixo protuberantes. Avis era uma apropriadora *second-wave*, que fazia xerox coloridos de obras-primas tiradas de livros de arte e depois as assinava com tinta misturada com o próprio sangue e a própria urina. Como podia ela, que na verdade dormira com Frank, imaginar aquela coisa grotesca?

A voz no telefone soou efusiva e deleitada.

— Eu sei, é de um absurdo total, mas ouvi de duas fontes, com uma certeza absolutamente séria.

— Quem são as fontes?

— Não sei se gostariam que você soubesse. Mas foi Ed Jaffrey e depois aquele menino que vive com Walton Forney, hã, como é que ele chama a si mesmo, um daqueles nomes singulares como Madonna... Jojo!

— Bom, para você ver — começou Sharon.

— Mas ouvi ainda de outras pessoas — Avis insistiu. — A cidade inteira... está no ar. Será que você e Frank não podem fazer alguma coisa a respeito, se não for verdade?

— *Se* — Sharon objetou, e a carga de impaciência se projetou, ao desligar o telefone, na conversa com Frank. — Avis diz que você teria fugido com seu amante homossexual.

— Não tenho um amante homossexual — disse Frank, bastante calmo, arrancando um anúncio de leilão da revista.

— Ela diz que toda a Nova York diz que você tem.

— Bom, no que é que você vai acreditar, em toda a Nova York ou na sua experiência própria? Estou aqui, extremamente fiel, quadrado como um dado, seja lá o que isso signifique. Ainda há duas noites fizemos sexo.

Parecia-lhe possivelmente revelador que ele se lembrasse tão bem, como se o desempenho heterossexual fosse uma obrigação que ele conferisse. Ele era — sempre fora, desde que o conhecera — um homem loiro esguio com bem menos de um metro e oitenta de altura, cabeça estreita, que ele gostava de manter bem cuidada, mesmo naqueles anos em que cabelo comprido estava na moda, olhos azuis frios ligeiramente puxados, como os que se vêem em determinados rostos eslavônios ou noruegueses, e uma boca pequena e bem delineada, que ele mantinha franzida sobre dentes um tanto proeminentes e amarelos demais. Ele relutava em sorrir, quanto mais rir. Orgulhava-se da barriga lisa e da flexível condição física de colegial; pesava-se todas as manhãs na balança do banheiro e, se pesasse meio quilo a mais do que no dia anterior, não almoçava. Nisso, e na atenção geral que dispensava à própria pessoa, era tão discretamente fanático quanto — pela primeira vez isso ocorria a ela — uma mulher.

— Você sabe que jamais gostei do lado homossexual deste negócio — ele continuou. — Simplesmente me acostumei a ele. Nem sequer penso mais em quem é gay e quem não é.

— Avis estava exultante — Sharon disse. — Como é que ela pode *pensar* isso?

Demorou um pouco para ele se concentrar na pergunta e perceber que a resposta era importante para ela. Ficou irritado.

— Pergunte *para ela* — disse. — Nosso breve e lamentável relacionamento, se isso interessa a você, foi satisfatório pelo menos para mim. Quero dizer, todas as partes móveis funcionaram. O que me incomoda e me surpreende, se posso dizer assim, é como é que *você* pode levar esse boato ridículo tão a sério?

— *Não levo*, Frank — ela insistiu, e então recuou. — Mas por que um boato desses viria do nada? Será que não há *alguma coisa*? Desde que mudamos para cá, não ficamos juntos muito tempo, naturalmente; nos dias em que não posso vir até a cidade você desaparece por dezesseis horas...

— Mas, Sharon — disse ele, como um professor restaurando a disciplina, tirando os óculos de leitura dos olhos amendoados, de cílios loiros e eriçados. — Você não me conhece? Desde aquela vez depois do baile quando paramos o carro à beira do rio? Com que idade você está? Dezessete?

Ela não quis recordar. As primeiras vezes que fizeram sexo foram difíceis para ela; cedera às propostas amorosas dele por uma atração mais generosa e social do que idealista: sabia que, juntos, teriam energia para sair de Cincinnati e que sozinhos, ou cada um casado com uma outra pessoa, lá ficariam.

— *Bom* — fez ela, gostando daquela sensação, apesar do desalento que o boato lhe dera, de descer com Frank a um nível de intimidade mais profundo do que o habitual —, até que ponto você conhece de fato a sua mulher? As pessoas são enganadas o tempo todo. Peggy Jacobson, por exemplo, quando Henry fugiu com a doméstica estrangeira, ela não acreditou, mesmo quando a prova estava bem ali na frente dela...

— Estou *profundamente* ofendido — Frank interrompeu, a boca tensa do mesmo modo de quando fazia uma piada, mas não queria mostrar os dentes. — A minha masculinidade foi ofendida. — Mas não negou a si mesmo um olhar de esguelha para a revista; a mão branca e asseada se contraiu, como se quisesse arrancar um outro artigo útil para o negócio deles. A intimidade sempre o deixara nervoso. Ela persistiu.

— Avis disse que duas pessoas diferentes garantiram com seriedade para ela.

— Quem, exatamente?

Quando ela lhe contou, ele disse, tal como ela dissera:

— Bom, para você ver. — Acrescentou: — Você sabe como são os gays. Maldosos. Eles têm todo o tempo e todo o dinheiro nas mãos.

— Você fala como se tivesse inveja. — Algo na maneira como ele discutia fortaleceu a suspeita de Sharon de que, por mais insultuoso que o boato fosse — de fato, *por ser* insultuoso —, era verdade.

Nos dias que se seguiram, agora que Sharon estava alerta para a caprichosa presença do boato, ela o imaginou em toda parte — nos indecisos rostos joviais dos funcionários, nas corteses entonações profissionais dos agentes dos artistas, nas entusiásticas inflexões de voz dos clientes habituais, até mesmo nas divagações distraídas e desabridas dos próprios artistas. As pessoas pareciam se sobressaltar quando ela e Frank entravam juntos em uma sala: a recepcionista e o segurança da galeria pararam com as brincadeiras matinais, e os garçons do restaurante predileto, na rua 59, davam a impressão de estar mais efusivos e atenciosos. Os cumprimentos de mão duravam um segundo a mais; as mulheres a abraçavam com um aperto adicional; ela se sentia apanhada por uma rede de piedade tácita.

Frank percebeu o mal-estar dela e teve um certo prazer maldoso com isso, sancionando durante todo o tempo sua completa inocência. Controlou-se para parecer, do ponto de vista dela, que pairava acima do boato. Ao lidar profissionalmente com tanto disparate — a desvairada bizarrice de ser alvo de atenções no mundo das artes —, simplesmente intensificava a secura perspicaz que sustentara a galeria onda após onda de mudança de tendências, e que, como o invólucro resistente ao calor de um foguete, isolara o lançamento dos dois — a fuga do casal do confortável fastio junto ao rio na semi-sulina e puritana Cincinnati para aquela capital de pavorosa liberdade. O boato o divertia, e divertia-o também notar que ela, com impotência, observava para ver se, nas multidões metropolitanas, os olhos dele seguiam moços como no passado notaram e seguiram moças. Ela observava os gestos dele — sempre um tanto exageradamente graciosos e precisos — com suspeita e ouvia com atenção o tom agudo e amanteigado da voz que pudesse indicar uma invisível mudança de sexo.

Que ela estivesse disposta, mesmo em uma pequena fração, a acreditar no boato justificava uma certa malícia da parte dele. Não conseguia evitar provocá-la — olhando para ela de relance, por exemplo, quando um jovem garçom particularmente gracioso e magnético os servia, ou, em casa, no quarto, insistindo mais bruscamente do que era seu estilo quando da relutância sexual cada vez maior dela. Enfim distante dos incontáveis olhos astutos do meio nova-iorquino, na privacidade dos aposentos do segundo andar da casa de Hastings, debaixo dos amplos beirais do Meio-Oeste, ela de vez em quando irrompia em pranto e o agredia com violência, agredia a enfurecedora e impermeável aparente inocência dele. Ele era como um daqueles nus fotorrealistas, implacável em cada detalhe e no entanto sutil e desafiadoramente ausente, inumano.

— Você está distante — ela o incriminou. — Sempre esteve.

— Não é a minha intenção. Sharon, você costumava não ligar para o meu jeito. Você achava que era discretamente dominador.

— Eu era uma adolescente. Eu me submeti à sua vontade.

— E deu certo — ele salientou, levantando as mãos em um gesto de cansaço e renúncia, para apontar o quarto amplo, a casa dispendiosa, a carreira conjunta. — Minha querida, o que é que preocupa você? A idéia de me perder? Ou o insulto ao seu orgulho feminino? As pessoas que começaram esse boato ridículo nem sequer *vêem* mulheres... para elas, mulheres não passam de um ruído de fundo.

— Ridículo *não é*... se fosse, por que continuaria sem parar, mesmo quando somos vistos juntos o tempo todo?

Porque, aparentemente para tranqüilizá-la, e para extinguir o boato, ele quase não ia à cidade sozinho, e a levava com ele ainda que isso representasse uma certa desatenção à casa e aos filhos, ainda em fase de crescimento.

Frank perguntou:

— Quem *diz* que continua o tempo todo? Eu *nunca* o ouvi, nem uma só vez, a não ser de você. Quem o mencionou recentemente?

— Ninguém.

— Bom, para você ver. — Sorriu, os lábios não exatamente se abrindo sobre os dentes curvos, fulvos como os de um castor.

— Seu patife! — Sharon explodiu. — Você tem algum segredinho podre.

— Não tenho — disse com calma uma meia verdade.

Na realidade, o boato não tinha fundamento. Mas, afinal de contas, perguntou Frank a si mesmo, haveria nele alguma verdade? Não uma verdade circunstancial, mas alguma verdade interior, mais substancial? Quando jovem, de constituição frágil, com interesses artísticos, não tivera medo de ser tomado por homossexual? Não reagira a abordagens homossexuais à medida que se apresentavam, em bares e vestiários, com um pavor e uma repugnância desproporcionais? Não fora o início do casamento e depois, dez anos mais tarde, a agitação do machismo adúltero uma fuga de pouco valor para o terreno seguro e socialmente aceito? Quando fantasiava, ou assistia a um filme pornográfico, não fora para ele o órgão masculino o herói do ensejo, no centro de cada cena? Não foram aquelas estrelinhas servis, que sugavam e se enroscavam, suas representantes robóticas, de olhos vítreos e penteados imaculados se aventurando onde ele não ousava? Não invejara, talvez, as mulheres pelo privilégio de idolatrar o falo? E não tivera, quando o médico fazia seu exame anual da próstata com o dedo besuntado, que lutar contra uma ereção, bem ali na encaracolada posição passiva sobre a mesa de exame? Mas, Frank perguntou ainda a si mesmo, com justeza argumentando os dois lados do caso, podem as tendências homossexuais estar inteiramente desembaraçadas das heterossexuais naquela mixórdia rósea da excitação carnal, do sonho tornado carne, do retorno ao útero pré-sexual?

Em termos mais amplos, não se sentira ele mais à vontade com o pai do que com a mãe? Não fora isso por si só uma sinistra reversão da biologia comum? O pai fora um polido advogado da rua Quatro, de nenhuma influência específica exceto que seus clientes, na maioria, eram da mesma classe social, com os mesmos sotaques e as mesmas aspirações comodamente limitadas, ali naquele planalto junto do rio Ohio que se avolumava. Mais moreno e mais alto do que Frank, com os mesmos dentes longos e boca bem desenhada, o pai fora dotado com o dom do silêncio de advogado, da contenção prudente, e, nas esparsas lembranças que o filho tinha dos momentos partilhados juntos — uma viagem ao centro da cidade no Packard para comprar para Frank o primeiro terno, um ou dois passeios em cada verão para ver os Red jogarem no velho campo de Crosley —, o homem falara pouco; mas sua rígida circunspecção, deixando quase tudo implícito e por reconhecer, era um alívio, depois da enxurrada diária de palavras, afeto e conselho que Frank recebia da mãe. Quando adulto se sentiu atraído, ele notara, por homens estóicos, mais altos do que ele, selados com gravidade em torno de uma tristeza não expressa. O colega de quarto mais estimado fora desse tipo saturnino, assim como o parceiro de tênis preferido em Hastings e especialmente os artistas que protegia e incentivava — paisagistas taciturnos e descorados e escultores praticamente analfabetos, solidamente fundidos com o ofício e com as refratárias obsessões. Com aqueles homens ele se tornava uma presença provedora, conjugal e sutilmente perturbada que Sharon mal reconhecia.

A mãe de Frank, uma finória beldade de Louisville, fora vistosa, espalhafatosa, sarcástica, volátil, carente, exigente, amorosa; dela ele herdara o lado "artístico", assim como também a louridão e os "interessantes" olhos amendoados, mas não estava especialmente agradecido. Menos — como propunha uma famosa fórmula que ele desconhecia quando menino — teria sido mais. A impressão que a mãe lhe transmitira acerca das mulheres era a de que eram complexas, armadilhas de cores vivas, atraentes mas traiçoeiras, suas pétalas suscetíveis de se endurecerem em um instante em lâminas. Uma certa passividade melancólica o atraíra para Sharon e, depois que o deslumbramento inicial das Avis da vida enfraqueceu e fracassou, sempre o atraíra de volta. Outras mulheres pediram mais do que ele podia oferecer; estava ciente dos outros homens, mais encorpados, mais impetuosos, que elas haviam tido. Mas com Sharon ele fora um salvador; matara o dragão do Ohio; arrancara-a de Cincinnati. O que confirmava mais radicalmente, e com menos compaixão, a verdade essencial do boato que a inclinação daquela que mais bem o conhecia e tanto lhe devia para alimentá-lo? O instinto de Sharon fora acreditar em Avis ainda que ele, longe de ter fugido, estivesse sentado bem ali diante dos olhos dela.

Era irreal para ela, não podia senão concluir: todos aqueles anos de coabitação e de assistência na administração da casa estavam agora ingratamente rejeitados por causa de uma aparição, uma sombra de mexerico. Por outro lado, agora que o boato existia, Frank se tornara mais real aos olhos de José, o mais jovem e mais matreiro dos dois seguranças, cujas saudações diárias iam com sutileza além do superficial; uma certa dança travessa nos traços aveludados do rapaz viera a enriquecer as cortesias de empregador e empregado. E Jennifer, também, a recepcionista de beleza austera, com os brincos, os xales e os serapes da nova contracultura, agora o tratava com mais descontração, até mesmo com descuido. Ela adotara com ele um jargão de camaradagem — "A chefe esteve aqui mais cedo mas saiu para trocar alguma coisa na Bergdorf's" —, como se ele e ela estivessem em uma servidão à "chefe" aproximadamente paralela. O coração de Frank sentiu um reflexo de lealdade a Sharon, uma única e aguda batida, mas depois também ele se descontraiu, como se seu amante espectral e a vida insignificante que levava com ele em algum apartamento inexistente tivessem enfim outorgado o que a cidade negara ao casal sobrecarregado de trabalho e de filhos que chegara havia quinze anos — um halo de fascínio, de mistério afável.

Em Hastings, quando ele e a mulher foram a uma festa na comunidade residencial, o resultado foi menos agradável. Os outros casais, ele imaginou, estavam ligeiramente perturbados com o fato de os Whittier aparecerem juntos, e ficaram deslocados com a presença deles, os homens se afastando com aversão, as mulheres se tornando supernormais e acumulando um muro sem fissuras de conversa sobre requerimentos universitários para os filhos, zoneamento do município e períodos de inatividade de Wall Street. As mulheres, parecia a Frank, avançavam, com um movimento animal instintivo, alguns centímetros para mais perto de Sharon e a tocavam com um hábil e protetor tapinha no ombro ou no antebraço, para expressar solidariedade e compreensão.

Wes Robertson, o parceiro favorito de Frank, veio até ele e grunhiu:

— Como vão as coisas?

— *Bem* — Frank falou efusivamente, fitando Wes com o

que esperava não fossem olhos indevidamente brilhantes. Wes, que havia pouco completara cinqüenta anos, tinha uma velha cicatriz em um lado do queixo, em conseqüência de um acidente de motocicleta, um pequeno rosa-pálido de descoloração que parecia concentrar a negligente virilidade do homem. Frank lhe deu uma resposta mais longa do que gostaria: — No negócio da arte estamos sentindo o desaquecimento como todo mundo, mas os japoneses estão impedindo que o teto venha abaixo. Só que o problema com os japoneses é que, do ponto de vista de uma galeria pessoal como a nossa, eles não são ousados... querem títulos de primeira ordem, querem valor garantido, não conseguem compreender que em arte o valor tem que ser subjetivo até certo ponto. Veja o que eles mesmos produzem. É tudo padronizado. Quem mais senão os peritos podem diferenciar um Hiroshige de um Hokusai? Quando refletimos a respeito, toda a sociedade deles, todo o sucesso deles, na verdade, é baseado no fato de todos serem parecidos, todos estarem de acordo. A noção da arte como um esforço individual, um risco, como a corporificação dinâmica de um problema existencial, eles simplesmente não a entendem. — Estava falando demais, sabia disso, mas não conseguia evitar; a presença carrancuda de Wes, seu melancólico rosto marcado com cicatriz e seu viscoso corpo de alcoólatra, o qual no entanto ainda era capaz de dar uma cortada bem na área próxima à rede, perversamente excitavam Frank, faziam-no querer flertar.

Wes fez uma careta e contemplou Frank, taciturno.

— Vai estar por aí para um jogo no domingo? — Querendo dizer, teria ele fugido mesmo?

— Claro. Por que não estaria? — Isso era provocar o assunto, e Frank procurou moderar, refrear. Sentiu o rosto corar e um gaguejo se instalando. Perguntou: — À hora de sempre? Quinze para as onze, mais ou menos?

Wes aprovou inclinando a cabeça.

— Perfeito.

Frank tagarelou:

— Desta vez vamos tentar a quadra quatro. Aqueles pirralhos que tomavam aula na quadra um me enlouqueceram na última vez. Tínhamos que ficar devolvendo a droga da bola deles. E ouvindo aquele papo idiota.

Wes não concedeu uma só palavra àquela tentativa de evocar ligações passadas, apenas continuou com suas melancólicas e estóicas aprovações com gestos de cabeça. Aquela era uma das coisas, ocorreu a Frank, de que gostava nos homens: o minimalismo das relações, a percepção com base no gênero de que o armário da vida, em termos emocionais, estava quase vazio. Não havia aquela incansável, maçante e alegre *esperança* que as mulheres não paravam de brandir.

Certa vez, anos atrás, em uma excursão só para homens para jogar golfe em Portugal, ele e Wes dividiram um quarto, com duas camas de solteiro, e Wes adormecera em um instante e começara a ressonar, fazendo Frank ficar acordado boa parte da noite. Contemplando o corpo masculino inconsciente na cama iluminada pelo luar, Frank se surpreendera com a trágica dignidade daquela forma inerte, como um cavaleiro de pedra sofrendo erosão em um túmulo — o perfil ressonante em uma silhueta cinzenta e imóvel, o peso do guerreiro maciço e marcado com cicatriz, indefeso, enquanto sua respiração porfiava, de uma etapa a outra do ciclo de sono — do mais profundo ao REM até a quase vigília que trazia alguns misericordiosos minutos de silêncio. Na manhã seguinte, Wes disse a Frank que ele deveria ter chegado perto e lhe dado um cutucão nas costas; era o que a mulher dele fazia. Mas não era a mulher dele, Frank pensou, embora tivesse sentido, ao longo da provação daquela noite, o coração passar por vários movimentos curiosos, dentre eles o esforço arquejante, quase impossível que o coração das mulheres faz para sobrepujar a pesada madureza dos homens e consumar — um arco-íris nascido do chuvisco — o amor.

Na inauguração da exposição de Ned Forschheimer — Forschheimer, um tímido, grosseiro, obstinado e agora idoso pintor de paisagens invernais e acastanhadas de Connecticut, era um dos favoritos da Galeria Whittier, tosco mas furtivamente vendável —, ninguém mais que Walton Forney se aproximou de Frank, o rosto redondo iluminado pelo vinho branco e por sua peculiar alegria inesgotável, e disse:

— Escute, meu velho Frank. Acho que te devo uma satisfação. Foi Charlie Whitfield, aquele da loja de molduras na rua Oito, que deixou a mulher de repente, com um rapazinho guatemalteco que ele estava vendo nas horas vagas através da CC. Foram embora para o México; largou na mão da mulher a loja hipotecada até o sótão e uma centena de gravuras de gansos selvagens sem molduras. O que me levou a fazer confusão foi que Charlie também veio de Ohio,... Colombo ou Cleveland, um desses. Sabia que começava com C. Foi, como se diz, um lapso freudiano, uma confusão compreensível. Avis Wasserman me contou que Sharon não ficou lá muito feliz de saber, e você deve ter se perguntado que diabo estava acontecendo.

— Nós o ignoramos — disse Frank, com uma voz mais firme e menos atenciosa do que a habitual. — Estávamos acima disso. — Walton era alguns centímetros mais baixo do que Frank, mas tinha cabeça maior; o rosto reluzente e de pele fina, comportando uma queixada lisa que escalava até as costeletas, estava sombreado de azul aqui e ali, como a lua. Seu aspecto de contundido e empoado de algum modo combinava com os dentes pequenos e espaçados e os rastros vermelhos e horizontais que os óculos deixaram na gordura adiante das orelhas.

O homem encarou Frank com o cintilante lábio inferior caído, os olhos míopes tentando avaliar o dano, a profundidade do ressentimento.

— Bom, *mea culpa, mea culpa,* suponho, embora *não* tenha contado para Jojo e para aquele *venenoso* do Ed Jaffrey para saírem espalhando pela cidade inteira.

— Bom, Wally, obrigado por me informar — disse Frank com ressonância. Dependendo do tipo de homem com que estava, Frank se sentia forte, franco e grandiloqüente, ou, como com Wes, delicado e caprichoso. Sharon, sentindo cheiro de sangue em meio ao burburinho vazio da festa, abriu caminho entre as pessoas e se juntou aos dois. Frank lhe disse prontamente: — Wally acaba de me confessar que começou o boato porque o

Charlie Whitfield, do centro da cidade, que *de fato* fugiu com alguém, também veio de Ohio. Toledo, se bem me lembro.

— Eu disse Cleveland ou Colombo — Wally murmurou, sem saber ao certo se Frank estava sendo sarcástico.

Sharon perguntou:

— Que boato, meu bem?

Frank enrubesceu.

— Você sabe, o que dizia que eu fugi com um rapaz.

— Ah, *aquele* boato — disse Sharon, piscando os olhos, como se a máscara da festa estivesse colada ao rosto. — Tinha me esquecido completamente. Quem é que poderia acreditar — perguntou para Wally — em se tratando de Frank?

— Todo mundo, claro — falou Frank. Era possível, dado aos estranhos hábitos voluntariosos das mulheres, que ela *tivesse* esquecido, mesmo enquanto ele remoía a possível validade do boato. Se o boato estivesse completamente acabado — e Walton sem dúvida contaria a história de seu "lapso freudiano" para todo o mundo, como uma troça autopromocional de si mesmo —, Frank se sentiria diminuído. Iria se sentir emasculado se a mulher deixasse de pensar que ele tinha um segredo.

Ainda naquela noite, na festa, o Jojo de Walton Forney o procurou. Parecia, apesar de um brinco do tamanho de um abridor de torneira e de uma faixa magenta no centro do penteado "montanha", inesperadamente inteligente e sóbrio, oferecendo, não em muitas palavras, uma espécie de desculpa e elogiando as paisagens acastanhadas postas à venda.

— Estive pensando, quanto ao meu trabalho, em me tornar, sabe, mais tradicional. A gente experimenta uma sensação de, digamos, beco sem saída com a abstração total.

O rapaz tinha um rosto esquelético e sem graça, com uma linha prateada de cicatriz embaixo de um olho, e parecia ter uma conduta ambígua, hesitante, como se tivesse chegado a um ponto na vida em que precisava de orientação. Aquele Forney gordo e tolo decerto não podia proporcionar orientação, e dava prazer a Frank imaginar que Jojo começava a perceber isso.

— Toda aquela onda do expressionismo abstrato a respeito da *pintura* — disse ele para o rapaz. — Uma pessoa que olha para um Rembrandt sabe que está vendo *pintura*. A questão é: o que *mais* ele está vendo?

Enquanto ele e Sharon dirigiam de volta ao longo do Hudson, o carro tinha um ar abafado; a hélice do aquecedor soprava opressiva e abrasadoramente.

— *Você* esteve propensa a acreditar no início — ele a lembrou.

— Bom, Avis soou tão incisiva. Mas você me convenceu.

— Como?

Ela colocou a mão no alto das coxas dele e enfiou os dedos entre elas, importunamente, enfurecedoramente.

— *Você* sabe — ela disse, com um registro baixo da voz, com a intenção de ser sensual, mas quase inaudível sobre o ronco da hélice do aquecedor. Abaixo deles, o Hudson parecia ameaçador, como o escuro Ohio, quando ele a levava para casa de carro depois de um encontro do outro lado do rio, na espelunca de Kentucky.

— Isso podia ser pura representação — ele advertiu. — As mulheres são enganadas desse jeito o tempo todo.

— Quem disse?

— Todo o mundo. Livros. Proust. As pessoas não são tão simples assim.

— São simples o suficiente — disse Sharon, em um tom neutro, defensivo, retirando a mão.

— Você é que está dizendo, minha querida — Frank retrucou, um tanto estoicamente, a cabeça divagando. Aquela linha prateada de cicatriz embaixo do olho de Jojo... músculos magros e longos envoltos confortavelmente por pele branca... águas-furtadas com cheiro masculino e espartano em seus espaços... amizade helênica, aparelhos de exercício... negociações diretas, entre iguais... não mais lidar com aquela patética e enlouquecedora corrida de *outros*...

O boato podia estar morto no mundo, mas nele ganhara vida.

CAIR NO SONO NO NORTE

Cair no sono nunca me pareceu uma coisa muito natural. Há uma artimanha surreal para a travessia daquela área intermediária, quando as garras da consciência estão afrouxando mas não soltam e estranhos pensamentos alterados passam por meditação normal a menos que flagrados em luz clara por uma porta rangente, pela parceira se encolhendo na cama ou pela percepção prematuramente jubilosa: *estou caindo no sono.* As pequenas e tateantes larvas do contra-senso que precedem as desinibidas borboletas dos sonhos são fatidicamente expostas a uma luz à qual não sobrevivem, e é preciso começar de novo, relaxando a mente em desenredo. A consciência do processo o impede; o cérebro, observando a si mesmo, não fechará seus milhares de olhos. Circundando a célula da vigília, é tomado de pânico ante a pobreza de seu domínio — essas obsessões desgastadas, esses jogos de palavras surrados, esses agravos despropositados, esses planos insignificantes para amanhã que no entanto assomam, horas antes da realização, como insuportavelmente importantes. A consciência, esse fulgurante fruto da evolução, essa agitação de moléculas eletrificadas, torna-se um cativeiro — um revolvimento diabólico no qual o insone está tão sozinho quanto Satã, virando e revirando e brocando um orifício cônico na escuridão, enquanto em todas as partes o vasto mundo ressona feliz, esquecido.

Uma noite assim engendra outra; cambaleando fatigado através do dia, chega-se de volta à cama enfim e a mesma barreira elétrica foi ligada, a mesma concha invisível barra a trajetória ao sono. Mais de vinte anos atrás, lembro-me do fim de um período de noites insones semelhantes. Foi em 1967, um ano de tumulto e atoleiro em expansão, mas no meu próprio cantinho de vida doméstica norte-americana notável pela Expo 67, uma feira mundial no Canadá à qual a minha mulher e eu prometêramos levar os nossos muitos filhos pequenos. A nossa plataforma de lançamento para a viagem até Montreal era a casa de verão dos pais da minha mulher em Vermont, uma velha casa de fazenda no alto de uma estrada de terra de montanha tão íngreme que, em um trecho, a menos que se pisasse no acelerador até o fundo e se fizesse um desenfreado rabo de peixe, as rodas do carro começavam a patinar nos cascalhos perto do cimo e era preciso voltar atrás e tentar outra vez. A casa era cercada de pinheirais infestados, acreditava-se, de ursos, e o meu sogro, um teólogo tão liberal que considerava tanto Paul Tillich quanto Reinhold Niebuhr neo-ortodoxos, estava acostumado, pelos anos de saúde delicada, a ter à volta dele um parente em todos os sentidos atenciosamente alerta para o seu bem-estar. O que contribuía para muito andar sem fazer barulho e tensão não expressa. No entanto, eu não podia de fato culpar os ursos e o meu sogro pela minha insônia. Talvez fosse a cama dura — um colchão de crina de cavalo sustentado por cordas amarradas de través na armação de madeira de bordo — ou o silêncio do cume da montanha totalmente encharcado de luar, ou algum conflito romântico interno de cujos aspectos já me esqueci. Eu era uma criatura apaixonada naquela época, com surtos de desejo sacudindo os meus ossos como parafusos de porca soltos no chassi do velho Ford Fairlane no qual quicamos a cascalhenta colina acima. A minha mulher se sentiu tão penalizada pela minha insônia que, na segunda manhã, pediu uma pílula para dormir para a mãe dela.

A mãe disse que claro. Não fazia caso. Pílulas para dormir eram a dar com pau para ela. A mãe tinha, como as mulheres de teólogos tendem a ter, um espírito peculiarmente livre, com um de seus olhos piscando permanentemente devido à irritação da fumaça do cigarro constantemente em sua boca, e atingira aquela feliz idade avançada em que a ciência médica não hesitava mais em prescrever remédios que criavam dependência. O armário de remédios dos meus sogros — feito com primor de carvalho amarelo, com um espelho cujas bordas biseladas projetavam arco-íris prismáticos à volta do ensolarado banheiro, dentro da comprida banheira de metal, em diagonal nas paredes de reboco nuas e nas toalhas reservadas aos hóspedes — transbordava de alívio químico. Com despreocupação, ela me apontou o vidro que continha as cápsulas de duas cores que induziam ao sono. Aceitei uma, e mais tarde roubei mais duas, mal acreditando que uma única pílula pudesse mitigar a agitação do meu cérebro à meia-noite.

Lembro-me disso com exatidão? Por que senti a necessidade de roubar o que me foi dado com a satisfação que descrevi? Uma certa afeição existente entre mim e a minha sogra adere ao incidente, intensificando o brilho das cápsulas verdes e brancas, convidando-me a me delongar aqui na nuança da prosa ao evocar aqueles inesperados arco-íris no banheiro; eles eram um dos poucos refinamentos da casa mobiliada com austeridade e muitas vezes roubada. Assim que o carro para neve se tornou comum, ocorriam arrombamentos anuais. Antes, o isolamento da casa a protegera durante todo o inverno. Parreiras pesadas, tal como me lembro, pendiam dos beirais de telhas de madeira, escurecendo a longa varanda lateral. No quarto atrás dessa varanda havia um enorme tear de madeira roído por porcos-espinhos ávidos do sal saído das mãos das pessoas quando elas ainda usavam os teares. Havia também estantes de livros abandonados, dentre os quais uma desatualizada enciclopédia cujas lombadas gastas eu, uma vez, na minha ociosidade de Vermont, esfreguei com giz, para que as letras de identificação — *A-Ang*, *Nev-Ost* — voltassem a ser legíveis e os textos obsoletos, em páginas enrugadas cheirando a isolamento invernal como que de refrigerador, regularmente consultados.

Ela era sensual, a minha sogra, de cabelo grisalho ralo, com permanente ondulada bem firme no couro cabeludo e um andar de pisadas rápidas, com os calcanhares e ligeiramente oscilante, que deixava um rastro de fumaça atrás de si num aposento, mais ou menos como uma fumografia aérea. Sua caligrafia também era toda sinuosa — crepitando energia. Havia uma corrente entre nós que, curiosamente, não existia entre a adorável e voluptuosa filha e eu ou (tive a impressão) entre o distinto marido e eu.

Pensando bem, a pílula para dormir em minha mão imaginada deve ter saído do depósito secreto do marido. Eram os felizes anos sessenta das drogas, e os dois tinham pílulas para fazê-los dormir e pílulas para acordá-los, pílulas para fazer os intestinos funcionarem e pílulas para reverter o efeito, pílulas que mexiam com seu sistema nervoso com a mesma fluência dos dedos de um harpista nas cordas tensas e com códigos de identificação coloridos. A velhice, tal como encapsulada no armário de remédios prismático e acometido de insolação, parecia uma festa: as apostas estavam feitas, o céu era o limite. Para aqueles dentre nós na idade de ter e criar filhos, o mundo da medicina era mais aflitivo, requerendo de nós regulá-lo e manter a pureza química, para o benefício da raça. Os nossos médicos nos negavam presunçosamente pílulas para dormir e tranqüilizantes, não importava o quanto implorássemos. A nós *era* permitida, no entanto, a Pílula mesma — os tabletes anticoncepcionais que acarretaram a revolução sexual que devia ser o que estava me mantendo acordado. Aquelas pílulas vinham em pequenas cartelas redondas de papelão que pareciam de brinquedo, vinte e uma por ciclo, codificando para as mulheres de Berkeley a Burundi quando tomar e quando saltar. Certa vez, uma mulher com quem dormi em alguns dias magníficos de turismo sexual me entregou, quando nos despedimos para sempre, com uma risadinha, o disco de pílulas vazio. Fizéramos amor no fim do ciclo dela. Jamais poderíamos ter feito um filho. Ela era, como a minha ex-sogra, miúda — apenas um metro e sessenta de altura. Mulheres pequenas, a minha mãe alta costumava dizer, fazem o mundo girar. Só de pensar nisso a testa e o pescoço dela ficavam vermelhos de indignação. A minha experiência limitada o confirmou: as mulheres pequenas são as melhores, mais concentradas. O riso de despedida daquela mulher foi afável, corajoso, e triste, porque fizéramos algo inesquecível um para o outro, turistas ou não.

No entanto, parece que não tomei as pílulas para dormir da minha sogra, porque, quando a minha mulher e eu pusemos as malas no carro e deixamos Vermont, eu ainda estava grogue de insônia; sua camada vítrea recobria tudo, conferindo ao dia de verão e à planura de Quebec uma luz difusa alucinatória. Vermont e a parte setentrional mais afastada de Nova York parecem o fim do mundo, um rarear derradeiro, e em seguida, ao norte deles, surge aquela grande cidade, com restaurantes elegantes, catedrais e mulheres vestidas segundo a moda falando duas línguas. Povoados temporários foram construídos em volta da cidade para hospedar os visitantes da feira: fileiras e quilômetros de caixotes assentados em áreas lamacentas e planas que talvez fossem campos de golfe ou de rúgbi. Chegamos no final da tarde, as quatro crianças comprimidas e famintas, mas encorajadas a terem um período extraordinário, num país de fato estrangeiro, numa exposição internacional cujas fotografias foram estampadas em todos os jornais. Chovia. Devíamos ter comido em algum lugar — não a especial cozinha de Montreal mas o propício lanche rápido. Lembro-me mesmo é de ter chegado ao meu canto designado do nosso caixote de paredes finas, a chuva tamborilando no telhado plano pouco acima da minha cabeça, e, enquanto os meus filhos ainda tropeçavam nas coisas e disputavam os direitos territoriais naquele mundo novo, de cair de ponta-cabeça no mais delicioso sono da minha vida. Aquele caixote alugado em alguma parte no norte da realidade, os meus dependentes todos ajuntados ao meu redor, era enfim a entrada para o intensamente defendido reino subterrâneo do sono.

Mas será que foi assim? Por que não tomei a pílula para dormir na noite anterior, lá em Vermont, e não tive um bom descanso? Talvez eu tenha condensado, como faz quem recorda, dois acessos de insônia distintos, em duas viagens separadas a Vermont. Acho que não precisei da pílula em Montreal. Ainda assim, com certeza estou sendo preciso quanto a cair tão satisfatoriamente, tão sofregamente no sono na pequena cabina temporária; o sono se tornara delicioso, comestível, um enorme pedaço de bolo espectral que eu não via a hora de devorar, desmoronando no seu abismo farelento sem hesitação.

(Caindo no sono, caímos *dentro* de alguma coisa, não fora das coisas. Os sonhos já estão lá, acenando; fosse o sono um vácuo despovoado, tão nulo quanto uma tela de televisão desligada ou a superfície da Lua, ninguém quereria ir até lá. O grande lago luminoso da noite estaria repleto de efemérides flutuantes, cada uma delas se agarrando de pavor à bolha da vigília.)

Tão insolitamente bem descansado, estava apto a comandar uma bem-sucedida vistoria às maravilhas da Expo 67; entramos de manhã cedo na fila para o pavilhão russo com sua magnífica represa hidrelétrica, dedicamos o dia aos pavilhões menos importantes e mais tediosos, dentre eles o do Canadá — instalado no que eu me lembro era um arranjo de cepos de árvores gigantes —, e à noite, com embalagens de comida para viagem, ficamos num aterro herboso para ganhar entrada, com menos de uma hora de espera, no nosso próprio pavilhão nacional, uma esfera geodésica de Buckminster Fuller comovedoramente isenta de orgulho imperial ou ameaça, numa época em que a crise do Vietnã se aprofundava. Em vez disso, a esfera estava alegremente repleta de bonecas de Raggedy Ann e imagens gigantescas de deuses do cinema — os Estados Unidos feitos sem peso para a visita à Lua dois anos no futuro. Em seguida voltamos ao caixote na lama para outra noite de sono (como é a expressão) bem-aventurado.

Talvez eu goste de abrigos de madeira pequenos. Em Nova Hampshire, uma vez, caí no sono embaixo de uma mesa de pingue-pongue enquanto uma partida estava sendo jogada. De novo, havia muitos filhos ao redor — os meus e os do amigo em cuja casa de esquiar estávamos hospedados, e alguns amiguinhos dos nossos filhos que se misturavam. Eu esquiara o dia inteiro, numa das montanhas que mais exigiam esforço, a Wildcat ou Cannon. Depois que voltamos, tomamos um drinque e comemos, uma irresistível avalanche de sono me surpreendeu. Uma vez que cada metro quadrado da casinha parecia estar ocupado por uma pessoa ou um móvel, entrei de gatinhas embaixo da mesa de pingue-pongue e caí no sono no piso de cimento enquanto as raquetes e as bolas de celulóide estalavam ocamente no alto. Era uma espécie de vitória, não pude deixar de pensar na época, algo para *Acredite se quiser*, no entanto, meu anfitrião ficou visivelmente indignado. Assim como ele tinha necessidade de abarrotar a casa pequena com objetos de todos os tipos — cadeiras de cozinha de plástico e alumínio na sala de estar, almofadões informes, luminárias de madeira, pedaços irregulares de tapetes distribuídos no piso de cimento como selos de correio numa gaveta desarrumada —, também tinha necessidade de encher suas horas com atividades. Não tomava um banho sem ler uma revista na banheira; não dirigia o carro sem ouvir uma sinfonia ou um teipe com aulas de idioma. Planejara, depois de um dia de esquiagem, uma noite de jogos organizados, e eu, como o único outro adulto masculino, era importante para os planos dele. A pressão de suas expectativas deve ter feito parte do peso da avalanche psíquica que me levou de roldão.

Possivelmente esta recordação também pertence aos anos sessenta; ela exibe a policromia psicodélica daquela década — deve ter havido um cartaz de Peter Max na parede, junto com as obrigatórias paisagens de montanhas e cenas de caça de Nova Hampshire — e não o matiz amarelado e doentio dos anos setenta. Mas parece posterior a 1967: os meus filhos estão maiores, a julgar pelo pesado arrastar de seus pés quando correm em volta da mesa de pingue-pongue, e a minha mulher, embora ainda lá, em algum lugar bem acima do tampo da mesa, tem uma presença enfraquecida, uma pálida fosforescência feminina nas bordas da memória. O meu anfitrião a acha adorável e voluptuosa, aconteceu de eu saber, e talvez seja esse conhecimento — uma consciência, como na cabina de Montreal, de que todos estavam sob a minha responsabilidade e sob os meus cuidados — que tenha me lançado no esquecimento.

No entanto, o meu anfitrião emana mal-humoradas ondas de contrariedade que me agridem enquanto espasmodicamente desperto e me mexo debaixo das batidas de celulóide das raquetes de pingue-pongue. Ele está em algum ponto da sua plenitude — recém-divorciado, decididamente solteiro. O seu descontentamento sentido me leva a refletir, enquanto mudo de posição no cimento frio acolhedor, onde talvez um áspero tapete quadrado tenha se arrastado para servir de travesseiro ao meu rosto, acerca do meu papel na vida dele: é, vejo pela primeira vez com clareza, o de quem entretém, o de um comediante contratado, o de alguém que tem de pagar pelo seu acesso a esta mixórdia de casinha de esquiagem, com o aquecedor elétrico e as frágeis divisórias, em troca de uma infatigável disposição para participar de quaisquer jogos planejados. Até este momento, ano após ano, estive disposto; não sei o que se apoderou de mim — este milagroso sono, esta recusa a sair de debaixo da mesa de pingue-pongue. É, no estilo dos anos sessenta, um tipo de protesto, isso posso ver. Mas não consigo parar de fazê-lo, e caí no sono de novo, na minha ilhazinha de cimento, como que numa elevada coluna de algodão.

Ao se tornar um solteiro, o meu amigo e anfitrião — Franz, deve ser chamado — teve acesso livre às mulheres que eu tinha de cobiçar em segredo, na cidade onde morávamos, ao sul. Que tensão era, sempre apaixonado! Parece que me recordo de uma festa a fantasia, na qual a minha mulher e eu nos vestimos com roupas que combinavam — de Luís XV e Maria Antonieta, como um garfo e uma colher — e Frank estava acompanhando uma ex-divorciada, ela vestida de homem espanhol, com um chapéu preto de cujas bordas circulares pendiam bolinhas pretas de algodão. Os olhos dela, também pretos, olhavam para mim de debaixo da fileira de bolinhas balançantes, e os dentes apareciam, numa provocante mordida de sorriso, como que dizendo: "Sua, também, poderia ser esta liberdade". E, de novo, depois do voleibol, no suor de verão do jogo, e na longa luz do dia, tendo tomado uns drinques na varanda de Franz, nós todos casais enfim culposamente correndo para casa para dar aos filhos o jantar de domingo, ainda uma mulher solitária se deixando ficar na varanda, acendendo um outro cigarro com uma atrevida torção da cabeça de rabo-de-cavalo, o velho e enferrujado balanço da varanda emitindo um rangido sob seu peso, seu olhar passando por mim rapidamente como uma sacudidela de cinza insolente, suas coxas se estirando de debaixo da pequena saia de brim com um brilho de algum modo artificial, como o de teclas de piano de plástico que substituíram as falhas no gasto marfim original. Essas duas mulheres que Franz estava roubando de mim eram de baixa estatura, de ossatura pequena e brilhante, quadris firmes e pulsação batendo tão depressa quanto peitos de pássaros.

No entanto, uma vez eu o vi, quando éramos ainda mais jovens — terá sido nos inocentes anos cinqüenta? —, depois de uma festa de Natal que nos deixara todos bêbados, derramando lágrimas porque a minha mulher era minha e não dele. Eu estava dirigindo, ela sentada entre nós dois, e gotas de água reluzente, pude ver sob a nevoenta luz dos postes de rua, caíam da ponta do nariz dele, uma atrás da outra. Eu tinha de gostar dele por isso.

Quanto à época em que caí no sono embaixo da mesa de pingue-pongue: reconsiderando, a partir das tintas deformadas da memória e do peso carregado de hormônio dos pés dos meus filhos, deve ter sido mais tarde do que pensei. Deve ter sido no início dos anos setenta, afinal de contas. Não pode ser meados dos anos setenta, porque naquele tempo eu tinha me afastado da minha família e estava explorando bastiões da liberdade, como lavanderias automáticas e cinemas de arte.

A minha atual esposa perspicaz, certa vez quando lhe perguntei como ela me vira no meio daquela velha turma querida, respondeu:

— Ah, como um cachorro que não sabe que está levando chute.

— Mesmo? — Pensei a respeito. A imagem possuía um toque de verdade que me pôs na defensiva. — Pareço bem manso — disse eu.

O masoquismo está tão fora de moda hoje quanto a agressividade estava há vinte anos, mas não tem importância. As realidades não precisam receber nome para existir. Ser chutado é um estímulo, e, quando os estímulos param, caímos no sono. A insônia já não é um dos meus problemas. À medida que envelhecemos, a distinção entre estar dormindo e estar desperto se tolda. A minha avó costumava cair no sono numa cadeira de balanço, entre um balanço e o outro. Raras vezes — por demais estimulantes um vídeo alugado ou uma xícara de café que o anfitrião jurou solenemente ser descafeinado — entro no velho terreno, as contorções das três horas, a incredulidade das quatro horas de que isso está acontecendo comigo. É emocionante, de certa maneira, como reler Kierkegaard ou Maritain. Eu me consolo pensando que estou acumulando estafa para a noite seguinte.

E raramente vou para o norte de Massachusetts agora. Num determinado estágio da vida, para o qual passamos como se atravessássemos a fronteira desprotegida entre dois países amigos, a deriva se torna sulina — na direção de Nova York, Washington, Flórida. Ir para o norte, resulta em retrospecto, era um grande esforço desnecessário. Um bode velho pode se recolher e dar tudo por encerrado em qualquer lugar.

O BAÚ MARROM

Na primeira casa em que ele morou, ficava no segundo andar: um enorme baú de madeira, fora do caminho e no entanto não. Porque naquela casa, a casa que ele habitara como se jamais fosse morar em qualquer outra, havia lugares populares e animados, onde o rádio tocava e as pernas dos adultos passavam de um lado para outro, e havia lugares maus e assombrados, como a carvoeira atrás da fornalha, o sótão com aranhas e cheiro de tapete velho, aonde ele nunca ia sem a companhia de um adulto, e havia lugares intermediários, que estavam fora do movimento principal, mas que também não eram ameaçadores, apenas neutros, e abandonados. A frente inteira da casa tinha esse ar de abandono, com o quarto de hóspedes onde hóspedes quase nunca ficavam; nele havia uma cama pintada de cinza, com luas prateadas na cabeceira e colunas de canto com o formato de cogumelo no alto, e uma pequena escrivaninha junto da janela, onde a mãe às vezes, mas não muitas, escrevia cartas e confidenciava frases ao seu diário com a miúda letra deitada para trás. Se ela jamais tivesse feito isso, o cômodo teria ficado assombrado, embora desse para a rua movimentada com seus fios de telefone e o zumbido dos carros durante o dia; mas o ocasional rangido de sua pena exercia pressão suficiente para afastar as sombras assustadoras, os espíritos tristes de tempos atrás, encerrados em acontecimentos que não podiam mudar.

Em frente da porta do quarto de hóspedes, o corredor do segundo andar, depois de passar furtivo e estreito pela porta do quarto dos avós, alargava-se quase como um aposento, com uma janela própria e um gerânio no peitoril que soltava pétalas marrons quando as mulheres da casa se esqueciam de aguá-lo, cortinas de musselina através das quais podia ver os fios de telefone, um tapetinho de trapos trançados em forma de trilhos ovais nos quais seu trem Lionel dava voltas e voltas ao redor da árvore de Natal, e, em um lado, os pés da frente plantados no tapete de trapos, deixando espaço apenas suficiente para a porta do sótão se escancarar, o baú.

Era grande o bastante para ele se deitar dentro, mas nunca se atrevera a tentar. Fora pintado de marrom, mas de um modo tal que o veio da madeira aparecia por baixo, como se uma tinta diluída com terebintina tivesse sido usada. No lado, havia listras ondeadas de tinta escorrida, formando filetes como os dentes de um enorme pente torto. No marrom da tampa havia partes com manchas amarelas. As dobradiças eram pequenas e negras, e havia um buraco de fechadura sem chave. Tudo isso constituía o baú, de tal modo era simples sua forma, estranho, antigo e quase assustador. E quando ele, ou o adulto junto com ele, erguia a tampa do baú, um cheiro espantoso escapava — profundamente doce e rançoso, de bolas de naftalina e de cedro, mas isso não era tudo. O cheiro parecia também pertencer ao conteúdo — toalhas de mesa de renda e cobertores de lã em cima, mas havia muito mais embaixo. O conteúdo completo do baú nunca ficou bastante claro, talvez porque ele não quisesse saber. Os diplomas de faculdade dos pais pareciam estar embaixo dos cobertores, assim como outros documentos que iam mais atrás ainda no tempo, relacionados aos avós dele, ao casamento deles, ou o casamento de alguém anterior mesmo a eles. Havia um velho pedaço de papel dobrado com corações esboçados, desenhos e palavras em alemão. A mãe uma vez tentou explicar para ele o que era o papel, mas ele não quis escutar. Uma coisa tão antiga o desagradava. E havia Bíblias gigantes, livros atarracados com capas de pelúcia e um pequeno espelho quadrado e mosqueado metido na pelúcia de um. Aqueles livros tinham páginas grossas com bordas douradas, espessas o suficiente para comportarem, nos dois lados, rijos retratos marrons, quase sempre ovais, de pessoas mortas. Não gostava de olhar aqueles álbuns, mesmo quando a mãe os explicava para ele. O baú descia cada vez mais fundo, para dentro do passado, e ele detestava a sensação daquele poço do tempo, com seu doce e penetrante cheiro de coisas que não se mexiam, à espera, absorvendo o bolorento odor do tempo, não se movendo a menos que alguém as tocasse.

Então tudo se moveu: os homens da mudança chegaram um dia e tudo na casa que sempre estivera em um determinado lugar foi com rapidez e descuido erguido e carregado porta afora. Na convulsão geral uma semana antes, ele tomara um choque ao descobrir, espiando dentro, que em algum ponto o baú contivera desenhos que ele fizera quando criança, os boletins da escola primária e fotografias — fotografias de estúdio carinhosamente montadas em pastas de cartão cor-de-chumbo rebarbado — dele aos cinco anos. Estava agora com treze.

A casa nova era menor, com mais terreno em volta. Ele gostava menos dela pelos dois motivos. O espaço do campo o aterrorizava, tanto quanto a carvoeira e os escuros triângulos debaixo dos beirais do sótão o tinham aterrorizado — espaços que não tinham muita coisa que ver com as pessoas. Campos que eram arados um dia na primavera e ceifados um dia no outono, bosques onde as árvores tombavam e pouco a pouco apodreciam sem que ninguém notasse, espaços silvosos onde ele tinha a impressão de que nunca ninguém estivera antes de ele mesmo dar com eles. Montes e carreiras de pedras por demais grandes e depósitos de latas enferrujadas e garrafas matizadas indicavam que outras pessoas na verdade ali estiveram, pessoas como aquelas que posaram com roupas domingueiras nos álbuns dourados, mas os rastros que deixaram não eram utilizáveis do modo como as calçadas e os trilhos de bondes das cidades eram utilizáveis. Seu instinto era ficar na pequena casa de campo de paredes grossas, e ler, comer sanduíches que fazia para si mesmo de uva passa e pasta de amendoim, e esperar aquela fase de sua vida passar. Mudar-se da primeira casa, deixando-a para trás, ensinara-lhe que a vida tem fases.

O baú, naquele dia da mudança, fora colocado no novo sótão, que era menor do que o outro, e menos assustador, talvez porque frestas do telhado coberto de cedro deixavam entrar borrifos da luz do dia. Quando o telhado estava sendo consertado, todo o espaço ficou exposto ao tempo, e choveu dentro, sobre todos os móveis para os quais já não havia mais lugar, a não ser lá em cima ou no celeiro. O baú era importante demais para ser colocado no celeiro; encarapitava-se na beirada da escada do sótão, de modo que a parte de trás não pintada, que ele jamais vira, duas pranchas pálidas e bastante largas, tornou-se visível. Nas extremidades de cada prancha havia imprudentes salpicos de tinta marrom diluída — corante, na verdade — deixados por quem fizera o baú ao cobrir as laterais.

O conteúdo do baú, não visto, obscurecia-se em sua lembrança. Raras vezes a mãe precisava remexer lá dentro à procura de alguma coisa, ou confiar um tesouro a suas profundezas, e, naqueles momentos, espiando dentro, surpreendia-o que o baú parecesse estar bem cheio, mais cheio do que se recordava, de cortinas de pano rendado, mantas de crochê e fotografias em pastas de cartão macio, todos cheirando a cânfora e cedro. Lá o baú se encarapitava, a dois centímetros da escada do sótão, e lá ficou, por mais de quarenta anos.

Depois se moveu de novo. Seus filhos, todos adultos, chegaram de longe, reuniram-se a ele na casa, onde a avó deles enfim morrera, e fizeram a partilha dos móveis — alguns para levarem junto com eles, outros para o leiloeiro da região vender, e alguns para ele, o único sobrevivente daquela primeira casa, de corredores compridos e lugares assombrados, conservar e incorporar a sua própria casa, a centenas de quilômetros de distância.

Dois dos três filhos, os dois que estavam casados, tinham muitas responsabilidades e logo foram embora; ele e o caçula, sem mulher e sem emprego, ficaram para esvaziar a casa e carregar o furgão U-Haul alugado. Durante dias viveram juntos, comendo comida para viagem, envenenando camundongos e capturando gatos em armadilhas, movimentando-se entre o porão apinhado e o sótão congestionado como homens doentes mudando de posição na cama, assoberbados com decisões, com posses acumuladas, de vez em quando fugindo da casa para escapar à opressão do passado. Junto ao depósito do porão, ele encontrou a balança de ferro, bastante enferrujada, na qual a avó costumava pesar feixes de aspargos com um conjunto de pesos cilíndricos. Estes ainda eram pesados na mão e deixaram manchas de ferrugem na palma. Examinou a bacia de estanho, pintada com um desenho de respingos de branco sobre cinza que o intrigava quando menino pela aparente falta de cuidado, e pôde ver de novo os pés do avô, brancos de cera, mergulhados em espuma de sabão que sussurrava quando as bolhas estouravam uma por uma.

O baú, lá em cima no sótão junto com tapetes velhos enrolados e cadeiras de balanço com assentos de palhinha quebrados, pilhas de caixas de chapéus dos anos trinta e brochuras de mistério dos anos quarenta, era pesado demais para ser erguido, carregado que estava. Ele e o filho caçula tiraram camadas de cobertores e álbuns de capa de pelúcia, toalhas de mesa de renda e guardanapos de linho; descobriram uma caixa de papelão comprida etiquetada com a letra da mãe "Vestido de casamento 1925" e, embaixo dela, vestidos de seda amarfanhados que uma menina pequena teria usado quando o século era jovem, sapatos de bebê de verniz, uma ferradura revestida de ouro, anotações exatas das condições atmosféricas do século passado mantidas pelo pai de seu avô em diários de encadernação flexível em couro vermelho e um chicote de charrete. Uma caixinha etiquetada com a letra da mãe "Corte de cabelo julho 1919" continha, embrulhados em papel de seda, cachos de cabelo castanho-avermelhado surpreendentemente sedosos ao tato. Havia rijas fotografias marrons do time da faculdade de seu pai, o pai agachado à direita com um capacete sem acolchoado, e de jovens posando em grupo, dentre os quais ele enfim localizou a mãe, de gracioso vestido de tecido fino e com cara de quem tinha chorado. E assim por diante, até que não agüentou e pediu ao filho que o ajudasse a carregar o baú, semicheio, descendo a estreita escada do sótão cujos degraus nus de madeira tinham sido desgastados por gerações de uso, e depois descendo a escada ligeiramente mais larga atapetada décadas atrás, e saindo pela porta dos fundos até chegarem ao furgão. Não coube; tiveram de voltar à cidade, a cinco quilômetros, para alugar um furgão maior. Mesmo assim, colocar tudo exigiu grande esforço. Em um determinado momento, irritado e ansioso por partir, o filho de costas largas, curvado na carroceria do furgão U-Haul, ergueu do chão o baú com uma mão só, e o virou de cabeça para baixo, a tampa aberta, em cima de objetos menores para poupar espaço. A velha madeira de rala camada de tinta emitiu um forte *craque*, um agudo e penetrante grito de ferimento.

O baú acabou sendo colocado no celeiro. Ele agora possuía um celeiro, não um celeiro da Pensilvânia com laterais de pedra e vigas de carvalho cavilhadas, mas um celeiro mais acanhado na Nova Inglaterra, com um telhado plano alcatroado e uma cocheira abandonada havia muito tempo. Localizou o ponto da tampa do baú, perto das pequenas dobradiças escuras, onde ocorrera a rachadura, e com alguns pregos cuidadosamente introduzidos fez um bom reparo do dano. Não podia culpar o rapaz, que se chamava Gordon, em memória do avô paterno, o antigo jogador de futebol agachado para a fotografia em algum ensolarado verão quando Harding era presidente. Na viagem para o norte, debaixo de um aguaceiro, Gordon dirigira o furgão, enquanto o pai tentara ler o mapa, e com a fraca luz da cabina não conseguira, conduzindo-o pelo caminho errado, para fora do município de Westchester, de modo que atravessaram o rio Hudson, em meio a faróis ofuscantes, em uma rodovia insondável e sem saída. Depois daquela inegavelmente má orientação, não podia culpar o rapaz pelo que quer que fosse, nem mesmo por não ter conseguido um trabalho enquanto se concentrava, em vez disso, em aperfeiçoar o jogo de dardo nos falsos *pubs* de Boston. De uma maneira não percebida de imediato na ocasião, o erro na leitura do mapa retificou o equilíbrio dos dois, entre ele mesmo e o filho, como quando sob as mãos enodoadas da avó outro feixe de aspargos fazia o prato com os pesos cilíndricos enferrujados subir com um suave *clanque*.

Chegaram uma hora mais tarde, depois da meia-noite. O descarregamento, inclusive o recarregamento do baú endireitado, tudo aconteceu à luz de lanterna, às pressas, debaixo do barulho tamborilante da chuva no telhado plano.

Agora seu celeiro parecia assombrado. Mal suportava inspecionar o tesouro herdado, as cadeiras, os armários, as louças, os best-sellers amarelados e as antiquadas luminárias de cavalete, tudo amontoado em um canto adiante do espalhador de folhas, do limpador de neve e da prateleira de pneus de motocicleta deixada pelo filho caçula do antigo dono do celeiro. Ele era o atual dono. Nunca imaginara, quando menino, ser dono de tanta coisa. A mulher não achava espaço na casa deles nem mesmo para a mesa de cozinha de bordo de fibras onduladas e o guarda-louças de canto de nogueira, orgulho da mãe dele. Aquela parte do celeiro se tornara, se não tão assustadora quanto a velha carvoeira, um lugar que ele evitava. Aquelas peças que seus olhos de criança roçaram, que moldaram a vida de seus pais, pareciam tristemente gastas, baratas na época, a maioria delas, e no entanto desprovidas de valor de antigüidade: móveis usados inúteis que ele não tivera coragem de jogar fora.

De modo que ficou satisfeito, um dia de inverno, dois anos depois daquela viagem para o norte, quando Gordon lhe telefonou perguntando se podia ir ver os móveis do celeiro. Tinha um emprego, ele disse, ou quase, e estava se mudando para uma casa maior, fora da cidade. Levaria uma pessoa, acrescentou vagamente. Uma pessoa do sexo masculino, provavelmente, para ajudá-lo a erguer e carregar o que escolhesse para levar embora.

Mas a pessoa era do sexo feminino, uma moça miúda e refinada, de olhos grandes fascinantes, o branco dos olhos branco como porcelana, e um comportamento inquieto como o de um beija-flor, as asas invisíveis.

— Ah! — ela exclamou, por isso e por aquilo, explicando para Gordon com uma vozinha esbaforida como tal coisa seria útil e como aquela outra caberia direitinho. — Luminárias! — disse. — Adoro luminárias.

— Sabe, pai — o rapaz esclareceu, as palavras pronunciadas com suavidade de um modo tão solene que parecia preciso aspirar todo o ar do celeiro para lhes dar expressão —, Morna e eu estamos pensando em casar.

Morna — um nome celta, apropriadamente élfico. A moça era mágica, ali no celeiro gelado, soltando baforadas de hálito invisível, movendo-se na barafunda com rápidas torções dos quadris sob as calças de brim e graciosas estocadas das mãos brancas e estreitas. Falava apenas com Gordon, como se uma vidraça de timidez a protegesse contra o pai grisalho — naquela última fase de sua vida uma espécie de ogre, uma figura ancestral e de posses, cheia de energia e feiúra.

— Gordon, o que é isso? — ela perguntou.

O rapaz ficou constrangido, talvez pela inocente avidez dela.

— Diz pra ela, pai.

— Nossa antiga cama para hóspedes. — Na qual ele costumava se deitar na diagonal, escutando a caneta da mãe raspar enquanto o diário procurava reter seus dias. Mesmo naquela época ele sabia que isso não podia ser feito.

— Acho que a gente podia arrancar este cinza medonho — o rapaz admitiu, franzindo as sobrancelhas em um esforço de imaginá-lo e o trabalho que acarretaria. — Nós *temos* uma cama — ele a lembrou.

— E isto? — ela continuou, deixando a cama pendendo em um reino de possibilidade futura. O lenço de cabeça escorregara para trás, expondo o cabelo castanho-avermelhado a coruscar acima do vapor de seu hálito, em evanescente tempo presente.

Ela se detivera no baú. Seu olhar se lançou sobre Gordon e em seguida, não recebendo resposta, sobre o atual dono, fitando-o nos olhos pela primeira vez. O ogre sorriu.

— Abra-o.

— O que tem dentro? — ela perguntou.

— Para falar a verdade, me esqueci.

Com delicadeza, mas sem temor, ela levantou a tampa, e de súbito escapou, com a mesma vividez que espantara e alarmara suas narinas de menino, o adocicado e profundo cheiro cedrino, da mesma intensidade, cedro, cânfora, papel e pano, o cheiro de família, família sem fim.

A MÃE DENTRO DELE

Allen Dow temera, na infância, a infelicidade da mãe, a qual se manifestava em súbitas explosões de cólera que afugentavam os outros ocupantes da casa para os cantos e os cômodos remotos. Uma vez viu o pai se encolhendo embaixo da mesa de jantar enquanto a mãe, rosto vermelho de fúria, tentava alcançá-lo para esbofeteá-lo de novo. Allen nunca a perdoou por isso — por fazê-lo, por ele tê-lo visto. Embora tivesse aprendido a ganhar a confiança dela — de fato, ninguém era melhor do que ele em persuadi-la; era seu filho único, seu confidente, seu feiticeiro, seu príncipe, divertido e manhoso —, continuava precavido contra a raiva dentro dela que lhe fora permitido vislumbrar. Ela o tornou nervoso, e o nervosismo se transformou em seu costume. Todas as doenças do nervosismo — erupções da pele, gagueira, asma, insônia — ele tinha. Levou décadas vivendo centenas de quilômetros fora do alcance dela para começar a respirar, dormir e falar com normalidade. As mulheres que se aproximaram dele ao longo da vida tendiam a sofrer, e não foi necessário grande discernimento para ele imaginar por que seu coração estava, quanto ao sofrimento delas, bastante distante e frio, se não levemente exultante. Ao contrário, com o sofrimento de uma criança ou de um homem — um homem encolhido embaixo da mesa como uma alternativa para devolver as pancadas recebidas, ou uma criança observando impotente — sentia uma empatia imediata. Ofendeu-se, portanto, quando, depois da morte dela, as pessoas (primos de segundo grau, pastores luteranos) comentaram com carinho o quanto ele, ao chegar aos sessenta anos, parecia-se com a mãe.

Não via a parecença. Olhava-se no espelho. A pele clara, sim — coberta de sardas na infância, agora marcada por manchas do estrago do sol. Embora o cabelo dela aparentasse ser castanho e cedo tivesse ficado grisalho, ela fora ruiva por natureza, e, quando ele deixou crescer a barba, esta se revelou avermelhada. E havia uma coisa irritante em relação a sua testa — uma testa bem pequena, igual à da mãe, apesar de todas as pretensões intelectuais. Quando tomada por um arroubo de cólera, um V róseo surgia entre as sobrancelhas; ele praticamente não tinha mau gênio, mas havia uma calosidade na pele exatamente entre as sobrancelhas. Quanto ao mais — nariz, boca, orelhas —, não via semelhança.

As orelhas eram "orelhas de Hofstetter" — de lóbulos pequenos, protuberantes na extremidade superior, como as de um lêmure. Herdara-as da avó, a mãe da mãe; havia uma fotografia dela e dos onze irmãos e irmãs posando juntos, de preto, todos com variantes dessas orelhas, destacando-se, brancas, contra o fundo preto. As orelhas da mãe, enquanto o resto do corpo encolhia com a idade, cresceram e ficaram semelhantes às do pai dela, com enormes lóbulos achatados e de cor opaca. Quando pequeno, Allen, desenhando a creiom no chão, muitas vezes erguera os olhos e admirara as orelhas notáveis do avô enquanto o velho inclinava a cabeça para trás a fim de enfocar as letras impressas do jornal. A mãe, ele achava, tinha se identificado mais com o pai dela do que com a mãe, uma pequenina mulher zelosa por quem a filha sentira um misto de admiração, exasperação e piedade — um pouco da maneira, talvez, como Allen prezava o próprio pai. O pai de sua mãe se fazia notar nas mais vívidas das histórias familiares do passado — o homem retornando de um bar no fim de uma rua de terra reta e saudando com ásperas palavras embriagadas a menina que correra pela rua ao encontro dele; o homem, mais jovem, trabalhando no bosque, serrando e queimando árvores para o "negócio do carvão" com os irmãos da noiva; ainda mais jovem, mais esguio e solteiro, o homem subindo e descendo quilômetros das colinas da região para ensinar em uma escola com uma única sala. Na caminhada ele passava todos os dias pela fazenda onde uma moça, a mais nova de uma família numerosa, vigiava-o secretamente e inventou um motivo, em um dia de neve forte, para os dois se encontrarem. Somos todos o resultado de acontecimentos sexuais, e o enfraquecido calor deles ainda nos aquece. A mãe de Allen inculcara nele um conjunto de imagens que se emaranhavam, florescendo e fenecendo, com aquelas que ele adquirira com seus próprios sentidos.

Surpreendia-o, desagradavelmente, quando a risada da mãe, sua estridência matreira e sua arredia dissipação inconfundíveis, escapava de sua boca. E irritava-o detectar, nas atividades de seu cérebro, uma quantidade cada vez maior da caprichosa obliqüidade causadora do próprio fracasso que o irritava nela. Em conversas, ela sempre resistira à simples concordância e sagazmente adotava uma posição contrária, como que para tornar a vida, para ela e para o interlocutor, mais interessante. Essa curiosa cortesia definhara no mundo, Allen notara havia muito tempo, no entanto sentia em seus próprios procedimentos uma tendência crescente na mesma direção; não conseguia evitar, a atração do contrário era forte demais, e havia demasiada justiça oculta na causa não submetida à consideração.

Por exemplo: quando sua segunda mulher estava negociando o preço da extensão de terreno suburbano onde consolidariam o status matrimonial, ele se viu na posição mental dos vendedores, que estavam desesperados para se mudar para a Califórnia, e insistiu em propor para a mulher uma transação mais desvantajosa do que a que ela enfim fechou. "De que lado você está?", ela perguntou com irritação, e ele sentiu a mãe dentro dele desejando ardentemente embarcar em um discurso sobre o espírito egoísta e mesquinho de aceitar algo tão simplista quanto o unilateral, sendo essa a raiz de todas as guerras e de toda exploração. Havia algo bastante vulgar e anticristão, aquela voz interior exortava, em qualquer demonstração de interesse pessoal. No entanto, de algum modo, ele argumentava também *contra* a mãe, porque ela fora, em seu reino rural, uma eminente compradora de extensões em acres, adicionando pedaço por pedaço de propriedade vizinha como "proteção" dos acres já possuídos. Ela fizera isso, nos últimos anos de vida, com o dinheiro de Allen, apesar de ele detestar a terra — suas ervas silvestres, sua erosão, sua tributariedade. Ou, mais exatamente, sentia pela terra, como sentia pela mãe, uma ambivalência, tendo ela inculcado nele a idéia de que a terra era sagrada, um pedaço da Terra-Mãe, infinitamente valiosa, e a última coisa que os vulgares perseguidores do interesse pessoal deste mundo conseguirão tirar de nós.

Assim, no interior dele, a mãe combatia a mãe, e sua mulher sensata e cabeça-dura era a exasperada receptora de uma mensagem dupla. A primeira mulher também gostava da terra; ela ainda reinava sobre uma extensão de terreno que a perseverança dele provera. Parecia ser seu destino cíclico assentar uma mulher após outra em uma propriedade de bom tamanho e depois ir embora, transitoriamente livre, até que a próxima empreendedora de bens de raiz o aprisionasse em seus planos. Se ele não tivesse, em sua vontade de evitar o mau gênio da mãe, subjugado completamente o seu próprio, teria ficado enraivecido por refletir. Mas, afinal de contas, a voz contrária da mãe no interior dele insistia onde teria ele morado, não fossem aquelas mulheres donas de terras? Nas ruas? Nas árvores?

Quando a mãe morreu, ele se tornou o único depositário de centenas de pequenas imagens mentais. Na mais recente, ele e ela não paravam de ir a hospitais, curvados e vagarosos, como os casais de velhos nos quais o homem parece uma geração mais jovem. Hospitais, todos sofisticados e abundantes em saídas e entradas e personagens secundárias excêntricas, parecem feitos para servir de cenários a comédias de situação, e a mãe e ele riam nos mesmos momentos do texto. Quando o enfermeiro negro e grandalhão insistiu em aparar as unhas dos pés e lavar os pés coceguentos, Allen riu do relato que ela fez, enquanto pensava secretamente que era do que ela precisava. O âmbito de inspeção eficaz se reduzira de tal modo que até os pés dela ficaram excluídos.

No entanto ela parecia, com o cabelo branco lançado solto sobre o travesseiro, atraentemente rebelde, e a vista dos prédios de tijolos da cidade fora das janelas do hospital a transportava de volta a seus próprios tempos de cidade, quando ela e o pai viajavam pelas cidadezinhas do estado por instrução do patrão do pai. Allen preferia a personalidade urbana dela, a moça da época anterior a seu nascimento, cuja aura de encanto nervoso aderiu à jovem mãe que o levava de bonde até o centro da cidade, para lhe comprar um paletó domingueiro ou sapatos nos quais podia ver os ossos dos pés se moverem em um sinistro espaço verde no fundo de um fluoroscópio; ou que o levava para uma aula de dança, ou uma aula de piano, ou para o consultório de um médico da cidade, com o odor de capas de chuva e mercurocromo. Às vezes, quando recordava tais momentos, *ela* é que estava indo consultar o médico, por razões femininas que pertenciam ao subterrâneo escuro de sua infelicidade.

Quando ela morreu, cessada a alimentação de energia, ele teve vontade de saber acerca de sua infelicidade. Os dois a tinham imaginado? A vida dela não tinha sido pior do que a maioria das vidas, e melhor, com certeza, do que muitas. Ser mulher sem dúvida a frustrara, prendendo-a em casa, atrelando-a à sorte de homens menos inteligentes do que ela mesma, negando-lhe uma carreira. Talvez algo tímido dentro dela, mesmo algo indolente e comodista, a tivesse impedido de se juntar às mulheres de sua geração que conseguiram construir suas próprias vidas, como professoras e vendedoras, se não artistas e executivas. Essa idéia — a de que fora indolente e comodista — surgiu dela; todas as idéias de Allen surgiram dela, menos a idéia de menino e de homem de *fugir,* de partir para um espaço não mediado e não inflamado. Mesmo essa, em verdade, fora idéia dela; ela o levara certa vez até o alto de uma pequena colina, a Shale Hill, que dava vista para a cidade, e lhe disse que um dia ele abandonaria tudo aquilo, bateria as asas.

Ela estava nele não como ele estivera nela, como uma semente se tornando um pequeno galho, mas como o rastreio completo de suas percepções e reações; vivera sua vida como uma extensão da dela, uma versão superior da dela, e, quando ela morreu, tornou-se depositário de uma semiótica especializada, mil minúsculas interpretações matizadas dela, uma linguagem outrora comum da qual ele era agora o único falante sobrevivente.

Julgando difíceis as relações humanas, ela buscara consolo na natureza, e agora, à medida que ele envelhecia, a vasta e irrequieta presença natural, os pássaros e as florescências na estação certa, e as cromáticas afinações do ar e das condições climáticas, pressionavam-no enquanto caminhava pelos acres de terra suburbana onde a atual mulher o instalara. A mãe tivera uma aversão de amante da natureza ao cigarro e à bebida alcoólica — o pai dela costumava voltar embriagado e desumano do bar — e Allen abandonara os dois hábitos anos atrás. Ela não fumava nem bebia, mas adorava comer, e sua corpulência de meia-idade constrangia tanto a ele quanto a ela. No hospital, relembrando a vida passada, confessara apenas um arrependimento, com uma efêmera expressão de desgosto: "Desculpe por eu não ter me incomodado de engordar".

Mas depois, nas frases seguintes, como uma justificação, ela descreveu a irresistível torta de maçã com sorvete em cima servida no restaurante self-service de uma loja de departamentos do centro da cidade onde trabalhara alguns natais — a massa deliciosa, com canela, a cremosidade da baunilha ou mesmo o sorvete de flocos de chocolate em cima. A loja fora a mais fina, embora a menor, dos dois principais empórios do centro comercial, ambos levados à extinção pela ascensão das ruas de comércio; passadas as portas giratórias, lá dentro, lufadas de aroma de confeitos assoberbaram seus sentidos juvenis, os ouropéis de Natal tremulavam em toda parte, os cânticos ecoavam do alto das paredes, e, na direção do fundo do primeiro andar, do lado oposto da escada que levava até o restaurante self-service fragrante e ruidoso no andar debaixo, uma biblioteca de empréstimo se mantivera, cada capa orgulhosamente embrulhada em celofane, o novo mistério de Ellery Queen, a nova coleção de Thurber. Trêmulos trilhos de arame transportavam dinheiro e recibos em volta do teto até o invisível escritório da caixa e depois voltava — ou seria a enorme loja de ferragem no quarteirão seguinte? Eram os tubos pneumáticos usados ali, expectorando, com um golpe e um estrondo colossais, cilindros acolchoados nos dois extremos com feltros espessos coloridos? A mãe saberia; ela poderia partilhar com ele a textura esvanecida daquele mundo perdido, o mundo dentro do qual ela lhe dera vida, um mundo de drogarias fascinantes, de balcões com tampos de mármore, de cinemas que eram ilhas exóticas de ar-condicionado, com sincelos de papel pingando da marquise. Todo o velho centro comercial do qual ele guardava tais maravilhas estava não só dilapidado como também acabado — substituído por prédios de fachadas lisas que abrigam apenas os funcionários grisalhos do governo e das finanças. Ele percorria um mundo sem feição, só relva e céu, como o mais remoto Mato Grosso do Brasil, sua última tribo, silencioso e faminto.

Faminto — não conseguia parar de comer. Depois de um jantar completo, enquanto a mulher enchia a máquina de lavar pratos, ele dava uma busca frenética no guarda-pão e no guarda-louça, quase sem saber o que estava fazendo, e enchia a boca de biscoitos, amendoim, uva passa. Nas manhãs de fim de semana, em um estranho atordoamento, dava consigo mesmo na cozinha, sem se lembrar de como fora parar lá, e consumia meio saco de batatas fritas, um prato das sobras de ervilhas esquentadas no microondas. O alimento, com todas as outras sereias debilitadas e roufenhas com a idade, agora cantava para ele de modo pungente — a agudeza do alimento; a friabilidade; a salinidade e a doçura no momento ardoroso do primeiro contato com suas membranas; a pulverização pensativa, liquescente e incorporadora do alimento, como um ato de memorização ou compreensão matemática. Comer era uma maneira, a única maneira que lhe restara, de cruzar o mundo. As pessoas conjeturavam; seus presentes de Natal tendiam a ser comestíveis — caixas de castanhas de caju gigantes, caras barras de chocolate com nozes e caramelos — e, nos jantares, era a pessoa de certo modo escolhida para aceitar uma segunda porção, para agradar a dona da casa. Allen Dow estava ficando gordo. Pesava exatamente três quilos a mais, era o que via, embora pudesse perder nove sem parecer magro. Cada dia que passava acabava não sendo aquele em que comeria menos. Embora acordasse com dor de estômago e prometesse moderação, à medida que o sol se elevava o grito do vazio dentro dele era demasiado agudo, demasiado persistente. Quando o último pote de amendoins açucarados, ou o último bolinho de aveia bem amanteigado desaparecia em suas entranhas, abafando o pânico reprimido — não tanto o temor à morte quanto a sensação de que sua vida era pequena demais —, ele sorria ao pensar que a mãe chegara àquele ponto aos trinta anos de idade, enquanto ele estava com sessenta. Como explicam na aula de saúde na sétima série, as meninas se desenvolvem mais depressa do que os meninos.

O PRIMEIRO PASSO DO BEBÊ

Glenn Morrissey fora um marido totalmente fiel até, aos trinta e seis anos de idade, quebrar a perna jogando aquela variação do futebol norte-americano, *otouch*, no Mall, em Washington, distrito de Colúmbia, onde morava e trabalhava como advogado empregado do Departamento de Pesos e Medidas. Um rapaz negro corpulento estava de pé na lateral, observando a luta pela bola de advogados, politiqueiros e burocratas que todo domingo se juntavam perto de Hirshhorn para a peleja da tarde, e, como dava a impressão de estar sozinho, e os quadros de jogadores estavam incompletos, foi convidado a jogar. Designado para proteger Glenn em um passe de pega-e-corre, ele escorregou na terra fofa ao mudar de posição e caiu em cima da perna embandada de Glenn enquanto a bola descia em espiral na direção deles. Glenn ouviu o osso estalar — um estrépito abafado pelos músculos. Mas o rapaz negro se levantou e voltou à luta no agrupamento da defesa sem nem sequer pedir desculpas, e demorou algum tempo para os outros jogadores acreditarem que Glenn, ainda deitado no chão todo pasmo, estava de fato machucado e não podia mais jogar. Ele saiu do campo pulando em um pé só e persuadiu um amigo íntimo, Bud Jorgenson, um especialista de barba ruiva em arte étnica do Instituto Smithsonian, a ajudá-lo a andar os dois quarteirões da rua Sete até onde o carro estava estacionado. Glenn dirigiu com um pé até sua casa em Adams-Morgan, um prédio neocolonial de tijolos pulverulentos com uma vista lateral do parque Rock Creek. A mulher, Stacey, estava fora nos fundos, fazendo a poda de outono das rosas; riu quando o viu pulando na direção dela e ouviu sua voz aflita lamentar:

— Veja só o que aqueles bandidos fizeram comigo!

Foi apenas uma hora mais tarde, depois de uma ida ao Sibley Memorial Hospital e de um exame de raios X, que ela levou o ferimento a sério. A tíbia direita sofrera uma fratura vertical, partindo a tuberosidade externa, com uma grave complicação na cartilagem interóssea que exigiria uma operação, uma semana no hospital, três meses engessado.

Glenn, contudo, conscientemente não interpretou mal a reação morna de Stacey — ela estava certa; ele era um hipocondríaco infantil que com muita freqüência dava alarmes falsos — ou o fato de, naquela mesma noite, ele deitado e dopado na cama do hospital, ela ter ido sozinha a uma recepção na embaixada da Romênia, onde os *hors-d'oeuvre* tinham a fama de ser generosos. Já não era mais capaz de culpar a mulher por coisa alguma de que não culpasse a si mesmo; conhecia-a pelo avesso — cada motivo, cada reação —, assim como conhecia a si mesmo. De fato, achava-a *mais* previsível do que ele próprio, que ainda tinha alguma profundidade e alguns apetites que o pegavam de surpresa. A gente desembarca, era a impressão que tinha, na praia do nosso ser em completa inocência, como um explorador em busca de alguma coisa diferente e leva décadas para penetrar no interior do país, fazer o levantamento dos desfiladeiros nas montanhas e rastrear os rios até as nascentes. Ainda assim, há enormes espaços vazios, onde rondam monstros.

Ficar hospitalizado, pela primeira vez na vida — medindo com comprimidos a capacidade de suportar dor, dormindo deitado de costas, entregando as funções mais íntimas aos cuidados e ao olhar perscrutador de enfermeiras, descobrindo o despudor e se tornando intensa e ansiosamente consciente do próprio corpo, assim como fazendo todas as forçadas honras da casa, com médicos e visitas, que um paciente de hospital tem de fazer —, revelou-lhe um novo lado de seu ser, um novo nicho de potencial. Encarou tudo de maneira bem satisfatória, foi seu veredicto sobre si mesmo. Era menos maricas do que pensara. E depois agüentou andar de muletas, obrigado a carregar a papelada e os petrechos em uma sacola de lona e ao mesmo tempo agarrar com firmeza as travessas cobertas com esponja das muletas ao içar o corpo subindo e descendo escadas. Comprimiu, por assim dizer, as atividades físicas, em casa e no escritório, em um molde restrito, porém ainda eficaz — uma versão menor e mais racional da vida anterior, que fora vivida sem uma valorização adequada dos milagrosos poderes do corpo.

Chegou o dia avançado de inverno em que o ortopedista tirou o último de uma série de gessos cinzentos, prurientes, odorosos e rabiscados e o considerou inteiro de novo. Glenn mal pôde acreditar, ainda que tivesse experimentado dar uns passos no consultório do médico, que estava livre para andar sem nenhum suporte além dos próprios ossos falíveis. Sentiu-se, sem as muletas, estonteantemente alto e estranhamente leve da cintura para baixo. Estava flutuando, estava deslizando, e, quando entrou na sala de espera, pensou que os outros pacientes olhavam para ele como se fosse um homem de pernas de pau.

— O primeiro passo do bebê — falou, brincando, para uma mulher cujo olhar parecia particularmente perplexo. Mas a expressão dela permaneceu parva, e ele se deu conta de que ela não via nada de extraordinário nele — apenas um homem andando com duas pernas, como faz a maioria dos homens.

Naquela noite, ele e Stacey tinham um jantar, na casa de um dos mais importantes aferidores do departamento; quando Glenn entrou na casa ainda parecia deslizar milagrosamente, como Fred Astaire na pista lustrada de um salão de baile. Beijou a anfitriã com especial cordialidade; estava de volta entre os vivos, os ambulantes. A reunião parecia sua festa de debutante, ele a beldade da noite, para quem tudo, assim como para a Miranda de Shakespeare, era novo. A mulher desconhecida de delicado vermelho-metálico sentada ao lado dele à mesa de jantar estava, ele percebeu, tão viva quanto ele; o tórax dela comportava o mesmo complexo de artérias e veias pulsando com o sangue, puro e impuro, azulado e reluzente.

— Eu a conheço? — ele lhe perguntou, sentando-se suavemente.

— Fomos apresentados na sala de estar. — O sorriso dela era estonteante, com um batom que também dava a impressão de ser metálico. — Sou a esposa do irmão da sua anfitriã. Meu marido e eu moramos no Meio-Oeste.

— O Meio-Oeste é vasto.

Áreas vastas pareciam estar em toda a volta dele, esperando ser exploradas. Aquela mulher encerrava pedaços de ambivalência e de vacuidade, ele notara. Todos nós temos incertezas ansiando para ser esclarecidas. Há mais jogo na condição humana do que sonhara sua antiga inocência.

— Na área de Minneapolis-St. Paul — ela disse.

— Cidades gêmeas — retrucou ele, satisfeito consigo mesmo. — Gosto do jeito que as pessoas de lá pronunciam o nome... tão depressa, todas essas sílabas. O que fazem para suportar o inverno?

— Vamos para baixo da terra. Temos roteiros de aviões. Nossos pés nunca tocam a neve.

Na pele de seu rosto havia uma faísca, uma luz difusa, na granulação microscópica da epiderme, assim como também no vestido e no batom vermelhos. Mesmo a penugem transparente do lábio superior faiscava ao se eriçar com a tensão de um sorriso. Ele a sentiu respondendo ao desafio apresentado por seu espaço interior; ela de algum modo pressentiu, Glenn estava convencido, sua recente iniciação, através do sofrimento, em uma franco-maçonaria de exploração e permuta humanas. A conversa deles, à medida que os pratos eram servidos e tirados à luz de velas e os copos de vinho cadenciadamente enchidos, tornou-se tão acalorada que a todo instante tinham de se lembrar de se dirigir aos parceiros do lado, em nome da cortesia. O joelho dela por um momento encostou no joelho sarado dele sem aparente consciência; para enfatizar um ponto de vista, ela com elegância dava um tapinha no dorso da mão dele. Como era encantadora, como era espantosamente rápida para observar e responder, para recuar e se aproximar! Enquanto ficaram sentados à mesa lado a lado, Glenn não parou de imaginar as duas caixas torácicas repletas de sangue bombeando, dois barris cheios de mistério até a borda.

— Vai ficar muito tempo em Washington?

— A National Gallery e todas as outras... aqui eu me sentiria feliz para sempre! Mas pego o avião de volta amanhã, pela United, às onze e quarenta. O meu marido está indo a negócios para Nova York amanhã logo cedo. A nossa filha de doze anos toma aulas de equitação e está fazendo adestramento num show, e eu jamais me perdoaria por não estar presente. Ela faria psicanálise a vida inteira. Sabe como é... um desses momentos que não se repetem.

— Sei — ele disse, sem certeza, em seu enlevo com ela, de que sabia.

No dia seguinte, com a justificativa de uma pesquisa na Biblioteca do Congresso, ele tomou um táxi até o National Airport para se despedir da companheira de jantar. Vestindo um alinhado conjunto para viagem, carregando uma valise pequena azul-marinho da qual muitos compartimentos estavam murchos com as roupas sociais de tecido fino, ela não pareceu surpresa ao vê-lo. Na confusão humana do velho aeroporto obsoleto, com seus espaços e lojas como os do terminal de uma estação de trem, e seu tráfego de visitantes com mantas e sandálias vindos de todas as partes do globo, os dois caminharam de um lado para outro, Glenn ainda assombrado com a naturalidade com que a perna sarada o transportava. A cada passo, era como se flutuasse. O volume engaiolado da caixa torácica dela pairava ao lado dele; abraçavam-se pela cintura como adolescentes andando ociosamente de volta da praia. Enquanto caminhavam, ele segurou a maleta para ela, que parecia sem peso, e ela falou das atividades dos filhos — as aulas eqüestres da filha e os exercícios de hóquei dos dois filhos, que ocorriam em horas medonhas em uma pista distante.

— Os sacrifícios que a gente faz! Mas *tem* que fazer, porque um dia eles vão embora.

A mensagem era clara: estava comprometida, a vida estava a milhares de quilômetros de distância. A lapela do conjunto para viagem exibia um pequeno broche de esmalte cloisonné, como um distintivo de membro de uma sociedade cuja insígnia ele não decifrou bem. O clube do descontentamento secreto.

Pensou em beijá-la, mas ali, naquela confusão internacional, naquele tráfego, teria sido impraticável; bastava ter a cabeça dela do lado de seu ombro, tão perto que podia sentir nela o frescor matinal da loção facial. Estava nervosa, com medo de perder o avião, e ele tinha de voltar para o escritório. Na primeira chamada para o embarque, informaram sobre o portão dela; ele lhe entregou na mão a maleta leve como pluma; abraçaram-se, pressionando as caixas torácicas uma contra a outra; ele baixou a cabeça até o ombro dela e beijou o tecido acolchoado.

— Vai se esquecer de mim? — ela perguntou apressada no ouvido dele, com uma voz rouca.

— Por que a esqueceria?

— Vai ter todas aquelas outras.

— Que outras? — ele perguntou.

— Espere para ver. — Com destreza, ela se afastou e se juntou à fila de embarque; Glenn não viu algumas das nuanças expressivas dos gestos de despedida que ela fez, rápidos e cheios de escusas, porque seus olhos, surpreendentemente, inundaram-se de lágrimas. Mais aprazível ainda, nos poucos segundos do abraço ele sentira sob a braguilha a furtiva dor do princípio de uma ereção, a pulsação tinida dos espaços areolares embarcando na ingurgitação. Ele estava vivo, estava repleto de paixão — um barril aguardando a extração de seu líquido.

Nunca mais se encontraram; ela fora uma falsa aurora. Talvez toda campanha importante na vida precise de falsos começos, um vôo de prova, um reajuste do compasso. Aulas de equitação e Minneapolis eram um simples detalhe obstrutor; as possibilidades tinham sido demonstradas. No carnaval de Washington, com as constantes manifestações, a desordem de cartazes recentes, os maníacos fazendo piquetes e o perigo generalizado das cercanias, há lugar para romantismo e aventura anárquica. Todas aquelas mulheres, as donas de casa subempregadas e as mulheres empregadas em geral solteiras, todas aquelas ruas laterais recatadas, frívolas, com azaléias e cerejas florescentes, as festas ininterruptas e o fervilhar dos boatos políticos, do descontentamento, da reviravolta oficial e do progresso desejado. A guerra é um afrodisíaco bem conhecido, e Washington está sempre em guerra. Enquanto os homens sobem e descem as escadas do poder, as mulheres são incentivadas a arriscar. O toque de indolência sulista no ar ajuda. Los Angeles e Nova York, em comparação, amam demais o trabalho — o sexo, como o almoço, está fortemente atrelado ao negócio.

A melhor amiga de Stacey era uma mãe de dois filhos, igualmente esguia, atraente e consciente do exercício e da causa, chamada Andrea Jorgenson. Bud era seu marido; ele viajava pelos países do Terceiro Mundo para o Instituto Smithsonian, trazendo consigo esculturas feitas em grande parte, parecia, de cabelo e palha. Aos olhos de Glenn, Andrea fora muito obtusa e padronizada até aquele momento; agora, ao dirigir para ela o poderoso feixe de seu novo conhecimento — estamos todos repletos de ardente ignorância, amorfa e indiscreta —, os ossos dela começaram a reluzir. Foi uma simples série de lances do cavaleiro, no oblíquo tabuleiro de xadrez do plano urbanístico de L'Enfant, para dar a ela sua atenção em uma ou duas festas (sua cabeça inclinada como a de um médico a lhe auscultar o bater do coração com um estetoscópio), depois para indicar, com um breve aperto de mão durante um baile beneficente, que um determinado caminho tácito estava aberto, e em seguida para sugerir que, agora que os dois filhos dela estavam no internato e ela trabalhava em uma tese de doutorado na Universidade de Georgetown, escrevesse uma dissertação, com sua ajuda, sobre a deficiência da metrificação nos Estados Unidos. A partir daí foram apenas alguns avanços de peões e almoços *à deux* no centro da cidade, e, finalmente, sua infiltração vespertina na casa dela e a ocupação da cama. Bud estava de viagem ao Mali e ao Chad, desviando-se das guerras civis.

Glenn estivera várias vezes na casa dos Jorgenson, em Woodley Park, como convidado casado do casal, mas nunca a vira na tranqüilidade do dia, como um sofrível possuidor.

Aquelas cadeiras e mesas, cortinas e tapetes foram todos selecionados e conservados por uma sensibilidade semelhante à de Stacey e no entanto nitidamente diferente. No banheiro havia uma miscelânea de jarras adornadas com fitas, papel higiênico cor-de-rosa de textura xadrez, um assento acolchoado para combinar, uma escova de cabo comprido e uma luva de massagem no peitoril da janela, onde a banheira se limitava com os ladrilhos, de modo que ele se sentiu induzido a imaginar Andrea se esfregando e se limpando até ficar de um róseo subepitelial, dentro de um pequeno lago de espumas que se esparrinhavam. A banheira e a pia eram de uma substância negra como ardósia ou lava polidas, e enormes espelhos, aqui e ali, tornavam inevitável a visão de um corpo nu. Andrea era uma sibarita de gabinete, assim como Stacey era uma asceta de gabinete, embora, vendo as duas mulheres lado a lado a uma mesa de almoço, fosse de se pensar que eram idênticas.

Andrea gostava não das impecáveis roupas de cama em tom pastel que Stacey preferia, mas das que tinham desenhos florais de cores quentes e esparramadas. Ela providenciara, uma vez, em homenagem a ele, lençóis de cetim púrpura, que eram embaraçosamente escorregadios; os travesseiros escapavam de debaixo de seus corpos como porcos engordurados. Nas paredes, mesmo no quarto, máscaras cabeludas e de olhos vazados espiavam, e, nas estantes de livros e nos tampos de mesa, símbolos de fertilidade esculpidos jogavam traseiros em uma direção e seios em uma outra. A violência dos artefatos africanos deixava Glenn um tanto constrangido. O marido ausente de Andrea parecia estar presente neles, espiando pelos buracos dos olhos das máscaras careteiras.

Por mais estranho que parecesse, parte do prazer que a casa de Andrea lhe dava era sair dela. Glenn se esgueirava pela porta dos fundos, andava com passos largos, apressados e resolutos ao longo da lateral da casa como um leitor de relógio vindo do porão, e, com a respiração tranqüila, descia a calçada inclinada até o carro, estacionado, a bem da prudência, no quarteirão seguinte de casas silenciosas de Washington — os frontões voltados por cortesia para o lado oposto, as varandinhas neoclássicas destituídas de visitantes diurnos, as paredes de tijolos porosos ou pintados e as plantas viçosas e podadas, tudo conspirando com ele para guardar seu segredo, enquanto ele, um homem branco em traje de passeio, exercia o direito de cidadão norte-americano de caminhar onde quisesse.

Um dia, depois de três meses de tais visitas, ele deve ter, no repouso do pós-coito, confiado algo admirador acerca da decoração, porque Andrea disse, com uma discordância veemente:

— Meu Deus, se Bud trouxer mais uma boneca da fertilidade ashanti ou uma touca de couro de antílope de Bambara, acho que vou dar um berro. Eu sinceramente acho que o deixaria se me trouxesse alguma outra peça africana.

Glenn ficou chocado, porque queria acreditar que o casamento de Andrea, como o seu, era basicamente feliz.

— Mesmo?

— Mesmo. O que receio *mesmo* é que ele traga AIDS dessas viagens. O continente inteiro está cheio dela. Tenho medo de dormir com ele.

— Mas... você acha que ele...?

Não concluiu: ela riu desdenhando sua delicadeza.

— As pessoas fazem — ela disse, o gesto de ira incluindo seus corpos nus, nos lençóis amarrotados, com as estampas de rosas vermelhas e espinhos verdes de aspecto perigoso. — É da natureza humana, meu bem.

— Sabe, fazer isso não me ocorreu antes de quebrar a perna no ano passado. — Prosseguiu, como que fazendo-a aceitar o marido de volta: — Bud foi tão camarada naquele dia; foi o único que se preocupou. Nem mesmo Stacey se preocupou. — O acidente acontecera no outono; era maio agora, na iminência do desagradável calor do verão; em breve as pessoas trocariam o distrito pelas montanhas, pelo litoral. — Para onde você iria se o abandonasse?

A pergunta era fútil, mas a resposta não. Para dá-la, Andrea se apoiou em um cotovelo. Embora tivessem fechado a persiana, o quarto ainda estava iluminado, a forte luz do sol de primavera bradando nas janelas como um bando de crianças barulhentas. O rosto dela — o rosto delicado, magro, bem cuidado, sobre o qual o sol e a constante vida social gravaram rugas miúdas, no canto dos olhos e da boca — encarou-o com uma franqueza feminina e uma profundidade de inquirição que lembravam aos homens as trevas, o oceano, o céu noturno, tudo o que engolfava e exterminava. Mas o modo de falar era juvenil, atrapalhado, precipitado.

— Com você para algum lugar? — Com afetação, embrulhou a extremidade do lençol em volta dos seios e ajeitou a cabeleira clara e desarrumada no travesseiro para ouvir a resposta.

Outra vez, soou um estrépido abafado. Ele tinha entrado em outro território desconhecido, trechos áridos de decepção e recriminação, sob céus cinzentos de lágrimas. Tentou imaginá-lo — ela em uma casa dele, eles em uma casa deles — e não conseguiu. O que gostava de possuir era os equipamentos de uma mulher — as roupas, a maleta de viagem azul, as lições de equitação da filha distante, a agenda de compromissos do marido, o banheiro com banheira preta, o *ninho* inteiro. O que queria era que as mulheres ficassem onde tinham sido postas, arraigadas na abundância norte-americana, enquanto ele passasse de uma para outra carregando como bagagem apenas o terno do corpo e as chaves do carro no bolso. Nos anos que seguiram, bem depois de Andrea ter imergido irada no ninho de rosas e máscaras cabeludas, Glenn experimentava uma ventura estonteante toda vez que seus pés atravessavam, deslizando, uma soleira ilícita, o que produzia a sensação de pernas de pau.

BRINCANDO COM DINAMITE

Um aspecto da infância ao qual Fanshawe não esperara retornar na velhice era a mutabilidade das coisas — a disposição de uma cadeira, digamos, de se tornar um animal de pernas compridas no canto de sua visão, ou a sensação de que a densa escuridão de um aposento não iluminado abundava em presenças prestes a mordê-lo ou agarrá-lo. Faróis dianteiros flutuavam na pele do pára-brisa de Fanshawe como flores de cerejeira em águas negras, indicando quatro motocicletas ou dois caminhões, ele não fazia idéia, e dirigia retesado, na expectativa, a cada segundo, de se chocar contra um obstáculo invisível.

Levara mais de cinqüenta anos para assimilar as leis físicas que invalidaram a percepção de um menino de dez anos de idade das possibilidades do pesadelo — superar o medo irracional e ficar à vontade na aridez linear de um universo sem um sobrenatural. À medida que sentia a inevitável lógica do declínio apertando as garras em torno de seu corpo, aquelas leis pareciam dispensáveis; usara-as, e agora se cansara delas. Talvez um objeto *pudesse* viajar mais depressa do que a velocidade da luz, e cada um de nós tivesse uma alma imortal. Não tinha tanta importância. As manchetes nos jornais, alardeando notícias de campanhas e pestes, pareciam se dirigir a uma outra pessoa, como novos filmes, especiais de televisão, competições com bandeiras da vitória e comerciais de cerveja — alguém mais jovem e mais facilmente empolgado, alguém para quem o mundo ainda tinha um peso. Vivendo agora na vizinhança imediata da morte, ele desenvolvia uma lépida indiferença de soldado; se a banheira no canto do olho assumisse, enquanto se barbeava, a forma de urso polar e começasse a devorá-lo, não seria o fim do mundo. Mesmo o fim do mundo, estranho dizer, não seria o fim do mundo.

A mulher era mais jovem do que ele, e mais ativa. Com freqüência, ela o ultrapassava com impaciência na escada. Uma tarde de domingo, quando desciam para o térreo a fim de receber umas visitas, ele a sentiu do lado como uma pequena lufada de vento, e em seguida a viu, surpreendentemente de tamanho bastante reduzido, de joelhos na escada forrada de espesso carpete, vários degraus abaixo dele. Gritou o nome dela, e pensou em estender os braços para segurá-la, mas ela, tendo buscado em vão se agarrar a um balaústre, continuou na descida acelerada, escorregando o trajeto todo até embaixo, onde se recostou aos pés das visitas espantadas, as quais, não sendo estranhas à casa, tinham batido à porta e entrado.

— Ela está bem — Fanshawe lhes assegurou, descendo com sua marcha mais imponente, pois constatara, ao observar a surpreendente descida da mulher, que no avanço ela não topara com nenhum obstáculo que lhe quebrasse os ossos.

E de fato ela se levantou, tão recuperada quanto um gato de cartum, vermelha de embaraço juvenil, embora no íntimo satisfeita, ele percebeu, por ter com tamanha espontaneidade proporcionado ao pequeno grupo um animado assunto inicial para discussão. Os convidados, dentre os quais um jovem médico, colocaram-na no sofá com uma bolsa de gelo na canela mais contundida e esfolada, e encetaram um debate que concluiu que ela enganchara o salto do sapato na bainha do vestido, insolitamente longo na nova moda do ano. Um pequeno rasgo na costura da bainha parecia confirmar a análise e eliminar todo o mistério do acontecimento.

Contudo, mais tarde, depois de, mancando, deitar-se na cama ao lado do marido, ela perguntou:

— Não fui boazinha, não contando para todo o mundo que você me empurrou?

— Nem toquei em você — Fanshawe objetou, mas sem muita paixão, porque não tinha muita certeza. Lembrava-se apenas da aparência dela, estranhamente encolhida pela perspectiva no recuo linear descendente da escada, do lampejo de sua sinapse que o imaginara estendendo os braços e segurando-a, e de sua onírica incapacidade de fazê-lo. Ela o culpava, ele sabia, por não tê-la segurado, por não ter feito o impossível, e isso era praticamente tê-la empurrado. Ela se tornara, nos anos recentes em que viviam juntos, uma feminista tardia, e ele admitiu seu papel, na cabeça dela, de assassino com quem aconteceu de ela ficar presa, em um mundo de assassinos. As forças que outrora os atraíram um para o outro agora para ela pareciam ser todas produto da conspiração masculina. Se não a empurrara literalmente na escada, ele a forçara a viver em uma casa com uma escada grandiosa e ditara, em conluio com os costureiros, o perigoso comprimento de sua saia e a altura de seus saltos; e isso era praticamente um empurrão. Ele tentou se lembrar de suas emoções enquanto observava o corpo dela caindo como cascata para longe de seu alcance, e obteve um registro sereno do que poderia ser chamado de espanto cortês, junto com um zumbido alto de desgosto ininterrupto, como a radiação no fundo do cosmo. Lembrou-se de uma vista de telhados cobertos de neve de uma cidade, debaixo de uma abóbada de céu azul absolutamente vazio.

A mulher abrandou, vendo-o tão docilmente disposto a assimilar sua proposição.

— Benzinho, você não me empurrou — ela disse. — Mas acho que você podia ter me segurado.

— Foi tudo tão rápido — disse ele, não convencido com a autodefesa. Com a realidade da lei natural desaparecera qualquer convicção de sua própria virtude. Dentre as visitas daquela tarde estava a filha de sua mulher, de um velho e quase mítico casamento anterior. Ele mal podia distinguir os enteados de seus filhos, gerados em seu casamento anterior, ou diferenciar parentes de cônjuges. Era cortês com todos aqueles adultos jovens bronzeados, gabolas, de pele macia, seguros e bem vestidos — queridinhos dos anunciantes, a "geração de hoje" — que diziam ser parentes dele, e se sentia lisonjeado com seus polidos galanteios, mas no íntimo duvidava da veracidade do parentesco. Sua própria mãe, alguns anos antes, permanecera morta por dois dias ao pé da escada do porão de uma casa onde ele permitira que ela morasse sozinha, frágil e senil. Era ao mesmo tempo um filho e um pai desnaturado, por que não um marido assassino? Sabia que aquele incidente se perpetuaria na cabeça da mulher como se ele a tivesse de fato empurrado, e assim também ele poderia se lembrar dele, em nome da harmonia conjugal.

No Central Park Zoo, o urso polar branco-amarelado flutuava soturnamente na água fria atrás do vidro laminado, água da cor verde-azulada de um maço de cigarros Kool (os últimos cigarros que Fanshawe fumara, julgando o mentol possivelmente medicinal), e se um urso polar, ensopado de água, emergisse de sua banheira vazia na manhã seguinte enquanto se barbeava, a fatal pancada da enorme pata dilacerante produziria a sensação, ele desconfiava, de uma nuvem de pólen.

As coisas costumavam ser mais sólidas. Nos anos de meia-idade, tal como Fanshawe se lembrava deles às apalpadelas, a gente com esforço forja o destino em corpos ainda derretidos e incandescentes. Um dia ele levara os filhos para patinar sobre um rio congelado — seu curso sinuoso transformado como um milagre em uma estrada, duro feito aço, chiando sob as lâminas de aço. Enquanto conversava com a mãe de alguns filhos jovens, seu filho de seis anos caiu, sem um grito ou um choque, apenas se dissolvendo na borda inferior da visão de Fanshawe, que estava presa nas faces avermelhadas, nos olhos pretos brilhantes, nos dentes perfeitos e nos lábios flexíveis e fascinantemente talhados de Erica Andrews, mãe companheira sua. Um barulho borbulhou com suavidade pelas fendas da conversa dos dois; o corpinho no gelo estava choramingando e, quando Fanshawe mandou com impaciência que o filho calasse a boca e se pusesse de pé, as abafadas palavras "Não posso" se elevaram como que de sob o gelo.

Aconteceu que a perna do menino estava quebrada. Enquanto se queixava do frio, ele perdera o equilíbrio com o patim preso em uma fenda e torcera a tíbia a ponto de fraturá-la. Como é delicado e delgado o esqueleto da gente em fase de crescimento! Fanshawe, assim que a esposa, a outra mulher e os filhos agrupados esclareceram para ele o problema, carregou o menino nos braços pela margem íngreme e coberta de gelo do rio. Sentiu-se magnífico com o gesto. Aquilo era vida real, lembrou-se de que sentiu — a idílica tarde de domingo de súbito interceptada pela sombra da desgraça, o resgate bondoso e enérgico, a corrida ao hospital, as formalidades na sala de primeiros socorros, a chegada do animado cirurgião ortopedista de parca e botas para trenó motorizado, a colocação do molde em quentes tiras gessadas, as lágrimas secando, a cura iminente. Os filhos oferecem acesso ao trágico, à vasta escuridão fora de nossas janelas, e, na urgência de suas necessidades, conferem significado à vida; suas vidas frágeis se desviam para as margens perigosas da estreita senda que aprendemos a trilhar.

— Não teria acontecido, claro — disse a primeira mulher dele —, se tivesse prestado atenção a ele e não a Erica.

— O que é que Erica tem a ver com isso? Ela foi a primeira a perceber que o coitado do menino não estava pregando uma peça.

— Erica tem tudo a ver com isso, como você sabe perfeitamente.

— Esta conversa é de paranóide — ele disse. — Esta é uma conversa de paranóide da era Nixon.

— Já me acostumei a ser ferida por você, mas não vou permitir que você fira os nossos filhos.

— Agora é que estamos endoidando de vez.

— Pensa que não sei por que você resolveu nos levar para patinar, quando os coitados do Timmy e da Rose nem tinham patins que serviam? Não é próprio de você, você em geral quer ficar na ociosidade lendo o *Times*, se queixando da ressaca e assistindo a *The wide world of golf*. É que você sabia que os Andrew estavam indo. Era para vê-la. Ela ou sei lá quem mais. Aquela turma barulhenta, para você já não bastam as noites de sábado com eles. Por que não pega e vai viver com eles? Viva com alguém, qualquer um, menos comigo! Vá. Vá!

Não falava a sério, mas era emocionante vê-la tão excitada, tanta fúria, os olhos faiscando, o cabelo estalando, os gestos cortantes talhando no ar vastos territórios condenados. Naquela idade, Fanshawe agora compreendia, estamos criando nossos eus, potentes e moldáveis, fazendo e desfazendo lares, o mundo em nossas mãos. Estamos brincando com dinamite. Em toda a volta deles, enquanto ele e a primeira mulher mergulhavam em filhos até o pescoço, casamentos desmoronavam. Conselheiros matrimoniais, psiquiatras para crianças, advogados e agentes imobiliários prosperavam nas ruínas. Agora, na velhice, restava apenas gerar um pequeno negócio para o agente funerário e uma hora de agradável ofício para o clérigo local. Exatamente como os vendedores de seguro pararam enfim de abordá-lo e os cineastas o excluíram da demografia das platéias, assim os exércitos da lei natural, necessários em todo o globo para detonar dinamite onde fosse levada em conta, deixaram-no a vagar em um crepúsculo de inconseqüência.

No início de agosto, um casal de pássaros resolveu que tinha de construir um ninho na varanda da casa dos Fanshawe. Se ele pudesse confiar em seus olhos e no velho e surrado livro de ornitologia da mãe, tratava-se de tentilhões caseiros ou então pássaros canoros de peitos baios mais ao norte do que deveriam. Algo devia ter dado errado com seus relógios biológicos. Era tarde demais para nidificarem, mas, mais teimosos ainda do que crianças, insistiram, enquanto gorjeavam furiosamente de um lado para outro, em empilhar gravetos e fios de feno nas pequenas prateleiras criadas pelos capitéis das pilastras da varanda. Os acúmulos de gravetos desmoronaram, ou a senhora Fanshawe os derrubou vigorosamente com uma vassoura. Ela tendia a ser menos sentimental do que ele. Era a varanda branca e limpa dela e as tábuas da varanda dela que seriam maculadas com a titica dos pássaros. Mas os pássaros canoros continuaram voltando, enquanto as crianças continuavam pedindo com insistência para que as levassem a um parque de diversões ou para que lhes comprassem um determinado tipo de doce intensamente anunciado, até que enfim, esgotada a resistência dos adultos, elas saíam vitoriosas. Uma pilastra perto da casa propiciava bom abrigo contra o vento; os gravetos e as ervas se acumularam e, de sua pilha precária, a cabeça cor de pedra do pássaro fêmea olhou com altivez para baixo uma tarde em que os Fanshawe voltaram de um dia de compras na cidade. Tinha o ninho dela. O gorjeio cessara. O macho desaparecera. Então, duas semanas depois, a fêmea, os Fanshawe começaram a compreender, tinha também desaparecido. Desaparecido sem um gorjeio de adeus. Algo não dera certo. Durante todo o tempo que passara no ninho, o perfil cor de pedra da fêmea irradiara ira.

Armando lá fora uma escada de mão, Fanshawe levou para baixo um ninho vazio, sem ovos, a borda caprichosamente coberta com guano em toda a volta, os toscos materiais trabalhados no centro para formar uma cavidade perfeita que acomodasse a gravidez. Um ninho em vão. O que andaram pensando aqueles passarinhos? Seu impulso era preservar o ninho — sua mãe sempre preservara ninhos de pássaros, colocando-os em estantes de livros ou no alto do piano —, mas a mulher estendeu um saco de lixo aberto, como se o inocente artefato silvestre estivesse infestado de germes. *Ninhos de pássaros não devem ser postos em sacos de lixo*, ele pensou, mas o jogou dentro. *Estamos nisso juntos*, pensou, enquanto, na sombra da varanda, a mulher olhava para ele com os olhos pretos e faiscantes, tentando controlar a impaciência enquanto ele lutava com o escrúpulo sentimental.

Na quinta (conjeturalmente) festa de aniversário de Fanshawe, um pedaço de bolo desaparecera misteriosamente de um prato em sua frente e reaparecera em seu colo. Não chegara a tocá-lo; fora um verdadeiro milagre, ali nas velinhas e no balbucio infantil. Ainda podia vê-lo jazendo sobre o colo de veludo cotelê, o bolo espiando embaixo do prato virado de ponta-cabeça. Um bolo de chocolate com sorvete de caramelo de um tipo que só a mãe fizera para ele, sua firmeza açucarada mais deliciosa onde o sorvete entre as camadas se encontrava com a camada de fora em um T doce e espesso. Alguns anos mais tarde, deitado na cama com febre, vira uma bengala preta, um pouco de lado, a dançar aos saltos adiante da beirada da cama, como em uma das seqüências abstratas de *Fantasia*. Naqueles anos, o entrelaçamento do mundo físico era frouxo, e exibia várias brechas. Quanto estava na quarta série, os óculos novos desapareceram do bolso, no estojo de metal marrom de extremidades arredondadas, e uma semana mais tarde, cortando caminho por um terreno baldio coberto de mato, pensando nos óculos e em quanto o pai teria de dar duro no trabalho para lhe comprar um outro par, olhou para o chão, e lá estava o estojo, como um ovo comprido no meio do emaranhado de ervas úmidas. Dentro dele, os óculos estavam embaciados de vapor, como se usados por um fantasma míope e superexcitado. Talvez aquele fosse um milagre menor do que o bolo de aniversário trocado de lugar, mas o fato de que estivera pensando nele *naquele momento exato* o tornava o mais estranho de todos. Seria possível que a nossa mente controlasse, secretamente, os átomos? Com base nessa possibilidade, Fanshawe jamais quebrara de fato o hábito de criança de rezar. Contudo, quando criança, contemplando um avião de modelo que inexplicavelmente se descolara durante a noite, ou confrontando as sombras bojudas no topo da escada, achara difícil pensar em Deus e em Jesus; o sobrenatural não parecia mais elevado em seus desígnios do que um desenho animado de Walt Disney.

Aquela leveza e aquele saltitar curiosos de cartum voltaram a fazer parte da textura de sua vida. Fanshawe se dava conta de que estava em um aposento sem saber como fora parar lá — como se o filme estivesse quebrado e emendado. Quando deitado, a casa pulsava com passos, ouvidos através do travesseiro; silenciavam-se ao erguer a cabeça. Talvez fosse o coração batendo, furtivo como ladrão.

No sossegado bairro onde morava agora, todos eram velhos, mais ou menos. Durante anos ele observara o vizinho da direita, um viúvo, degenerar pouco a pouco, seus passos se transformando em arrasto de pés, sua casa e seu jardim ficando gradativamente mais e mais malcuidados, palmo a palmo, estação a estação, em acréscimos tão mínimos quanto aqueles, visíveis apenas à filmagem quadro a quadro da câmera, com os quais uma flor viceja. Os dois homens conversavam pela cerca de quando em quando; Fanshawe uma ou duas vezes se ofereceu para podar as plantas para o vizinho. "Não, obrigado", era a resposta. "Eu faço, quando me sentir um pouquinho mais disposto." Olhamos para a frente e vemos ascensões e quedas ao acaso; o definhamento linear tão óbvio para os outros é invisível para nós.

Uma manhã de sábado, um carro de bombeiro apareceu ao longo da calçada do vizinho, embora não houvesse sinal de fumaça. O bombeiro, que subira o passeio da frente com certa urgência, ficou lá dentro por tanto tempo que Fanshawe se cansou de espiar. Uma hora depois, o carro de bombeiro ainda estacionado lá, o potente motor pulsante ligado à toa, surgiu um pequeno conversível estrangeiro, e uma jovem vestida com elegância — todas as coisas são relativas, talvez ela tivesse quarenta anos — saiu se desenroscando rapidamente do interior baixo do carro, exibindo as canelas longas e suaves nas meias-calças acetinadas, e subiu o passeio de laje estalando os sapatos. Era a filha do vizinho, que mais tarde explicou para Fanshawe, na reunião posterior ao enterro, que o pai fora encontrado pela faxineira, sentado em sua cadeira predileta, barbeado e de sobretudo e gravata, como se aguardasse uma visita. Então aquilo era a morte, Fanshawe concebeu — uma comédia abrupta de idas e vindas em uma manhã de sábado, seguida, em poucos dias, de um enterro e de uma placa amarela "Vende-se" à frente da casa vizinha.

— Obrigada por ter sido um bom vizinho para o meu pai — a filha disse. — Ele falou muitas vezes.

— Mas não fui — Fanshawe objetou. — Nunca fiz nada por ele. Apenas o deixei — reprimiu a palavra "degenerar" — viver como queria.

Por que o morto bondosamente mentira? Por que a faxineira chamara o corpo de bombeiros e não a polícia? E por que o bombeiro não desligara o motor do carro, emitindo monóxido de carbono e consumindo combustível fóssil às expensas do contribuinte do imposto de renda? Fanshawe não perguntou; havia demasiados mistérios a investigar.

Muitas vezes agora ele tinha a impressão, passando pela engrenagem da existência terrena — barbeando-se, vestindo-se, respondendo a perguntas, reagindo às pequenas situações de urgência —, de que estava representando um papel em uma peça em final da temporada, enquanto mentalmente ensaiava as falas da peça seguinte, que entraria em cartaz. Era teatro de repertório, obviamente. Quando se lembrava de como a morte uma vez aparecera para ele, tão vívida e grande que possuía um odor característico, como o cheiro de pó de giz grudado no quadro da sala de aula, ele se espantava, um tanto condescendente, ante seu temoroso ser anterior. Quando cessara ele de temer a morte — ou, por assim dizer, cessara de *entendê-la*? O momento era tão nítido em sua cabeça quanto um portão de listras em preto-e-branco em uma travessia de fronteira: o momento quando, pela primeira vez, dormira com Erica Andrews.

Como os olhos dela pareciam negros retintos, em meio ao branco de neve dos lençóis! Havia neve na rua, também, aquietando o mundo na luminosidade ensolarada. Água de gelo derretido pingava nas calhas de alumínio. Havia uma sensação de frescor, de lençóis recém-lavados, de contatos nunca antes realizados, de pontas de dedos gélidas de nervosismo. Ele tirara o sutiã de renda preto — as costas dela arqueadas sobre o colchão para lhe dar acesso aos fechos — quase que com relutância, sabendo que encontraria uma carne branca que apagaria tudo o que existira até então em sua vida. Ela sorrira, encorajadora, temerosa. Estavam juntos naquilo. Os dentes dela eram, apesar de tudo, menos do que perfeitos, com caninos protuberantes que faziam os pré-molares do lado parecerem irreais. As pupilas de seus olhos brilhantes estavam reduzidas ao tamanho de pontas de lápis pela luz implacável; ele nunca vira nada tão nitidamente quanto a via agora — o belo mecanismo dela, a diferenciada carne dos lábios, os caracóis do cabelo. Saiu da cama para baixar o abajur, a visão dela era um deslumbramento.

Um cardeal fêmea, vermelho-fosco, saltitava na neve delicadamente rastreada uma prateleira abaixo do alimentador de pássaros, bicando sementes espalhadas. Toda uma inocente cidade de telhados, chaminés fumegantes e árvores empapadas de neve se estendia no horizonte, sob uma tigela de luz azul emborcada que fez os olhos de Fanshawe se retraírem. Fechou a cortina e em generosa penumbra retornou para onde Erica estava deitada, imóvel como uma vara. Ouviu o sangue galgando o crânio, sentiu-se cheio de vida. Sexo ou morte, escolha o veneno. Aquilo foi para sempre havia muito tempo. Ela ainda era mais jovem e mais ativa do que ele, mas todas as coisas eram relativas. Ele não invejava aquelas pessoas que foram para sempre havia muito tempo, para quem o mundo tinha um tamanho peso de conseqüência. Como os Titãs, pareciam belas mas tristes em seu breve apogeu, figuras de transição entre o caos e um panteão mais etéreo.

O QUARTO PRETO

— Não quero ir — disse a mãe de Lee, embora já tivesse concordado em ir, com o vestido de seda azul-esverdeado demasiado vivo tirado do guarda-roupa de cedro em que ficara pendurado ao longo de todas as décadas em que ela fora gorda demais para usá-lo. Sua perda de peso não era bom sinal, Lee achava, se bem que quando menino, depois quando adulto e em seguida quando um homem de meia-idade, ele a desejara. Menos mãe, pensara, seria mais — mais chique, mais tratável. Mas agora que ela estava com mais de oitenta anos, que as roupas caíam folgadas no corpo e que a pele caía flácida sobre os cotovelos, ele tinha medo. Queria o volume dela de volta.

Tentou brincar:

— É a oportunidade da sua vida. — Como ela não sorriu, tentou voltar atrás: — Você não é obrigada a ir. O interessado sou eu, vou sozinho.

No entanto fora idéia dela. Ouvira dizer que a antiga casa deles na cidade de Alton fora posta à venda; o casal, na época jovem, que a comprara, o tenente dos fuzileiros navais Jessup e a mulher, tinha se inscrito em uma comunidade de aposentados e puseram a casa à venda. Constrangedoramente, Lee achava, a mãe telefonara para os Jessup e explicara o quanto representaria para o filho se ele, em uma de suas visitas mensais vindo da cidade de Nova York, pudesse passar lá. Nem ela nem ele puseram os pés na casa desde aquele dia chuvoso de novembro quarenta e sete anos antes, quando os empregados da empresa de mudança tiraram os móveis, danificando o sofá de encosto de bambu e quebrando dois pratos de porcelana azul Filadélfia no processo. A família, que contava então cinco pessoas, embarcou em um Chevrolet de segunda mão recém-comprado e dirigiu trinta quilômetros debaixo de chuva até a casa de fazenda não melhorada que a mãe de Lee estabelecera como o local de sua havia muito tempo impedida realização pessoal. Ela disse agora:

— Aquela casa de Alton quase me matou e eu juro que nunca mais ponho os pés nela de novo.

— A senhora chegou aonde queria. Quarenta e sete anos é praticamente nunca. A senhora colocou a casa no lugar dela, mãe.

— O seu avô esteve sempre convencido de que Jessup escorregou um cinqüentinha no bolso de Jake Oberholz, para nos persuadir a aceitar os oito mil. — Lee já ouvira toda aquela história: Oberholz fora o agente imobiliário deles, e Jessup tinha acabado de sair do corpo de fuzileiros navais, um sereno herói de guerra, magro, loiro e alto, tal como Lee se lembrava dele, e de terno de uniforme branco. Vira-o uma vez, no vestíbulo da entrada, da altura de um menino de doze anos, enquanto a venda ainda estava sendo negociada. Tudo aquilo ficou na cabeça de Lee; mal pôde acreditar no que estava acontecendo, aquele abandono da única casa em que ele sempre morara.

— Bom, a senhora não queria a casa — ele salientou. — Jessup queria. Vamos. Não podemos deixar de ir agora, depois que a senhora os fez nos convidar. Não deveria ter arranjado isso se não queria ir.

— Eu estava tentando — a velha disse cerimoniosamente — agradar o meu único filho.

Eles saíram enfim pela porta dos fundos da casa de fazenda de arenito, a meio caminho de onde estava o BMW de Lee, do outro lado do pátio. O carro da mãe ficava no celeiro. O cardiologista a proibira de dirigir, embora de vez em quando ela o fizesse, até a 7-Eleven em uma encruzilhada a três quilômetros dali, "para evitar que o motor emperre", ela dizia. Caminharam devagar, a mão dela pesando no braço dele; mesmo um pequeno esforço a deixava sem respiração, embora não parasse de falar:

— Não sei por que você sempre me contraria adorando tanto aquela casa.

— Não digo que a adore. Nasci lá, só isso.

— Era uma casa grande demais... a vaidade do meu pai a transformou em monumento no dia em que a comprou. Ele a comprou quando eu estava fora, na escola, sem nem sequer me contar. Nunca me senti à vontade lá. Nem mamãe. Não éramos gente de cidade. Quase a matou, procurando mantê-la limpa, nos padrões urbanos. Havia um tipo peculiar de pó, que grudava em tudo.

Ouvira aquela história antes, também, mas a implausibilidade ainda o fazia rir.

— Bom, a senhora o demonstrou — falou ele. — Escapou das garras dela.

— Não sei por que você sempre se ressentiu do fato de termos nos mudado de lá. Honestamente, Lee, acrescentei uns anos mais à vida de nós todos tirando-nos de Alton. A única pessoa urbana entre nós era o seu pai.

— Eu não passava de uma criança, mãe. Não estava em condições de me ressentir com nada. Ainda não estou.

Mas estava ela certa? Amara ele a casa de Alton, aqueles anos todos, só para contrariá-la? Era uma casa de tijolos, comprida e de fachada estreita, em um terreno maior do que a maioria naquela rua. Em sua infância, os tijolos foram pintados de amarelo e os remates de verde-escuro. Havia uma varanda na frente, uma varanda na lateral e uma varanda no andar de cima, e no quintal havia cerejeiras, uma nogueira, um chafariz em que os pássaros se banhavam, um canteiro de lírios-do-vale e uma horta que o avô revolvia com a pá toda primavera.

— Posso tanto ir quanto não ir ver a casa — ele disse. — Esta viagem não foi idéia minha, lembre-se disso. — Percorriam deslizando uma rodovia alinhada com casas de fazenda; já era uma estrada de asfalto na primeira vez que ele dirigira por ela, com uma ou outra estrada de terra levando a um celeiro, a um silo, a uma casa de pedra quadrada exatamente como a deles.

— Não tive outra saída, vendo que era a nossa última chance. Estavam sempre convidando a gente, naqueles primeiros anos. Em cada cartão dc Natal. Depois pararam de convidar. Pensei que ia continuar vivendo sem nunca mais ter que ver aqueles cômodos outra vez. Gosto da sua idéia, de você ir sozinho. Você poderia parar e me largar na drogaria Weisbach's por uma meia hora.

As distorções imaginativas e as rápidas e breves percepções da mãe sempre lhe pareceram uma forma elevada de verdade. Aquela viagem *era* idéia dele, de algum modo; ela lera o pensamento dele e a organizara para agradá-lo. Ele disse, falando a verdade:

— Mãe, sem a senhora não teria graça.

— Eu poderia me sentar ao balcão e comer um daqueles sundaes. Um elogio tem que ser feito a Luther Weisbach: ele não economiza no caramelo.

— Mãe, acho que não se chama mais Weisbach's. E as drogarias não têm mais balcão.

A superfície da estrada exibia um brilho úmido. Era um ameno dia de fim de setembro, a luz do sol dourada e as árvores altas enevoadas. Um celeiro em cuja parede lateral vermelha se podia ler em letras desbotadas JESUS SALVA, ano após ano, de repente já não existia, substituído por um prédio no estilo japonês com beirais extensos e telhas dispostas em ziguezague — sede de um clube de golfe.

— Você não era tão criança — disse a mãe, retomando um outro fio de sua teia mental. — Estava com treze anos. Se tivéssemos ficado lá, ainda assim você pensaria em você como criança. Aquela casa deixava todo mundo infantil. Enquanto fiquei naquela casa, eu era a filha dos meus pais.

A Depressão de 1929 unira todos eles — seus pais e os pais da mãe dele. A quebra da Bolsa pulverizou as economias do avô e, depois, seu pai fora dispensado do trabalho em Pittsburgh. Lee nascera no meio dessa fartura de decepções e fora uma criança feliz. Todos os quatro adultos conspiraram para fazê-lo feliz, como se sua felicidade ainda pudesse reverter a sorte deles. Foram juntando dinheiro com dificuldade, em vários empregos. A guerra aconteceu e ajudou. Com os modestos lucros da guerra, a mãe cavou a troca das casas, fazendo-os mudar para o que o pai chamara de "mato". Agora, com os avós e o pai mortos havia muito tempo, o mato — framboeseiras, sumagres, videiras e toxidendros — ia chegando mais e mais perto da pequena casa de fazenda, à medida que diminuía a resistência da mãe. Durante décadas ela manejara as podadeiras e a foice como um homem e manobrara o cortador de grama a motor horas a fio, abrindo círculos cada vez maiores ao redor do gramado. Agora adolescentes relutantes aparavam o gramado, quando poderiam ser recrutados nas áreas rurais; a Pensilvânia tinha cada vez menos crianças rurais habituadas ao trabalho físico. A casa da mãe, fincada no passado, cheirava a bolotas de pó e excremento de camundongo. O encanamento e o aquecimento, novo em folha em 1946, tornaram-se obsoletos. Contudo ela insistia:

— Aquela casa de Alton nunca foi saudável. A fornalha de carvão soltava um gás que se assentava no meu peito toda vez que eu me deitava.

Ele riu de novo, porque tinham chegado ao fim de sua velha rua, e ele estava indo para casa.

Aquele pedaço de Alton tinha um quê de cidade pequena, muitas das casas se erguendo isoladas em terrenos adornados com hortênsias, rododendros, e mesmo as casas geminadas sólidas e bem-cuidadas. Os terrenos baldios da infância de Lee foram ocupados, e a rua fora alargada à custa de uma fileira de sicômoros cujas cascas enodoadas e sâmaras duplas sempre constituíram estranha recreação para ele, como se Deus fosse um invisível companheiro de folgança. No lado ascendente, uma carreira elevada de casas geminadas exibia entre elas pequenos e fascinantes espaços com valetas, corredores de intimidade sexual, com uma fina fatia de céu no alto. Mesmo alargada, a rua Franklin, dali de sua extremidade final, tinha um aspecto contido e acanhado. No canto da vista de Lee, a mão da mãe remexeu dentro da bolsa preta e lançou dentro de sua boca uma pílula de nitroglicerina.

— Não fique nervosa — disse ele.

Sobre o vestido azul-esverdeado ela vestira, embora o dia

estivesse quente para a estação, um casaco de lã antiquado em padrões largos de xadrez com gola de pele de raposa. A densa cabeleira castanha fora um de seus motivos de orgulho na juventude; Lee se lembrava, na infância, da tenda encharcada e encantadora que o cabelo dela formava depois de lavá-lo, uma toalha colocada sobre os ombros enquanto secava. Agora aquele cabelo, tendo passado na última década de cinzento-escuro para um branco-diáfano, deixava aparecer o couro cabeludo róseo, e ela punha na cabeça, em casa e quando saía, um gorro de tricô redondo, maior do que um casquete mas não exatamente uma boina. Os tornozelos e pés inchavam tanto que ela não conseguia calçar outra coisa senão tênis; escolhera um modelo com várias e vívidas listras. Da época em que fora uma jovem beldade e o pai ainda tinha dinheiro, ela conservara um gosto por roupas que chamavam a atenção. Lee procurava reprimir seu constrangimento, tal como o fizera quando era adolescente e a mãe era uma mulher rústica, obesa e vivaz, as mãos e os braços queimados de sol, marcados por arranhões de framboeseiras e espinhos de salsaparrilhas.

— Por que ficaria nervosa? — ela perguntou com brusquidão.

Ele é que estava nervoso. Estacionando o carro, raspou os pneus contra o meio-fio, que a melhoria da rua tornara mais alto e mais branco do que fora. Saindo do carro, sentiu-se extraordinariamente alto naquele cenário dos primeiros anos de vida. As casas do outro lado da rua, com suas árvores e postes de telefone, apresentavam as mesmas silhuetas, embora naquele lado o sol batesse estranhamente pela ausência de sicômoros e os Jessup tivessem removido a sebe quadrada que chegava à cintura e protegia o jardim da frente do movimento na calçada. Movimento na calçada era, claro, uma coisa do passado; pertencia à Depressão, ao vendedor porta a porta que andava a pé e às pessoas que corriam para tomar os bondes clangorosos. O novo meio-fio pálido da rua alargada era tão alto que a mãe não pôde abrir totalmente a porta do BMW, e ele teve de estacionar em outro local, o estômago apertado de nervoso. Entrar de novo naquela casa, naquele paraíso do extremo de sua vida, parecia uma transgressão.

O passeio de tijolos da frente, onde houvera, entre os tijolos, pequenas cidades de formigueiros semelhantes a montes de café moído, transformara-se em concreto fulgurante. A distância da varanda à porta de entrada, da qual ele se lembrava como enorme e repleta de perigos — porque a varanda possuía muros de tijolos espessos que poderiam ocultar um animal acaçapado —, reduzira-se a dois passos largos. A porta, com a tampa da caixa postal dizendo CARTAS e a janela de vidro biselado, fora substituída por uma opaca porta apainelada, embora as lanternas de chumbo laterais e a bandeira semicircular colorida que exibia o número da casa, 303, permanecessem no alto. Jessup, que os recebeu do lado de dentro da porta, tornara-se menor do que Lee, mas o cabelo continuava loiro e cortado rente, e sua aparência tinha um aprumo militar. A senhora Jessup, que Lee jamais conhecera, parecia uma noiva em um bolo de casamento, perfeita em seu modo de ser, apesar de roliça e do cabelo azulado. Tinha covinhas no rosto, óculos bifocais e bochechas redondas e brilhantes como que pintadas com ruge. Os Jessup saudaram Lee com cordialidade, mas reservaram o verdadeiro sentimento caloroso de recepção para a mãe, cuja figura encolhida parecia, no canto da vista de Lee, ser tragada pelos corpos amáveis. Os olhos de Lee dispararam ao redor, desesperados por pousar em algo familiar e querido.

— Foi mesmo uma *ótima* idéia — disse o ex-fuzileiro naval. — Pois olhem, vocês esperaram até o último minuto. Assim que tivermos um comprador, caímos fora daqui, como diz a moçada.

— Bem, o meu pai costumava me dizer: "Não seja tão impaciente, Elsie. O que é bom dura".

O encanto dela — Lee tendia a esquecer este aspecto da mãe. Quando tirada do mato e colocada à prova do choque social, ela enfrentava o desafio.

— Gosto do papel de parede amarelo-limão — disse ela para o casal idoso. — Este corredor sempre foi muito escuro, com dois enormes aquecedores tristes. Nunca soube por que tinha que ter *dois*; nos dias de inverno era o lugar mais quente da casa. Lee costumava deitar no chão, desenhando, enquanto nós todos tínhamos que passar por cima dele.

A textura achatada e a desmaiada cor de ameixa do tapete que ficava na borda de seu caderno de desenho retornaram aos olhos do espírito, saídos do passado, junto com os raios diagonais da luz carregada de pó que entravam pelas janelas do solário e se quebravam nos enormes braços de carvalho da cadeira predileta do avô. O solário não existia mais, devorado pelo escritório de Jessup; ele recorrera à lei dos ex-pracinhas para se tornar um procurador. Lee se viu tentado a abrir a porta fechada do escritório no caso de o avô ainda estar sentado lá dentro, nas fatias de luz do sol, a cabeça inclinada para trás naquele ostentoso jeito de resignação dele, as mãos, frágeis e morenas como cascas de cebola, entrelaçadas sobre os botões do suéter cinza enquanto esperava o carteiro ou o jornaleiro da tarde lhe trazerem notícias do mundo. O avô transpirava um ar de airosa derrota que o menino achara cativante.

— Tudo está tão *certo* — a mãe estava dizendo. — Quando moramos aqui, tudo estava ligeiramente *errado*.

Lee sabia, como não sabiam os Jessup, que a mãe suspeitava do correto, no sentido burguês — sentia-se bastante acima dele, na verdade. Enquanto a voz ofegante dela coqueteava atrás dele, entremeada pelas vozes lisonjeiras dos Jessup, ele se sentiu livre para ir entrando, atrás de vestígios da casa da qual se lembrava. Não havia quase nenhum. Reformas tinha sido feitas e levado tudo, até os velhos traços de refinamento, como os primorosos tijolos travados em forma de fuso acima das enormes passagens em arco que davam na sala de estar, e os pilares de madeira canelados que emolduravam os arcos. Os tetos, emboçados em semicírculos que se sobrepunham ordenadamente, pareciam baixos. No lugar do antigo tapete oriental de bordas labirínticas e do canapé de encosto de bambu com as poltronas que o acompanhavam — as almofadas de crina guardando aquele odor de bolor e de ostra que as salas de casas de campo têm —, havia móveis modernos corpulentos em tons pastel circundando uma mesa de vidro sustentada por volutas de ferro batido. Uma exuberância floridense semitropical tomara conta dos interiores da Pensilvânia desde os anos quarenta. Onde todo ano ficara a árvore de Natal, entre as duas janelas da frente pelas quais Lee observava, adiante do muro da varanda, o carvão escorregar com estrondo pela calha de escoamento encaixada no caminhão, agora ficava um armário de madeira amarelado contendo souvenirs das viagens ao exterior dos Jessup — cobre batido, marfim entalhado, cerâmica mexicana, turquesa do Novo México.

A "sala de piano" não continha mais o velho piano de armário Crickering, mas o aparelho de televisão de tela panorâmica e um armário com aparelhos de alta-fidelidade. No fundo do escuro corredor que outrora parecera perigosamente sombrio e comprido, ao lado do lance de escada que o avô chamara com originalidade de "colina de pau", a sala de jantar surgiu em um instante, sem o quebra-luz Tiffany que pendera do centro do teto, o aparador folheado de mogno com o espelho fosco e o armário de canto de pinho tingido que preservara as boas porcelanas, inclusive a porcelana azul Filadélfia cujos pratos quebrados foram um dos custos da mudança de Alton. Naquele cômodo, em uma prancha do assoalho de madeira entre o tapete estampado e as portas que conduziam para a varanda lateral lá fora, Lee para se entreter jogava boliche, usando bonecos de borracha de Disney — Mickey e Pluto, Patinhas e Ferdinando — como pinos. Agora um carpete cobria o espaço de parede a parede. Olhando para o chão, tentando imaginar as tábuas do assoalho escondidas, foi tomado por um momento pelo gosto daquele tempo distante, uma sensação de mofo, brando como pelota de malte rançoso, de estar abrigado em uma caverna baixa enquanto coisas grandiosas aconteciam lá em cima, nas alturas estrondosas onde a Segunda Guerra Mundial se fundia com o buliçoso reino de Walt Disney. Embaixo da observação de todo o furor adulto, ordenava as desgastadas criaturas de borracha e as derrubava de novo com uma bola de beisebol macia e assimétrica, cujas costuras, parecia que ele se lembrava, não eram reais mas uma imitação em baixo-relevo.

A casa foi rapidamente percorrida; em seguida veio a cozinha, que ele não esperara encontrar inalterada. Até mesmo o encanamento fora deslocado, de modo que no lugar da pia de ardósia com suas torneiras de cobre de bico comprido agora avultava um fogão elétrico com um microondas de fachada preta, e onde o velho fogão a gás expelira chamas azuis em forma de X surgira uma moderna pia de aço escovado, ao lado da qual estavam a máquina de lavar pratos e a lata de lixo. Armários cor-de-rosa combinavam com um gigantesco refrigerador de duas portas; a pequena geladeira cor de nogueira, a enegrecida torradeira de estanho que ficara sobre um bico de gás como uma casinhola cheia de frestas, o moedor de carne que ficara preso com torniquete na borda da mesa da cozinha foram removidos tão completa e irrevogavelmente pelos anos que Lee mal pôde imaginar o menininho que costumava ficar na ponta dos pés para alcançar a caixa de receitas vermelha e branca que ficava em cima da geladeira. A família guardava o escasso dinheiro em uma caixa de receitas, e ele tinha permissão, na hora do almoço dos dias de aula, para comprar um Tastykake para comer no caminho de volta à escola primária.

A voz da mãe prosseguia atrás dele.

— Então o senhor Oberholz nos procurou para dizer: "A casa valia oito mil dólares quando a senhora comprou em 1925, e ainda é uma casa de oito mil dólares em 1945". O meu pai, um homem crente, acreditou nele, assim como acreditou em todos aqueles chicaneiros que despejaram as ações deles em cima dele antes da quebra da Bolsa, mas eu, que era um bocado endiabrada, acho, não acreditei que o valor não tinha subido *nada* em vinte anos. Agora leio no jornal que o senhor está pedindo mais de duzentos mil. Ainda tenho amigos na cidade que me mandam esses recortes pelo correio. Se é que se pode chamá-los de amigos.

Lee tentou intervir.

— Mãe, foi só a partir dos anos cinqüenta que as pessoas pensaram em ganhar dinheiro com imóveis. E agora estão perdendo de novo.

Mas a senhora Jessup soube se defender. Dando-se a oportunidade de ser chamada pelo primeiro nome, ela disse:

— Elsie, nós não tínhamos mesmo condições de pagar um centavo mais. Mesmo assim, ficamos endividados, e Hank trabalhava de noite como vigia e ainda ia para a escola de direito.

Foram tempos muito difíceis. — Seu rubor de indignação era considerável.

— Esta casa só nos fez bem — disse Jessup, com uma voz conciliatória de advogado, pondo o negócio feito no passado. — Aqui criamos três belos filhos.

De volta à sala de jantar, Lee enfim encontrou um sobrevivente da casa de sua infância: as janelas. Ainda eram altas, janelas de quatro vidraças emaciadas, e as vidraças eram ainda do vidro imperfeito cujas empenações e bolhas ovais o fascinaram quando menino. Ficava ali de pé movendo a cabeça e observando as linhas da casa dos vizinhos se entortarem e ondularem, como nas cenas submarinas de *Pinóquio*. As bolhas ovais, como micróbios imortais, ainda estavam lá, no vidro, embora a combinação com as janelas de inverno empanasse a perspectiva, mas a casa dos vizinhos era uma casa diferente, mais próxima, enchendo o terreno baldio onde Lee brincara de taco e esconde-esconde com Doug Rhoda, Shorty Heister e as meninas da vizinhança, que moravam na sensual carreira de casas no outro lado da rua e cujos pais os chamavam para entrar em casa de cima das altas e inseguras varandas no crepúsculo de verão, quando surgiam os vaga-lumes.

Terminada a excursão pelo andar térreo, a senhora Jessup educadamente perguntou, no estreito saguão:

— Gostariam de ver o andar de cima? Mudamos algumas paredes de lugar, para acomodar as crianças. Duvido que tenha sobrado muita coisa que possam reconhecer.

O grupo se dividiu de acordo com interesses de gênero. A senhora Jessup dirigiu sua própria conversa com a mãe de Lee.

— Elsie, há uma coisa que sempre quis lhe perguntar — disse ela, aproximando-se bastante para tocar a mulher mais velha no ombro, perto da pele de raposa espetante. — Quando mudamos para cá, havia dois quartos pequenos no fundo, em cima da cozinha, que davam para o quintal.

— É. O da direita era de Lee, de frente para o terreno baldio.

— E o outro, o de uma janela só, estava pintado de preto.

— Ah, não! Estava mesmo?

— Estava, e não conseguimos imaginar para que era usado. Teria sido uma câmara escura, talvez, para as fotografias do seu marido?

— Norman nunca tirou uma fotografia na vida dele. A fotógrafa da família era eu, com a velha Kodak que já não tinha visor. Era medir a distância a passos no jardim e esperar pelo melhor.

A senhora Jessup insistiu.

— Foi para estocagem, então?

— Sim, guardávamos algumas coisas nele. A tábua de passar da mamãe, a máquina de costura Singer, uma cabeceira de cama e um estrado velhos que tinham sido da mãe *dela*... Mas não me lembro de que o quarto era *preto*.

— Bom, era. Ficamos bastante surpresos e intrigados, lembro-me bem, na época.

Lee pressentiu um impasse. Começava a se impacientar. Perguntou:

— Mãe, não quer subir?

— Não — ela respondeu. — Não, não quero.

— Não quer mesmo? E por que não? — Lançou um olhar na direção dela; seu rosto, pregueado com a perda de peso, pareceu pálido, acometido por algum acontecimento interno. Ele sentiu no próprio âmago o esforço com que ela se mantinha encantadora. Ela engoliu em seco antes de falar.

— Vocês todos subam — ela respondeu — que eu vou me poupar a escada e simplesmente me sentar e admirar a nossa velha sala de estar que antes era tão triste e que os Jessup tornaram tão iluminada e alegre.

— Então vou ficar aqui com a senhora — disse a senhora Jessup, com a firmeza de uma carcereira. — Vamos ter uma boa conversa. Que tal tomarmos um chá?

Durante boa parte de sua vida, Lee observara outras pessoas, atraídas pela mãe, aproximarem-se; mas no fim apenas ele fora capaz de acompanhar seus altos e baixos. Às vezes perguntava a si mesmo se sua personalidade não fora tão exatamente amoldada à da mãe que era difícil o entrosamento à de qualquer outra pessoa.

— Chá? Para falar a verdade, nunca cheguei a gostar de chá. Tomava muito café, umas doze xícaras por dia, e agora os médicos me dizem que não devo beber nem o descafeinado. Café, sorvete e torta de maçã foram os meus pecados, e agora estou pagando por eles. Norman vivia me dizendo: "Você é a última pessoa no mundo, Elsie, que acha que existe isso de um almoço grátis".

Enquanto a senhora Jessup enfrentava aquela declaração, o marido levou Lee para cima. Ao passar, Jessup tocou o balaústre principal do pé da escada, com seu topo arredondado.

— Aposto que reconhece isto.

— Reconheço. — Mas na verdade o topo, com seu equator de estrias enfileiradas, fora uma presença desagradável para o pequeno Lee — uma cabeça sem olhos, um possível marciano como aqueles do rádio-teatro que assustara todo mundo em Nova Jérsei.

— Pedi para que o deixassem — disse Jessup, com um aparente orgulho tímido —, embora Dorothy achasse que não combinava com a nova decoração.

No alto da escada principal existira um patamar sem janela onde eles se reuniam, sentando-se nos degraus, durante os exercícios de defesa antiaérea, enquanto o pai de Lee saía pelo bairro escuro com braçadeira e capacete de policial temporário. Um conjunto de três degraus levava a um corredor que passava pelo quarto dos avós e dava no quarto de hóspedes, de frente para a rua. Outro pequeno conjunto conduzia para o lado oposto, para o quarto dos pais e o seu, e um terceiro subia até o banheiro coletivo. Toda essa arquitetura canhestra fora uniformizada em um desfile de quartos claros para abrigar, no apogeu dos Jessup, o casal e os três filhos em idade de crescimento. O aposento dos avós de Lee, que mesmo através de uma porta fechada exalava um forte cheiro, para seu nariz de criança, de sapatos velhos, corpos velhos, cobertores em contato com naftalina e vidros de linimentos, fora transformado no quarto da filha dos Jessup. Uma espécie de santuário, ainda exibia flâmulas da escola, um cartaz de Mick Jagger de braços desnudos, a colcha de cama de babados, e fotografias emolduradas dela mesma quando menina, quando adolescente com suspensórios, quando universitária graduanda, quando noiva de branco, quando mãe de calças compridas folgadas posando com duas crianças pequenas no que Jessup contou para Lee era um quintal em Colorado, onde ela vivia com o marido, um piloto da Força Aérea.

— Ela herdou o seu gene militar — Lee observou.

O quarto de hóspedes, onde sua mãe fazia a sesta quando precisava se isolar de todos eles, e onde Lee, quando doente, deitava-se sobre um amontoado de livros de ilustração e caixas de pastilhas para tosse, fora ampliado para o exterior, um vasto quarto principal, engolindo a janela do corredor, em cujo peitoril sempre ficara um vaso de gerânio. No fundo da casa, outras paredes desapareceram, assim como seu pequeno quarto com lambris matizados e envernizados fora incorporado ao misterioso cômodo adjacente, e no quarto dos pais se construiu um espaçoso banheiro que os filhos de Jessup partilhavam. Os quartos dos meninos ainda exibiam vestígios de extensos equipamentos eletrônicos. Naquele espaço estranho Lee se viu recordando que toda a casa adormecida ressoava com o barulho que o avô fazia, logo de manhã cedo, ao limpar as cinzas da fornalha e despejar carvão novo com a pá.

— Bem — disse ele para o anfitrião, como forma de despedida e em resposta a um determinado ar de autocongratulação. — Eu diria que o senhor viveu muito bem os seus quarenta e sete anos aqui.

— Para nós foi uma casa feliz.

— Muito bom. Para mim também. — Não mais criança e jovem veterano, eles se tornaram dois homens envelhecidos que amaram o mesmo objeto. Um vencera e o outro perdera, mas agora o vencedor também estava entregando o galardão. O tempo se apropria de tudo. Olhou ao redor mais uma vez e não conseguiu se encontrar, nem mesmo na configuração das janelas. Um furacão do tempo assolara a casa toda, não deixando nada intato. O quarto dos pais dava acesso para a varanda lateral exatamente como o de baixo, com balaústres em ziguezague sustentando a balaustrada de madeira pintada de verde. A atual balaustrada era de ferro ornamental, como se eles estivessem em Nova Orleans.

No andar térreo, um relance de olhos revelou a Lee que a mãe estava em apuros. Inclinara-se para um lado no sofá e descansava a mão ossuda e venosa sobre o peito, como que para aquietar alguma coisa dentro. No entanto, seu rosto ainda exibia um sorriso de quem escutava, enquanto a senhora Jessup terminava de dizer, provavelmente a respeito de um filho:

— Agora ele está numa empresa financeira em Wilmington, com esse ótimo Banco de Delaware.

— Mãe — Lee anunciou, para resgatá-la —, a senhora perdeu uma excelente excursão lá em cima. Eles derrubaram a parede entre o quarto de hóspedes e o corredor e construíram uma suíte! O velho quarto do vovô e da vovó está cheio de flâmulas e ursinhos. A filha deles se casou com um piloto no Colorado.

— Dorothy estava dizendo — ela respondeu — que concorda comigo; esta casa... é dura com as mulheres. — Ela falou em breves e apressados saltos, com a respiração difícil. Quando se levantou, deu um passo titubeante para o lado, e se apoiou pesadamente em Lee ao caminhar até a porta da frente. Em nenhum momento tirara o casaco xadrez.

— Alguma coisa que possamos oferecer? — perguntou a senhora Jessup, os olhos e as bochechas ainda mais reluzentes de susto. — Um copo d'água?

— Vocês me deram... tudo — foi a resposta. — Tenho... esses acessos, quando o meu peito... parece que não tem *profundidade*. — Riu reprovando a si mesma. — Vocês foram muito gentis em nos deixar... ver tudo o que fizeram. Vocês fizeram... maravilhas.

A varanda, quando Lee ajudou a mãe a atravessá-la, parecia tão ampla como na lembrança que tinha dela na infância. O passeio de concreto fulgurava sob os sapatos de ambos enquanto andavam a passos arrastados até o meio-fio. Ela se deixou colocar toda curvada no banco de passageiros e, levantando uma mão ressecada, acenou em resposta aos adeuses encorajadores e preocupados dos Jessup. Enquanto Lee dirigia o carro rua abaixo, na direção em que ele caminhava até a escola primária comendo seu Tastykake, passando pela drogaria Weisbach's, ela resfolegava, em sorvos abruptos e intensos; seu corpo tremia como se alguma ave de rapina invisível o tivesse agarrado pela nuca.

Lee perguntou:

— Vamos para casa ou direto para o hospital de Alton?

— Casa. — Uma palavra parecia ser tudo de que era capaz.

Enquanto ele virava a esquina para dar a volta no quarteirão, a mão dela, na lateral de sua visão, levou uma pílula à boca.

— Aquela casa — ela explicou. — Eu precisava... sair de lá.

— Como sempre. — O refúgio dela no mal-estar o irritava. Seu antigo ressentimento subsistira. — Bom — anunciou, ligando o pisca-pisca para sinalizar a entrada seguinte à direita, que os levaria para fora da cidade —, a senhora não precisa ver aquela casa nunca mais.

— Aquele quarto... nunca foi preto.

— Quê?

— Isso é que me perturbou. Aquele quarto nunca foi preto. Por que alguém em sã consciência... pintaria um quarto de preto?

— Isso é que eles disseram que gostariam de saber.

— Imaginaram isso. As paredes estavam forradas com um velho papel de cor creme... com florzinhas azuis... e os lambris eram de pinho, com matizes de nogueira. Mamãe costumava costurar naquele quarto, antes de perder a vista.

— Não podem ter apenas imaginado, devem ter tido alguma base, mãe. Ela foi muito clara.

— Sim, acerca de tudo. Talvez tenha sido uma brincadeira. Assim são as pessoas de Alton, Lee. Eram desse jeito quando eu era menina. Matreiras. Sempre fazendo troça. Eu me senti tão mal. Eu me senti enlouquecendo. Pensar que... nós teríamos pintado o quarto de preto.

— Como está o peito?

— Um pouquinho melhor. Não se lembra de como era o quarto?

— Não me lembro de alguma vez ter espiado lá dentro, mãe. Aquele quarto me metia medo. Quando eu me deitava na minha cama para dormir, eu me lembro, eu virava o rosto de frente para aquela parede, porque se alguma coisa saísse de dentro da parede eu poderia agarrá-la antes que ela me agarrasse.

— Meu Deus! E nós que achávamos que você era uma criança feliz.

À medida que Alton foi ficando para trás e as estradas rurais começaram a cantar sob os pneus do carro, ela se reanimou. Ajudou-o a preparar o jantar, dando as instruções de sua cadeira à mesa da cozinha, onde se sentara com os frascos de comprimidos — uma cidade em miniatura — ao lado do cotovelo. Ele fritou uma fatia grande de presunto, cozinhou uma porção congelada de ensopado de feijão, milho e carne de porco, e assou duas batatas no velho forno cheio de crostas: o tipo de refeição que ela costumava devorar, com um monte de sorvete para completar. Comeu metade, tentando agradá-lo, e ele terminou o prato dela, o que o fez se sentir desagradavelmente cheio. Durante a noite, ele a ouviu se mexendo no quarto, pigarreando e ofegando, no outro lado da parede. Ainda estava escuro, antes do amanhecer. Pensou em ir para a cama dela, mas em vez disso voltou a dormir.

De manhã, o cheiro de café subiu pela escada. Era como o avô revolvendo a fornalha: vida. A mãe estava lá embaixo antes dele, de roupão acolchoado vermelho, com a tenda de cabelo branco solto sobre os ombros. A luz que entrava pela porta dos fundos brilhava através de seu cabelo ralo e flutuante.

— O café não está *verboten*? — ele perguntou.

— Para você ainda não. Eu tomei uma xícara. Não sei por que fiquei tão furiosa quando aquela mulher me ofereceu chá.

— Tinha decidido que alguma coisa a deixaria furiosa — ele lhe disse —, não importava o quanto tentassem ser gentis.

— Eles foram gentis — ela disse sem expressão na voz.

Ele precisou partir logo depois do café da manhã, uma vez que a viagem de volta à cidade de Nova York durava três horas e ele prometera levar a filha caçula à aula de equitação no

Central Park, enquanto a mulher iria ver *Jelly's last jam* em uma matinê. A mãe o acompanhou até lá fora e caminhou arrastando os pés até onde o passeio de pedras de arenito o permitia. Calçava chinelos de camurça forrados de lã, e a relva não cortada estava lisa e branqueada pelo orvalho. Adiante da casa, o sumagre se avermelhava aqui e ali, e os choupos expunham um matiz amarelo. O outono estava para chegar, o inverno logo atrás. O que faria ela, sozinha? Deveriam ter falado a respeito na noite anterior, depois do jantar, em vez de assistirem à televisão: *Golden girls*, seguido de *Empty nest*. Ela se tornara dependente da irrealidade.

— A senhora gostaria — Lee perguntou — se eu arranjasse alguém para lhe fazer companhia na casa neste inverno?

— Os Jessup, talvez — ela retrucou. — Poderiam chamá-la de casa de retiro de aposentados. Limpariam todas as minhas teias de aranha e forrariam todas as paredes de poliéster.

No sol baixo da manhã, a parede leste da casa de pedras fulgurava como que de dentro. Lee notara a relva descuidada, as framboeseiras silvestres, as árvores elevadas mais adiante como uma rede apertada de natureza entretecida. A casa parecia perigosamente pequena. E do mesmo modo a mãe. Pela expressão preocupada no rosto, ele sabia que ela o via como menino, sentindo uma de suas cólicas estomacais.

— É um problema sério, mãe — ele insistiu com debilidade. — Preocupa-me. A senhora não deveria ficar sozinha.

Ela passara a usar os óculos cada vez menos. A ausência de armação conferia ao rosto uma aparência de despojamento e sobressalto, mesmo agora, quando adotou a expressão provocativa. Ela perguntou:

— Por que você quereria me matar, me fazendo viver com uma outra pessoa? Mal acabei de sobreviver vivendo com o seu pai todos esses anos.

Ele se contentou em ser dispensado, no entanto não foi capaz de seguir adiante pelo passeio de arenito, até os cerca de dez metros onde seu carro estava estacionado. Aquele dia de setembro começava com nuvens altas, umas poucas costelas de cirro arqueadas no frio estratosférico. Alguns pássaros fizeram um súbito e ruidoso alvoroço na velha e semimorta pereira. Havia um zumbido no ar, uma corrosão constante. O tráfego de caminhões na auto-estrada Jérsei estaria no pico.

— Pense a respeito. A respeito, a senhora sabe, de acertos mais ideais.

— Lee, esta casa *é* o meu acerto ideal. Vá, não faça a Jenny se atrasar para a aula. Meninas adoram cavalos. Talvez por isso me ressenti quando papai nos fez mudar para a cidade; significava que eu não poderia mais andar a cavalo. Espere. Deixe-me ver se consigo ir até a estrada.

Segurando no braço dele, ela tirou os chinelos e deu um passo além da última pedra com os pés descalços. O gélido choque da relva úmida disparou uma risada prazerosa: vida. Acompanhou-o, titubeando, até o carro. Os pés de veias azuis estavam inchados no alto, como pés de bebês.

— Pronto, vou estar bem — ela declarou, quando pararam de andar e ela pôde respirar. — Vou tomar meus comprimidos, procurar comer mais e botar de volta um pouco de energia. Desculpe eu deixar aquelas pessoas urbanas conseguirem o melhor de mim ontem. Eu quis tanto *não* me exibir.

Tirou do braço dele a mão sem peso, de casca de cebola, e achou apoio para os pés no relvado desigual que a manteve a prumo enquanto ele entrava no BMW e ligava o motor. Visto pela janela aberta do carro, à luz da manhã, o rosto dela parecia indefeso em volta dos olhos, a delicada pele como a de coruja.

— Desculpe — ela disse toda solene — eu ter ficado tão horrorizada.

— A senhora quer dizer com o quarto pre...?

Ela foi surpreendentemente rápida para lhe tocar o braço mais uma vez com a mão, para lhe calar a boca.

— Nem sequer *o diga*!

CRUZEIRO

Ilhas não paravam de aparecer no outro lado das janelas. Creta, Ogígia, Capri, Ponza. Calipso, que se tornara companheira de Neuman no cruzeiro, sua esposa em alto-mar, gostava de fazer amor escarranchada em cima dele olhando para fora da vigia, sentindo entre as pernas os balanços e os corcoveios do navio. Seus olhos, da cor de uma hortênsia azul, tocavam a extremidade violeta do espectro naqueles momentos. Sua pele tinha a suavidade de uma estátua nova. Ele a chamava de Calipso porque o cruzeiro todo, consistindo de sessenta e cinco passageiros e quarenta tripulantes, fora vendido como uma réplica da tortuosa viagem de volta ao lar de Ulisses, embora todo mundo, inclusive os guias, vivesse esquecendo qual porto da escala representava o que na *Odisséia*. Eram os rochedos de Bonifácio, um estreito turístico chique e íngreme na ponta sul da Córsica, *realmente* os rochedos dos quais os gigantescos e indiscriminadamente carnívoros lestrigões arremessaram rochas contra a frota, afundando todos menos o casco escuro e orgulhoso do astuto capitão? Era Djerba, uma ilha quente e sonolenta ao largo da costa tunisiana, notável por uma sinagoga em funcionamento e uma fortificação aragonesa do século XIII em desuso, *realmente* a terra dos lotófagos?

— Bom, o que é "realmente"? — o guia lhes perguntou por sua vez, devolvendo uma pergunta a cada pergunta em um estilo socrático. — Tί ἐστιν ἀλήθεια? Ou, como diriam os franceses, *Le soi-disant "Ding an sich", c'existe ou non?*

Eram dois os guias a bordo: um homem pequeno e uma mulher grande. O homem preconizava um deturpado desconstrucionismo verbal e a mulher um ressonante feminismo cósmico. Clitemnestra era sua idéia de herói grego. Admirava também Medéia e Hécuba. Usava colar de foicinhas e o cabelo ostentava como penteado serpentes de tranças. Nossos amantes — cruéis e irreverentes face a face com o resto da humanidade em seu êxtase de amor recém-iniciado — chamavam-na de Assassina. Ao guia chamavam de Homero. Homero ficava até tarde no saguão do navio toda noite, fumando cigarros e planejando o que iria dizer no dia seguinte. Parecia enfastiado com todo seu conhecimento, seus idiomas, e amarelo de tanto ficar em lugares fechados. Mesmo quando subia e descia penosamente os escorregadios declives forrados de seixos das escavações arqueológicas, usava camisa abotoada de cima a baixo e sapatos pretos de cadarço. Os amantes se sentiam superiores a ele, no estado de exaltação produzido por repetidos orgasmos no espaço da pequena cabina, balançante, rangente e astutamente equipada. "*Aiiiieeee*!", gritavam. "*Aiae, aiae*! Somos como deuses!"

As águas se encapelaram entre Malta e Djerba. Neuman vomitou, para sua própria surpresa e nojo. Pensara, com base em várias travessias atlânticas em gigantescos navios de passageiros, que estivesse preparado para agüentar o mar. Calipso, que em sua vida terrestre crescera em uma fazenda de trigo de Nebrasca e não vira o oceano antes dos vinte e um anos de idade e de um casamento infeliz, não tinha o problema do *mal de mer*; quando ele saiu em disparada da mesa no salão de jantar oscilante, ela ficou onde estava, terminou a truta-do-mar escaldada, serviu-se do ensopado de calamar dele, comeu todos os deliciosos biscoitinhos malteses da cesta de pão e pediu de sobremesa *pomme Charlotte* caramelada, acompanhada de café turco. Na tranqüilidade de seu estômago, era de fato uma deusa — Calipso, a filha de Tétis com Oceano. Ao abandonar o salão de jantar, Neuman conteve o vômito ácido com os dentes durante toda a extensão de sua carreira pelo corredor do segundo convés; quando entrou em seu próprio banheiro, expeliu como uma fonte, repulsivamente, epicamente. Ah, o que é o homem senão um punhado de gosma na cisterna do vácuo?

— Pobrezinho — disse ela, descendo enfim. Seu beijo

cheirava a caramelo e causou um pequeno acesso de náusea. — Acho que vou passar a noite na minha cabina — falou para ele. — Depois de um golinho de licor de anis.

— Não suba ao saguão — pediu, fraco e verde, e ainda assim sexualmente ciumento. — Fica cheio de beberrões todas as noites. Viajantes calejados. Durões farreando. Hoje à noite vão cantar com o cantor e depois ver *Casablanca*. Toda vez que passam *Casablanca* num navio como este, é um pandemônio.

— Não vou ter problema — ela lhe disse, os intricados olhos azuis vagueando evasivos na direção da vigia, que estava negra exceto pelo pálido brilho das luzes de estibordo e pelas espumas que batiam em diagonal no nadir de um chape particularmente nauseante dentro do nada aquoso. — Não é porque fazemos sexo legal — ela disse, com firmeza — que você é meu dono, cara. Paguei este cruzeiro com o meu dinheiro e pretendo me divertir.

Ela era uma das novas mulheres e ele, apesar do nome, um dos velhos homens. Igualdade feminina lhe soava como uma idéia irracional. Só a idéia de ela se divertir — de tentar extrair alguma felicidade egoísta daquela desordem incipiente e hiperativa do universo — dobrava e redobrava sua náusea.

— Vá, vá, sua vaca — disse ele. O estômago, como uma medusa membranosa flutuando dentro dele, estava se organizando para uma outra convulsão, e ele estava planejando a corrida ao banheiro assim que ela removesse o obstáculo de seu corpo compacto e bem vestido, com o quitão de linho azul gomado, cingido com uma corda dourada. Tinha pernas fortes e perfeitas, como as de uma líder de torcida organizada sem as meias brancas. Os quadris se ajustavam como pequenos fardos de algodão. Pés estreitos e sandálias douradas.

— O que o diabo dá — ela lhe disse contrafeita, com falso garbo — o diabo leva.

Tinham se avaliado um ao outro na partida, nas ruínas de Tróia. Ela estava de pé, com um conjunto safári cáqui e uma viseira verde-limão, no Nível VIIA, considerado a Tróia de Príаmo, se alguma coisa naquele sítio era "realmente", e ele estava embaixo no Nível II, não longe de onde Schliemann e sua vigorosa esposa grega, Sophia, descobriram e furtivamente esconderam uma reserva de tesouros de ouro dos meados do terceiro milênio antes de Cristo. Agora aquilo era uma mixórdia de montículos, seixos, relvas esvoaçantes, papoulas balouçantes, guias de olhos aquosos, norte-americanos idosos, e muros de calcário firmemente erigidos, muito provavelmente pequenos demais para terem sido as lendárias muralhas de Tróia.

— Pode isto ser tudo o que foi? — murmurava Homero para seu grupo. — *Est-ce que c'est tout*? Um pequeno povoado cheio de cascalhos junto ao pântano? Schliemann concluiu: *Es ist genug*. Isto foi Tróia.

As papoulas balançavam em meio à relva ondulante. Os cascalhos debaixo dos pés foram pisados por Cassandra e Enéas, o venerável Príamo e a arrebatadora Helena.

Os olhares dos amantes predestinados se encontraram, e se reencontraram; avaliaram-se um ao outro por tamanho, idade e indícios de compatibilidade socioeconômica, e ele com muita cautela escalou os níveis até a borda e se juntou ao grupo dela. O guia do grupo, um turco da região, estava falando sobre o julgamento de Príamo como se tivesse acontecido ainda ontem, no povoado vizinho.

— Então, o pobre do Zeus, que fazer? Uma mulher a esposa, a outra a filha, direto da cabeça... *bum*! — Bateu o punho cerrado contra sua larga testa bronzeada. — Cada senhora diz ela a melhor absoluta, *ela* merece maçã de ouro. Então Zeus, olhando em volta atrapalhado para ver longe no monte Ida, lá longe, quase dá para ver — apontou, e os turistas olharam, esquadrinhando com os olhos as planícies vazias de Tróia, vastas se não ventosas como no épico —, ele vê um pobre de um menino pastor, filho do rei Príamo, cuidando da vida dele, guiando as ovelhas. O nome dele, Páris. Zeus fala para ele: "Você, escolhido". "Quem, eu?" "Sim, você." — Os turistas norte-americanos, assando ao sol, riram por cortesia; o guia sorriu, expondo um dente de ouro. — "Puxa vida", Páris pensa com ele. "Problema." Uma senhora oferece para ele mais riquezas, Hera. Outra diz: "Não, tenha mais glória nas batalhas e nas guerras, graças a mim". Essa era Atenas, filha direta da cabeça de Zeus. A terceira diz, Afrodite diz: "Não, esqueça tudo isso. Dou a mais bela mulher do mundo para ser sua esposa". E Páris diz: "Oquei. Venceu. Negócio fechado".

Naquela altura, Neuman estava lado a lado com a presa de viseira. Sussurrou no ouvido dela:

— O "oquei" que lançou mil navios. — Uma pedregosa espirituosidade norte-americana, ali naquele remoto sítio arcaico. Ele gostou muitíssimo da orelha dela, com sua brancura marmórea e suas dobras um tanto quadradas. Era feminina e no entanto sem frescuras, como o olhar nivelado dela.

Ela sentira sua presença. A alma tem pêlos, que pinicam. De perfil, Calipso mal sorriu do gracejo, depois se virou para aquilatá-lo, calculando sua compatibilidade física e mental e a duração do cruzeiro à frente. Nauplia, Valletta, Bonifácio, Sperlonga. Oquei. Como que por destino, sem planejarem, chegaram na mesma hora ao saguão para um drinque antes do jantar. Com o maior acanhamento, escolheram a mesma banqueta e, longe de terminarem os relatos cada vez mais emocionados de seus passados individuais, pediram para se sentar na mesma mesa de jantar, enquanto o branco e lustroso navio de cruzeiro deslizava, deixando atrás o apertado Dardanelos e avançando sobre a túnica azul e reluzente do Egeu.

Malta, uma ilha de conto de fadas. Tudo tinha cor de areia — uma série de castelos de areia gigantescos se revelava à medida que penetravam pouco a pouco na enseada. Grogues de uma de suas noites marítimas de amor, Neuman e Calipso, andando um pouco à parte dos outros sessenta e três viajantes, perambularam de mãos dadas pelas azafamadas ruas de Valletta, onde todos os pedestres se voltavam para trás com uma carranca fechada. O sangue maltês pré-histórico fora derramado em séculos de imigração italiana. O palácio dos grão-mestres dos famosos cavaleiros perseguidos se tornava sombrio com as tapeçarias, e as ruínas dos templos de Tarxien eram tão antigas e seus propósitos tão conjeturais que aturdiam, bem ali no destelhado labirinto de tudo, debaixo do sol ardente.

Na enseada de Marsaxlokk, os pequenos barcos de pesca tinham olhos pintados nas proas; Neuman gostaria de saber, no entanto, se eram sinceramente mágicos ou apenas pintados para deixarem os turistas felizes. Tantas coisas eram assim agora — os símbolos de bruxaria nos celeiros da Pensilvânia, a indumentária dos guardas da Torre de Londres. O mundo se transformara em um centro de diversões temáticas de mau gosto, com atrações fabricadas e duvidosas. Existia um pequeno playground enferrujado ali em Marsaxlokk, e Calipso se sentou em um dos balanços, Neuman lhe deu um empurrão, ambos lutando contra a tristeza que brotava debaixo — uma lama preta vazando pelas grades dos *x* dos nomes dos lugares de Malta, um líquido turvo escoando sob o avanço dos dias rigorosamente marcados, a certeza de que o cruzeiro um dia terminaria. Os dois estavam entre divórcios, o que era pior do que estar entre casamentos. Seus cônjuges tinham se recusado categoricamente a participar daquele cruzeiro educativo, e aquelas recusas pairavam no ar como o zumbido nos tímpanos depois de vinte e uma salvas. No calor de Malta, na longa caminhada do ônibus até as pedras permanentes de Hagar Qim, a mão rósea dela na sua estava tão pegajosa como a de uma criança.

Maravilhas — maravilhas! — começaram a assediá-los. A senhora Druthers, uma viúva excessivamente obesa de Caldwell, Nova Jérsei, que se movimentava com muletas de metal (com muita bravura, todos concordavam, principalmente quando, alguns dias antes, içara-se durante toda a subida ao topo da fortaleza de Micenas no cimo de uma colina, pelo celebrado Portão do Leão e ao longo da borda do grande túmulo em poço), sentou-se exausta em uma das pedras de Hagar Qim com sua capa de chuva cor de areia e simplesmente desapareceu. Desapareceu! Uma busca conjunta, conduzida pelo capitão do navio e pelo serviço secreto maltês, não conseguiu descobrir seu paradeiro, embora uma ponteira de borracha de muleta tivesse aparecido em uma fenda, e um arqueólogo da região declarou que, por alguma razão, parecia haver uma pedra a mais do que o habitual.

Depois, no mar, a noiva boliviana do capitão, de poncho listrado e chapéu-coco, começou a vestir roupas transparentes e a se agarrar no bar em forma de U com o comissário de bordo durante horas, enquanto o capitão de fisionomia dura governava o navio com firmeza. O comissário de bordo era um jovem circunspecto de bigode dado a fazer cálculos excessivamente lentos, ao converter dólares em dracmas e dinares; quando lia todo lacrimoso uma tradução francesa de John Grisham ao lado da piscina de bordo que mais se assemelhava a uma banheira, enquanto o corpo surpreendentemente musculoso ganhava um bronzeado intenso e narcisístico, ele parecera, aos olhos dos passageiros, um gay ainda enrustido. Agora ele se revelava um dom-juan, um Prometeu escapando à vista da autoridade, e todas as passageiras começaram a precisar converter dinheiro e ter as contas ajustadas; elas encontraram na porta do escritório uma tabuleta dizendo HOURS/HEURES/HORAS/STUNDEN, mas não dando o horário, o espaço vazio deixado em branco.

Uma noite, bem depois da meia-noite, os passageiros se agitavam e resmungavam em seus sonhos quando o navio fez uma parada não prevista no meio do Mediterrâneo; o capitão estava desembarcando o rival em terra firme sobre uma rocha árida, encrespada como *papier mâché*, no Leste de Ustica. Em seguida, furioso, reduziu a noiva a uma forma de papagaio verde-vivo e a colocou no ombro engalanado quando desceu, os olhos flamejantes, da ponte de comando. Era um samotrácio de meia-idade e aprumado, bastante orgulhoso, o uniforme muito asseado. O papagaio serpeava sem parar a cabeça pequena e reluzente, afirmando, com um crocito e um ceceio: "*Sí. Sí*".

Mas o mais maravilhoso foi o que aconteceu com o senhor Breadloaf. Era o mais velho dos passageiros, bem entrado nos oitenta. Em sua boca faltava um bom número de dentes mas mesmo assim sorria, com um agradável viés; o rosto branco ganhava um ar sinistro com a vermelhidão das pálpebras caídas embaixo dos olhos, como duas breves luminosas em uma página sem outro destaque. De Djerba, um grupo que incluía um senhor idoso passou para o continente tunisiano em uma balsa cheirando a caminhões Mercedes-Benz a diesel. Um ônibus esperava os passageiros do cruzeiro e os levou através de quilômetros de olivais até a ruína da cidade romana de Gigthis. Ali, próximas do mar, pedras pálidas — pavimentos, degraus, colunas despedaçadas, capitéis coríntios invertidos — ainda transmitiam a sensação de uma rede; caminhando devagar e em círculos com seus tênis e emblemas azuis do cruzeiro, os norte-americanos puderam sentir a presença de uma esperança antiga, uma ordem projetada de longe. AVRELIO VERO CAESARI GIGTHENSIS PUBLICE, declarava uma pedra ereta e avermelhada. A Assassina se pôs de pé no alto de um pilar mutilado e, com uma dicção elegante originalmente destinada a capturar a atenção de estudantes do interior, traduziu o texto para eles:

— "Eu, imperador Aurélio, entrego-lhes esta pequena cidade romana ornamental, com seu fórum, suas lojas, seus banhos públicos e seu elegante plano de rua em rede, como amostra do que o poder de Roma é capaz de fazer por *vocês*. Vocês aí, dêem continuidade ao programa!".

A hora do jantar se aproximava; os motoristas de ônibus, homens magros com barbas de dois dias por fazer, fumando nas dunas, foram erguendo as vozes em sua conversa em árabe, como um sinal de crescente impaciência. O céu azul acima deles se tornava opaco; sombras paralelas se alongavam nas ruínas ordenadas. Mas à medida que os turistas começaram a se agrupar e se afastar na direção do ônibus pelas arcadas de calcário desmoronadas, o senhor Breadloaf, sozinho de pé em um espaço pavimentado como uma coluna levemente inclinada, transfigurou-se. Ficou mais alto. Sua bengala balanceou lá embaixo como uma bengalinha de açúcar-cande, e sua mão velha e nodosa a soltou com um estrondo. Sua face branca radiante expandiu uma linha diagonal sorridente. A esposa de cinqüenta e seis anos, de vista e ouvido cansados, olhou para cima com habitual admiração. A auréola do marido estava agora bastante difusa, e suas perturbadoras pálpebras se esfumaram em duas nuvenzinhas delgadas e vermelhas perto do horizonte, acima do lendário mar negro-vinho. O senhor Breadloaf se transformara em um crepúsculo — o fim obsedante de um satisfatório dia cheio de atrações.

* * *

Ah, como os antigos sabiam, nada é duradouro. A ventura celestial dos amantes foi perturbada na décima primeira noite pelas reiteradas fungadelas de Calipso.

— Tem um cheiro esquisito nesta cabina — ela disse. — Mais do que esquisito. Horrível.

Neuman se sentiu ofendido.

— Acha que sou eu?

Ela se curvou e cheirou o peito dele, as axilas.

— Não. Cheiro normal masculino. Gostoso. — Saiu de cima dele com vivacidade e circulou, nua, pela cabina, abrindo portas, agachando-se, farejando. Reflexos das luzes de estibordo, trazidas de volta pelas ondas, iluminavam ora suas nádegas um tanto quadradas, ora a meia-lua de seus ombros e a flutuante queda de sua cabeleira, libertada dos grampos de fios de ouro espiralados. Sua voz flagrou: — Está aqui, bem aqui embaixo. — Ela estava no armário, no estreito corredor que levava ao banheiro. — Ai, que *fedor*!

Acenderam a luz. Nada havia lá além dos sapatos, inclusive um par de sandálias que ele comprara em uma fileira de lojas perto de Houmut Souk. "Um dólar, um dólar", cantara o tunisiano na porta da loja, mas, quando Neuman entrou e se viu preso em um cômodo dos fundos entre paredes de couro trabalhado, espanta-moscas de crina de cavalo e canecas de souvenir impressas com fotografias da fortificação aragonesa, homens não pararam de cutucar suas costas, enfiar sandálias em sua cara e dizer: "Trinta e cinco dólares, só trinta e cinco dólares". Entrara em pânico, mas ao se agachar para forçar caminho naquele pega-pega, de volta à rua, uma voz gritara: "Dez", e ele — tão disposto quanto Odisseu a evitar violência desnecessária — dissera: "Negócio fechado". As sandálias eram bege e caíam muito bem, pensou, no peito do pé. Usara-as umas duas vezes para ir à piscina de bordo, que estivera deserta desde que o comissário leitor de Grisham fora abandonado na costa deserta por hibris.

Calipso levou as sandálias para perto de seu belo e branco nariz dórico, com as asas das narinas bronzeadas.

— Argh— fez ela. — Peixe. Peixe podre. Usaram cola de peixe para prender as solas. Jogue-as *fora*, benzinho.

O tom da voz lembrou a Neuman, desagradavelmente, a mulher em terra firme, a mulher oficial, a milhares de milhas aéreas.

— Escute — disse. — Paguei um bom dinheiro por essas sandálias. Arrisquei minha pele por elas; imagine se um daqueles sujeitos na sala dos fundos tivesse puxado uma faca.

— Eram tunisianos pobres — ela fungou — tentando vender para um nojento de um ocidental rico. Você gosta de dramatizar cada encontro de nada. Mas está enganado se pensa que vou continuar fazendo amor com um homem cuja cabina cheira a peixe morto.

— Eu nem sequer notei o cheiro — argumentou ele.

— Você não é lá muito sensível, é só o que posso concluir.

— Se você estivesse realmente envolvida comigo como aparenta estar, não teria nem notado.

— Eu *estou* envolvida, mas nem por isso fiquei completamente insensível. Jogue essas sandálias no mar, Neuman, ou então faça o resto deste cruzeiro sozinho.

— Vamos chegar a um acordo. Vou embrulhá-las numa sacola de plástico e colocá-las embaixo da roupa suja para lavar.

Ela aceitou o acordo, mas o relacionamento fora ferido. As ilhas avistadas pela vigia continuaram a passar, cada vez mais depressa: Stromboli, Panarea, Lipari, Sicília. No estreito de Messina, prenderam a respiração, entre a Cila do amor tido e perdido e a Caribde do amor jamais tido.

Em Corfu, supostamente a terra dos fecianos obsequiosos, que transformaram Ulisses de trôpego náufrago em um convidado bem alimentado e bem vestido digno de ser devolvido à ilha onde era rei, Calipso não gostou do palácio de Achilleion, construído em 1890 para satisfazer a extraordinária afeição da imperatriz Elisabete da Áustria por Aquiles.

— É tão *pseudo* — ela comentou. — É *tão* alemão.

Ela não ter gostado do cheiro de peixe das sandálias ainda amargurava Neuman.

— Para mim — ele disse — esta quinta grandiosa de estilo neoclássico tem um adorável encanto da última etapa vitoriana. Estátuas sem nariz e braços quebrados, por exceção, e impregnadas de sensibilidade científica. Quem disse que o século dezenove não era capaz de esculpir? Veja com que graciosa precisão anatômica o menino e o golfinho, aqui na fonte, se entrelaçam! E observe, querida, no *Aquiles agonizante* de Ernst Herter, como a carne do tendão se retrai em volta da seta, como que eroticamente! Esqueça o "como que". É erótico. É *nós*.

Mas a cada dia era mais difícil distraí-la, entretê-la. Na expectativa do ferimento que sua natureza suscetível, vã e divina logo sofreria, ela estava tentando tornar a inevitável separação sua própria proeza. Não mais cavalgando a subida e a queda do navio, encolhia-se embaixo das cobertas ao lado dele enquanto as caprichosas luzes difusas da costa da Grécia e da Albânia envolta em trevas passavam para bombordo. Só a pontinha rósea e beijada pelo sol de seu nariz dórico era visível, e quando ele a tocava, também ela se retirava para dentro da carapaça das cobertas.

No Nekromanteion de Éfira, que outrora se acreditava ser a entrada do Hades, foram conduzidos, sob a forte luz do sol, pelo labirinto que peregrinos crédulos havia muito tempo trilharam no escuro, em uma provação que levava dias e muitas oferendas. Aos peregrinos modernos foi mostrada a sala subterrânea onde sacerdotes gritavam oráculos através do chão de pedra da última câmara. As pedras exalavam odores de todas aquelas vidas passadas, que hesitaram, do nascimento à morte, à luz bruxuleante da ilusão.

Na pequena sala de palestras em forma de leque, com o fraco projetor de slides e a lousa verde lisa que resistia à impressão do giz, Homero tentou prepará-los para Ítaca. Seu rosto triangular descorado estava particularmente melancólico, iluminado por baixo pela pálida lâmpada do atril. O fim da viagem significava para ele voltar à universidade — aos estudantes rosados invencíveis em sua ignorância, à demoníaca política da faculdade, às reivindicações ruidosas por graus mais elevados do politicamente correto e da diversidade cultural.

ΚΡΙΝΩ, ele escreveu na lousa, pronunciando: "*krino* — discernir, ser capaz de distinguir o real do irreal. Para isso, precisamos de *noos*, mente, consciência". Escreveu em seguida: "ΝΟΟΣ". Seu rosto iluminado por baixo estava tão sinistro quanto uma caixa de surpresas ou um ponto sussurrando as falas para atores entravados.

— Precisamos de *no-os* — ele pronunciou, escrevendo com seu giz invisível em uma furiosa intercalação — para alcançarmos nosso *no-os*, nossa volta ao lar. — Afastou-se de lado para revelar a palavra completa: ΝΟΣΤΟΣ. Reconsiderando, rapidamente apagou duas letras, criou ΠΟΝΤΟΣ, e acrescentou com um sorrisinho malicioso: — Depois da nossa travessia do mar juntos, o *pontos*.

E o maravilhoso a respeito de Ítaca é que pareceu *mesmo* uma volta ao lar, às ilhas quintessenciais, verdes, transbordando de lembranças e escarpa: *ithaki*, escarpado. O ônibus que os levou pela estrada sinuosa até o monastério de Kathara e à *soi-disant* cidadela de Ulisses repetidas vezes teve de retroceder, com um resfolegar forçado do motor e um guincho torturado dos breques. Tivessem os pés do motorista escorregado, Calipso e Neuman, sentados no fundo de mãos dadas, estariam dentre os primeiros turistas mortos, o ônibus deslizando e capotando colina abaixo, caindo em câmara lenta à Peckinpah, sobre os penhascos brancos e cremosos de Korax, até chegar ao platô bosquejado de Marathia, onde o leal Eumeu banhara os porcos e tramara com o monarca retornado a matança dos pretendentes — os pretendentes cujo único erro, realmente, fora captar os sinais confusos da rainha extenuada. As mãos dos amantes se apertaram, tão apertadas quanto os lombos dos dois, ao pensamento da longa queda com a morte — *aiae*! — no final.

Mas o motorista, um robusto rapaz da região chamado Telemachus, estava acostumado a fazer aquela rota. No monastério, buganvílias estavam em flor e um monge velho, cego e demente, sacudia a mão pedindo dinheiro e de vez em quando gritava, sentado em um banco de pedra intricadamente sombreado por parreiras.

— No nosso país, ele seria um desabrigado — disse Neuman com cautela.

— Não sei por que — ela disse, sem sorrir — me ofende a insinuação de que para ser religioso é preciso ser insano.

Um cachorro branco e sujo dormia na frente de uma porta azul, um azul de uma integridade tão inefável que Calipso a fotografou aumentando o tempo de exposição. Abaixo deles, o navio do cruzeiro era tão branco quanto um sabão rachado assentado no fundo de uma banheira safira cujos lados eram encostas de montanhas.

O ônibus desceu por um caminho diferente e parou no ensolarado povoado de Stavros, distribuído em terraços. Ali, em um pequeno parque, o busto de Odisseu os aguardava. Neuman posou do lado dele para a câmera de Calipso; embora Neuman não tivesse barba de bronze, havia uma semelhança, a de todo homem com outro. Errantes, desertores, regressos. Agora, com estado de espírito de fim de férias, os graduados de Harvard posaram para os graduados de Yale, e vice-versa, enquanto aqueles passageiros marginais de Columbia e da universidade de Chicago olhavam com desdém.

Calipso e Neuman se afastaram da praça, com seus monumentos e suas tavernas, e encontraram uma pequena loja em uma rua lateral, onde compraram souvenirs, cachecóis, aventais, cestas e vasos, para os cônjuges e os filhos. Ele disse, pensando na tensão dos lombos dela, tão femininos e no entanto sem frescura:

— Não suporto isso.

— A vida é uma viagem — disse Calipso. — Nosso prazer tem um preço. O preço é a perda.

— Não me faça preleções — ele pediu.

Ela encolheu os ombros, propondo:

— Fique comigo, então, e eu o tornarei divino. Este foi o último arquejo de sua juventude. Comigo, você será eternamente jovem e jamais morrerá.

Neuman jamais se esqueceria daquela propriedade estática, elétrica, que ela projetava ali, com os braços cheios de roupas e as mãos cheias de dracmas, olhando para ele nas águas daquele desafio celestial com íris tão multiformes como as florações das hortênsias. O lábio inferior dela tremulou? Aquilo era o mais vulnerável que a filha de Oceano se permitiria parecer. O mortal transtornado se defendeu o melhor que pôde, distinguindo o real do irreal:

— Sou apenas um homem. Só os deuses e os animais podem suportar a monotonia da eternidade, por mais que paradisíaca.

Ela lhe dardejou o perfil, com um gracejo:

— Quem é que está fazendo preleção agora?

Por acordo mútuo dormiram, naquela última noite no mar, em cabinas separadas. Mas às quatro da madrugada, Aurora Mergenthaler, a melodiosa hospedeira-chefe, anunciou a cada cabina pelo sistema de alto-falantes que o navio estava prestes a passar pelo canal de Corinto. O projeto, acalentado por Periander e Calígula, e na verdade iniciado por Nero, fora retomado por uma companhia francesa em 1882 e concluído pelos gregos em 1893. O canal tem seis quilômetros de extensão, vinte e quatro metros de largura e setecentos e oitenta metros no ponto mais alto. Aberto inteiramente a mão, transformara o Peloponeso de península em uma ilha.

Na escuridão da noite, as muralhas da terra deslizavam sinistramente, elevando-se mais e mais. Parecia haver inúmeros horizontes, assinalados pelas luzes azuladas que recuavam. O navio, anteriormente tão livre, avançava arrastado pelo canal como um boi com antolhos. O úmido convés superior estava surpreendentemente bem povoado por conscienciosos viajantes, alguns de pijamas espectrais, outros usando roupas de jogging excêntricas, e outros ainda inteiramente vestidos para desembarcar no continente em Pireus. Personalidades que se tornaram distintas ao longo dos dias agora se dissolviam em formas foscas: sombras. Calipso não estava entre eles. Ou, se estivesse — e Neuman procurou, passando de rosto em rosto com o coração palpitando —, transformara-se a ponto de não ser reconhecida.

AVÓS

O casal Maple se divorciara alguns anos antes de a filha mais velha, Judith, casar-se e ter um filho. Ela estava morando com o marido, um programador de computação free-lance e trovador de meio expediente, à beira da pobreza, em Hartford. Joan Maple, agora Joan Vanderhaven, disse para Richard Maple pelo telefone que ela e Andy, o marido, pretendiam ir de Boston até lá para o parto, que seria induzido.

— Mas que ridículo — disse Ruth, a esposa de Richard. — A menina já passou dos trinta, tem um marido. Ter os pais divorciados dela pajeando não é só absurdo, é cruel. Quando tive o meu primeiro bebê eu estava no Havaí e a minha mãe estava na Flórida, e era assim que nós duas queríamos. A gente precisa de *espaço* quando está tendo um filho. Precisa de *ar*, de *respirar*. — Recordando-se de seus próprios partos, eficazmente naturais, ela começou a ofegar, de modo perceptível. — Deixe a coitada da sua filha em paz. Levou dez anos para ela superar a péssima criação que vocês lhe deram.

— Joan diz que Judith quer a presença da mãe. Se ela quer Joan ela deve me querer. Se eu deixar Joan ir sozinha lá com Andy, o bebê vai pensar que Andy é o avô. O garoto vai... qual é a palavra?... gravar na memória.

Ruth retrucou:

— Ninguém, nem mesmo um bebê de meia hora de vida, poderia jamais pensar que Andy Vanderhaven faz parte da sua família. Vocês são todos maltrapilhos, e Andy é um janota. — Richard havia muito tempo se acostumara ao modo decidido de Ruth ver as coisas; era como viver em um livro de ilustrações recortadas, sem nenhuma dimensão de ambigüidade.

Mas a idéia de deixar o primeiro neto chegar ao mundo sem ele estar por perto era dolorosa. Judith nascera na Inglaterra, e estava toda embrulhada em panos quando a viu pela primeira vez — um pacote compacto com uma carinha vermelha redonda. Fora o primeiro bebê que ele segurara no colo; achara que seria uma experiência arriscada, permeada pelo medo de derrubar algo tão precioso e frágil; mas não, mesmo no bebê mais miúdo havia uma força adesiva, alguma coisa que ativamente se encaixava nos braços e nas mãos, afastando o temor. A cabeça quente e cambaleante, os olhos errantes como gotas opacas de líquido celestial, a carinha de olhos apertados colérica e muscular com a vontade de viver. *Estamos juntos nisso*, papai, o corpo do bebê lhe assegurara, *e vamos passar por isso juntos.*

E passaram, por cueiros e dar de comer de madrugada, cólicas e sarampos, lágrimas adolescentes e acessos de bobice, aulas de flauta e aulas de patinação, escola primária e escola secundária, até que enfim, assistindo cerimoniosamente a um espetáculo montado pelos formandos, Richard se surpreendeu de como a filha, no grupo das dançarinas de malha de pernas compridas, em sincronia com as outras, adotara uma pose final e olhara para a platéia sem sorrir. As sobrancelhas delas todas erguidas inquisitivamente. Perguntavam: *O que somos nós?* E a resposta, da platéia silenciosa e pasma, fora: *Mulheres.* Nunca antes Richard vira com tanta nitidez a filha como um corpo solto no mundo, competindo, separado de seu próprio corpo. E agora o corpo dela estava se dividindo, dando nascimento a um outro, e não, de modo algum, deixaria Joan estar sozinha lá tendo o bebê só para ela.

Dirigindo pela Rota 86 contra os estilhaços ofuscantes do crepúsculo, ele ouviu um disc-jockey grasnar: "Tirem os minhocões das naftalinas, friorentos, vamos chegar a zero esta noite!". Fora um mês de janeiro seco até aquele momento, mas o pouco de neve que caíra não derretera, por causa do frio; a temperatura daquela noite bateria o recorde. A rádio tocava música *country*. Hartford sempre lhe parecera uma cidade de interior agradável, uma pequena floresta de arranha-céus de vidros esverdeados na estrada sinuosa que levava a Nova York;

quando se descia saindo do emaranhado de elevados, havia um vazio comovente, de ruas desertas de madrugada e de lacunas grandiosas de uma capital de estado. Era uma cidade sem ninguém, apenas algumas sombras efêmeras e alguns montes de neve sulcada. O conjunto do hospital continha uma garagem, mas ele circulou os quarteirões da área pobre até encontrar um parquímetro. Ainda não eram seis horas, e já estava bastante escuro. Richard caminhou apressado no ar impiedoso rumo às luzes brilhantes das dependências aquecidas do hospital. Era o último daquela família expandida a chegar, e o menos importante. Uma recepcionista e seu computador indicaram-lhe o andar correto, e, depois de ficar sentado na sala de espera o tempo suficiente para passar os olhos no melhor das duas edições de *Sports Illustrated*, Joan veio às pressas até ele, saindo de algum quarto mais profundo e mais íntimo da ala da maternidade, como uma anfitriã aflita determinada a fazer qualquer visita, por mais inconseqüente, sentir-se bem recebida.

Ela engordara com seu contentamento como senhora Vanderhaven — Andy, obviamente, não impôs a tensão emagrecedora do primeiro casamento — e trajava um vestido amarelo solto, com estampas de florzinhas, que parecia antiquado, um vestido da volta à natureza da década de sessenta. Seu rosto, mais largo do que ele se lembrava, ganhara um rosado com o evento que a tomava — estava para ser avó — e com o calor tropical da temperatura do hospital.

— Não sabíamos se você viria ou não — ela explicou.

— Eu disse que viria — Richard objetou, com brandura.

— Não sabíamos se Ruth ia deixar.

— Como ela poderia me impedir? Ela achou uma ótima idéia. "Mande lembranças a todos", ela disse.

Joan lhe lançou um breve olhar azulado, sem saber ao certo, como muitas vezes não soube, o quanto ele estava sendo irônico. Parecia, desde os anos em que estiveram casados, que ela perdera os cílios, e o cabelo ficara grisalho no alto da testa larga. Ela disse, em tom factual:

— Estouraram a bolsa d'água uma hora atrás, e agora nós só estamos esperando começarem as contrações. Judy está animada, embora um pouco apreensiva. — Esta última descrição parecia servir também a Joan; era tímida com ele. Suas conversas por telefone, que, com o pretexto dos filhos, persistiram por muito tempo no segundo casamento dos dois, diminuíram nos últimos anos; passavam-se meses de silêncio agora, e ele não sabia quando fora a última vez em que estivera sozinho com ela como estava naquela sala de espera de luzes quentes, com cadeiras de plástico enfileiradas em cores alternadas e o aparelho de televisão lamuriante instalado perto do teto. Era o domingo do Super Bowl, e os locutores aceleravam com entusiasmo; mesmo as mulheres integrantes da equipe de noticiário eram obrigadas a ser entusiasmadas. Joan se curvara de um modo desajeitado para olhá-lo de frente, as mãos cruzadas sobre as coxas, e então, talvez reagindo a uma dor nas costas, de repente se sentou na cadeira de plástico ao lado da dele. A dele tinha uma cor creme encardida, a dela um laranja desbotado. Os formatos moldados se destinavam a pessoas estreitas, e Richard e Joan tinham de recuar na beirada para evitar que as ancas se tocassem.

— Quem não ficaria apreensivo? — ele perguntou. — E quem é "nós"? — Tirara o sobretudo mas ficara de paletó esporte de tweed, e com desconforto sentiu o calor daquele corpo próximo.

Mas Joan pareceu ficar logo à vontade.

— Ah — fez ela —, Paul e a irmã de Paul... ela é enfermeira, como você sabe, só que não neste hospital, mas eles a deixaram sentar com a gente na sala de pré-parto... e Andy e eu. E, claro, Judy e o estrangeiro pequenino.

— Um bocado de gente — ele disse. — Como é que Paul está se comportando?

Seu genro, cujo cabelo loiro já estava rareando na frente, usava rabo-de-cavalo, e a Richard ele sempre parecera desaforadamente alto, como se ele mesmo tivesse acabado de acrescentar alguns centímetros mais em uma espécie de escárnio corpulento. Richard nunca soubera com exatidão o significado da palavra "espigado", aplicada a uma pessoa, mas Paul Wysocki o ajudara a entender. Uma pessoa espigada era um talo alto e seco que se tinha vontade de arrancar e jogar fora. Richard estava surpreso que o casamento durara cinco anos.

— Ma-ra-vilhosamente — disse Joan, com ênfase defensiva. — *Muito* carinhoso com Judy, e bastante seguro. Não perdeu uma só aula sobre parto, sabe, e está todo preparado para os movimentos respiratórios junto com ela. Ele trouxe o livro de poesia predileto dela, E. E. Cummings, para ler em voz alta como distração, se ela precisar.

— Como é que se lê E. E. Cummings em voz alta? Todas aquelas letras dispostas em ziguezague e todos aqueles espaços abertos...

— Nós dois ouvimos ele mesmo lendo, não se lembra? O ano em que ele deu as palestras de Norton.

Cummings era um homem baixo, bastante calvo, de smoking, de gestos muito precisos, lendo de tudo — Wordsworth, Dante, e mesmo sua prosa e sua poesia — com uma voz semelhante ao som de flauta, que nunca vacilava ou falseava, em cima do palco cavernoso do teatro Sanders. Richard e Joan ficaram juntos na fila no inverno de Cambridge para entrar no teatro, cujo vasto espaço neogótico murmurava e fumegava com a emoção dos estudantes. Por um instante ele e aquela mulher idosa e gorda ao lado se transformaram em um par de binóculos gastos focalizados naquele animado homúnculo de cabeça lustrosa imerso na transparente massa de tempo perdido. Ele era deles, em conjunto e em particular, flauteando a "Ode à imortalidade" de Wordsworth, estrofe após estrofe, enquanto a platéia de estudantes em volta se inquietava, estofada nas cadeiras com centenas de sobretudos.

Joan se retirou, prometendo voltar. Não o convidou para se reunir ao grupo em volta de Judith, muito menos ele o queria. Pegou o elevador e desceu ao restaurante self-service, para tomar uma xícara de café e comer uma torta de limão. Alguma coisa nos restaurantes de hospital o libertava de todos os rigores dietéticos. Se algo fizesse mal, não o venderiam. Telefonou para Ruth, a cobrar.

— Oi, estou aqui, bem. Não aconteceu muita coisa ainda.

Gostava de telefonar para a mulher, porque a voz dela, ao telefone, tinha um aspecto gutural, consistente, que não ouvia com facilidade quando estavam frente a frente; era uma voz jovem, a voz do tempo em que se cortejaram — reservada, premente, úmida. No entanto, o que ela disse foi tipicamente ríspido:

— Bom, claro que não. Quem disse que ia acontecer *muita coisa*? É capaz que você fique dias aí. Onde vai ficar?

Richard sorriu; sempre fazia a mesma pergunta, como se o fato de ele ficar em um hotel fosse uma espécie de infidelidade.

— No Best Inn, na entrada da Rota 84. Achei que devia reservar um quarto antes de vir para cá. Vai ser a noite mais fria do ano. Já chegou a zero em Boston?

— Não sei! Estava assistindo ao *Sixty minutes*, uma fascinante denúncia das indústrias farmacêuticas, mas agora, graças a você, perdi a conclusão. Mike Wallace foi absolutamente impecável com alguns diluídos CEO da Squibb.

— Não acho que, depois da indução, demore dias.

— Bom, eu nunca pensei que ia acabar como uma mulher separada enquanto meu marido sai por aí olhando os filhos terem filhos. E Joan, como está? Graciosa como sempre?

— Só a vi um pouquinho. Estão todos em alguma outra sala contando as contrações de Judy, e eu estou do lado de fora, na sala de espera, lendo o velho *Smithsonians*.

— Que injustiça! — disse Ruth, soando como se estivesse, enfim, comovida.

— Não, Joan entende. Não preciso estar na mesma sala com aquele varapau elegante.

— Mas você gosta tanto de Judy.

— Mais uma razão para não distraí-la.

Depois de desligar, voltou ao restaurante e comprou um Almond Joy. Fazia anos que não comia um. Tinha voltado havia menos de um minuto para a folheada das revistas velhas quando Joan retornou.

— Onde é que você andou? As contrações de Judy aumentaram e ela vai para a sala de parto. — As bochechas da ex-mulher exibiam um rubor sarapintado e febril; com o cabelo grisalho ondulante e o corpo sem cintura, ela parecia uma daquelas senhoras de Cambridge amantes da arte sobre quem Cummings escrevera sarcasticamente, mas que ainda assim assistiu a uma de suas leituras, décadas atrás, entre os ardorosos estudantes. — O médico diz que Paul e eu podemos ficar com ela, mas não Andy. Andy detesta salas de espera, acha que estão infestadas de germes, e as enfermeiras falaram que ele podia esperar no quarto de Judy, por que não? Lá tem televisão. Achamos que você talvez gostasse de ir para lá também. — Joan deu a impressão de estar um pouco alarmada com a idéia, como se os dois maridos dela não se conhecessem havia anos e não tivessem superado todos os obstáculos. — Judy está preocupada de você ficar aqui sozinho.

— Bem, não queremos preocupar Judy, queremos? Claro, por que não? — disse Richard, e deixou que ela o conduzisse pelo corredor. O cabelo dela parecia menos grisalho atrás, e balançava como costumava fazer quando ela pedalava a bicicleta na frente dele ao longo das calçadas diagonais de Harvard Yard.

Andy estava sentado na única cadeira de couro do quarto, lendo um livro pequeno e austero da Oxford University Press, com um marcador de páginas costurado. Estava de óculos estreitos de ouro e ergueu os olhos como um mestre-escola cético. Richard lhe falou:

— Continue lendo, Andy. Vou ficar agachado aqui no cantinho.

Joan hesitou com inquietação, as mãos estendidas para os lados como se em uma dança de roda com parceiros invisíveis.

— Dick — disse ela, apontando —, há uma outra cadeira que também parece confortável.

Andy ergueu de novo os olhos sobre os óculos.

— Gostaria de se sentar aqui, Richard? Para mim tanto faz.

— Não, absolutamente, Andy. Sobrevivência do mais forte. Ao vencedor os espólios, ou algo parecido. O que é este livrinho simpático que você está lendo? Catecismo?

Divertia-se com o fato de que Joan, filha de um clérigo para quem o conceito de Deus parecia não só obscuro como opressivo, tinha se casado com um membro de igreja tão ardoroso. Andy era episcopal assim como um mandarim chinês era confuciano, para satisfazer os ancestrais. Mostrou para Richard a capa da pequena antologia: *Exploradores da África Ocidental.*

— Mas é extraordinária — disse ele — a fé que aqueles pobres-diabos tinham. Estavam todos indo ao encontro da malária, evidentemente.

— Vão estar bem aqui? — Joan perguntou.

O marido não respondeu, de modo que Richard chamou a si a responsabilidade de tranqüilizá-la.

— Felizes como mariscos. Avise-nos quando o bebê nascer ou quando o jantar for servido, seja lá o que venha primeiro.

Depois de ouvir Andy virar as páginas e fungar por algum tempo, e de olhar pela janela para um espaço pavimentado, polvilhado de neve, atravessado de vez em quando por um vulto humano encolhido contra o frio, Richard perguntou ao outro homem:

— Importa-se se ligo a tevê? Estamos perdendo uns comerciais excelentes.

— Aquele jogo de futebol? Vê essas coisas?

— O Super Bowl, em geral, sim. Andy, como é que você pode se considerar norte-americano e não ver o Super Bowl?

— Não me considero norte-americano — retrucou Andy, e fungou — com muita freqüência.

Richard riu. Aquela fora engraçada, concluiu. Se estivesse em casa, Ruth o teria obrigado a assistir a *Nature*, no PBS. Um time usava capacetes brancos, e os outros capacetes eram da cor do bronze. Um zagueiro passava bolas como setas, preciso e diagramático, e o outro só se deslocava de sua área de proteção para lançar bolas altas e oscilantes, borboletas a serem apanhadas.

— Que pegada! — Richard exclamou. — Viu aquela, Andy? Sozinho, quinze centímetros do Astroturf!

— Não, não vi.

— Foi um milagre — Richard lhe garantiu. — Um milagre que acontece uma vez na vida. Olha lá... veja no replay!

Joan voltava para verificar como estavam a mais ou menos cada meia hora. Em uma dessas incursões, trouxe-lhes sonhos, e em uma outra, tigelas de Styrofoam de sopa de talharim com galinha em uma bandeja de papelão reciclado.

— O restaurante está fechando — ela explicou.

— Bolacha, lembrou das minhas bolachas? — perguntou Richard.

— Sal e amido, Dick, meu rapaz — disse Andy. — Ainda come essa porcaria?

Joan enrubesceu.

— Na verdade, me lembrei — disse para o ex-marido, e tirou dois pacotes de biscoitos salgados de um bolso do vestido deselegante de florzinhas amarelas. — Eu ia dar só se você me pedisse.

Andy explicou para ele:

— Nesta sopa enlatada já tem sódio suficiente para acrescentar cinco pontos à sua pressão arterial.

— Vai! *Vai*! — Richard gritou para a tela da tevê, onde um jogador, o capacete de bronze abaixado, as panturrilhas marrons bombeando, empurrava para trás três adversários a fim de conquistar a área necessária para um primeiro lance.

Andy enfim parou de tentar ler o livro e pôs os óculos para distância, melhores para acompanhar o comentário futebolístico especial do companheiro de quarto. Richard se viu torcendo espontaneamente para os capacetes de bronze — o mais oriental dos dois times, e o que tinha o zagueiro incansável e pontas mãos-furadas. Perdiam por dez pontos no primeiro tempo. O show do intervalo parecia longo demais, com gente demais, baseado na nostalgia pela marca registrada do rock dos anos setenta que os dois homens eram velhos demais na época para apreciar. Richard saiu e encontrou uma máquina automática, trazendo de volta quatro dólares de confeitos e salgadinhos em saquinhos de papel parafinado. Andy comeu alguns anéis de queijo, limpando os dedos no lenço depois. Joan entrou, os olhos de um azul elétrico como costumavam ser depois de um banho, e lhes disse:

— Estão mais rápidas agora — as contrações.

— Quantos pontos agora? — Andy perguntou quando o zagueiro de capacete de bronze foi derrotado atrás de sua própria linha de gol.

— Só dois. Última oportunidade de comer os queijinhos.

— Não, obrigado. É tudo seu.

— Que tal um Twizzler sabor morango?

— Não, pelo amor de Deus.

Richard gostaria de saber se Andy era tão fastidioso assim na cama. Talvez Joan tivesse tido necessidade disso — de um homem que a estimulasse, que a fizesse se sentir relativamente liberada. "Não importa aonde eu vá", uma vez se queixara com Richard, não apenas quanto ao sexo, "você está à minha frente."

— Nossa — disse Andy, referindo-se a um passe tenso e demorado da bola que bateu nas pontas dos dedos do receptor, e em suas mãos ficou, apesar do golpe letal em ponto vulnerável.

— Esse parece ser o objetivo de toda a ação agora — Richard explicou. — Tentar descascar a bola. É impressionante o que passa por legítimo entre os profissionais. Olhe o que acontece *depois* que agarram o adversário. — Por quanto tempo, perguntou a si mesmo, Joan e Andy dormiram juntos antes de ele saber? Dizendo que tinha necessidade de algum interesse fora de casa, ligara-se ao coro episcopal, e voltava dos ensaios das quintas-feiras à noite cada vez mais tarde, entrando embaixo das cobertas com um furtivo farfalhar tão alto quanto um trovão. Mesmo que estivesse dormindo, o repentino corpo quente, os dedos dos pés gélidos e o hálito cheirando a cerveja acordavam-no. No coro, Andy era baixo, embora se pudesse confundi-lo com um tenor.

— Sobrevivência do mais forte — disse Andy agora, sorrindo consigo mesmo.

Um rápido relance, outro passe tenso completado, uma brilhante escapada através de uma brecha aberta em um milionésimo de segundo por uma luta ofensiva altamente profissional, e em seguida aquele sensacional zagueiro arremetendo a cabeça baixa e se retorcendo além da linha do gol: os derrotados do leste estavam de volta para dominar o jogo. Uma interrupção pouco antes, na quarta rodada, por um atacante que quase obstruiu na direção errada, e a contagem estava empatada. Andy, que agora estava bastante envolvido, deu vivas, e Richard lhe estendeu a palma da mão para as cinco palmadas.

— Meu Deus — fez Joan, entrando mais uma vez no quarto. — Desculpe interromper a farra, moçada, mas trago notícias.

— Não! — exclamou Richard, de repente aterrorizado, como quando às vezes no cinema um vasto poço de realidade e uma morte subseqüente se abriam embaixo dele, revelando que a bruxuleante aventura na tela era uma simples distração de sua vida, um desperdício de minutos enquanto seu minuto derradeiro se aproximava rapidamente.

— Sim — retrucou Joan, com satisfação.

— Que sexo?

— Paul quer dar os detalhes pessoalmente.

— Como ela gosta de provocar, hein, Andy? Me diz pelo menos o peso.

— Enorme. O processo todo foi enorme... é espantoso ver desse ângulo. As secundinas! — Os olhos giraram, imaginando; depois soltou aquela risada nervosa de filha de clérigo, chamando-se de volta de uma tão íntima experiência partilhada, e disse com vivacidade para o atual marido: — Andy, você deve estar morrendo de fome.

Paul chegou minutos depois, dando a impressão de estar tão alto que parecia esticado por um puxador transcendente no teto. O rosto pálido e o cabelo escorrido, comprido como o de uma mulher, estava molhado com o suor dos esforços de um parto vicário. Ele cutucou o peito de Richard com uma mão afoitamente estendida, e, quando Richard a apertou, disse com seu emotivo jeito de trovador:

— Sua querida e corajosa filha deu à luz Richard Leo Wysocki.

Era uma daquelas frases preparadas, como a de Armstrong quando pisou na Lua, que saiu pomposa e difícil de entender. Deram o nome dele ao neto. Paul e Judith deviam ter planejado aquilo havia muito tempo, caso fosse um menino.

— Deus do céu. Não precisava fazer isso — disse Richard, receando que fosse descortês.

O horário de visitas acabara fazia tempo. Longe dos olhos, os procedimentos médicos cercaram protetoramente mãe e bebê. Paul ficaria, para ver a mulher instalada no quarto, mas deu aos avós permissão para irem.

— O Super Bowl ainda está empatado! — protestou Richard.

Andy disse, laconicamente:

— Vai estar nos jornais de amanhã. Joan e eu estamos indo.

Richard tinha de admirar o modo esmerado com que Andy enrolava o cachecol de lã cinza em volta do pescoço, mantendo-o no lugar com o queixo, enquanto, centímetro por centímetro, sacudia o sobretudo para assentá-lo nos ombros. Joan estendeu as mãos como que para ajudar o marido, e em seguida, percebendo que era observada por Richard, reprimiu o gesto, próprio de uma esposa.

— Não vá esquecer o livro — disse para Andy, como substituto. — E o seu *Wall Street Journal*.

Paul disse:

— Senhor Maple, vamos trazer Jude — chamava-a de Jude, como em "Hey Jude", e não como *Jude the obscure* — para cá, mas se o senhor quiser terminar de ver o Super Bowl aposto que a televisão do saguão no térreo está ligada. Acho que não vão querer que o senhor fique neste andar. — Já parecia mais amadurecido, e ligeiramente curvado.

— Tudo bem, Paul... a festa acabou. Vou embora com o pessoal. Diga para Judith que talvez eu dê uma passadinha amanhã cedo, antes de voltar para Boston. Acha que não tem problema?

— O horário de visita só começa a partir da uma hora, mas acho que não vai ter problema, não — Paul respondeu, um tanto relutante, Richard achou. Ele acompanhou os Vanderhaven pelos corredores do hospital. Joan comprara um casaco de pele de visom depois do casamento com ele; a gola lustrosa realçava apropriadamente o cabelo leve e balouçante, de uma textura ilusória entre o crespo e o ondulado. Os pêlos eram bastante cacheados em outra parte do corpo, e, nos anos sessenta, ela conseguira um cabelo afro satisfatório para uma mulher branca. Do lado de fora dos painéis de vidro das portas do hospital, o vazio urbano e escuro de Hartford transbordava de frio absoluto. Ninguém mais nas ruas; os olhos e as narinas de Richard arderam, e em um minuto as pontas dos dedos doeram dentro das luvas de couro fino. Do outro lado da rua, a garagem do hospital brilhava com a obscuridade de um aquário, e a cabina onde o homem recolhia os bilhetes estava vazia. Na barra transversal listrada estava presa uma placa que em letras garrafais informava que a garagem fechava às nove e meia.

— Oh, *droga*! — Andy exclamou, e bateu o pé contra o asfalto abafado de neve. Tanto Richard quanto Joan caíram na risada, o gesto foi tão petulante e ineficaz. A risada ecoou no frio quebradiço como que saída dos caibros de uma igreja abandonada. Andy perguntou: — Por que não nos *falou*?

— Aposto que pensaram que você fosse ler — disse Richard. — Provavelmente está impresso no bilhete.

— Desculpe, meu bem — disse Joan —, foi culpa minha. Eu fiquei tão emocionada por ser avó que não prestei atenção a nada.

— E não há um táxi sequer por aqui — Andy disse. — Droga, droga! — Estava com um chapéu de astracã que o deixava parecido com um soldado de brinquedo, e cada palavra saía de sua boca como uma bandeira branca desfraldada.

— Onde estão hospedados? — Richard perguntou para Joan.

— Acho que se chama Morgan. É o único hotel decente no centro da cidade.

O comentário soou mais como Andy do que como a igualitária Joan que ele conhecera. Ele falou:

— Não se desesperem. Eu os levo no meu carro, e amanhã cedo vocês podem vir de táxi.

— Seria ótimo — ela disse, sacudindo o corpo para se aquecer, de modo que o visom bruxuleava na fraca luz da rua. — E seu carro, onde está?

— Boa pergunta. Estacionei na rua, mas *eu* estava tão emocionado que realmente nem pensei onde. Lembro-me de que tive que subir uma ladeirinha. — Tomou o rumo da mais próxima calçada em declive, ao lado de Joan com seu visom, enquanto Andy seguia atrás. A rua logo chegou a um beco sem saída, perto do que parecia ser uma instalação de caldeiras, uma construção de tijolos sem janelas abrigando um abafado bramido de calor, e de novo Richard caiu na risada. Joan também.

Andy choramingou.

— Vou voltar para o hospital e chamar um táxi.

— Não seja tão medroso. Pense que você é um explorador na África Ocidental — falou Richard. Seu rosto estava abraseado no frio e seus dedos nas luvas finas bastante insensíveis. — Tem que estar por aqui. Um Taurus cinza, com três adesivos de ponte no pára-brisa. Lembro-me de que notei uma fileira de lojas com tapumes e me perguntei se essa molecada que sai atrás de drogas não ia quebrar as minhas janelas.

— Ótimo — disse Andy. — Vamos, Joan, vamos voltar. Isto aqui é o paraíso dos assaltantes.

— Bobagem — Joan falou. — Todo mundo está com frio demais para assaltar. — No fundo ainda era uma liberal. Voltou-se e disse: — Richard, *pense*. Que tipo de lojas? Você atravessou alguma rua larga? A partir de que ângulo você caminhou para o hospital?

A voz esperançosa dela, que ele ouvira pela primeira vez em um seminário sobre os românticos ingleses — um punhado de rostos masculinos bisonhos em volta de uma mesa de conferência de carvalho, e o dela, cintilante —, evocava nele uma pessoa mais jovem, estudante. Ruth era tão mais decidida e lúcida do que ele que raras vezes precisava pensar. Um quadro começou a se formar em sua mente.

— Uma rua para aquele lado — disse, apontando —, e depois, acho, à esquerda.

Joan seguiu na frente, ele e Andy, entorpecidos, atrás; ela era a mais vivaz dos três, talvez porque usasse o casaco mais quente. Não caminharam nem dez minutos quando ele reconheceu o carro — os três adesivos, as manchas regulares do sal das estradas. Não fora arrombado. As lojas das quais se lembrava ficavam no *outro* lado rua, estranhamente. Ficou satisfeito de ouvir o clique da maçaneta da porta; sabia que congelavam em temperaturas mais amenas do que aquela.

Joan se sentou atrás, deixando Andy se sentar junto do aquecedor. O motor disparou, e, enquanto o carro percorria as silenciosas ruas cobertas com uma fina camada de gelo, ela enfiou o rosto entre os ombros dos dois homens, conversando com Richard.

— O bebê. Quando eles saem... nunca vi isso descrito... eles têm uma expressão no rosto, uma careta meio encaroçada e engraçada de repugnância. Ele parecia igualzinho a Judy quando experimentamos dar ameixa seca. Aí vem aquele jato de água, e o resto do bebê sai deslizando como nada, arrastando aquele enorme cordão espiralado, todo purpúreo e amarelado.

— Joanie, por favor — disse Andy, reajustando o cachecol.

Ela prosseguiu, inspirada, dirigindo-se a Richard.

— Quero dizer, a *aparelhagem*. Pensamos no útero como uma espécie de lugar para pessoas em trânsito, mas há toda uma outra vida lá dentro. É muita coisa para se renunciar a ele.

Ele entendeu o que ela queria dizer; como sempre, procurava tateando a grande visão, buscava o segredo oculto, de conformidade com todos aqueles sermões que ouvira até o fim quando menina. A vida é uma lição, uma história com uma moral.

Enquanto isso, Andy a ouvia como se ouve uma segunda mulher, confiante de que a busca terminou. Ou de que não há busca. Ele deu uma pancadinha na mão dela, onde pousara com a gola do visom próxima do ombro dele.

— Não devia ter deixado você assistir ao parto — disse. — Vai te dar pesadelos.

— Não o teria perdido por nada deste mundo — ela retrucou, um pouco indignada, Richard achou.

— Diga-me uma outra coisa — ele pediu. — Quem é Leo, afinal de contas?

— O pai *dele*... não sabia? Não são como nós fomos... talvez este seja o único filho deles, menino pelo menos, e tiveram que insistir.

Andy disse para Richard:

— Siga reto até lá em cima, depois à esquerda... é uma rua de mão única. Pode nos deixar na esquina que andamos até a entrada.

— Nem *pensar*. Dou a volta no quarteirão e deixo vocês bem embaixo da marquise. Bem embaixo do nariz do porteiro.

A mão de Joan lhe tocou o ombro.

— Quando vir Judith amanhã cedo, mande lembranças

minhas. Vamos ter que voltar logo cedo. Andy tem uma reunião às dez.

Richard pensou em lhe dar um beijo de despedida, mas seus rostos provavelmente ainda estavam gélidos, e seu pescoço não girava mais com tanta facilidade.

O quarto no Best Inn ficava no térreo, o carpete grosseiro, de parede a parede, colocado sobre concreto não aplainado. As paredes pareciam subterrâneas, exalando congelamento, a superfície fria ao tato. O aquecedor do rodapé tique-taqueava, mas era incapaz de aquecer o ambiente. Richard não se lembrou de colocar pijamas junto com a camisa limpa que usaria no dia seguinte; tremeu com as roupas íntimas debaixo dos lençóis frios e úmidos, levantou-se, pegou as cobertas e os cobertores pequenos da outra cama, e finalmente cobriu tudo com o casaco. Ainda assim, o frio se infiltrava pelas paredes como uma força que queria reduzir sua existência a nada, que queria apagar seu temporário borrão de sangue aquecido e pulsante. *É muita coisa para se renunciar a ele*, Joan disse acerca do útero, e, de fato, o volume cósmico do espaço sem luz e sem calor hostil a nós é esmagador. Sentia-se, encolhido, como um homúnculo que ardia friamente no extremo final do telescópio de Deus segurado com indiferença. Era um avô recém-chocado, e o universo queria esmagá-lo, abrir espaço para os recém-chegados. Pegou no sono, um pouco, e seus sonhos, em geral tão cheios de desejos reprimidos e conhecimentos esquecidos, foram esfiapados, como que definhados pelo esforço de seu corpo em manter a temperatura.

De manhã, fazendo o registro de saída do hotel, grogue e ainda enregelado, na recepção, queixou-se da falta de calefação; o jovem recepcionista, que havia acabado de sair de uma cama aconchegante em algum lugar que não ali, encolheu os ombros como insatisfatória desculpa, e disse:

— Não é sempre que temos uma noite como a de ontem. Quatro abaixo de zero, na varanda da minha mãe.

À luz do dia, o hospital tinha um aspecto diferente: mais alvoroçado, embora mais descuidado e temporário, uma fábrica de curar com um quadro de funcionários extenuados trabalhando quase no escuro. Um *Courant* de Hartford que Richard comprou com o chá — café nunca mais, ele jurou; mantenha a pressão arterial baixa — informava que os heróis do time de capacete de bronze tinham perdido nos últimos trinta segundos, por quarenta e sete gols. Milagres não valem nada.

Quando, enfim, contra as normas rigorosas, deixaram-no ver a filha, Judith parecia inesperadamente neutra depois de passar pela experiência penosa — nem exausta nem exultante, mal ou bem, mais velha ou mais jovem do que sua idade, trinta e um. Vestia uma camisola do hospital embaixo do velho roupão de banho azul-claro de Joan, sentada na beirada da cama. Dera de mamar para o bebê, e as enfermeiras o levaram de volta para a sala de recém-nascidos.

— Não sei, papai — ela disse. — Foi um pouco esquisito. Puseram essa coisinha nos meus braços e eu não tinha a menor idéia do que fazer. Nem sequer sabia de que lado ficava a cabeça dele. Fiquei com medo de derrubá-lo e me senti muito, sabe, muito desajeitada.

Ele se sentou na enorme cadeira de couro de que Andy se apropriara na noite anterior e sorriu paternalmente.

— Vai parar de se sentir desajeitada logo, logo.

— É, é o que Paul diz. — Paul, o sabe-tudo. Só pelo jeito com que Judith pronunciou o nome dele, ele acabara de receber uma imerecida promoção. Richard se viu mais enciumado e mais indignado com Paul e o bebê do que com Andy. Judith disse: — Ele já se tornou um grande pai.

— Talvez seja um papel mais fácil. Não há toda aquela... aquela aparelhagem. Talvez você ainda esteja sentindo que o bebê é uma parte sua, como um pé. Quero dizer, quanto de sentimento você pode desenvolver de repente por um pé? Como é que foi o... como se diz... o parto em si?

Judith, a partir da infância, tivera um caráter independente e forte, um pouco opaca em relação aos sentimentos, com alguma coisa da honestidade desprendida da mãe.

— Bem — disse. — Foi bem. Paul foi sensacional, com a respiração. Numa certa altura, começou a cantar, e fez as enfermeiras todas rirem. Mas erraram quanto ao método de Lamaze. Doeu. Disseram que era só pressão, mas *doeu*, papai.

Uma quentura formigou seus olhos ao pensar no sofrimento da filha. Piscou os olhos, levantou-se e a beijou de leve na testa, aquela fronte larga e pálida que desde o início, amando-a tanto quanto pôde, guardou lá dentro os segredos dela, as sensações, a identidade.

— É melhor eu ir. As enfermeiras querem cuidar de você.

— Dê uma espiada nele logo ali na virada. Veja com quem o senhor acha que ele se parece. Mamãe acha que se parece com o vovô, com aquele amassadinho no meio da boca, e depois fazendo uma curvinha para baixo nos cantos.

— Para mim parece mais a boca de Andy. Você não acha que ele é o verdadeiro avô, acha?

Demorou um pouco para Judith juntar as coisas e se dar conta de que o pai estava sendo irônico. Estava tão grogue quanto ele; ele fora prensado na noite, ela fora dividida em duas. Ele lhe disse:

— A sua mãe, aliás, disse que mandava lembranças. Andy a levou às pressas de volta para Boston bem cedinho, assim que puderam tirar o carro da garagem, onde ficou trancado ontem à noite.

— Ela me contou. Ela veio aqui, ela e Andy, logo depois do café da manhã. Ela o convenceu a vir, acho.

Richard riu.

— Vai ser difícil agüentar a sua mãe, na condição de avó.

— É. O senhor precisava vê-la segurando o bebê. *Ela* sabia em que extremidade ficava a cabeça.

A ele também pareceu claro, quando a enfermeira levou o neto até a janela, que aquela toranja vermelhinha, com os olhos franzidos fechados e os poucos fios lambidos de cabelo sedoso, loiro como o do pai, era uma cabeça humana, e que os pequeninos apêndices cor de alfazema no outro extremo desenfaixado eram pés.

— Quer segurá-lo? — a enfermeira, que era jovem e negra, perguntou através do vidro.

— Será que devo?

— O senhor é o avô, não é? Os avós são pessoas especiais aqui.

E o corpo em miniatura da criança aderiu ao peito e aos braços, embora mais fracamente do que os bebês que ele ousara chamar de seus. Ninguém pertence a nós, exceto na lembrança.